唐诗天地

诗文化散文三部曲

李元洛 著

中国工人出版社

图书在版编目（CIP）数据

唐诗天地 / 李元洛著. 一北京：中国工人出版社，2022.10

ISBN 978-7-5008-7980-0

Ⅰ. ①唐…　Ⅱ. ①李…　Ⅲ. ①散文集－中国－当代　Ⅳ. ①I267

中国版本图书馆CIP数据核字（2022）第181632号

唐诗天地

出 版 人　董　宽

责任编辑　宋　杨　严　春

责任校对　丁洋洋

责任印制　黄　丽

出版发行　中国工人出版社

地　　址　北京市东城区鼓楼外大街45号　邮编：100120

网　　址　http://www.wp-china.com

电　　话　（010）62005043（总编室）

（010）62005039（印制管理中心）

（010）62379038（社科文艺分社）

发行热线　（010）82029051　62383056

经　　销　各地书店

印　　刷　三河市东方印刷有限公司

开　　本　880毫米×1230毫米　1/32

印　　张　14.5

字　　数　288千字

版　　次　2023年2月第1版　2024年2月第2次印刷

定　　价　88.00元

文脉诗心两缱绻

——漫谈李元洛诗文化散文三部曲（代序）

古 耜

西方文学家时常争论这样一个问题：诗和散文谁更占据文学的高端？英国大诗人柯立基认为：诗是将“最妥当的字句放在最妥当的地位”，散文只是“把字句放在最妥当的地位”。言外之意，诗比散文有着更高的语言要求。得过诺贝尔文学奖的俄裔美国诗人、散文家布罗茨基亦写道：在文人等级思想的内部，“诗歌占据着比散文高的地位，而诗人在原则上高于散文家。”（《诗人与散文》）英国散文家柯勒登·布洛克的观点正好相反，他觉得：“散文是文明的成就……最好的散文能说的东西，诗说不出来，最好的散文办得到的事，诗办不到。”（《英国散文之病》）相比之下，中国作家和学人很少在文学样式的层面区分诗与散文之轩轾，而更喜欢探讨其不同的个性与优长，倡导诗文并举，各臻其妙。譬如，美学大家朱光潜指出：“诗和散文各有妙境，诗固往往能产生散文所不能产生的风味，散文也往往可产生诗所不能产生的风味。”因而“诗有诗的题材，散文有散文的题材。”（《诗论·诗与散文》）台湾诗文大家余光中也不主张在诗和文之间做简单的扬此抑彼，而是情愿将它们一视同仁地称作“缪斯的左右手”，进而在散文集《记忆像铁轨一样长·自序》中坦言：“散文不是我的诗余。散文与诗，是我的双目，任缺其一，世界就不成立体。”

曾经同流沙河一道，最早将余光中诗歌介绍到大陆的李元洛先生，亦乃泛舟诗海文潮的卓然大家，其高屋建瓴的古今诗学研究，苦心孤诣的散文艺术经营，还有间或捧出的诗词和楹联佳作，使得他对文学园林里的诗歌和散文，不仅拥有深入的理解，独特的体认以及与之相联系的精湛的鉴赏、解析与建构能力，而且于无形中引发了一种新奇高蹈的审美构想——把诗歌和散文之美由文体层面上升到文化高度，使二者互衬互补，相辅相成，形成双美合璧而又独领风骚的艺术气派。而作为这番艺术实验的成功实践，便是作家先后推出的分别以唐诗、宋词、元曲、清诗、绝句为审美对象的诗文化散文系列。其匠心卓荦和别开生面之处至少体现在以下几个方面：

第一，以丰沛深挚的主体情致同历史和现实对话。就语言形式而言，诗和散文具有显而易见的差异，不过这明显的差异中依然包含着深层的相通与相融：它们都属于靠近生命主体的文学样式，都把抒情言志作为自身的重要内容和根本使命。元洛先生深谙此中壸奥，他的诗文化散文始终浸透了诗文共有的强大的主体意识以及相应的艺术情致。在《寄李白》中，作家深情写道："在盛唐痛苦地走一回，留下了许多失意、屈辱与悲愤，在中国诗歌史中潇洒走一回，却坐定了最重要的黄金般的章节。你的诗，写出了历史上一位最不得意者最得意的浪漫情怀，没有你，盛唐气象将不可想象，中华民族文化将黯然减色……中国读书人也会顿感天地寂寞而绕室彷徨。"这当中有对传统文化及其璀璨标高的热情礼赞，也有对天才诗人在"家天下"里悲剧命运的严肃思考，还有对时代和文化复杂关系的清醒体认。这时，作家激越而多思的精神图谱跃然纸间。《卷起千堆雪》聚焦历史上的苏轼与黄州。其笔墨所至，激活了历史现场，唤醒了人物命运，不仅从文学创作和文化积累的层面，重申了苏轼的价值所在，更重要的是透过苏轼逆境和困境中的生存，着力张扬了一种为作家所由衷称赏的乐观旷达、自强不息的处世态度，于是，古人身上有了作家的心影。《与狼共舞》立足元代官场考察散曲创作，就中捕捉到的重要主题，便是"文章糊了盛钱囤，门庭改做迷魂阵，清廉贬入睡馄饨"（张可久），这是作家对那个时代世风庸劣、官场腐败的严厉鞭挞和无情批判，但又何尝不包括一种深深的当下情怀和普遍的人性忧患，从而使经典流传搅拌着历史回声？

第二，以意象和"语象"的珠联璧合开辟富有创意的艺术境界。意象是心意与物象即主观与客观的融合，是诗美构成的核心要素和基本手段，也是诗之所以为诗的突出特征和重要标志。散文自然也有意象，但更为常见的、构成其语言主干的却是童庆炳先生所命名的“语象”，即一种贯穿于散文叙事的微观细致的语言现象，它包括散文的描写、叙述、议论以及相应的全部修辞手段。由此可见，意象是含蓄、弹性的，而“语象”是精确的、绵密的，在通常情况下，属于诗的意象和属于散文的“语象”各有所司，也各有所长，而元洛先生的诗文化散文偏偏致力于意象和“语象”的结合，即调动“语象”的精确和绵密来阐发意象的含蓄和弹性，以此形成写实与写意相得益彰的叙事形态。其具体路径大致如下：

首先是立足设定的意象情境，引入作家特有的生活经验和生命体验，展开“亲到长安”式的书写。请看《月光奏鸣曲》。该文以“月光”为核心意象，先后捧出唐诗中的“春江花月”“边塞月”“山月”和“故乡月”。而同每一种月光邂逅，作家除了做必要的主题点染和知识介绍，都将自己生命中珍藏的相关记忆和诸般情境注入其中，展开身临其境的描述和阐发。这样一种努力，不但丰富了既定意象的内涵，而且很自然地强化了作品应有的现场感和带入感，从而减少了现代读者阅读古代诗歌作品时很难避免的生疏与隔膜。

作为一种艺术构思和表现手法，作家诗文化散文所选择的意象有时会承载较为繁复的历史信息或相对幽远的艺术密码，每当这时，作家采取的对应方略是：围绕锁定的意象，调动充盈的腹笥，展开圆通周遍的解读与阐释。其神思与健笔，时而“入乎其内”，时而“出乎其外”；时而“知人论世”，时而“以意逆志”；时而“八面受敌”，时而“卒章显志”；时而广征博引，时而现身说法。一时间作家与古诗的灵动对话，不仅发散出密集的诗学知识与审美经验，而且为散文文体的突围和鼎新，尤其是为知性散文究竟该如何发展，提供了重要借鉴。关于这点，我们细读《独钓寒江雪》《清秋泪》《春兰秋菊不同时》等篇章，应当会有体悟。

第三，以经过古代文化淘洗的诗性语言发掘和整合古诗之美。中国古典诗歌是在古代文化的语境中用古汉语写成的，这决定了从事诗文化散文创作的作家，除了要有足够的文学史修养，还必须具备出色的驾驭古代汉语的能力，因为只有这样，方可建立起古诗与今文的深层联系。拥有家学背景且长期与典籍相伴的元洛先生正好拥有此种优势。

阅读作家的诗文化散文不难发现，其字里行间分明回荡着一种当下散文久违的文言气息，即一种在古汉语中浸润已久，进而吸收并盘活了其营养的颖异超拔的叙述风度。其突出特点在于：烹词煮字典雅而不失鲜活；凝练而兼有丰腴；不仅辞采熠熠，而且声调琅琅。就整体叙事而言，则注重使用对称、排比、回环、反复等手段，强化句子的节奏，掌控句子的变化，进而凭借句式的调整、句群的搭配以及长短句的穿插起伏，形成诗歌与散文共同珍视的旋律感和音乐性，进而做到了以诗歌为散文添彩，同时以散文为诗歌加冕。显然这种颇有难度的语言追求，唤醒了汉语叙事在白话兴起后久湮不彰的表现力，使通篇作品有了张力和质感，韩昌黎诗曰："字向纸上皆轩昂"，元洛先生诗文化散文的语言境界庶几近之？！

综上所述，"诗文化散文三部曲"是诗与散文的交融，是文学与学术的联姻。可以说，在唐诗宋词元曲的接受史上，尚未见有以散文的方式来阐释和表述者，在现当代散文史上，以唐诗宋词元曲作为审美与创作对象而自成系列者，似乎也得未曾有。元洛先生的诗文化散文陆续成稿于新旧世纪之交的前后几年。当年这些作品在报刊陆续发表时，即收到良好反馈：先是学术界、评论界夸赞不绝，褒奖有加，一些选刊和选本则纷纷转载以示推重，继而一些出版单位青眼频频，竞相刊行，从而为文坛注入一派沉郁雅健之气。此后多年，作家对自己的呕心之作一直抱着对艺术负责也对自己负责的态度，进行着精益求精的提升润色，直到前不久以越发精湛亮丽的风貌再度奉献文坛。其中有关清诗和绝句的文字由沪上出版家捷足先登，付诸梨枣，而对应着中国文学史重要发展历程的《唐诗天地》《宋词世界》《元曲山河》皇皇三卷，则由中国工人出版社欣然接受并郑重推出，这无疑为喜爱诗文化散文的广大读者带来了阅读和欣赏的方便，同时也为学术界和评论界进一步研究和认识李元洛的诗文化散文，提供了更加完善和精美的版本。

我与元洛先生结缘于新世纪之初文坛之上的嘤鸣相召。此后二十余年，尽管天各一方，且缘悭一面，但心中共存的对文学的那份真情与深情，却使我们声波频频，雁笺不断，既切磋文本，亦臧否文事，彼此共情多多，相感甚欢。先生以长者的渊博和宽厚，赐我以华章，待我为挚友；我视先生，则为足堪仰止的师长，每每受益多多。值此三卷大书即将付梓之际，先生命我泚笔为文，弁于卷首，论资历才学我自知难堪此任，但想到多年的交往和友谊，似又不宜过谦。于是，不揣浅陋，写下以上文字，权且作为对元洛先生阳关三叠的由衷祝贺！

2022年12月匆匆于滨城

目　录

绝　唱　1

选　美　31

走向盛唐　69

长安行　77

青海青　101

月光奏鸣曲　121

佚名之憾　139

江东祭李白　149

寄李白　173

诗家天子　187

怅望千秋一洒泪　205

汨罗江之祭　219

千秋草堂　229

独钓寒江雪 249
骏马的悲歌 269
诗中的彩虹 279
唯有垂杨管别离 289
君子与佳人 299
巾帼诗英 309
华夏之水　炎黄之血 351
常怀千岁忧 371
秋之歌 389
溯　洄 401
出土的民歌 421
后　记 445

绝唱

序　曲

“绝唱”一词，是哪位古人首创的呢？千载之下，真是令我心存感激，心怀悬想。除了绝无仅有的这个“绝唱”，我实在想不出还有什么生花之词或着锦之句，可以胜任我这篇文章的题目。

唐代诗歌是千花齐放的花园，万珠咸集的宝库。且不说那些遗珠或遗葩，如今人所编的《全唐诗补编》之类，仅康熙年间编辑印行的《全唐诗》所收录的诗作，就将近五万首，作者多达二千余人。作品最多的，是李白、杜甫、白居易等巨匠大家，而在一些人的名下，却只有灿若孤星的一首，但那些孤悬于唐诗天穹的星辰，许多早已为仰望的众生所识，有的则千百年来仍顾影自怜，直到慧眼的识宝人前来举目搜寻，才走出深远漫长的寂寞。

“绝唱”，本来是指创作的最高造诣，或者最好的诗文作品，如《宋书·谢灵运传论》说：“绝唱高踪，久无嗣响。”本文所说的是只有一诗传世的唐诗，但大多为登峰造极之作，有的虽不能称为极品，但却也可谓佳篇，总之是一诗独唱，孤篇横绝。“绝”，独至也，断绝也。今天，有的人写了一点作品，便自吹他吹为“信手拈来，皆成绝唱”，真令人忍俊不禁。且让我掸去袖上襟前的红尘，从商潮拍天钱潮动地的俗世，遁入我的世内桃源的小小书房，在“潇湘水云”的乐曲声中，翻开《全唐诗》的封面，像叩开唐代久已关闭的门户，去倾听诗人们那至今仍然可以养目清心或振聋发聩的孤吟独唱。

一

初读苏东坡的《水龙吟·次韵章质夫杨花词》，就曾有春日赏花之喜。“春色三分，二分尘土，一分流水。细看来，不是杨花，点点是离人泪”的全词结句，妙用数词和比喻，颇为动人情肠，而上阕结尾的“梦随风万里，寻郎去处，又还被、莺呼起”，却令我十分眼熟。苏东坡慧质灵心，他该不会去“模仿”前人吧？其实，文学创作并不排斥模仿，即使是文学巨人，也是以前人为梯，才攀上风光无限的高峰，问题是你的创作整体不能停留于模仿，即使是局部或细节的模仿，也必须推陈出新，自出已意，好比开在同一枝头的花，也要今年花胜去年红。当今的文坛，有的人明明模仿了前人，却还要欺世盗名，不但拒不承认，而且还要说成是自己的戛戛独造，这真是所谓英雄欺人，不是英雄的也欺人了。

东坡先生已乘风归去，如果他有朝一日月夜归来，面对有心人的有疑而问，他定会爽然回答说，他上述几句词，如同下游的波浪有其上游的源头，曾受到唐人金昌绪的《闺怨》一诗的影响：

打起黄莺儿，莫教枝上啼。
啼时惊妾梦，不得到辽西。

唐代盛时开疆拓土，衰时内患外忧，野有征夫，室有怨妇，因此，所谓“闺怨诗”就如同春日的桃花、秋日的菊花，应时而放，而且多姿多彩。最炫人眼目的，该是王昌龄《闺怨》那一枝了：“闺中少妇不知愁，春日凝妆上翠楼。忽见陌头杨柳色，悔教夫婿觅封侯。”然而，在王昌龄和前人的许多佳作之前，金昌绪却别枝独开，以独有的色泽与芬芳，千百年来赢得许多诗家和读者的激赏，例如清人黄叔灿在《唐诗笺注》中就曾说：“此诗前辈以为一气团结，增减不得一字，与‘三日入厨下’诗，俱为五绝之最。”而清人黄生在《唐诗摘抄》中更直接用了“绝唱”一词：“廿字中增减移动一了不得，始为绝唱。”这真是：深海的一颗珍珠，远远胜过沙滩上成千上万的平凡的贝壳！

金昌绪的生年卒岁和生平行状，都已交给了历史的烟云，再也无法查考了。只知道他籍隶浙江省余杭县（今杭州市余杭区），大约是唐玄宗开元时的诗人，大中以前在世。刘长卿有一首《送金昌宗归钱塘》，今天有的学者就怀疑“或其兄弟行”，好像对一个已无法侦破的疑案，有关人员还是在竭力搜索破解的线索。在《全唐诗》中，金昌绪只存此孤篇独绝的一首。在千年来传唱人口之前，究竟是谁的保存之功呢？我溯历史的长河而上，来到宋代的渡口，见宋人计敏夫《唐诗纪事》中说：“顾陶取此诗为《唐诗类选》。”原来，金昌绪同时代的大同乡钱塘人（今浙江杭州）顾陶，曾编辑收录一千多首唐诗为《唐诗类选》，其中就有计敏夫所见的金昌绪这一作品。顾陶此选南宋时尚存，以后就杳如黄鹤，而金昌绪这一颗绝世之珠，就有幸拜顾陶之选而光照至于今日，没有沉埋在永远无法打捞的历史的忘川。我们至今临风回首，仍然应该向当年的识宝人奉一炷感念的心香。

二

在如同漫漫长夜的封建社会里，女子无才便是德，庙堂与文场，是获得专利权的男人追逐与驰骋的场所，而女子的才华却如同种子，被埋没在冰封雪裹的冻土层下，无法破土萌芽，更不要说长成枝繁叶茂的绿树了。宋代的李清照和朱淑真，是长夜里奇迹般的曙光，须眉统治的古典诗国里独异的风景。

唐代是诗歌普及人心与众生的时代，虽然没有李清照式的巾帼英豪，去与男诗人们一较高低，但也有一些闺中才女，以她们的纤纤素手写下了动人的篇章，如李治、薛涛、鱼玄机、刘采春，就被称为唐代四大女诗人，其中，也有湘驿女子的《题玉泉溪》：

红树醉秋色，碧溪弹夜弦。
佳期不可再，风雨杳如年。

我是湘人，摊开湖南省地图，我到哪里去寻觅流淌在《全唐诗》里的那条玉泉溪水？如今的楼台馆所遍及潇湘，我到哪座驿楼才能瞥见湘驿女子倚楼的红袖？据元末明初陶宗仪所撰《说郛》引用唐末撰人不明的《树萱录》的记载，唐代咸通年间，广东番禺人、岭南节度使郑愚曾游湘中，宿于驿楼，夜遇一女子诵此诗，顷刻即杳然不见。宋人胡仔《苕溪渔隐丛话前集》将此作列入“鬼诗”，宋人魏庆之《诗人玉屑》则将其列入“灵异”。楚地本来是幽奇惝恍的楚辞的故里，光怪陆离的神话传说的家乡，“湘驿女子”不知名姓，身世不传，这首诗的来历也就笼罩在一片恍兮惚兮的迷雾里。

岂止是浪漫主义，这真是一首神秘主义的好诗。首两句分写白天和夜晚的景色，有色而且有声，后两句抒发佳期不再而风雨中度日如年的悲怀，诗的内蕴若明若暗，若隐若现，可以意会，难以言传，多感多思而别有会心的读者，当会如品佳酩而醺然欲醉。当代红学家俞平伯的父亲俞陛云，在《诗境浅说续编》中听到的，却是如怨如诉的洞箫的吹奏："首二句辞采清丽，音节入古。后二句言回首佳期，但觉沉沉风雨，绵渺如年。叹胜会之不常耶？怅伊人之长往耶？唐人五绝中，有安邑坊女的《幽恨诗》云：……与此诗皆出女郎声口。感余心之未宁，溯流风而独写，如闻《阳阿》《激楚》之洞箫也。"

"安邑坊"，在唐代长安城内。俞陛云提到的安邑坊女，也只存诗一首。诗的来源也同样有一段幽怪莫测的故事，而诗中也同样写到湘楚之地："卜得上峡日，秋天风浪多。巴陵一夜雨，肠断木兰歌。"翻开《全唐诗》，唐朝的雨从她的诗中一直落到今天，不过，你现在于潇潇秋雨之夜前去巴陵，肠断木兰歌大约已经不复可闻，除了可一览现代城市的风采，那四处可见的卡拉 OK 中的流行音乐以及川流不息的车声，当会相约一齐来向你的耳朵鼓噪。

今天，巾帼已然不让须眉，在四水三湘，在神州大地，有哪一位为缪斯所钟情的女子，能够银匙勺海，有传之后世的歌唱？

三

六十多年前的二十世纪六十年代伊始，在青春应该如花的岁月，我从曾经弦歌四载的北京，来到杜甫的诗句所咏唱的君不见之青海头。荒凉满眼，饥饿填饱的是每一个度日如年的日子，但我却仍然在白天繁忙的舌耕之后，于寒夜肃肃宵征，远去千年前的盛唐，赴边塞诗的精神的盛宴。枵腹读诗，我记得在天寒地冻之中，西鄙人《哥舒歌》的胜概豪情，曾沸腾我差不多快要冻僵的热血，使我刹那间忘却了铭心刻骨的饥寒：

北斗七星高，哥舒夜带刀。
至今窥牧马，不敢过临洮！

唐代的文坛，是有名有姓的诗人的天下，民歌流传至今的不多，上述这首便是其中之一。西鄙，就是西北边地，“西鄙人”其名不详，当是民间作者。题目中的哥舒，原是突厥族名“哥舒”的部落，诗中所称颂的“哥舒翰”，是以部落名称作为姓氏的唐代名将，他能读汉籍，《全唐诗》收其《破阵乐》一首。为了防御吐蕃，玄宗命哥舒翰为陇右节度使，治所在唐之鄯州今之青海省乐都县。他多次率军击败吐蕃的侵扰，有保境安民之功，所以北宋李昉等人编辑《太平广记》，曾引中唐诗人温庭筠《乾馔子》的记载，西北边地曾流行以下的歌谣：“北斗七星高，哥舒夜带刀。吐蕃总杀尽，更筑两重壕。”流传至今的《哥舒歌》，该是在这首民谣的基础上口口相传而经文人加工润色的结果吧？

天高星灿，“北斗七星高”既是起兴，也兼比喻哥舒翰声誉之隆。“哥舒夜带刀”一句，时间意象与人物形象均从上句生发而来，为全篇情景人事的核心。横刀巡夜，戒备森严，飒爽英姿，跃然纸上。目空一切的李白，在《答王十二寒夜独酌有怀》中曾调侃王十二：“君不能学哥舒，横行青海夜带刀。”老成持重的杜甫，也在《赠哥舒开府》诗中赞美道：“开府当朝杰，论兵迈古风。先锋百胜在，略地两隅空。青海无传箭，天山早挂弓。”可见哥舒翰其时是一个新闻焦点人物。临洮呢？故址在今甘肃省西部洮河边之岷县。贾谊《过秦论》说：“乃使蒙恬北筑长城而守藩篱，却匈奴七百余里，胡人不敢南下而牧马。”诗的后两句，写吐蕃不忘南下牧马窥伺中原，但却慑于哥舒翰的威名而不敢越临洮以寇边，这种烘云托月的侧笔，更突出了一代名将的赫赫神威，如闻纸上有人。犹记数十年前，我在西鄙的寒夜拥被而读此诗，豪兴遄飞中一时竟不知置身何世，真怀疑哥舒翰会佩刀排闼而入，叫起饿成病夫的我，和他一起去纵马巡边。

唐代的边塞诗，是盛唐气象的表现，为唐代诗歌开拓了新的疆土，也为中国诗歌开辟了一个崭新的天地。它艺术地表现异域情调和人生体验，是特异的，如同秋菊之异于春兰；是永恒的，如同万古不息的奔流。李白和杜甫，也曾伸出他们的诗笔，到边塞诗的领域里去试探军情，但唐代边塞诗的主帅，毕竟还应该是高适和岑参、王昌龄和李颀；此外，还有不少诗人如王之涣、卢纶、李益、王维、柳中庸、许浑等，也都加入了边塞诗的军伍而成为方面之将，连整天不离药罐未去过边塞的早夭的李贺，居然也写了《塞下曲》《雁门太守行》之类有名的边塞诗，令我感到分外亲切的是，他也提到了青海："天含青海道，城头月千里。露下旗濛濛，寒金鸣夜刻。"边塞诗在唐代不仅创作繁荣，而且广被传诵，大历十才子之一卢纶的《塞下曲》，其形式、韵律与西鄙人的这首民歌均颇为相近，那该是文人创作受到民间文学的影响吧？即使是这首民歌的后两句，似乎也有王昌龄《出塞》"但使龙城飞将在，不教胡马度阴山"的回声。

西鄙人的这首诗，和北朝乐府民歌《敕勒川》一样，都是一曲天籁，一派天机，一段云锦。清人吴锦荣《唐诗笺要》说："音节雄古，有听钟带鼙之意，每讽读数过，叹息此人姓氏不传。"其实，令人叹息的，更在于它是一阕不传姓氏的千古绝唱，如果是一首平庸之作，作者姓甚名谁有什么重要呢？

四

年轻时虽然也觉得青春可贵，但少年不识愁滋味，对青春的感受远远没有年华老去之后那样刻骨铭心。数十年前，我初读《唐诗三百首》中署名杜秋娘的《金缕衣》，虽然也不免怦然心动，然而其时韶光在抱，青春在握，似乎一切都来日方长，如同家财万贯的富翁，足够"时间"这个客户不断支取，又好像奔腾向前的河流，那永恒归宿的海洋还在遥远的天边。不料仿佛是在转瞬之间，青春竟已不知去向，中年也下落不明，李商隐的夕阳已斜挂在向晚的天空，富翁经不断的挥霍早已变成困难户，而出海口也已经在可望而可即的前方。这时，你再读《金缕衣》，就会别是一番滋味在心头：

劝君莫惜金缕衣，劝君惜取少年时。
花开堪折直须折，莫待无花空折枝！

这首诗，作者并非杜秋娘，有的诗选本称作者为李锜，仍是张冠李戴。它是中唐时广为流行传唱的一首歌词，相当于今日的流行歌曲。最早见于五代后蜀韦縠所编的《才调集》卷二“杂词”首篇，作者为“无名氏”。中唐诗人杜牧《樊川集》卷一第二首是《杜秋娘诗并序》诗，“杜秋娘”原为民间女子，十五岁为镇海军节度使李锜侍妾，李锜败亡后籍入宫廷，最后被放归金陵故里。杜牧此作原来自注有上述这首诗，并说“李锜长唱此辞”，宋人郭茂倩编《乐府诗集》，就误以为是李锜所作，后人遂以讹传讹。杜牧诗中有“秋持玉斝醉，与唱金缕衣”之句，是说杜秋娘也善唱此辞，《唐诗三百首》编者孙洙也许是误将杜诗中的“唱”理解为“作”，于是这首绝唱的作者又变成了“杜秋娘”。无论是李锜还是杜秋娘，都没有去掠人之美，将他人的作品原封不动或改头换面，堂而皇之地署上自己的大名，像现在文坛与学界某些品行不端的人那样。这首诗是美丽的，其作者被后人署上“他”或“她”的名姓，借用当代旅美台湾名诗人郑愁予的名诗《错误》中的名句，那是一个“美丽的错误”。

《金缕衣》的真正作者，其姓无征，其名莫考。如同一个宝盒，盒子已永远遗失，无法找回，但幸而留下了盒中的珍珠，至今仍然惊喜我们的眼睛，警醒我们的心。这首诗虽是千年前的古典之作，但却和今天的西方现代诗学暗通，即“矛盾语”的运用。“劝君莫惜金缕衣，劝君惜取少年时”，首句和第二句矛盾逆折，两两相对，句首之两个“劝君”所劝不同，而“莫惜”与“惜取”正反相对，“金缕衣”物质之形而下，“少年时”生命之形而上，也是两相激荡。“花开堪折直须折，莫待无花空折枝”，赋而后比，反之复之，以象征少年时光和美好理想的“花”为中心意象，“花开”与“无花”对举，“堪折”“直须折”与“空折枝”，也是相反而又相成，如同两支利剑在缠斗时的碰撞，迸发的是惊心的铿锵与火花。这种西方文论称为“抵触法”“反论法”的诗艺，在一千年前我国的唐诗中就有如此精彩的演出，那位已经隐身幕后的演出者的名字啊，令千年后的我凝望人去音留的舞台，不禁痴痴地悠然回想！

中国哲学是一种生命哲学。重视、探讨并表现生命，是中国艺术的一个基本特征。两千多年前的哲人孔子，他下临逝川而发出深沉的浩叹：“逝者如斯夫，不舍昼夜！”这位儒家学说的奠基人，他从哲理的角度探询的，是无始无终的生命；“遂古之初，谁传道之？上下未形，何由考之？”两千多年前的诗人屈原，其《天问》所叩问的，也是无穷无尽的天地时空。唐代诗人对时间与生命特别敏感，他们的许多诗篇，都表现了珍惜青春与生命这一永恒主题，如李白“君不见黄河之水天上来，奔流到海不复回。君不见高堂明镜悲白发，朝如青丝暮成雪”（《将进酒》）的浩歌，李贺“少年安得长少年，海波尚变为桑田”（《嘲少年》）的咏叹，杜荀鹤“少年辛苦终身事，莫向光阴惰寸功”（《题弟侄书堂》）的劝勉，千歌百曲，千年来流行在芸芸众生的心上唇间。

“少年时”的背影已越去越远，但年华向老的我仍然要三倍地赞美：好一阕青春和生命的奏鸣曲，永远的《金缕衣》啊！

五

青草湖，又名巴丘湖，位于洞庭湖之东南，南汇湘水，北通名湖，是洞庭湖的一部分。湖而美名青草，大约是湖之南有青草山，而冬日来时湖水浅涸而青草弥望吧！

早在南北朝时，其碧波帆影就美丽在阴铿的《渡青草湖》一诗里：“洞庭春溜满，平湖锦帆张。沅水桃花色，湘流杜若香。穴去茅山远，江连巫峡长。带天澄迥碧，映日动浮光。行舟逗远树，度鸟见危樯。滔滔不可测，一苇讵能航？”阴铿曾任南朝梁湘东王法曹参军，这位以山水诗见长的诗人，应该是在那时初识并惊识青草湖，并把它的水色天光涛声帆影一一收拾在他的诗囊里。这首诗，是写青草湖最早的诗中上品，如同田径场上的跳高运动员，在高高的横竿上飞身而过之后，后来者想超越前人，就非有不凡的身手不可。

抗日战争中，我的童年曾流亡在青草湖边。胜利的消息传来后，我们一家便在湖边的汉寿县城解缆，一苇可航，越平湖入湘江而回到长沙故乡。船帆高张在青草湖上，也在阴铿遥远的诗句中穿行，可是我对前者至今印象殊深，对后者那时却一无所知。及至后来在大学读到魏晋南北朝诗，才得见阴铿的上述诗篇，恍如旧识。在《全唐诗》一个僻静的角落碰到唐温如的《题龙阳县青草湖》，却是情怀近老的中年了，但和它乍一见面，却仍有初恋之欢，惊艳之喜：

西风吹老洞庭波，一夜湘君白发多。
醉后不知天在水，满船清梦压星河！

龙阳县，即今日湖南省汉寿县，也是我童年曾小驻的那座湖滨县城。“袅袅兮秋风，洞庭波兮木叶下”（《九歌·湘夫人》），从屈原开始，在阴铿之后，历代诗人对洞庭湖多有题咏，而其中唐代的诗人就可以组成一个阵营豪华的合唱团，领衔的歌唱家则是巨星级的李白与杜甫。名不见经传的唐温如要和前人一较高低，而且是在同一领域，如果不心怀绝想，身怀绝技，那就只有免开尊口。然而，楚国美丽的神话和屈原浪漫的作品，如同丰厚的沃土孕育了诗人特异的灵感，唐温如挥毫落笔就不同凡响："湘君"是湘水之神，诗人由洞庭的白浪而联想到湘君的白发，这已经是匪夷所思的灵心妙想，而"吹老"二字，也同样是道前人之所未道，假如李白读了，也会拍拍唐温如的肩膀说一声"后生可畏"吧？前两句写风日洞庭的动态美，后两句再写星夜洞庭的静态美，构成鲜明而和谐的艺术对照。唐温如估计去成都杜甫草堂朝过香，"醉后不知天在水"一语，可能得到过杜甫晚年在湘江上所咏叹的"春水船如天上坐"（《小寒食舟中作》）的启发，但"满船清梦压星河"的妙想与通感的妙用，则是唐温如的独家首创了。18世纪法国作家和思想家伏尔泰在《论美》中说："要用'美'这个词来称呼一件东西，这件东西就须引起你的惊赞和快乐。"不知他人的感受如何，唐温如此诗赠给我的惊赞和快乐，有如久处凡尘俗世，忽然邂逅一位风华绝代的美人，又好像在车马奔竞的长街，偶然低头，竟拾到一件价值连城而众人视而不见的珍宝。

我们今天对唐温如也一无所知。也许是他名不见经传，也许是诸多选家视力衰退，不仅宋代洪迈的《唐人万首绝句》不见收录，后世的许多选本也少见提及。据今人中山大学陈永正教授著文考证并获得公认（《中山大学学报》一九八七年第一期），唐温如是元末明初人而非唐人，名珙，温如为其字，会稽（今浙江绍兴）人，上述作品题为《过洞庭》，被《全唐诗》误收，诗名为《题龙阳县青草湖》。无名者的作品，有时虽远远胜过名家，但名家的平庸之作可以屡受吹捧，而无名者的上选之篇却往往无人一顾，因而其名不彰甚至湮没无闻。唐温如有诗如此，其他之作的水准可想而知，但他的其他作品是怎么流失的呢？我问洞庭，洞庭啊洞庭，回答我的只有千古不息的涛声。

六

爱情，是人类生存和发展的重要精神支柱，也是文学创作的永恒主题。公元前八世纪，希腊诗人赫西奥德在《诸神记》中歌唱“不朽的神祇中最美丽的一位”之厄洛斯，就是希腊神话中名为丘比特的爱神。“关关雎鸠，在河之洲。窈窕淑女，君子好逑”，在中国，虽然没有这样的神祇，但在两千多年前，由诗经中的《关雎》一曲领起，爱情的多声部乐曲就已经开始鸣奏，虽然沧海桑田，但我们今日只要打开《诗经》的扉页侧耳倾听，便会有钟鼓和琴瑟的乐音从远古黄河的水湄沙洲隐隐传来（在远古时代，“河”是黄河的专称，“江”乃长江的专名）。人类绵绵瓜瓞，爱情诗也绵绵瓜瓞，在中外文学的浩荡长河中，以爱情为题材的优秀作品，是永远也不会凋谢的耀眼而动心的浪花。

唐代虽然仍是一个封建礼教社会，但随着社会的繁荣和思想的开放，自由的精神也开始张扬，爱情诗也成了唐诗花苑中清香远播的一枝。如果你不以名取诗，就可以采摘到无名之崔郊所开的题为《赠去婢》的哀怨的一朵：

公子王孙逐后尘，绿珠垂泪滴罗巾。

侯门一入深如海，从此萧郎是路人。

唐末范摅所撰《云溪友议》，记载了有关这首诗的缠绵悱恻的故事：唐德宗李适贞元和年间，秀才崔郊寓居襄阳姑母家，姑母一婢女美而慧，且通晓音律，为汉南之最，崔与之私通款曲，两情相悦。后来姑母因经济拮据，将此女以四十万钱卖给山南东道节度使于頔，于对其恩宠有加，而崔思念无已，忽忽如狂，常在节度使府署附近徘徊观望。寒食节时，婢偶外出，崔与之遇于柳荫之下，相对饮泣，互诉思慕，崔感慨万端而书此诗。有嫉妒崔郊者，以此诗抄呈于頔，相当于后世屡见不鲜的“检举”或“告发”，于立召崔，崔以为祸事临头矣。不料那位达官贵人倒颇为开明，也许在以诗鸣世的唐代，许多人都有重诗爱才之意吧，他反而责怪崔郊“不早相示”，不仅还崔以心上之人，而且赠之以丰厚嫁奁，如此喜剧结局，真是皆大欢喜。

不过，在生活中的喜剧结局没有到来之前，崔郊此诗却颇具悲剧色彩，所爱的人被公子王孙追逐，为权豪势要劫夺，如同西晋的殉情而死的绿珠。她虽仍然钟情于己，但深海侯门，原来心心相印的恋人倒成了陌路之人。崔郊，生卒年里均不详，只存此诗一首，也许是他失而复得以后，大喜过望之余，就顾不得再写诗了吧？不管怎样，他为后人留下了一篇哀感动人颇富社会意义的悲剧诗篇，“侯门似海”也成了口口相传的成语。作为诗人，这种贡献已经够了。今天某些作者，他们的诗文何止百千，而且不吝“自吹”——王婆卖瓜地自吹自擂，也不惜“他吹”——请有关系的评论者大做广告，但将来能有一首半首留下来吗？

崔郊诗中这位好女子，我们虽然不复得见，但她不恋侯门与虚华而仍然心向崔郊这一介穷寒书生，倒使我千载之下心怀尊敬，而且想起十七世纪英国诗人坎宾的爱情诗《樱桃熟了》：“她的脸上有一座花园／园里盛开着玫瑰与白莲／那是一个极乐的天堂／有各样的美果生长／还有樱桃，但谁也休想买到／除非她自己叫‘樱桃熟了’//有两排明亮的珍珠／被樱桃完全遮住／巧笑时颗颗出现／像玫瑰花蕾上面霜雪盖满／可是王公卿相也休想买到／除非她自己叫‘樱桃熟了’！”坎宾诗中这位黄发碧眼的西方美人，她的心和崔郊的东方恋人之心，不是虽异国异代而遥遥相通吗？

七

世上有些原来本是至为宝贵的东西，虽然平日不离左右，我们却常常视若无睹，不知珍惜，待到一朝失去，方知价值连城而追悔莫及。或者当他人慧眼识宝，那些平日视为平常之物却突然大放光芒，我们只得重新估量它的意义和价值。唐诗犹如宝山，入山探宝者历代络绎于途，大部分珍宝已为世人所识并采撷出山了，然而，也仍有一些奇珍异宝投闲置散，直至今天也仍然没有运出山来，在现代的红尘闹市举行新闻发布会或珍宝展览会。在受到冷落的珍宝中，王镣的《感事》虽算不上和氏之璧，但也可以说得上是颗沉埋已久的隋侯之珠：

击石易得火，扣人难动心。
今日朱门者，曾恨朱门深。

王镣仅存诗一首。南宋洪迈教稚儿诵唐人绝句，初选五千多首，抄录本曾呈给宋孝宗，不知有没有这一首。后来他继续搜录而成《万首唐人绝句》，有王镣此诗。但是，唐代以来包括附有评语赏析文字的唐诗选本，共有五百余种之多，提及唐诗的各种诗话更是层见叠出，但似乎不见有对此诗的评论，以至于三十年前山西人民出版社印出霍松林主编的《万首唐人绝句校注集评》，广为搜罗前人的评论，但在王镣的名下，却只有校注而无评，可见前人对此诗不知是视而不见，还是见而不识，反正他们一律“沉默是金”。

这种沉默也许是金，但也令人吃惊。美人之光，可以养目，智者之诗，可以养心。王镣此诗，不是那种音韵流转意象隽美令人一见倾心的作品，如同仪态万方的美人可以养目，它是那种初读不甚起眼再读却可以启悟的养心之作，如同一位饱谙世事练达人情的老者，向你指点人事的迷津。据说，王镣富有才学，数举未第，门人卢肇等为之不平而常称颂此诗。前两句分写自然之石与社会之人，以“易”与“难”作鲜明之对照，后两句则进层申说，今日掌握权要心如铁石之人，当年也怨恨侯门似海，无人援引。王镣作此诗的本意，也许在于抒发胸中一己的积怨，但诗的整体意象却没有具体实指，而是予以哲学的抽象和艺术的概括，使读者在艺术的再创造中获得某种人生哲理的启迪。

人生天地之间，变数很大而且很多，主客之势，人我之分，彼时与此时之异，此一立场与彼一立场之别，本为草芥而一朝飞升，本为江湖之远忽而庙堂之高，如此种种，常常变易不居，乃相对而非绝对。大而至于家国，陈胜吴广因不满朱门揭竿而起，称王之后，却将原来一起耕作而相誓“苟富贵，毋相忘”的伙伴处死；朱元璋也曾深恨朱门而起事，待到自己贵为帝王，其专制凶残较之前代前朝可谓后来居上；康有为开始力主改革和变法，不愧为时代的先锋，后来却变为保皇党，成了时代的落伍者。小而至于个人，有些人不在其位无权无势时也愤世嫉俗，高喊反腐败反贪官，待到一朝权在手，便如俗语所云“便把令来行”，同流而合污，腐败之快之深绝不亚于前人；有些人身为布衣或位沉下僚时，也曾痛恨身居高位者之架子十足，乃至自己飞黄腾达，一阔脸就变的程度往往而又过之。“今日朱门者，曾恨朱门深”，诗人不黏滞于个人经验的具体描写，他将人生体验提炼为普遍性的哲理情境，于是我们就有意外之喜，因为得到的是一颗耀眼而且照心的珍珠。

王镣，晚唐人，生卒不详，祖籍太原，后迁居扬州，宰相王铎之弟，数举未第。于咸通年间中进士后，曾任汝州刺史，终太子宾客，为正三品。未达时曾作此好诗，腾达后不知如何？

八

日复一日沉浮在红尘俗世，我不免困顿劳累的心常常像囚于笼中的鸟，只盼夺笼而出，飞向原本属于它的天空和山林。城市的宾馆有冷暖空调，但它调的仍是无数人呼进吐出的污浊之气，远不如山野的空气一尘不染，令你心肺如洗。城市里有可以代步的汽车，但老旧的公共汽车夏日闷如蒸笼冬天冷若冰窟，何如美景应接不暇的山径上安步以当车？即使你有钱或有权而“出有车”吧，“人老脚先老”，过多的胆固醇和脂肪酸也会积压在你的养尊处优之上。城里有霓虹灯频抛媚眼的卡拉 OK，但“鸟鸣山更幽”“水是眼波横”，那水的眼波和鸟的鸣啭，不远远胜过凡俗之景与喧嚣之声？何况人在尘世之中你虽然从善如登不望回报，但总会和从恶如流以怨报德的小人狭路相逢；你虽然以善心处世待人，但难免会遇到或执明枪或施暗箭的刺客。没有小人和杀手，也许就不成其为复杂乃至险恶的人生世象吧？生活在红尘之中本来就不胜其烦不堪其累了，何况还有小人窥伺于旁，杀机埋伏在侧，这时，对那远离尘嚣没有机心而只有山鸟山花好弟兄的山林，你自然会更加心向往之。

晋代王康琚在《反招隐》诗中说：“小隐隐林薮，大隐隐朝市。”当今之世，身居朝市而过隐居生活几无可能，而小隐林泉的机会也不可多得。何以解忧？如果你不嗜杜康，还是暂时“隐”到可以清心远俗的古典中去吧，特别是那些境界清远的释道之诗，如唐代名为“太上隐者”的《答人》：

偶来松树下，高枕石头眠。
山中无历日，寒尽不知年。

“隐者”当然是隐于林泉的释道之流了，而“太上”则是“最上”和“远古时代”之意，可见他是一位隐去名姓的资深的隐者。《全唐诗》收录此作，注引宋代的作者不详的《古今诗话》云：人莫知其本末，好事者从问其姓名，不答，留诗一绝云。”我国传统文化的主流是儒、释、道三家，佛道诗歌又是佛道文化的精华，其优秀之作有别开天地的题材领域，超尘脱俗的精神世界，清远空明的美学意境。唐代是中国古典诗歌的“黄金时代”，佛道诗歌虽远离“黄金”，但其诗歌也光彩夺目，诗僧众多，姓名见于经传者不下百人，存世的作品相当于现存唐诗的二十分之一，其中的寒山、拾得、贯休、齐己等人，更是颇具诗名，仅从这一枝红杏也可见唐诗的满园春色。在唐诗花苑中，佛道诗歌虽不是游人如织的热闹场所，但却是令人流连忘返的清幽天地。即如太上隐者这首诗，“偶来松树下，高枕石头眠”的清净无为，“山中无历日，寒尽不知年”的远世绝俗，使得奔走竞逐于红尘中但并未完全被污染的人，读来不禁忧烦立时落潮，俗念顿时溃退。犹记有一年的盛夏，我远避祝融的炎威于湘西南的深山，长沙仍如同烘炉火宅，居民白天行走街头恍若涸辙之鲋，晚上辗转反侧又似被烙之饼，但深山之中白天要烤柴火，晚上要盖棉被，彼时彼地读“太上隐者”之诗，肺腑皆冰雪，真是“不知有汉无论魏晋”。

南宋诗人刘克庄有诗说：“村叟无台历，梅开认小春。”《梅开五言一首》似乎刻意为之，有斧凿之痕。号称“诗仙”、作品颇多禅理道意的李白，他的《山中问答》不仅题目和太上隐者相似，而且诗境也相仿佛：“问余何事栖碧山？笑而不答心自闲。桃花流水窅然去，别有天地非人间。”可见唐代文人诗与僧道诗之相互影响，而僧道诗歌的优秀之作之所以令人动心，也正在于它的“非人间”，和不同于世俗文人的“别有天地”。不过，这些诗现在毕竟只能在案头把玩讽咏了，在音讯如天罗地网的现代，在举目尽是红尘入耳多为噪音的都市，你到哪里去寻找面对飞泉碧峰可以斜倚的松树？你到哪里能邂逅可以高枕无忧的石头？

九

有一年的高秋九月，虽然“安史之乱”早已进入了历史著作，成为其中的章章节节，但杂乱惊恐的马蹄声似乎仍在耳畔，张皇失措的旌旗仿佛犹在眼前。我从唐之长安今之西安出发，沿唐玄宗当年西行的路线而西，不过并非步行，也非骑马，而是坐现代的汽车在平坦的公路上奔驰。

车到兴平县马嵬坡，附近公路之侧一座古代牌坊赫然入目，其上的“唐杨氏贵妃之墓”的字样撞人眉睫，牌坊后面，就是那位回头一笑百媚生的美人的墓丘。这小小墓丘，在杨贵妃死后约五十年，诗人刘禹锡就亲眼看到过，他的《马嵬行》开篇就写道：“绿野扶风道，黄尘马嵬驿。路边杨贵人，坟高三四尺。”待到我从江南远道前来怀古，在至今仍流传在这一带的李、杨艳史与哀史中低回，不问春花秋月不管盛衰兴亡的滔滔渭水，已经不舍昼夜地流逝了一千多年。

对于这一具有重大历史意义和传奇色彩的题材，多愁善感的诗人岂能轻易放过？唐人咏叹者有不少，很多人甚至直接以“马嵬驿”为题，其中以白居易的《长恨歌》最为著名，以后历代仍吟咏不绝。不少作者或叹息一代美人委于尘土，玄宗对之未能保全，如李商隐《马嵬》其一：“海外徒闻更九州，他生未卜此生休。空闻虎旅传宵柝，无复鸡人报晓筹。此日六军同驻马，当时七夕笑牵牛。如何四纪为天子，不及卢家有莫愁？”或设身处地，表现昔盛今衰佳人不再的伤今吊古之情，如罗邺的《驾蜀回》：“上皇西幸却归秦，花木依然满禁春。唯有贵妃歌舞地，月明空殿锁香尘。”或仍然天皇圣明，为唐玄宗歌功颂德，如郑畋的《马嵬驿》：“玄宗回马杨妃死，云雨虽亡日月新。终是圣明天子事，景阳宫井又何人？”众多作品如笛如箫，亦哀亦痛，但狄归昌的《题马嵬驿》却如一记清钟，不，一记洪钟，敲响晚唐落霞如血的天空，至今也仍在我的心中荡起袅袅不绝的回响：

马嵬烟柳正依依，重见銮舆幸蜀归。
泉下阿蛮应有语：“这回休更怨杨妃”！

公元 880 年，也即广明元年二月，黄巢率军攻入长安。唐僖宗沿着唐玄宗的旧路，从长安到四川又演习了一遍。玄宗一年之后即返驾回京，僖宗则迟至五年后方从成都打道回宫。诗人韦庄于次年元月写了《立春日作》：“九重天子去蒙尘，御柳无情依旧春。今日不关妃妾事，始知辜负马嵬人。”对于天下祸乱，无人敢直接指斥作为男人的皇帝，而多怪责身为女人的贵妃，杨贵妃被视为褒姒之流的祸水，连刘禹锡诗中也说“军家诛戚族，天子舍妖姬”，何况他人？韦庄第一个为杨贵妃鸣不平，而狄归昌之诗大约作于僖宗回朝之时，主题更为直接和显豁，艺术表现则更为高明，“马嵬烟柳”与“銮舆幸蜀”之深层对照，泉下阿蛮（新丰市善舞《凌波曲》之谢阿蛮，出入宫禁，杨妃待之甚厚）之反问与反讽的出奇想象，使得这一作品显得更为卓然特立，成为千人诺诺中一士谔谔的异响。

狄归昌是唐末诗人，生卒年里均不详。与诗人郑光友善。乾宁、光化年间由御史中丞徙尚书左丞。唐时为正四品，宰相助手。《全唐诗》收录此作又注曰“一作罗隐诗”，但《万首唐人绝句》仍将其归在狄之名下。罗隐留存至今的诗并不算少，就不要和狄归昌去争版权了，让他独领此诗的风骚吧。此作与韦庄之作如此大胆，也许有人要说因为时在晚唐，离当事人唐玄宗时代已远，但僖宗李儇奔蜀却还是不久之前的前朝之事，它们也颇有微词，社会之开放和诗人之自由。总之，当代人提供史料，后代人作出史断，可见对人事客观正确的评价还是要有一定的“审美距离”，这，恐怕也是中外一律而古今皆然。

十

唐宣宗时，后来官至中书舍人的卢渥进京参加科考，偶至御河之旁小憩，只见溶溶漾漾的碧波之上，一片红叶飘然而来。他拾起一看，发现其上竟题了一首绝句：

流水何太急，深宫尽日闲。

殷勤谢红叶，好去到人间。

也许是唐代爱诗成风，何况他觉得这片红叶浪漫而神秘，于是藏之箱箧，有时出示同好。据说宣宗微服私行时竟曾路遇来京赴举的卢渥，索其诗袖之而去，他日命主司放其进士及第。后来宣宗减省外放一些宫女，但只准嫁给官员，卢渥也得到一位。真是无巧不成“诗”，千里姻缘一“水”牵，她竟然就是那位红叶题诗的宣宗宫人韩氏。这一美谈，见之于唐人孟棨的《本事诗》和唐末范摅的《云溪友议》。大约是这一佳话在社会上广为流传，到宋代刘斧所编辑的《青琐高议·流红记》中，时代就变为唐僖宗时，而男主人公则化为诗人于佑了。唐代宫女红叶题诗或梧叶题诗的故事，见之于野史或笔记小说的有六七次之多。卢渥所获此诗，《全唐诗》中名为《题红叶》，署名为“宣宗宫人”。红叶或梧叶，担当如此传愁遣恨甚至媒妁之言的重任，应该为它们始料所不及，成功率不会很高，像韩氏与卢渥的终成眷属，恐怕是万不得一的吧？

在漫长的封建社会中，穷奢极欲的历代帝王都少不了后宫佳丽，但唐代宫女之多尤为突出。唐太宗时李百药上奏建议裁减宫女，他说“窃闻大安宫及掖庭内，无用宫人，动有万数”，杜甫的《观公孙大娘弟子舞剑器行并序》，也曾透露“先帝侍女八千人”，而白居易则不仅在《长恨歌》中说“后宫佳丽三千人”，他的《后官词》还写道：“雨露由来一点恩，争能遍布及千门？

三千宫女胭脂面，几个春来无泪痕？”即使重门深锁，也难免春光漏泄，纵然巨石如磐，也难压春草萌生，何况唐代是一个思想比较开放文采更是风流的时代，选入宫中的女子不少都经过诗的耳濡目染，情动于衷而形于言，因此唐代宫女题诗者众，虽然大都湮没无闻，但所幸的是《全唐诗》毕竟保留了几许怨曲哀音。

和六朝的宫体诗不同，唐代出现了一种新的诗歌门类，它专门描写和表现宫中生活，可以称为“宫词”。这些宫词大都出于文人之手，不仅包括关注现实而高扬新乐府旗帜的张籍、王建、李绅、元稹、白居易等人，其他流派的诗人如王昌龄、张祜、朱庆余、刘皂等，也曾前来这一领域客串。他们的许多作品，表现了对宫人悲剧命运的同情，具有相当的批判色彩，其中最著名最有分量的是王建的《宫词》百首。但是，文人之作再好，也只是设身处地而非感同身受，是隔岸观火而不是自己处于水深火热之中。文人是局外人，宫人是局内人，唐代大量宫怨诗之中，出于宫女之手的应该弥足珍贵。如上引韩氏之作，流水之“急”与深宫之“闲”构成强烈的反比，写流水出宫之急，也是写宫女自己的内心之急，而深宫之“闲”则更反衬出自己的虚掷青春，百无聊赖，再三祝祷红叶能有幸去到烟火之人间，更是以物写人的妙笔。清人黄生在《唐诗摘抄》中说得好：“绝不言情，无限幽忧之意，自在言外，文人作宫词，便有多少无聊怨望之语，岂知身历其地者，反觉难言耳。”

如果你有兴趣远去唐代的长安今日的西安，也许还会在哪一条水流之上，碰到宣宗时宫人韩氏的那一片红叶。但是，“红叶良媒”毕竟是一个失效的成语，今天是通讯已极为发达的现代，现代人倾吐衷肠或互通款曲，有的是电话、电传与微信，或者是限时信与特快专递，已经不再需要红叶来助一“叶”之力了。

尾　声

在《全唐诗》中，只此一诗别无分章的作品还有不少，如同乐手动人的独奏或歌手感人的独唱。如朱绛的“独坐纱窗刺绣迟，紫荆花下啭黄鹂。欲知无限伤春意．尽在停针不语时”(《春女怨》)，表现了唐诗中一种典型的风格和意境，那种不着一字尽得风流之美；如冷朝光的“越王宫里如花人，越水溪头采白蘋。白蘋未尽人先尽，谁见江南春复春”(《越溪怨》)，明快与冷隽兼而有之，如同发人警醒的晨钟暮鼓。饮中八仙之一的崔宗之，是李白的好友，李白有多首送他的诗，他的存诗却只有一首，令人欣慰的是，这首诗竟然是《赠李十二白》，其中有句说“袖有匕首剑，怀中茂陵书。双眸光照人，词赋凌子虚”，李白的家世甚至种族，历来众说纷纭，他的相貌我们也无从得见，因为唐代还没有摄影术，我们得不到他签名相赠的照片，感谢崔氏画龙点睛，为我们留下了诗仙的一帧速写。“余音绕梁，三日不绝”，这是中国人形容优美歌声的传统用语，岂止是“三日不绝”啊，如果你在秋晨或是春宵温读卷帙浩繁的《全唐诗》，且不要说出自同一诗人之手的众多佳篇俊句了，那些仅此一歌的绝唱也会一齐破卷飞出，绕梁的是千年也不绝的余音！

选美

选诗，如同选美。

清人所编之《全唐诗》近五万首，诗人二千二百多人。从唐代佚名编的《搜玉小集》、芮挺章编的《国秀集》和殷璠编的《河岳英灵集》等选集开始，一直到今天，各种形式的有些还附以注解评释之选本，少说也在千数以上，唐诗之美者差不多都搜罗其中。宋人洪迈的《唐人万首绝句》有拾遗之功，但失之于滥，绝代佳人与效颦的东施共处一堂。清代孙洙的《唐诗三百首》流行天下，长“诵”不衰，却遗漏了不少国色天香，如李贺与罗隐的诗就一首也未曾选入，张若虚的《春江花月夜》也不幸落选。总之，历代的选家功莫大焉，“美人之光，可以养目”，他们褒扬荐举的美人，照亮了我们“好（hào）诗”的眼睛。但是，不少选家与评家多有一种“从众”心理，常常只注意那些大家和名家，对他们又往往只看重那些众生已耳熟能详的名作，翻来覆去总是那几张熟悉的面孔，如同荧屏与晚会上老是几个传统的明星，总不免使人缺乏新鲜感，而对小家与非名家的一些优秀作品，他们则常常视而不见，因此，一些落选的姝丽，难免不向隅而泣，怨叹红颜薄命。

现实生活中的选美，冠亚季三军可能是倾国倾城，入围者也当有一番可餐的秀色，但落选的肯定也还有许多佳丽。美不胜收的唐诗，岂能都被以前的选家选完？我在众多选集评家之外选赏的诗，也许只是布衣荆钗或小家碧玉，但它们却自有动人的风韵，曾经俘虏了我乍见之下而不胜惊喜的眼睛。

一

虚浮不实，大言炎炎，这是许多人的通病，甚至是人性的一种弱点。

说大话吹牛皮之“吹”，大约有三种常见的形式：一种是“自吹”，对自己的能力和业绩乃至于对自己管辖范围内的工作，作远离实际的吹嘘张扬；一种是“他吹”，无原则地吹捧讨好他人，而被吹者多半非亲即友，不然就是利害攸关的主管或上司；一种是“互吹”，来而不往非礼也，你既然投之以桃，我当然应该报之以李，于是你方唱罢我登场。我们看到的不是友朋之间的相濡以沫，而是相赠以吹，这种人不是诤友，也非畏友，而多是以利相交的谄朋媚友。

夸言不实，又叫作“大吹法螺”或“吹大法螺”。不知这种大言无当巧舌如簧的人，怎么和明心见性导人于善的佛经扯在一起。《金光明经·赞叹品》说：“吹大法螺，击大法鼓，燃大法炬。”本义是说螺贝之吹声及远，喻佛之说法广被众生，后来却变成了说大话吹牛皮的同义语。不过，奉行不说大话成不了大事的信条的人，他们之所以好吹，无非就是好名图利，并满足虚荣与自大的心理。自吹如此，他吹呢？也同样不离功利的目的，一损俱损，一荣俱荣，何况凭他吹还可以自利。

有一种吹者是在兄弟之间。犹记有一首流行于三湘的民间版本的打油诗，这首诗的作者是一位为人之兄的人。诗云："天下文章在三湘，三湘文章在吾乡，吾乡文章推舍弟，舍弟请我改文章。"这位作者，真是写遍天下无敌手的文坛第一高人了，其吹嘘的可信程度当然使人怀疑，但"顶针"修辞格的巧妙运用，以及由"三湘"而"吾乡"而"舍弟"而"我"的层层递进的绝妙逻辑，在令人捧腹的同时，也使人不禁为民间的智慧而惊叹。

由民间而经典，由俗文化而雅文化，无独有偶，我在《全唐诗》里也发现了一首作者为何兆的题为《赠兄》的诗：

洛阳纸价因兄贵，蜀地红笺为弟贫。
南北东西九千里，除兄与弟更无人。

何兆，或作"何召"，生卒年均不详，只知他是四川人，生活于大历年间，《全唐诗》仅存诗一首。如果说他名不见经传，也不完全合乎实际，名诗人卢纶就有《送何兆下第后归蜀》一诗："褒斜行客过，栈道响危空。路湿云初上，山明日正中。水程通海货，地利杂吴风。一别金门远，何人复荐雄？"而李端也有《茂陵村行赠何兆》与《送何兆下第还蜀》二诗，后一首是：“重江不可涉，孤客莫晨装。高木莎城小，残星栈道长。袅猿枫子落，过雨荔枝香。劝尔成都住，文翁有草堂。”他们虽都有惜别之情与劝勉之意，但似乎都未提到他的文才或诗才如何。何兆自己呢？他的诗首句用“洛阳纸贵”的典故，对其兄极尽赞扬，次句则自夸诗文也曾使四川纸贵。后两句变本加厉，竟然说中国之大，除我们兄弟俩更无余子——这真是所谓“老子天下并列第一”的目空一切了。当然，我们不能以及第与否作标准来评诗论文，李白杜甫又何尝中过举及过第？正如同现在的各类所谓评奖包括全国大奖，得奖的作品不一定都能传世，甚至还不能传于一时，而未获奖之作也不一定都弱于获奖之作。不过，何兆因为没有更多的作品来证明他们昆仲才华盖世，其兄之大名甚至都不得而知，那就不免近于豪气凌云的“自吹”与“他吹”了。其兄之作固然完全无传，《全唐诗》中何兆名下也只另有一首《玉蕊花》：“羽车潜下玉龟山，尘世何由睹蕣颜。惟有多情天上雪，好风吹上绿云鬟。”后两句想象空灵，自是不俗，但可惜的是，有专家考证说此诗著作权应属于另一位诗人严休复，而非何兆。

何兆的《赠兄》诗如系落第后所作，那自负之中不乏愤懑，还能令人同情，而且他由兄及己，兄弟并吹，从中可见棠棣情深，也有率真可爱之处。当今的文坛或学界，有的父吹子，有的子吹父，有的夫吹妻，有的妻吹夫，有的则因同气相求同利相求而互吹，那就不免将肉麻当有趣了。如有的年轻诗人大言不惭，说自己和同一山寨的作者的作品“如果翻译不差，在世界上是有地位的”，有的说看不懂他们的作品的读者，“是没有学会解读方法”，有的说老诗人郑敏“不懂诗歌，不懂现实，不懂生活”，更有的人说大诗人艾青呢，则早就“应该送到火葬场去”。又据报载，有两位学人编了一本《钱锺书评论》，其中一人化名写有《钱锺书研究—甲子》的长文收入其中，除大吹而特吹化了若干笔名的自己外，还特吹而大吹另一位合作的编者。并云“只要这部书”之外，“另一册集子存在，其余关于钱氏的书籍全可烧掉”——祝融氏处理后硕果仅存的“这部书和另一册集子”的作者是谁呢？原来就是他们哥儿俩，这真是新儒林现代版的“除兄与弟更无人”了。

二

人之初，性本善？人之初，性本恶？中国古代的思想家，早就为人的本性是善或恶而争论不休了。对这场旷日持久的论争，任何执法如山的严明的法官，都无法作出非此即彼的判决。

人生天地之间，大奸大恶者毕竟只是少数，否则这个世界时时处处都会鬼魅横行，暗无天日。当然，大贤大德者也不是多数，否则这个世界也早就应该处处时时春风丽日，安居乐业。这种善恶两极对比分明的人，有如电影中的黑白片，摄影中的黑白照，所具有的色彩非黑即白。世上芸芸众生，也形形色色，很少整个为黑，也很少整体为白，大都不是黑少白多，就是黑多白少，或黑白参半。人，从动物演进而来，除了人性，还在楚楚衣冠之下彬彬有礼之中，潜藏着与生俱来又在社会大染缸中耳濡目染的动物性，如自私、贪婪、排他等，这种动物性的极致就是“兽性”。有的人之兽性一直受到理性的压抑、制约与消弭，在理性的囚笼中未能或不想突围而出，有的人则从恶如流，一旦残忍冷酷的兽性发作，如泰戈尔在《飞鸟集》中所说的“当人是兽时，他比兽还坏”，殃及的便是他人和无辜，如果这种人大权在握甚至可以号令天下，那受害的就是整个社会、民族与时代了。

人心，如同爱情与生命，都是文学的永恒的主题。一部文学史，也可以说是一部探究人心表现人心包括作家主体世界的历史。在古希腊的德尔斐神庙的墙壁，刻有一句似浅而深的箴言：“认识你自己。”认识自己即所谓自知之明都尚且不易，何况认识他人？早在《诗经·小雅·何人斯》中，作者开宗明义就指出人心的难测：“彼何人斯，其心孔艰。”在诗的结尾，作者又反之复之：“为鬼为蜮，则不可得。有靦面目，视人罔极。”意思是含沙射影使人得病的鬼蜮虽然可怕，但那毕竟属于虚无缥缈的传说，而人心却无法揣度捉摸，虽然他们面目在前，音容在眼。在中国文学史上，这首诗最早提出了识人比识鬼还要难的哲学命题，如同河流的源头，以后关于人心的诗词都是渊源有自的波浪。

唐代虽然是封建社会的黄金时代，盛唐更是如日中天，然而，即使阳光之下也仍然有许多浓重的阴影，更何况如自私、贪婪、狡诈、邪恶这种种人性的弱点，在生存竞争特别是权力角逐中，便会得到进一步的发展与膨胀，不少诗人除了仕途进退宦海浮沉的体验，生活道路上的许多遭逢，也使他们加深了对人生与人心的认识。他们有不少赞扬懿行美德高风亮节的篇章，也有一些作品直抉险恶的波澜翻覆的世道与人心。“自私”，是人类的劣根性之一，王维在《不遇咏》中就说“今人作人多自私，我心不说君应知”。生逢困难与身处逆境，是检验人性特别是友谊的试金石，潦倒不遇的杜甫深有体会：“翻手为云覆手雨，纷纷轻薄何须数？君不见管鲍贫时交，此道今人弃如土。”（《贫交行》）晚唐诗人唐备，龙纪元年登进士第、后不知所终，今仅存诗三首，首首可圈可点。其《失题》之二说：“一日天无风，四溟波尽息。人心风不吹，波浪高百尺。”以风平波静与无风起浪的人心相对照，写出人心惟危，变幻莫测。这，也许是远承了刘禹锡的余绪，刘禹锡早在《竹枝词九首》之七写道：“瞿塘嘈嘈十二滩，人言道路古来难。长恨人心不如水，等闲平地起波澜。”江滩凶险江水才有波澜，而人心则平地波澜，这是刘禹锡参加“永贞革新”后长达二十三年的坎坷遭遇的体验，其锋芒直指官场许多陷害围攻他的小人，其逆向思维与反讽手法也令全诗生色，如高温与精钢炼出的一柄短剑。

刘禹锡是以三峡中的瞿塘峡起喻，在他之后，雍陶也接踵而来，请看他的《峡中行》：

两崖开尽水回环，一叶才通石罅间。
楚客莫言山势险，世人心更险于山！

雍陶是以七绝见长取胜的中晚唐诗人，七绝占其作品百分之六十。他作于四川简阳的《题情尽桥》："从来只有情难尽，何事名为情尽桥？自此改名为折柳，任它离恨一条条。"这是题桥诗中的异品与妙品。他写于湖南岳阳的《题君山》："风波不动影沉沉，碧色全无翠色深。疑是水仙梳洗处，一螺青黛镜中心。"巴陵是我的旧游之地，我每读此诗，总不免感激这位籍贯四川的异乡诗人，也一展歌喉加入了咏君山的合唱。上述这首《峡中行》，你读了前三句之后，只知诗人在极力描状三峡之险，如果仅止于此，也只是模山范水而已，然而，在第三句的顿挫转折之后，全诗最后却出人意料地逼出"世人心更险于山"的警句，如众乐齐鸣中的一声响锣，繁音合奏中的一记警钟，在你的耳边心上敲响，荡起的是袅袅不绝的余音。

唐诗中直接接触人心这个心理学与哲学命题的，不仅仅是上述几位诗人。白居易一说"天可度，地可量，唯有人心不可防"(《天可度》)，再说"行路难，行路难，不在水，不在山，只在人心反覆间"，而"太行之路能摧车，若比人心是坦途；巫峡之水能覆舟，若比人心是安流”（《太行路》），他同时代的诗人王建，在《独漉歌》中也说“独独漉漉，鼠食猫肉，乌日中，鹤露宿，黄河水直人心曲”，而晚唐的杜荀鹤，在《感寓》中也说“大海波涛浅，小人方寸深。海枯终见底，人死不知心”。不知他们为什么都有如斯感慨？如果有关学术部门召开一个“人心与唐诗”研讨会，他们大约都会欣然驾临，而雍陶也许会作重点发言吧？

三

生活中的喜剧，像擂动欢庆的锣鼓，像燃响喜笑颜开的爆竹。生活中的悲剧呢？则有如呜咽的流泉，有如仰天的痛哭。

人秉七情，感物斯应。儒家、佛家和传统的中医学，虽然对人的七种情志的解释稍有不同，但喜与悲却好似南方与北方，或东疆与西域，是距离遥远而逆向相背的两极。人的一生，除了生活在其他的感情状态之中，常常免不了小喜小悲或大悲大喜。在文学作品中，杜甫的《闻官军收河南河北》被前人称为他生平的第一首“快诗”，就是因为这位多愁多病多灾多难的诗人，诗中多的是愁苦之音，而在安史之乱中他于四川听到官军胜利的消息后，就禁不住挥洒而成这首“喜欲狂”的好诗，其大喜若狂的情感就像奔流的长江大河，至今仍令人心血如沸，经过抗日战争十四年离乱的年长的读者，读来就当别是一番滋味在心头，而太平时代的年轻人读它，就难免有隔世之感了。李白呢？这位乐观放达诗风豪宕的诗人，满怀致身青云匡时济世的罗曼蒂克的梦想，他的诗思常常飞扬在山水之间，也遨游于云天之上，待到在无情的现实中屡屡碰壁，他在《行路难》中先是说“金樽清酒斗十千，玉盘珍馐直万钱。停杯投箸不能食，拔剑四顾心茫然”，供奉翰林后又被逐出长安，他在《宣州谢朓楼饯别校书叔云》中，就低回悲吟“抽刀断水水更流，举杯消愁愁更愁。人生在世不称意，明朝散发弄扁舟”。待到流放夜郎中途赦回，垂垂老矣，万念俱灰，“大鹏飞兮振八裔，中天摧兮力不济。余风激兮万世，游扶桑兮挂石袂，后人得之传此，仲尼亡兮谁为出涕”，他的绝笔之作《临路歌》，就如同一阕令人肠断的哀曲了。

东汉的张衡，他一人而夺得了科学家与文学家两顶桂冠，不仅将自己的名字写进科学史，也写进了文学史。他发明和制作了浑天仪与候风地动仪，也工于诗和辞赋。《东京赋》与《西京赋》是他的辞赋名作，《四愁诗》则是他的诗歌名篇。在明志之作《应闲》之中，他自我期许是“君子不患位之不立，而患德之不崇，不耻禄之不夥，而耻智之不博”，可见是一位颇有操守的知识分子。他生活的时代，东汉帝国正由盛而衰，外戚与宦官专权，朝政黑暗，国事日非，有才能有抱负的他心情苦闷，发而为《四愁》之诗：

我所思兮在太山，欲往从之梁父艰。侧身东望涕沾翰。美人赠我金错刀，何以报之英琼瑶。路远莫致倚逍遥，何为怀忧心烦劳？

我所思兮在桂林，欲往从之湘水深。侧身南望涕沾襟。美人赠我青琅玕，何以报之双玉盘。路远莫致倚惆怅，何为怀忧心烦快？

我所思兮在汉阳，欲往从之陇阪长。侧身西望涕沾裳。美人赠我貂襜褕，何以报之明月珠。路远莫致倚踟蹰，何为怀忧心烦纡？

我所思兮在雁门，欲往从之雪雰雰。侧身北望涕沾巾。美人赠我锦绣段，何以报之青玉案。路远莫致倚增叹，何为怀忧心烦惋？

美人香草，寄托遥深，民歌韵味，音律谐美，传扬的是屈骚的遗风。鲁迅先生曾仿此而戏作《我的失恋》，后来收入散文诗集《野草》之内，可见他对此诗也情有独钟。不过，张衡在东汉时的一曲愁音怨曲，握拨一弹，早在六百年后的中唐就得到了回声，那就是顾况的《悲歌》：

我欲升天天隔霄，我欲渡水水无桥。
我欲登山山路险，我欲汲井井泉遥。

张衡的诗为四节，顾况的诗只有四句，如果说顾况远绍了先人的余绪，还不如说他缩龙成寸，青出于蓝。何况四次“我欲”的排比句式，“天天”“水水”“山山”“井井”的顶针词法，“我欲升天／天隔霄”之连续四句的句中翻叠，更尖锐地表现了诗人的愿望、理想与其不可能实现之间的矛盾，因而也更富于悲剧色彩。顾况虽然因一读《赋得古原草送别》而提携过白居易，传为诗坛佳话，但时代已由朝气蓬勃的盛唐转入秋风乍起的中唐，他自己一生在仕途上也并不得意。这首富于弹性与多义之美的诗，是写他政治抱负不能实现的苦闷呢，还是写他个人的爱情生活中的愁情？或者扩而大之，是表现一种具有普遍意义的追求与实现之间永远无法消解的矛盾呢？

俄罗斯作曲家柴可夫斯基的交响曲《悲怆》，写的是对生活与世界的悲哀的感受，人称这部交响曲是“一个痛苦的心灵的倾诉”。不也是如此吗？顾况的《悲歌》啊！

四

生命短暂，如刹那芳华的昙花，时间永恒，像亘古如斯的星空。自古以来，中国的哲人与诗人都为这一不解之谜而困惑，都为这无法消解的矛盾而痛苦。对时间与生命的咏叹，成了中国文学特别是中国诗歌永恒的主题。

中国的哲学，是一种以时间与空间为核心的生命哲学。青春的可贵，生命的匆促，死亡的必然，在古老的《诗经》中就有最早而动人的表现了。《召南·摽有梅》："摽有梅，其实七兮，求我庶士，迨其吉兮。摽有梅，其实三兮，求我庶士，迨其今兮。摽有梅，顷筐塈之，求我庶士，迨其谓之。"树上梅子由七分至三分至全部掉落，暗喻时光飞逝，青春迟暮。《唐风·葛生》与《秦风·黄鸟》，则是中国诗中最早的悼亡的哀音。《葛生》的尾章说："夏之日，冬之夜。百岁之后，归于其居。冬之夜，夏之日。百岁之后，归于其室。"由"夏"而"冬"而"百岁"，无一不是表现时间的匆遽与死亡的无可回避。难怪删定《诗经》而对生命的意义十分执着的孔子，要下临逝川而浩然兴叹："逝者如斯夫，不舍昼夜！"

《诗经》中的作品，大都是民间的无名氏的集体创作，而《楚辞》特别是屈原的诗章，不仅是中国诗歌史上第一次署名的个性鲜明之作，是中国古代知识阶层即士阶层正式形成的结果，也是直接而强烈地表现生命意识和生命追求的诗篇。"汩余若将不及兮，恐年岁之不吾与。朝搴阰之木兰兮，夕揽洲之宿莽。日月忽其不淹兮，春与秋其代序。惟草木之零落兮，恐美人之迟暮"，我们楚地这位命途多舛而心雄万丈的先贤，他既从自然性的角度痛感韶光不再而生命易逝，又从伦理性的角度渴望有限的生命能建功立业，实现自己的抱负与价值。时至汉魏，"人生"，就像我们今日所说的主旋律，响彻在有名或无名的诗人的作品之中："人生天地间，忽如远行客"，"人生寄一世，奄忽若飚尘”，“人生非金石，岂能长寿考”，“人生忽如寄，寿无金石固”，“人生不满百，常怀千岁忧”，在作者姓氏不明的《古诗十九首》之中，衡量生命的时空单位“人生”一词，繁音竞奏。在建安时代的许多诗人中，由于儒家达则兼济天下的思想的影响，加之对时代的动乱与战乱的目击身经，他们既有对众生对群体的大生命的关怀，也有对自己的个体生命的脆弱与短促的强烈敏感，而且能将拯时济世的理想与不负此生的功业追求，结成生命的盟约。最典型的，是半生戎马横槊赋诗的“三曹”之首的曹孟德了。“对酒当歌，人生几何？譬如朝露，去日苦多。慨当以慷，忧思难忘。何以解忧？惟有杜康。”他本人虽然下落不明，连身后埋骨之地也众说纷纭，无可确证，但他已名垂史册也名垂诗册。上述诗句，是他手挥五弦时弹奏的最悲哀而又最豪壮的生命之歌，也如永不喑哑的暮鼓晨钟，一记记，一声声，永远敲奏在后来人的耳旁，也敲响在有志之士的心上。

唐代是生命意识更为高扬的时代。表现生命意识和生命境界的诗篇，汇成了空前宏大多彩的交响乐章。无论盛唐如日之方中，晚唐如日之夕矣，志在高远而深感时不我待的诗人，大都怀有建功立业或挽救时艰的愿望，而复杂严酷的现实与单纯美好的理想之间的冲突，生命价值的追求与生命本身的短暂之间的矛盾，使他们的作品呈现其更丰富的色彩。“方内之人”如此，“方外之人”呢？虽然他们信奉的是道家或佛家的宗教生命哲学，但生命毕竟是一个具体的时间与空间的过程，他们对时间的易逝人生的易老，也难免有情，甚至更为敏感。如和曹孟德诗题相同的唐末子兰的《短歌行》：

日月何忙忙，出没住不得。
使我勇壮心，少年如顷刻。
人生石火光，通时少于塞。
四季倏往来，寒暑变为贼。
偷人面上花，夺人头上黑！

子兰虽是诗僧，但他的诗也多咏物怀友，歌吟日常生活。他生当唐末，也有感怀动乱揭露社会不平之作，如《长安早秋》："风舞槐花落御沟，终南山色入城秋。门门走马征兵急，公子笙歌醉玉楼。"可见他也不是成天啸傲山林，不食人间烟火。时间如逝水流川，如电光石火，如白驹过隙，等等，前人已多有比喻而不新鲜了，如另一位诗僧寒山说"日月如逝川，光阴石中火"，就不免老生常谈，而此诗开篇之"日月何忙忙"，也不算新创，因为杜牧也曾有"月于何处去，日于何处来。跳丸相趁走不住，尧舜禹汤文武周孔皆为灰"之句。艺术所崇尚的，是发现与表现的新颖独创，只有"不可无一，不可有二"的独创，才能使读者钦服艺术家的才华，记住艺术家对人生和艺术的贡献。精彩的是，子兰将抽象的寒暑四季，具象为拟人化的盗贼，偷走人面上的"花"，夺走人头上的"黑"——象征青春的朱颜与黑发，如此以实代虚，以谬为真，如此创造性地写出青春之匆匆，生命之匆匆，真是使年轻的人惊心，使不再年轻的人动魄！

唐代许多诗人都喜欢同以《短歌行》为题写时间生命。如李白想向为太阳驾车的六龙行贿，一厢情愿地进献他嗜饮的美酒：“吾欲揽六龙，回车挂扶桑。北斗酌美酒，劝龙各一觞。”司空图却不讲情理，去责怪补天的女娲：“女娲只解补青天，不解煎胶粘日月。”子兰在失望与无奈之余，干脆破口骂人，不，不是骂人，而是骂时间，斥责时间为盗贼。然而，不管你如何想方设法，也不论你如何长寿百年，每个人的人生，都是一首短而又短的短歌行，问题是，我们要怎样才能把这一支短歌唱得无愧于只此一次的生命，也有益于众生和社会呢？

五

唐代诗人司空图说：“侬家自有麒麟阁，第一功名只赏诗。”（《力疾山下吴村看杏花》）诗，是文学的精华，人生的甘泉，世间的灯火，有哪一个看重形而上的精神世界的人，不欣赏天地间的好诗呢？何况是诗的百花园中众香国里别开一枝的爱情诗。

民间的爱情诗与文人的爱情诗，是中国情诗各自奔流而互相呼应的两大江河。《诗经》中的作品，是无名的个人或集体的创作，是民间爱情诗最早怒放的奇葩，只要你一卷《诗经》在手，那远古的芬芳便仍然会扑面而来。屈原，是中国诗歌史上第一位富于抒情个性的署名诗人，《九歌》中就有许多人神相恋的情诗，《山鬼》更是其中的代表之作。历经汉魏南北朝的发展，时至唐代，由于国家的强盛，文网的松弛，社会的开放，思想的活跃，加之李氏皇族的少数民族的血统，男女之间的交往远不如宋代之后那样礼教森严，爱情诗因而也如其他题材的作品一样，出现了姹紫嫣红的景象。贵为帝王如武则天，大诗人如李白、杜甫和白居易，优秀的、杰出的诗人如崔颢、元稹、李贺、李商隐、杜牧和韦庄等人，以及名不见经传的宫人与歌伎，他们都曾纷纷到爱情诗的园林中来一倾积愫，种卉莳花，留下许多使人诵之心旌摇曳而齿颊留香的诗篇。

“燕草如碧丝，秦桑低绿枝。当君怀归日，是妾断肠时。春风不相识，何事入罗帏”，这是豪放的李白《春思》所抒发的真情挚爱；“多情却似总无情，惟觉樽前笑不成。蜡烛有心还惜别，替人垂泪到天明”，这是浪漫的杜牧《赠别》所表现的绮思柔情。你也许会以为这是风流才子的当行本色，假如被苏轼称为“郊寒岛瘦”的孟郊、贾岛，也曾写有缠绵悱恻的情诗，你即使不觉得匪夷所思，也不免会眼睛为之一亮。贾岛暂且不论，如他的《友人婚杨氏催妆》“不知今夕是何夕，催促阳台近镜台。谁道芙蓉水中种，青铜镜里一枝开”，有过新婚燕尔经历的人，读来都不禁会悠然回首。孟郊的《结爱行》呢？那叮叮咛咛甜甜蜜蜜也确实动人情肠：

心心复心心，结爱务在深。
一度欲离别，千回结衣襟。
结妾独守志，结君早归意。
始知结衣裳，不如结心肠。
坐结行亦结，结尽千年月。

孟郊是由盛唐转入中唐的过渡诗人，人称其诗风怪、奇、冷、硬，这大约是从他半生遭遇的贫寒坎坷与作品的意象世界得来的印象。他说自己“借车载家具，家具少于车”（《借车》），明显是还没有脱贫，更无论小康。他说自己的生涯是“食荠肠亦苦，强歌声无欢。出门即有碍，谁谓天地宽”（《赠崔纯亮》），可见其穷愁潦倒，生理与心理都有些近乎变态。然而，他的精神却是富有的，他是中唐的“奇崛诗派”的代表人物，他的创作自白见于《夜感自遣》一诗：“夜吟晓不休，苦吟鬼神愁。如何不自闲？心与身为仇。”他不是与别人为难，而是自己和自己过不去，这种敬业精神，相当于以创作为宗教。他的诗，不仅令比他小十多岁的韩愈感动佩服，也使今天的我们远望而难及。上述的这首诗，就是他“苦吟”而成的甜蜜的果实。

其实，“苦吟”只是创作过程，关键是孟郊有一颗苦味的“诗心”，如同苏轼在《读孟郊诗二首》中所写的“诗从肺腑出，出则愁肺腑”。孟郊这位老夫子看来绝非轻薄好色之徒，或见异思迁之辈，所以他才能从肺腑中酿就这罈一往情深的美酒。全诗以心心相印的“心心复心心”领起，以一字再现的“重出”的修辞方式，在以下八句中连用九个“结”字，前四句每两句出现一个“结”字，中间四句一句一“结”，最后两句中一句二“结”一句一“结”，如此连贯而下，层层递加，从不同的角度反之复之，具见其心之有千千结，令人读来回肠荡气，感慨不已。

孟郊在另一首《怨诗》中写道：“试妾与君泪，两处滴池水。看取芙蓉花，今年为谁死？”一“结”一“怨”，殊途而同归，两首诗各如同一个半圆，围绕的是“永恒之爱”这个圆心。当今之世，超乎金钱与权力之世俗而两情相悦的专一的爱情，已经如稀有钻石一样不可多得。在滚滚红尘之中，为俗务尘情所累的现代人，如果能捧读古代那些真挚优美的爱情诗，也许会如同手捧一掬遥远的清芬，让蒙尘的心得到古典的清泉的洗礼！

六

珠贝，是大海的宝藏；钻石，是大地的宝藏，独特而深刻的思想呢？则是诗的宝藏。

真正的诗，是美好的感情的产儿，也是深刻的思想的骄子。读者读诗，不仅希望作品如同好风，掀动他感情的波澜与潮水，也盼望作品好像霞光，照亮他的眼睛也启迪他的心灵。美国现代诗人佛罗斯特书写的虽然是横行的洋文，但他的一段箴言却是他山之石：“一首完美的诗，应该是感情找到了思想，思想又找到了文字……始于喜悦，终于智慧。”

不同的诗人抒写同一题材，有如大家同时赴考或同场竞技，思想和艺术的高下判然立见。杜甫与高适、岑参、储光羲、薛据等人同登长安慈恩寺塔赋诗，这故事大家耳熟能详。山西永济县南城上的鹳雀楼，前瞻中条山磅礴，下瞰大黄河奔腾，在唐代就是登临胜地，畅诸有“城楼多峻极，列酌恣登攀。迥临飞鸟上，高榭代人间。天势围平野，河流入断山。今年菊花事，并是望君还”（《登鹳雀楼》），李益有“鹳雀楼西百尺墙，汀洲云树共茫茫。汉家箫鼓随流水，魏国山河半夕阳。事去千年犹恨速，愁来一日即为长。风烟并起思归望，远目伤春亦自伤”（《同崔邠登鹳雀楼》），张乔有“高楼怀古动悲歌，鹳雀今无野燕过。树隔五陵秋色早，水连三晋夕阳多。渔人野火成寒烧，牧笛吹风起夜波。十载重来值摇落，天涯归计欲如何”（《题河中鹳雀楼》）。但是，时间是最公正最权威的评审，如果一般的文学评审是文学、政治学与关系学的综合，时间则是文学至上或文本至上，其他则无暇或不屑顾及，一千多年来，它评定的第一名不是上述作品，而是王之涣的《登鹳雀楼》：“白日依山尽，黄河入海流。欲穷千里目，更上一层楼。”王之涣所站者高，所见者远，所怀者大，蕴含了高远深邃的哲理，营造了雄浑浩渺的令人思之不尽的诗的意境，实至而名归，以鹳雀楼为题的诗歌大赛的桂冠，非他莫属。至于唐人芮挺章所编《国秀集》，将此诗列在盛唐处士朱斌的名下，题曰《登楼》，末句作“更上一重楼”，其间的来龙去脉如何，我已无法深究了。

水，是人类生活最可宝贵的元素，在古希腊语中它的原意就是“万物之母”。因为载体不同，自然界的水有泉涧溪池江河湖海等形态，诗人们不知为它们写过多少作品，足可编成一部卷帙浩繁的专书。如果编辑此书，许多大家的名作是不能不选的，但是，晚唐杜荀鹤写安徽境内一条溪河的《泾溪》，虽不十分闻名，但也不应该遗漏：

泾溪石险人竞慎，终岁不闻倾覆人。
却是平流无石处，时时闻说有沉沦。

诗人还有一首《溪兴》：“山雨溪风卷钓丝，瓦瓯篷底独斟时。醉来醒着无人唤，流到前溪也不知。”同样是写溪. 却是另一种笔墨和意趣，表现随遇而安任性自适的隐逸之乐，诗虽清新可诵，但这种大同小异的意境，前人已经表现过了，如司空曙的“钓罢归来不系船，江村月落正堪眠。纵然一夜风吹去，只在芦花浅水边”（《江村即事》），即使后来居上，我也怀疑杜荀鹤曾经将司空曙之作当过学习的蓝本。《泾溪》一诗同是写溪水，却表现了诗人对生活独特的发现，并且将这种发现升华为一种具有普遍意义的人生体验与人生哲理：处危而慎，危可转安，险可化夷，“石险”可变为“平流”；居安而不慎，则安可转危，夷可化险，“平流”可易位为“石险”，往往易于颠覆与沉沦。

诗是意象的艺术，也是引人想象和思索的艺术。这首诗的意象之中，有丰富的多义的内涵，可以引起读者有关人生的多种思考和想象。其中最主要的思考指向则是：谨慎。正如同自珍并非自大，自爱并非自骄，自谦并非自卑一样，谨慎绝非无所作为裹足不前的谨小慎微，而是一种智慧与美德。英国的谚语说：“一盎司的谨慎能抵一磅智慧。”如果你不以辞害意，印度的一句谚语也是强调谨慎可以获取安全：“走比跑安全，站比走安全，坐比站安全，躺比坐安全。”我们读军事史常常可以读到以下教训：由于盲目冒进而导致全军尽没。拿破仑叱咤风云，但他劳师远征俄罗斯，结果赠给他的是失败的漫天风雪。我们坐长途汽车时常常可以看到以下的景象：平坦的路旁总是不乏人仰马翻的车辆，而危险的坡道或急速转弯之处，则常常天下太平。这就是谨慎与否之故。小而至于个人，得意时忘形，顺利时张狂，往往可能导致失败的祸患。大而至于国家，不前瞻后顾民主决策而鲁莽从事，其苦果则不是由一人或少数人来品尝了。

莎士比亚在《亨利四世·上篇》中说：“谨慎是勇敢的最大要素。”中国的成语中也有“大勇若怯”之词。小心不是胆小，谨慎不是束手束脚而是积极进取的基石，如同十米高台的跳水运动员，要牢牢踩稳跳板的边缘，如履薄冰，然后才能纵身一跃，将自己抛成一道凌空的闪电，一朵飞舞的落花。写出思想深刻艺术独到的《泾溪》的杜荀鹤有知，不知对我的诠释以为如何?

七

年年如约而来的春天，也年年如约向人间推出盛大的花展，山间水湄，平原沃野，岂止百花齐放，而是千花万花迎风而开，所以诗人要情不自禁地赞美万紫千红总是春。自然界的春天如此，文学艺术的春天呢?题材、体裁、形式、流派、风格和手法的多样化，是文学艺术繁荣昌盛的标志之一，而单调和贫乏，不是幼稚或衰落的表现，就是大一统的文化专制主义的结果。唐代，是我国古典诗歌的阳春三月，千花竞放，万卉争荣，蔚为美观与壮观。仅以题材而论，大至时代风貌、人民疾苦、民族的矛盾、阶级的对立与斗争，小如征戍、边塞、迁谪、行旅、怀乡、赠答、题咏、友谊、爱情、山川风物，堪称千花万卉，次第而开。有关寺庙的作品，就是姹紫嫣红的百花园中一枝出墙的红杏。

唐代佛道之风盛行，寺庙成了唐文化的一大景观，也是唐人精神生活的一个寄托之地，对寺庙的吟咏也留下了一些好句佳篇。“空山寂历道心生，虚谷迢遥野鸟声。禅室从来尘外赏，香台岂是世中情。云间东岭千重出，树里南湖一片明。若使巢由知此意，不将萝薜易簪缨”（《灉湖山寺》），这是修建岳阳楼的张说吟咏巴陵南湖之旁寺庙的诗章。二十世纪七十年代中后期，我正在南湖边的“岳阳师专”教书，在铺天盖地的喧嚣声里，遁入自己的斗室，推开面湖的窗户，我的心便常常飞进张说的诗句里。“已从招提游，更宿招提境。阴壑生虚籁，月林散清影。天阙象纬逼，云卧衣裳冷。欲觉闻晨钟，令人发深省”（《游龙门奉先寺》），这是《杜工部集》的第一篇、也是现存杜甫最早的作品。有一年我和内子缇萦远去洛阳龙门的奉先寺，虽然说是去游赏石壁上那些不朽的石刻，但更是去瞻拜杜甫永恒的诗篇，追寻他的足迹。“峰峦开一掌，朱槛几回延。佛地花分界，僧房竹引泉”（张祜《题杭州灵隐寺》），使我领略了这一方名刹的风貌；“泉声咽危石，日色冷青松。薄暮空潭曲，安禅制毒龙”（王维《过香积寺》），让我今日仍然如饮纯醪地品饮他的妙句，也如醍醐灌顶般深味他的感悟。

唐人咏寺庙的诗，大都从整体及其环境着眼下笔，很少如特写镜头般刻画具体的细部，但晚唐蒋贻恭的《咏金刚》，却令我有意外之喜。蒋贻恭绝不是如时下流行的所谓“著名诗人”，而是其名不彰的作者，但著名诗人其作品不一定都能流传于世，而名声不显的作者不一定没有超出流俗的诗篇。蒋贻恭的《咏金刚》就是如此：

扬眉斗目恶精神，捏合将来恰似真。

刚被时流借拳势，不知身自是泥人！

“金刚”，是“金刚力士”的简称，本为金中最刚之意，比喻强大而锋锐的力量。中国寺庙内的金刚塑像，不论是山门内的二大金刚，俗称“哼哈二将”，还是殿内的四大天王，它们都是从印度的神话传说和佛经演变而来。金刚力士的塑像，大都身躯魁伟，怒目圆睁，上身赤裸，双脚贲张，手持武器“金刚杵”作欲击之状。这位蒋贻恭看来绝不是佛门的信徒，他竟然在佛教盛行的唐代，敢于冒天下之大不韪，戏弄起法力无边的金刚力士来了。首句浓墨为大力士传神写照，次句指出它们只是以泥水捏塑而以假为真，第三句一语双关，既说他人狐假虎威借助它们的“权势”，也说它们还真自以为法力无边神通广大，而甘于为人所用，最后明知而故问：它们难道没有自知之明，不知道自己是顷刻即可土崩瓦解的泥人吗？

蒋贻恭明写寺庙中的众金刚，实写的却是生活中诸如此类的众生相。在人的一生之中，恐怕很难不与此类金刚狭路相逢的吧？有的人一朝权势在手，便凶相——“恶精神”毕露，作福而且作威，许多滥官恶吏就是如此。

蒋贻恭是江淮人，唐末入蜀。后蜀高祖孟知祥搜访遗材，起为大井县令，但他不阿谀上司，慷慨敢言，故屡遭贬逐。他是一位接近人民敢于直言的有骨气的文人。其诗语言俚俗诙谐，内容多寓讥刺，相当于现在所说的“讽刺诗”。“辛勤得茧不盈筐，灯下缫丝恨更长。著处不知来处苦，但贪衣上绣鸳鸯”，其《咏蚕》之诗，可以与杜荀鹤的《蚕妇》诗相媲美。“坐卧兼行总一般，向人努眼太无端。欲知自己形骸小，且就蹄涔照影看”，他的《咏虾蟆》呢？则可与《咏金刚》参看。“蚕”与“养蚕”，前人已多有吟咏了，而金刚与虾蟆则非常幸运，碰到了蒋贻恭而正式进入了诗的殿堂，而我们也要向他致谢，他在唐诗已然天开地阔而且行将结束之时，还以他锋锐的诗笔开拓了一隅新的天地。

八

语言，是各种不同的艺术门类最根本的艺术手段。“绘画语言”指线条、色彩和构图，“音乐语言”指音响、节奏与旋律，“舞蹈语言”指有规律而多变化的人体动作，“篆刻语言”指边拒、残破、阴阳、争让与衔连，那么，作为文学最高样式的诗呢？如同竞技场上出色的射手弓弦响处，他们的箭头都是奔向同一个鹄的，优秀的诗人在诗的竞技场上，他们的语言之矢，都力图射向具象美、密度美、弹性美、音乐美四美并具的红心。

中国古典诗歌的异体诗之一——回文诗，虽然远非诗的主流与正宗，但却充分表现了中国汉语的弹性之美。如同亭亭直上的树木的别有一枝，如同音乐中的变奏与异响，在正统与正规的绝句律诗歌行古风之外，倒读成诗的回文诗，向我们展览的是中国古典诗歌弹性美的别样风光。

所谓“回文”，就是上下两句词语相同或大多相同，而词序排列相反，形成回环往复的形式美和珠走泉流的音乐感。南朝刘勰在《文心雕龙·明诗》中说，“回文所兴，则道原为始”，“道原”何许人也？已莫可稽查，只能起刘勰于地下而问之了。比较宽松的回文，其实古已有之，春秋战国时代的老子、孔子和孟子，都是此中高手。“信言不美，美言不信”，“善者不辩，辩者不善”，“知者不博，博者不知”，就是《老子》一书中的警言妙语；“学而不思则罔，思而不学则殆”，“仁者必有勇，勇者不必有仁”，《论语》中对学习与思考、仁与勇的看法，也是以回文出之；“仁者，以其所爱及其所不爱；不仁者，以其所不爱及其所爱”，《孟子》以往复回环的句式，将仁君与暴君之别表现得历历分明。由此可见，比较宽松的回文，早在先秦诸子的散文著作中屡见不鲜，遥隔两千多年，我们仍然可以看到它们那回风舞雪的身影，那翩飞的舞姿，今天仍然可以给当代作家以语言艺术的启发。

经过历代诗文家的探索和试验，回文艺术在宋代以后有了长足的发展。除了回文诗，还有回文联、回文词与回文曲，它们是“回文”这一母所生的四姐妹。如“云隐寺”山门的对联“僧游云隐寺，寺隐云游僧”，反复成联，是对联艺术中的“绝对”。再如苏东坡的《菩萨蛮·回文》：“落花闲院春衫薄，薄衫春院闲花落。迟日恨依依，依依恨日迟。梦回莺舌弄，弄舌莺回梦。邮便问人羞，羞人便问邮。”这仅只是他的回文诗词之一，上下片同句反复，真是令人佩服这位宋代才子的锦心绣口，舌灿莲花。回文曲呢？如元代伟龙子之回文曲《普天乐·题情》之一：“皱眉愁，忧多喜少，袖衫长掩泪珠，酒病花愁容颜瘦。楼空锁燕，楼空锁燕，燕锁空楼。”可以反复成咏的回文曲至今留存极少，但从这首回文曲中，我们也可欣赏到那动人的一瞥秋波。

回文艺术在宋代以后的兴盛，也有唐诗人的功劳。如果不限定字字倒转的“严式回文”，只要词序或首尾回环，才情风发的唐人早就忍不住登台一试身手了。张若虚说“江畔何年初见月？江月何年初照人”，李白说“今人不见古时月，今月曾经照古人”，杜荀鹤说“逢人不说人间事，便是人间无事人”，就都是他们的即兴表演。杜牧有一首《题桐叶诗》：“去年桐落故溪上，把叶因题归燕诗。江楼今日送归燕，正是去年题叶时。”他还有一首《重题绝句》：“邮亭寄人世，人世寄邮亭。何如自筹度，鸿路有溟溟。”诗中“题叶”与“归燕”、“人世”与“邮亭”回环反复，摇曳生姿。元稹《和白乐天示杨琼诗》的“我语杨琼琼莫语，汝虽笑我我笑汝”，岑参《韦员外家花树歌》的“今年花似去年好，去年人到今年老，始知人老不如花，可惜落花君莫扫”，都是词序回环，颇见奇思妙想。至于严格的回文诗，权德舆写过《春日雪酬潘孟阳回文》的五绝，而陆龟蒙则有《晓起即事因成回文寄袭美》，那是一首句句皆对的七律回文，可能是这位陆先生的首创，他的好友袭美即皮日休，也回了他一首回文诗《和陆秀才晓起》，可谓一唱一和。晚唐至五代的诗人徐寅，有《回文诗二首》，每首摇身一变，不，摇身一倒，一首可变为二首，如第二首的“一分为二”：

轻帆数点千峰碧，水接云山四望遥。
晴日海霞红霭霭，晓天江树绿迢迢。
清波石眼泉当槛，小径松门寺对桥。
明月钓舟渔浦远，倾山雪浪暗随潮。

潮随暗浪雪山倾，远浦渔舟钓月明。
桥对寺门松径小，槛当泉眼石波清。

迢迢绿树江天晓，霭霭红霞海日晴。
遥望四山云接水，碧峰千点数帆轻。

八句全为写景，比较单调，不怎么合乎律诗中间二联两句景两句情的一般规律，但这是颇难讨好的文字难度极高的回文，徐寅已经写得煞费苦心，优美可诵，我们就不要去苛求他了。

弹性美，是飘扬在中国古典诗歌语言美领地上的一面旗帜，它是指文字的意象经营为弹力结构，语言伸缩自如和变化多方。回文，正是语言弹性美的一种表现，只要保其天趣，适度而为，古典的清泉仍可滋润现代的花果。如现代诗人戴望舒的名作《烦忧》，诗分两段，每段四行，第二段其实就是第一段的回文反复。徐志摩在《为要寻一颗星》中说："我冲入这黑绵绵的昏夜，为要寻一颗明星／为要寻一颗明星，我冲入这黑绵绵的荒野。"台湾的女散文家张晓风在《乡情》中说："月光白如飞尘，飞尘白如月光。"这不正是古典的回文诗的"回光返照"吗？

九

在我的心目中，古今中外的作家艺术家可分为四个等级：一般，优秀，杰出，伟大。对于当代作家艺术家，虽然不时有人奉送"大家"与"大师"的桂冠，但在茫茫的天宇上，真正的大师远非满天星斗，而是寥若晨星，或者如德国哲学家叔本华所说的"恒星"。叔本华曾说，"作家可分为流星、行星、恒星三类"，"只有第三类不变，他们坚守着太空，闪着自己的光芒，对所有的时代保持相同的影响，他们属于全宇宙"。中国诗歌史上，如恒星般伟大级的诗人，我以为只有屈原、李白和杜甫三位，其他我心仪私爱的诗人，都只能退居次席，去"杰出"或"优秀"之中寻找自己的座位了。

汨罗江水得天独厚，曾经得到两颗灿烂的恒星照耀，一在江之上游，一在江之下游，上游有杜甫墓，下游有屈原祠。屈原祠在江之北岸，距汨罗县城三十里，已不知经历多少汉雨唐风宋霜明雪以及清代的朝日与夕阳了，至今游人不绝。每当五月端阳，江边仍然一字排开几十条龙舟，咚咚的鼓声从两千年前轰然传来，几百支桨渴望到江中去慰问屈原的魂魄，而两岸人山人海，无数双急切的眼睛，还想在江波里打捞屈原沉水时的最后一缕衣衫。

作为中国“士”人理想的寄托，人格的象征，于诗人则更是一种创作的范式，屈原从古到今都得到了中国读书人乃至整个民族的追怀，而汨罗江上的屈原祠，历代都有诗人前来瞻仰题咏。在中唐，戴叔伦曾前来顶礼，写有《三闾庙》一诗：“沅湘流不尽，屈子怨何深。日暮秋风起，萧萧枫树林。”司马迁在《史记·屈原列传》中评论屈原，曾说屈原“正道直行，竭忠尽智，以事其君，谗人间之，可谓穷矣。信而见疑，忠而被谤，能无怨乎”，沅水湘江，江流何以？骚人幽怨，怨绪何形？戴叔伦就是以沅湘之奔流不尽，既表哀怨之绵长，又抒哀怨之深重，而后两句则化用《招魂》中“湛湛江水兮上有枫，目极千里兮伤春心”之语，以景截情，传神空际，更觉幽怨不穷而情伤无限。韩愈老先生呢？他在贞元十九年（803）被贬为阳山（今广东省阳山县）县令，次年春天在南下途中经过汨罗，作《湘中》一诗：“猿愁鱼涌水翻波，自古流传是汨罗。蘋藻满盘无处奠，空闻渔父叩舷歌。”伤屈原亦兼自伤，虽然写的全是眼前的景色，但伤悼之意却含蓄其中，并让读者于言外可想。“专业”的诗人如此，业余的作者呢？

《全唐诗》作者收二千二百余人，实际上当然不止此数。作者众多而且阶层广泛，笔花飞舞的，不仅有帝王将相，高官显爵，学士文人，而且有歌伎宫女，僧道尼姑，贩夫走卒，这，正是唐诗繁荣的一个原因与表征。其中有一位“洪州将军”，姓名里贯均不详，只知是唐末人，为洪州（今江西南昌市）衙前将军，曾作《题屈原祠》：

苍藤古木几经春，旧祀祠堂小水滨。
行客谩陈三酎酒，大夫元是独醒人。

据《全唐诗》卷七八四收录的此诗记载，自洪州将军题此一绝之后，“后之能诗者，不能措手”。他人不能措手，应属夸张失实，但此诗确实是咏屈原祠的上选之作，尤其难能可贵的，是出自一位名不见经传的赳赳武夫之手。前两句是屈子祠环境与外观的概括描绘，如同一名高段位的棋手，开局虽然稳健，却看不出有多少高明之处，而后两句就可谓妙招迭出了。祭奠先贤而表尊仰，当然要陈之以酒，而且是“三酎酒”——即经过多次复酿的醇酒，然而作者却说“谩陈”，就是说不必祭献，即使祭献了也不能使被祭献者饮之而醉，最后逼出“大夫元是独醒人”的警句。此句从屈原《渔父》中的“众人皆醉我独醒”化出，但与能使人醉的酒矛盾生情，如一记洪钟，发人深省！

在唐代，既能驰骋于沙场也能驰骋于诗场的职业军人，大约为数不少，但记录在案而流传至今的却不多，未免令人遗憾。如中唐人王智兴，由牙将而历战功至徐州节度使，偶逢一次诗会，他援笔立成《徐州使院赋》，《全唐诗》他的名下仅存此诗："三十年前老健儿，刚被郎中遣作诗。江南花柳从君咏，塞北烟尘独我知。"风趣盎然而粗豪可诵。他同时代另一位军人高崇文，曾任剑南西川节度使，也留存一首《雪席口占》："崇文崇武不崇文，提戈出塞号将军。那箇髀儿射雁落，白毛空里乱纷纷。"首句妙用和重复自己的名字，结句意象鲜明如电影中的特写镜头，全诗颇能表现出将军的英武之姿与自得之态。如果以上的包括洪州将军在内的作者，在跃马弯弓之际，也能如曹操一样多多横槊赋诗，今日的《全唐诗》，该会更加精彩纷呈吧？

屈原，活在地无分东西人无分南北的中国诗人的心里。台湾诗人洛夫在《水祭》中说："你制芰荷以为衣兮／集芙蓉以为裳／你雕寒星以为目兮／凝冰雪以为魂／三闾大夫，我把你荒凉的额角读成巍峨。"另一位台湾诗人余光中，先后写过多首歌颂屈原的诗作，"你流浪的诗族诗裔／涉沅济湘，渡更远的海峡／有水的地方就有人想家／有岸的地方楚歌就四起／你就在歌里，风里，水里"（《漂给屈原》）。他们传达的正是中国诗人的心声，无论人在天涯，或是人在海角。犹记有一年在岳阳参加国际屈原学术讨论会，香港友人黄维梁教授以《青叶灿花的水仙》为题演讲，他说："屈原衣被百代，不愧为中国诗歌之父。在端午节，我们听到赛龙舟咚咚的鼓声，也听到汨罗之仙扬起的波涛。"会后我们去屈子祠瞻仰，正值大雨滂沱，平日纸上谈兵的我，也不禁奉上一炷心香，和历代诗人和洪州将军的心香燃点在一起：“千年风范到如今，每唱离骚意不平。又是龙舟争渡日，我召豪雨吊灵均！”

十

每一个人呱呱坠地之时，在他的摇篮旁边，既有俯身而笑的慈爱的生之天使，也站着一个蒙着黑色面具只露出凶险双瞳侧目而视的死神。每一个人蹒跚学步之际，他刚刚离开生的欢乐的起点，前面的道路或长或短，或坎坷或顺利，或悲惨凄凉或灿烂辉煌，但死亡却在前面绝不误时地守候着他。死亡，是古往今来的哲学和宗教企图解说与解脱的一个形而上之终极命题，也是文学特别是敏感的诗歌探险的领域。

在芸芸众生之中，人的生命，是偶然性、一次性、短暂性和脆弱性的四维集合。当代诗人郭小川就曾在《望星空》中咏叹：“在时间的长河中，人生是微小而又微小的波浪。”他说的是在广远无垠的时空中，生命的渺小和短促。西方的塞加内则说：“生命只是通往死亡的一次旅行。”（《安慰》）他说的是生命的匆忙与死亡的召唤。人寿有时而尽，死亡不可回避，如同逃亡客想躲过致命的搜捕而重出江湖，那纯粹是想入非非。死亡不可延期，当死亡铁定的请柬到来时，不能说你有许多公务或私务在身，暂时不能赴约，而要求推迟见面，另订佳期。如同生命意识之与人类同在，死亡意识也像人类一样源远流长，安生畏死，乐生厌死，除了极少数例外，是众生永远也无法解脱的生死情结。“慷慨赴死易，从容就义难”，在刹那间热血贲张慷慨赴死之所以相对容易，那是与考验的时间较长而去赴死比较而言的。人生共同面对的难题则是“千古艰难唯一死”，对于死亡，无论是英雄圣贤，还是平民百姓，绝大多数人都心怀忧虑和恐惧。如苏格拉底被迫饮鸩之前，还优游不迫地论道，如布鲁诺在火刑加身之际，仍然坚持自己的信仰，如文天祥在大都的死狱中写下千古传唱的《正气歌》，如谭嗣同在菜市口刑场就戮时仰天豪笑“有心杀贼，无力回天。死得其所，快哉快哉”，那毕竟是少而又少的人中之龙、人中之杰。一般人不仅畏惧死亡，如临大敌，而且还要常常感叹流水无情，青春易逝而韶光易老，因为时间如川之流，演奏的正是走向死亡的令人心悸而魄动的进行曲。

死亡，是人类不可解脱的无解之题，也是人类精神的一个沉重负担，不容回避，也无容讳言。其实，古往今来的哲学、宗教和诗歌，都无不将“死亡”作为自己的重要主题或课题。叔本华曾说“死亡的困扰是每一种哲学的源头”，它不同样是宗教与诗歌的源头吗？即使是个性生命力昂扬奋发的唐代，许多诗人仍然有解不开的生死情结，哪怕他们已是出世的方外之人。如僧人子兰的《城上吟》：“古塚密于草，新坟侵官道。城外无闲地，城中人又老。”读之真是令人怵目惊心。再如丰干，这位唐初与寒山、拾得隐居天台山国清寺而号称“国清三隐”之一的诗人，他只有一首《诗偈》存世：

日日日东出，日日日西没。
不知千古万古人，送向青山成底物？

“偈”，原是梵文“偈佗”的简称，义译为“颂”，就是佛经中的唱词，可见此诗是佛教哲学对死亡的解释与警悟。前两句，在“东出”与“西没”之前连下六个“日”字，这种前所未见的叠字句法，像连续性的蒙太奇镜头，写出日升月落月月年年之匆遽不断，也遥启宋代晏殊“庭院深深深几许”的先河。“千古万古人”之重叠，既是强调形容逝者如斯，也是将短暂之人生与永恒之白日作强烈的反照。最后一句反问，终于从生与死的悬崖绝壁跌入了佛教哲学悲观的深渊。生命的悲剧性，既是整个人类又是个体的人与生俱来的，悲观有时并非颓废与浅薄，而是一种洞察底蕴抉发本质的深刻。佛教是一种企图了断生死的宗教，难怪面对日月之永恒人生之短暂，丰干要发出无可奈何的疑问，和至今都撞击我们的心的深长叹息。

面对不能不面对的死亡，唐代诗人大约有三种态度，一种是“寂灭”，如上述丰干与子兰的诗就是这样。另一种是“入世”，可以李白为代表。他虽被誉为“诗仙”，也时时想去道家的天地寻求解脱，但他毕竟热爱与执着人生，“天生我材必有用”，他渴望从功业与创作两方面去实现生命的价值，同时他很看重享受人生，“人生得意须尽欢，莫使金樽空对月”，就是他坦白得可爱的自白。还有一种呢？可以说力求“超脱”了。白居易表现得最为突出，他不断地叹老嗟卑，有时甚至给自己写生命的“编年诗”，但如同他的字号“乐天”一样，他总是趋向达观知命的超脱，如《遣怀》：“羲和走驭趁年光，不许人间日月长。遂使四时都似电，争教两鬓不成霜？荣销枯去无非命，壮尽衰来亦是常。已共身心要约定，穷通生死不惊忙。”他与自己的身心订立的是“超脱”的盟约，这盟约，大约要执行到他生命的最后一天才自动解除。

我赞成“入世”与“超脱”的统一。天地无终，人生有限，这是自然的规律和人世的必然。我们要乐生而不患死，热爱生活享受生命，而不忧烦和恐惧死亡。列夫·托尔斯泰说：“人生朝露，艺术千秋。”法国被誉为“大提琴诗人”的奥汀，他最擅长演奏的名曲就正是《只此一生》。我们要以出世的精神做入世的工作，努力实现自我的价值而同时于社会有益，争取人生在世不虚此行。这，也是我在人生之旅的向老之年，又开始“唐诗之旅”跋涉的原因吧？

走向盛唐

一千多年前，籍贯河南的韩愈为重修之滕王阁撰写记文，开篇就追忆往昔："愈少时，则闻江南多临观之美，而滕王阁独为第一，有瑰伟绝特之称。"这篇记文，写在他任袁州（今江西宜春）刺史任上。韩愈后来亲临滕王阁与否，我没有去问他，但今古同心，我数十年前初上乡间的中学，语文老师是前清秀才，教我们背诵王勃的《滕王阁序》，当时年纪虽小，然而对唐代那位青年才子已是心向往之，名句"落霞与孤鹜齐飞，秋水共长天一色"，当年就雕刀一样一字一句镂刻在我的心版上。

及至年岁既长，方知南昌滕王阁、巴陵岳阳楼和武汉黄鹤楼，同为"江南三大名楼"。巴陵是我的旧游之地，岳阳楼的栏杆，我在春日楼头秋鸿声里早已拍遍了，黄鹤楼前的三月烟花和浩荡长江呢？惊喜过李白的双眸，也不止一次照亮过我的眼睛。唯有滕王阁，虽然早在少年时代就和它在王勃的文章中相识，我居住的长沙与它也仅一省之隔，呼吸可闻，但却始终无缘造访。半个世纪过去了，年华向老而王勃的背影也越去越远，我终于有幸在一个高秋之日，和江西的友人洪亮一起，在唐代的遗风和王勃诗文的余韵里，飞身直上滕王阁那新建的楼台。

自王勃笔走龙蛇挥毫作序之后，历代的文人雅士多慕名而来，登楼咏唱，诗文联语何止万千，即在唐代，便有王绪之赋、王仲舒之记与王勃之文，号称“三王”。一百多年后，“文起八代之衰”的韩愈，也写了一篇《新修滕王阁记》。然而，如同一位风华绝代的歌手登高一唱之后，接踵而来的人难免相形见绌，且不论王绪之赋和王仲舒之记已经遗失得只字不剩，只留下王勃之序独撑滕王阁上的天空，前人说“韩潮苏海”，即使韩愈的文章笔力汹涌如同江潮，但在王勃之序面前，也仿佛是退潮之水，雄心已失，再也掀不起波澜。南宋时南昌知府江万里尊韩抑王，将阁中旧刻王序移于一侧，而将韩文置于正中，然而人走茶凉，他离任之后，继任者立即又恢复原状。明代舒日敬说得好：“问昌黎序，于今无人能诵者，然无不能诵绛州者。”

古来楼阁多矣，大都楼坍阁毁于时间的风中，云散烟消，而滕王阁在一千三百年中却修而复毁，毁而复修，待到我秋日登临时，已是第二十九次重修了。王勃在序中不是说“地灵人杰”，而是说“人杰地灵”，他是率意而书的吗？我眼前的景物本已是江山如画了，但假如不是王勃登高一赋，怎么能如此地显其灵，遐迩闻名？时间，是绝不徇私的公正严明的终审，且不说王序的全篇，即以“落霞”与“秋水”这一联名句而论，“贪官与污吏齐飞，良心共煤炭一色”，旧社会就有人仿作以讽刺当时的现实。新时代呢？诗人郭小川《祝酒歌》高唱“七杯酒，豪情与大雪齐飞；十杯酒，红心和朝日同辉”，也是脱胎自王勃之句。古已有之于今更屡见不鲜的是，自我吹嘘和请人吹嘘的速朽之作不知多少，如同水上的浮沤泡沫，空中的薄雾轻烟。真正杰出的文学作品是不朽的，文以阁名，阁以文传，如果不是王勃千古不磨的妙序佳诗，今天我们还能看到滕王阁的只砖片瓦吗？

如今，在沿江大道之旁，于赣江与抚河交汇之处，负郭临江，高达五十余米、上下九层的大型仿宋式新阁，排开四周的风景，顾盼自雄地拔地飞升，召唤四面八方的游人前来瞻拜。我在高峙的楼头凭栏纵目，王勃在序中所写的景色，一一摊开在下界和远方，纷纷来招呼我已不再青春的眼瞳，和少年时的依然青春的记忆。时已千年，远处的西山秋雨，依然空濛在我的眉睫之前，近处的南浦飞云，也依然来画栋雕梁上做客。赣江江心的红谷滩、凤凰洲历历在目，那该是王勃文章中所说的“临帝子之长洲”吧，它们依然可以为王勃当年的走笔挥毫作证。不过，似乎听不到响穷彭蠡之滨的“渔舟唱晚”了，只有南来北去的机帆船的突突之声隐隐传来；也已经不完全再是“山原旷其盈视”了，北边的江面上，有如虹的公路与铁路大桥凌空飞渡，东来西往的车轮和汽笛，早已代替了唐代的鸡声与马蹄。回顾城内，也有许多现代的高楼，在半空张扬它们的伟岸和傲慢。如果你觉得眼前的江山虽然没有不可复识，但也和千年前有许多不同，那就只好请王勃前来一一指认。

王勃当年登楼作赋，一说是十四岁，是他南游吴越而路经南昌之时，一说是他远去交趾省父而路出名区之际，那也不过二十七岁。“二十七”，对于诗人真是个不祥的数字。俄国的莱蒙托夫、英国的济慈、中唐的李贺，他们的生命都是在这个数字之前怆然止步。王勃是在什么年龄写出这篇千古名文的呢？历来聚讼纷纭，真要明镜高悬，只有请王勃自己出面断案。不过，断与不断都已经不重要了，重要的是作为“初唐四杰”名居榜首的人物，他和杨炯、卢照邻、骆宾王一起，走到前台，在时代的聚光灯下庄严报幕：中国诗歌正在走向盛唐，中国诗歌黄金时代的金灿灿的帷幕，已经徐徐开启。

在“四杰”联袂登台之时，以上官仪等人为代表的宫廷文人，承袭了齐、梁以来绮媚轻艳的形式主义文风，文坛得的是绮靡浮华的软骨症兼传染病，许多人身罹绝症还仍然在敷粉涂脂，自我感觉良好。作为新兴中下层知识分子代表的“四杰”，他们不仅怀有强烈的建功立业实现自我价值的愿望，而且崛起于唐初的文坛，高举革新的旗帜，逆风而行。学者兼诗人洪亮曾有力作专著《放逐与回归——苏东坡及其同时代人》问世，我们都与诗缘分不浅，对文学和当前的文坛也都有许多彼此相通的看法。上出重霄，下临无地，在秋阳朗照的滕王阁最高处，我们自然有一番快论清谈：

“‘芳晨丽日桃花浦，珠帘翠帐凤凰楼。蔡女菱歌移锦缆，燕姬春望上琼钩。新妆漏影浮轻扇，冶袖飘香入浅流。未减行雨荆台下，自比凌波洛浦游。’这是位高名著的上官仪的《画障》

诗，除了华丽雕琢的辞藻和空虚冶艳的情思，还有什么呢？”我说。

“‘城阙辅三秦，风烟望五津。与君离别意，俱是宦游人。海内存知己，天涯若比邻。无为在歧路，儿女共沾巾’，王勃的《送杜少府之任蜀川》，题材领域全新，感情昂扬刚健，与上官仪之作简直判若云泥！”洪亮也诵诗作答。

“你久居南昌，滕王阁不知来过多少回了，感受也许已不再新鲜。”我对洪亮说，“我初上斯楼，登临送目，新鲜刺激有如初恋。你看王勃序文一开篇，就是‘物华天宝，人杰地灵’，‘雄州雾列，俊采星驰’，一支笔兼写江山与人文之盛，境界阔大，感情激扬，泱泱然已然一派大国之风，这是‘盛唐之音’的先声呵！”

“王勃他们的创作走在了时代的前列。闻一多曾说宫体诗‘在卢、骆手里是从宫廷走到市井，五律到王、杨的时代是从台阁移至江山与塞漠’。”洪亮引经据典，“盛唐时代，诗人的主体精神和艺术个性得到了空前的张扬，王勃虽然命途多舛，但他仍然高唱‘老当益壮，宁移白首之心？穷且益坚，不坠青云之志’，这不是李白‘长风破浪会有时，直挂云帆济沧海’的前奏吗？”

“写岳阳楼的压卷之作，是杜甫的《登岳阳楼》。其时唐朝已由盛转衰，虽然‘吴楚东南坼，乾坤日夜浮’仍然气魄雄张，但整首诗已是沉郁低回，无复盛唐气象了。这，和王勃序文之末的《滕王阁诗》略加比照，就了了分明。”

我的话音刚落，王勃之诗仿佛就随风在江天上飞扬：

滕王高阁临江渚，佩玉鸣鸾罢歌舞。
画栋朝飞南浦云，珠帘暮卷西山雨。
闲云潭影日悠悠，物换星移几度秋。
阁中帝子今何在？槛外长江空自流！

“你说得有理。”洪亮接过我的话头，“我以前登黄鹤楼，背诵崔颢和李白之诗，真是思接千载，豪兴遄飞。王勃说‘闲云潭影日悠悠，物换星移几度秋。阁中帝子今何在，槛外长江空自流’，崔颢是‘白云千载空悠悠’，李白则是‘唯见长江天际流’，意象、文字甚至韵脚都有相似之处，你不觉得他们虽然人隔异代，但却有相近的脉跳吗？”

“四杰之中，有三位是北方人。在唐代，题咏三大名楼的诗文代表作，都是出于北方人之手。唐代文学的繁荣，原因之一是南北文学的合流与融会，南方柔婉清丽，北方质朴刚健，从王勃之序壮美与神韵兼而有之，也可见此中消息吧？”

“现在的文坛，阴柔琐屑平庸世俗之风日炽，格高调远黄钟大吕之作难逢。有资料统计，目前长篇小说年产八百部左右，诗七八万首，散文约两千万字，作品倒是成千累万，但有哪些能进入‘永恒’呢？有的人却热衷于‘自吹’与‘他吹’，甚至年纪轻轻就什么‘划时代’‘里程碑’啊，什么‘获国内大奖数十次’啊，什么‘随手拈来，皆成绝唱’啊，俨然文坛的一方诸侯。其实，是否有半句诗一行文章能流传下去还很值得怀疑。要是王勃读到看到这些，不知会作何感想？”洪亮有疑而问。

“已小寐千年的他，也许会惊起而扼腕长叹，或者会忍俊不禁，笑出声来。”我说。

王勃当年序惊四座的滕王阁，据他说已是层台耸翠飞阁流丹了，而今天新阁的瑰伟壮丽又远胜当时。劈面仰观，它蔽天塞地压弯你的眉睫；登临其上，九重飞檐如凌空的羽翼，托着你衣袂飘飘地向上界飞升。滕王阁上，秋日楼头，我和洪亮的对话，真可谓高其谈而阔其论。等到从忘形尔汝中回过神来，我们忽发痴想：要是能和王勃在高楼之上把袂谈心，把酒论文，那该有多好！但我们在厅堂里回廊上四顾彷徨，逢人便问，却始终不见他的踪影。天高地迥啊，宇宙无穷，只有楼下的滔滔江水，把他的故事从千年前说到如今。

长安行

长相思，在长安。

我的家乡在南方，在将近四十年前的青春时代，我却远放西北。沿铁路线北上南下西去东回，好几次和唐代的长安今日的西安擦肩而过。伫候于列车的窗口，那雄伟迤逦的古城墙从唐朝就在等我，喊我去敲叩它的门环。回到南方数十年来，我常常西北而望，那是大唐的京城，唐诗人纷纷登场歌哭吟啸的舞台，怎能不使我魂牵梦萦，心神向往？

不久前，年华向老的我终于远赴弱冠之年即已订下的约会。匆匆盘桓数日，在千年古都的城墙内外，于古典与现代交会的巷尾街头，从唐人永不生锈的优秀诗句里，拾得这篇姗姗其来迟的《长安行》。

兴庆宫

我去兴庆宫，并非朝拜帝王的宫苑，而是为了重温诗人的绝唱，寻觅李白的遗踪。

兴庆宫，原是唐玄宗李隆基做太子时的藩邸。李隆基即位后，改建旧邸为新宫，兼有宫殿与园林之胜，开元天宝时代，与太极宫、大明宫一起被称为“三内”。唐玄宗多年在此理政，这里就成了盛唐的政治和文化中心。人生变幻，世事沧桑，到清代初期，昔日的煊赫繁华早已成了一方废墟瓦砾。现在于原址建成的兴庆宫公园，规模只有原来的四分之一，有如一幅比例大为缩小的地图。

兴庆宫金明门内曾置翰林院。公元742年即天宝元年，李白于江南应唐玄宗之召再入长安，被任为翰林供奉，实为君王的文学侍从。那时，长安城内王侯的深宅大院多种牡丹，玄宗更是在沉香亭前广植此花，并辟花园。李白供奉翰林的次年春日，牡丹在眼，贵妃在侍，心态当然极好的玄宗不想闻旧乐而欲听新词，“赏名花，对妃子，焉用旧词乐为”，于是，在长安市上不知哪一处酒家召来醉乡中的李白。酒意尚自醺然的他绣口一吐，立成风流俊逸的《清平调》三章。歌唱家李龟年一边以檀板击节，一边引吭而歌。多才多艺的玄宗不知是想讨贵妃的欢心呢，还是一时技痒，应该二者均有，于是也轻吹玉笛而相和。

待我来时，已是千年后的一个炎炎夏日。龙池之畔的沉香亭，为今日重建的赝品，而昔日的牡丹也早已和杨贵妃一起玉殒香消。李龟年的歌声虽然可以绕梁三日，但却绕不了千年，任你如何在池畔亭前侧耳倾听，那不绝的余音也早已断绝。玄宗时代，翰林供奉们要在翰林院轮流当值，李白呢，也许他此时正在翰林院里值班吧？我去金明门内寻寻觅觅，只见昔日翰林院的北部，早已为居民住宅区所占压，南部也只有考古学家才能查明的瓦砾残迹。许多游人到此，绝不会想到他们足之所履，也许正好踏上李白当年的一枚脚印。

李白的足印已然是凭空想象了，距翰林院不远之西南角，却尚有班班可考的勤政楼遗址。勤政楼原来西面题为“花萼相辉之楼”，南面题为“勤政务本之楼”，是一座东西宽五间进深三间面积五百多平方米的大建筑，登楼可俯瞰远眺宫外的街市。此楼是兴庆宫内最重要的皇家楼台，节日庆贺，盛大宴会，策试科举以及咨询朝政等活动，都在这里举行，曾经极一时之盛。中唐诗人王建的《楼前》写道：“天宝年前勤政楼，每年三日作千秋。飞龙老马曾教舞，闻着声音总点头。”八月五日玄宗诞辰为“千秋节”，每年届时盛宴三日于楼上，舞马于楼下。王建的诗追怀天宝旧事，可见当年鲜花着锦烈火烹油之盛。稍后的白居易曾作《勤政楼西老柳》，他着眼的，却是一株可以为历史做证的柳树：

半朽临风树，多情立马人。

开元一株柳，长庆二年春。

从“开元”盛世到白居易来时的“长庆”年间，一百多年的岁月又已经交给了历史。白居易没有正面写楼与楼中之人，但言开元之临风无情老树，长庆的多情凭吊之人，无限的俯仰今昔之感，便尽在其中。数十年后，杜牧也前来吊古伤今，写了一首《过勤政楼》：

千秋佳节名空在，承露丝囊世已无。
惟有紫苔偏称意，年年因雨上金铺。

莓苔随意滋生，甚至爬上衔门环的铜质门饰。虽未明说，但勤政楼的破旧荒废已意在言外。时间啊，这是天地间至高无上的主宰，人间任何位高权重者，都休想与之抗衡，哪怕贵为帝王；世上任何坚固的建筑，也无法经受它的风吹雨打，哪怕坚如金石。

待到我千年后跟踪前来，勤政楼不仅早已人去楼空，而且连楼也早已不知去向，只剩下劫后余生的几个础石，凄凉在蔓草荒烟之中，兀自回忆它们当年所承载的歌声与笑语、煊赫与繁华。能与时间角力并取得胜利的，不是手握重权的帝王将相，而是杰出的诗人和紫苔不侵风雨不蚀的优秀诗篇。这个问题，最好去询问李白，他当年虽然被唐玄宗赐金还山，等于逐出长安，被迫下岗，但现在却早已凯旋。在兴庆宫公园内高达三重的“彩云阁”前，在一泓碧水中央，他正以手支颐侧身而卧，长眉入鬓，长髯垂胸。我想前去叩问，但恐怕他还没有从醉酒千年的小寐中醒来。暂时别去惊动他吧，在他的石像之侧久久伫立凝望，我仿佛听到他轻微的鼾声。

渭城曲

渭城，是秦朝的首都，唐代的重镇，更是诗人的名城。名城啊名城，永远矗立在名诗人的名诗里。

从长安往西四十余里，便是曾经作为秦代帝都的咸阳。其名咸阳，大约是因为它在九嵕山之南渭水之北而山水皆阳吧？咸阳又称“咸秦”“咸京”，时至汉代易名“渭城”，唐诗中或称咸阳，或云渭城，实为一地。如颜尚《送陆肱入关》：“舟行复陆行，始得到咸京。”如高适《答侯少府》：“赫赫三伏日，十日到咸秦。”他们所说的便都是唐代的渭城了。

对于两千多年前的项羽，我的印象虽然比对出身市井的无赖之徒刘邦好得多，对他的英雄末路也颇为同情，但他却不该迷信武力轻视文化而作风粗暴，而且如流行歌曲所唱的“一把火”，将全国最大的城市咸阳烧成一片焦土，我们至今在杜牧的《阿房宫赋》里，仍可看到那熊熊的火光。但是，如果项羽复生，他纵然能烧掉秦朝的百殿千宫，但即使再纵火也烧不掉王维的一首绝句。自王维的《渭城曲》一出，千百年来，渭城便更令旅人伤感，离人伤怀，读书人伤情，也令从古至今的诗人伤神。三十多年前，诗人郭小川远去西北，他就在《西出阳关》一诗的结尾写道：“何必‘劝君更尽一杯酒’！这样的苦酒何须进！且请把它还给古诗人！什么‘西出阳关无故人’！这样的诗句不必吟！且请把它埋进荒沙百尺深！”当年，我就曾以《新时代的边塞诗》为题评论他的西部边疆组诗，首称“新边塞诗”。小川英年早逝，我也人生易老，迟至不久之前才一骑绝尘，四轮生风，奔驰在王维和唐诗人的诗句里。

车出西安，当渭城还在车轮前面，我的心早已从现代飞到了唐代，耳边满是唐诗人对渭城的歌吟。渭城，咸阳；咸阳，渭城，当年是从军戍边的战士的必经之地，所以令狐楚的《少年行》写得意气飞扬：“弓背霞明剑照霜，秋风走马出咸阳。未收天子河湟地，不拟回头望故乡。”而李白的《塞下曲》也笔歌墨舞：“骏马似风飙，鸣鞭出渭桥。弯弓辞汉月，插羽破天骄。阵解星芒尽，营空海雾消。功成画麟阁，独有霍嫖姚。”这大约就是所谓“盛唐之音”吧。此一时也，彼一时也，到了杜甫的《兵车行》中，就只听得一片呼天抢地的哭声了：“车辚辚，马萧萧，行人弓箭各在腰。耶娘妻子走相送，尘埃不见咸阳桥。牵衣顿足拦道哭，哭声直上干云霄！”

左耳听的是壮曲，右耳听的是哀音。顷刻之间，沉思之际，我们的越野小汽车已驰上现代化的渭河大桥。桥梁雄伟，桥面宽阔，两侧雕花的石栏如绣带，路旁成排电杆高擎的，是要到晚上才盛开的簇簇金莲。我触景生情，忽然想起了温庭筠的《咸阳值雨》，于是，现代的咸阳桥上，响起了温庭筠的古典绝句的吟咏之声：“咸阳桥上雨如悬，万点空濛隔钓船。还似洞庭春水色，晚云将入岳阳天。”温庭筠为什么头脑发热，或者说诗思飞腾，将渭水当成了湘水，把咸阳幻成了岳阳？面对夏日干涸得只剩下一线黄流的渭水，我更是心存疑惑：也许当时生态环境未遭破坏，渭水也和湘水一样清碧吧，李白的《君子有所思行》中，不是也曾有“渭水银河清，横天流不息”之句吗？不过，我还要前去游览汉唐帝王的陵墓，回来时再步行于咸阳桥流连一番吧。待我在唐陵汉墓匆匆怀古之后，回到桥上，已是西风初起夕阳西下的时分了。漫步桥头，我俯仰天地，思接汉唐，不禁感从中来，不可断绝。

唐人写咸阳的诗作不少，佳篇也多。如喜欢写“水”而被人嘲谑为“许浑千首湿”的许浑，就曾作《咸阳城东楼》：“一上高城万里愁，蒹葭杨柳似汀洲。溪云初起日沉阁，山雨欲来风满楼。鸟下绿芜秦苑夕，蝉鸣黄叶汉宫秋。行人莫问当年事，故国东来渭水流。”如刘沧的《咸阳怀古》：“经过此地无穷事，一望凄然感废兴。渭水故都秦二世，咸原秋草汉诸陵。天空绝塞闻边雁，叶尽孤村见夜灯。风景苍苍多少恨，寒山半出白云层。”但他们的八句，似乎仍不及李商隐四句的《咸阳》：

咸阳宫殿郁嵯峨，六国楼台艳绮罗。
自是当时天帝醉，不关秦地有山河！

刘沧与许浑都是一般性的感时伤逝，而李商隐的诗则不仅有“史实”而且有“史识”：如果施行暴政而失掉民心，即使皇权神授，哪怕有山河之险，也不免倒台和灭亡。秦始皇如此，咸阳原上埋葬了西汉九个皇帝，十来个唐代帝王，他们不就是历史上来而复去的匆匆过客吗？在李商隐之前，李白早就唱过“乐游原上清秋节，咸阳古道音尘绝。音尘绝，西风残照，汉家陵阙”了，在李商隐之后，鲁迅也曾在《无题》诗中一说“六代绮罗成旧梦”，二说“下土惟秦醉”，化用李商隐诗的故典而借古讽今。

提到咸阳或渭城，就不会忘记王维那首《送元二使安西》，后来因被之音律管弦而称为《渭城曲》：

渭城朝雨浥轻尘，客舍青青柳色新。
劝君更尽一杯酒，西出阳关无故人！

渭水之上有桥，唐人送人西行，一般都送到渭桥折柳为别，王维的《渭城曲》，写的就是桥边送别的情景。这首绝唱一出，就传诵不绝，后来谱为《阳关三叠》。唐代长庆年间有位歌唱家何戡，就善唱此歌，刘禹锡就曾说“旧人惟有何戡在，更与殷勤唱渭城”，而现代作家郁达夫的《湖上杂咏》，也有“如今劫后河山改，未听何戡唱渭城”之句。然而，此城已非彼城，此桥已非彼桥。隋唐之后渭城城址屡经搬迁，现在的咸阳市，系明代在渭水驿的基础上扩建而成，而唐代的渭城，原址在今咸阳市西北之聂家沟。难怪我先前穿越咸阳市区时，不论如何左顾右盼，怎么也找不到王维送元二出使安西时，相送复相别的那座杨柳青青的客舍。且不说“元二”，连王维自己也不见影踪，不然，我当然也会去“劝君更尽一杯酒”，和王维一握手而加入送行的行列呢。

当年在“安史之乱”中，唐玄宗携杨贵妃西逃，为阻绝追兵而焚毁渭桥。桥亡河在，那里便成了“关中八景”之一的“咸阳古渡”，在今西安市三桥镇泮河入渭之处。我们在新建的咸阳公路大桥上徘徊，久久俯视桥下的渭河流水。来不及去寻访那叠印着李白、杜甫和王维足迹的咸阳古渡了，苍茫暮色袭上我们的衣袖，远处的长安城已举起万家灯火，在喊我们回到现代的红尘中去。

大雁塔

我追踪杜甫、高适、岑参等诗人的足迹，终于在朝阳初升时来到大雁塔。然而，却无法和他们联袂攀登了，我已迟到了一千多年。好像急急忙忙去赴一场盛会，待至赶到会场，早已曲终人散，只留下你形单影只，只能凭空想象演出的盛况而不胜低回。

唐代的长安，有如现在美国的纽约、法国的巴黎、英国的伦敦、德国的柏林，是当时世界上最壮丽繁华的国际性大都会，也是人类历史上第一座人口超过一百万的城市。在“贞观”“开元”之治的盛唐，更是声威远振，万邦来朝。然而，人生有悲欢离合，历史有兴衰更替，“安史”乱后，唐朝江河日下，京都也日渐败落，复经唐末的战乱和兵火，长安城几乎成了一片废墟。时至今天，往日的宫殿楼台千门万户，只能从考古学家绘制的复原图样中去追寻，而昔年的诗酒风流繁荣昌盛，也只能从诗人流传至今的作品中去想象了。

然而，目击唐代盛衰的见证人仍在，那就是唐高宗李治之时修建而屹立至今的慈恩寺内的大雁塔。先知者的预言呢，那就是杜甫的《同诸公登慈恩寺塔》了，时在唐玄宗天宝十一载，即公元 752 年的秋天。三年之后，安禄山骑兵的铁蹄，就将关中大地将大唐帝国践踏得一片狼藉。其时大雁塔高峙半空，听到了也见到了下界的鬼哭狼嚎，愁云惨雾。

那年秋日同游并同登大雁塔的，有杜甫、岑参、高适、储光羲和薛据，前三位是盛唐的诗坛俊杰，后两人也非等闲之辈。除薛据之作失传外，其他人的作品都流传至今，而且题目大同小异，可谓中国诗史上一次颇有意义的同题诗竞赛。最差的是储光羲的诗：“冠上阊阖开，履下鸿雁飞。宫室低逦迤，群山小参差”，这已是他写景的好句，结尾的“俯仰宇宙空，庶随了义归。崱屴非大厦，久居亦以危”，也不过一般的居高思危之意而已，而且认为万事皆空，只有佛家的“了义”才是最后的归宿。高适与岑参的写景胜过储作不止一筹，高适说“言是羽翼生，迥出虚空上。宫阙皆户前，山河尽檐向”，岑参说“突兀压神州，峥嵘如鬼工。四角碍白日，七层摩苍穹”，都颇能写出塔的高峙和登临的感受，但五十三岁的高适，其结句是“盛时惭阮步，末宦知周防。输效独无因，斯焉可游放”，抒发的仍然是一己的怀才不遇之情。岑参的结句是“净理了可悟，胜因夙所宗。誓将挂冠去，觉道资无穷”，他正当三十八岁的盛年，就想退隐宗佛，也未免过于消极。

在洞箫低吹单弦缓奏之中，大雁塔的最高层，轰然而鸣的却是杜甫的黄钟大吕之声：

高标跨苍穹，烈风无时休。
自非旷士怀，登兹翻百忧。
方知象教力，足可追冥搜。
仰穿龙蛇窟，始出枝撑幽。
七星在北户，河汉声西流。
羲和鞭白日，少昊行清秋。
秦山忽破碎，泾渭不可求。
俯视但一气，焉能辨皇州？
回首叫虞舜，苍梧云正愁。
惜哉瑶池饮，日宴昆仑丘。
黄鹄去不息，哀鸣何所投？
君看随阳雁，各有稻粱谋。

杜甫他们登临咏唱之时，到处莺歌燕舞的大唐帝国已经危机四伏：奸相李林甫和杨国忠独揽大权，斥贤害能，朝政日非，昔日励精图治的唐玄宗，也已经蜕化成为贪图享受终日醇酒美人的腐败分子，安禄山秋高马肥，反叛的旗帜即将在朔风中呐喊。前来登临大雁塔的几位诗人，他们的写景都各有千秋，不乏佳句甚至壮语，但在眼光的锐利、胸襟的阔大和忧国忧民的情怀方面，杜甫之作不但高出他们不少，而且是唐代诗人写大雁塔的近百首作品之冠。时代的深忧隐患，社会的动荡不安，个人的忧心如捣，这一切都交织在“登兹翻百忧”的主旋律之中，全诗就是这一主旋律的变奏。仰观于天，俯察于地，“惜哉瑶池饮，日宴昆仑丘”，他讽刺唐玄宗贪于声色而荒于国事，他预见到时代的动乱有如山雨欲来，因而发出了“秦山忽破碎，泾渭不可求”的警告和预言。“有第一等襟抱，斯有第一等真诗”，前人不早就这样慨乎言之过吗？

前有古人，后有来者。原籍唐朝的大雁塔，千年来一直候我登临。沿着塔内的回旋楼梯，踩着杜甫的足迹，高六十多米的古塔将我举到半空之上，凭窗阅读四方风景和千古兴亡。极目远眺，只见浑圆浑圆的地平线，千秋万代以来就和天边青蒙蒙的雾霭捉着迷藏，至今没有了局；低头俯瞰，唐宋元明清早已退朝，即使是月夜，也再听不到李白听过的万户捣衣之声。只见成群的高楼大厦拔地而起，汹汹然想来和大雁塔比高，而纵横交错车水马龙的大街是现代的驿道，喇叭声声向大雁塔宣告：昔日的长安已经不在，你面对的是今日的西安。以笔为生，以笔为旗，有时也要以笔为剑啊，在高高的大雁塔上，我书生气地想。虽然“斯人不可闻”，但“余亦能高咏”，面对八面来风，我高声吟咏杜甫登塔的诗章，以乡音啊湘音。流浪的鸟，过路的云，还有曾经认识诗人的八百里秦川，都在下面侧耳倾听。

华清池

在登大雁塔而赋诗之后三年，也就是公元 755 年 11 月，困守长安十年，最后得到个右卫率府兵曹参军从八品下小官，专司管理武器仓库和公私驴马的杜甫，从长安去奉先（今陕西蒲城）探望妻儿。他半夜出发，黎明时过骊山，凌晨经华清池。华清宫里，唐玄宗和杨贵妃及大臣们正在寻欢作乐。“朱门酒肉臭，路有冻死骨”，杜甫将沿途的见闻及归家后的感受，写成有名的一代史诗《自京赴奉先县咏怀五百字》。当时没有电话、电报和电传，安禄山已经在范阳即今日北京附近起兵，鼙鼓震天，铁骑动地，唐王朝却仍在“形势一派大好”中歌舞升平。

八年过去，干戈扰攘，血流漂杵，生灵涂炭。白发唐玄宗与红颜杨贵妃的个人悲剧，白骨成丘山苍生竟何罪的时代悲剧，都终于烟尘落定，进入了历史，让后人评说。五十年后，在陕西周至县当县尉的白居易和友人议论天宝遗事，不禁感从中来，写下了千古传唱的《长恨歌》。它的主要倾向是咏叹李、杨的爱情还是讽喻？它表现的是二者兼有的双重主题吗？或者，它主要是抒写诗人自己悲时叹逝感伤家国？白居易没有也不应该直接说明，但却使得后人聚讼纷纭，一代人，黑发争成了白发，一千年，哀史争成了历史，至今也仍然没有定论。

一千年后的一个夏日，再不见剑戟森然的御林军守卫巡行，也没有高力士指挥下太监们的盘查喝问。大约当年杜甫和白居易都不得其门而入，我却只买了一张窄窄的门票，便昂首阔步跨进大唐的皇家禁苑华清池，于其中优哉游哉，流连半日。

华清池位于西安城东约七十里的骊山之下。山麓温泉流涌，周幽王在这里建过“骊宫”，秦始皇易名“骊山汤”，汉代改建为“离宫”，唐玄宗时更环山筑宫，宫周建城，名为“华清宫”。因融园林宫殿为一体而以温泉为中心，一些宫殿又架筑于汤泉之上，故又称“华清池”。唐玄宗每年农历十月均到此避寒游幸，次年开春才回到长安。在封建时代，朕即国家，唐玄宗在华清池初逢儿媳杨玉环，惊为天人，辗转反侧，于是他“曲线救国”，将玉环度为道士之后再册立为贵妃，其时杨贵妃才二十七岁，而唐玄宗已是垂垂老矣的六十二之年。“春寒赐浴华清池，温泉水滑洗凝脂。侍儿扶起娇无力，始是新承恩泽时”，于是，华清池便成了他们的游宴之地与温柔之乡，后来因白居易的一曲《长恨歌》，更是遐迩闻名。

鼎盛时期的华清池宫苑，从骊山山麓一直延伸到如今的临潼县中心。沧海桑田，今日整修后的华清池，已只是旧时的一小部分，如同泱泱上邦沦为蕞尔小国，一国首富降为中产人家。但进得宫来，你仍可以感受到一派富丽堂皇的皇家气象：回廊如带，水波似镜，绮户低垂，檐牙高啄。在仿唐新建的宫殿里，你当然已见不到演出霓裳羽衣舞时那翻飞的长袖，在新发掘的原来专为贵妃修建的浴池"海棠汤"旁，你当然也无缘得见贵妃如一朵出水芙蓉。西绣岭第三峰峰顶东侧，有唐代长生殿遗址，那本是侍神的斋寝，白居易时隔数十年，又未能到华清池实地考察，故在《长恨歌》中误将其作为李、杨的寝殿。实际上，"夜半无人私语时"的寝殿是"飞霜殿"，在海棠汤之北。七月七日月明之夜，如果你潜来原址侧耳细听，也许还能听到唐玄宗和杨贵妃山盟海誓的私语之声。如果你听不到，你说，那必要时就只好请高居其上的骊山出面作证了。

可以作证的，不仅有耳闻目见的骊山，还有唐人的诗句。除了杜甫和白居易之外，曾作《宫词百首》的中唐诗人王建，追念开元盛时，也有《华清池》一绝："酒幔高楼一百家，宫前杨柳寺前花。内园分得温汤水，二月中旬已进瓜。"吴融的《华清宫》则颇有杜甫诗的遗风："四郊飞雪暗云端，唯此宫中落旋干。绿树碧帘相掩映，无人知道外边寒。"而多忧时感世之作的杜牧呢？他的《过华清宫绝句》三首，则更是时代的诗的证言：

长安回望绣成堆，山顶千门次第开。

一骑红尘妃子笑，无人知是荔枝来。
新丰绿树起尘埃，数骑渔阳探使回。
霓裳一曲千峰上，舞破中原始下来。

万国笙歌醉太平，倚天楼殿月分明。
云中乱拍禄山舞，风过重峦下笑声。

封建时代的中国，是君主集权专制的国家，所施行的是生杀予夺皆出于帝王的人治，帝王本身的素质和才能如何，往往决定国家的兴亡和苍生的苦乐。唐玄宗本算是英明有为之主，但在位时间过长，长达四十五年，又无监督机制，到后期已经从明君变为昏君，导致天下大乱，国事不可收拾。观今宜鉴古，无古不成今，杜牧的诗，怎可只视为感慨一时一姓的盛衰呢?

漫步华清池内，在写华清池的唐人诗句中神游，我恍兮惚兮，思接千载。待到回过神来，一千多年的时光早已随风而逝，唐玄宗和杨贵妃也早已一去不回。只有逶迤骊山，仍高高在上俯瞰尘世，唯有温泉流水，仍汩汩潺潺还似旧时。

灞桥柳

汽车往东奔上西安到临潼的高速公路，风驰电掣二十余里，便到了史名与诗名俱盛的灞桥。晚唐诗人郑綮说，他的诗思在灞桥风雪中，驴子背上，后代遂以“灞桥诗在”“灞桥风雪”指作赋吟诗。今日我来是乘坐现代的桑塔纳，而且时令是其热可比南方的盛夏，我不想风雪中吟诗，驴背上得句，但是，灞桥杨柳能赠我一章散文吗？

长安之东有灞河，原名滋水。春秋时，秦穆公称霸西戎，竟然不管滋水愿意不愿意，竟霸道地径行将它改名为灞河。秦穆公早就不在了，但阅尽千古兴亡流过唐宋元明清读过无数灞桥折柳诗篇的灞河仍在。灞河之上，秦穆公建有以舟相连的便桥，汉代定都长安，才正式兴建砖木结构的桥梁，后代许多桥梁如至今犹存的赵州桥，都是它的后辈子孙。没有河就没有桥，如同没有树就没有果实，但灞桥的名声却远在宽约四百米的灞河之上。自秦汉以来，它沟通当时北中国的东方与西方，是官员与百姓东去西来一桥当关的重要关卡和通道。灞桥两岸，广植杨柳，汉唐之时行人由长安远去西北，亲友们送到渭桥折柳为别，而从长安远去东南呢？则于灞桥相别折柳。暮春时节风中柳絮如雪花，不知由哪些评委评定，“灞桥风雪”就进入了“长安八景”之列，而灞桥也就成了中国历史和中国诗史中的一座名胜。

桥上飞花桥下水，断肠人是过桥人。五代王仁裕《开元天宝遗事》说：“长安东灞陵有桥，来迎去送皆至此桥为离别之地，故人呼之为销魂桥也。”离别少不了柳条，甚至还有箫声伴奏，那至今没有消逝的箫声，从李白的《忆秦娥》中越千载而来：“箫声咽，秦娥梦断秦楼月。秦楼月，年年柳色，灞陵伤别……”李白的这首词，上片歌长安东南之灞陵伤别，下片咏长安西北之汉家陵阙，柔婉与悲壮兼而有之。至于说到“年年柳色”，在李白之后，盛唐的戎昱也曾在《途中寄李二》中咏叹：

杨柳含烟灞岸春，年年攀折为行人。

好风若借低枝便，莫遣青丝扫路尘。

从诗中可见，当时河滩东西，官道两旁，杨柳低垂而枝条拂地。附带提及的是，此作在《全唐诗》中也归属于李益名下，而且题目相同，同时又属于另一位诗人杨巨源，只是题目为《赋得灞岸柳留辞郑员外》。一诗三主，如果其中一人像当代某些作者一样动辄诉诸法院，不知法院如何判断谁是谁非，怎样宣判版权所有？届时只怕要请灞岸之柳出庭做证吧？也许是多年来攀折者太多，加之后来者不愿重复前人，要故意抬杠，于是我们又见到另一种景象，中唐时的韩琮在《杨柳枝词》中就写道：

枝斗纤腰叶斗眉，春来无处不如丝。

灞陵桥上多离别，少有长条拂地垂。

两位诗人虽都是唐人，但分属不同时期，所见所感同中有异，也都各有妙趣。你如果觉得柳长柳短不知听谁的好，那就兼听则明吧。

将车停在灞水桥头，我们在桥上漫步，左顾右眄。公路两旁仍然绿柳依依，毫无疑问柳是唐柳的不知多少代的苗裔。宽阔的河床上则到处是沙洲绿滩，枯瘦的水流像中国大地上它的许多同行一样，都已经患了衰竭与污染之疾。什么时候，灞水还能像唐代一样清碧丰沛而一苇可航呢？虽然其清明浩阔已远不如从前，但一千多年的风沙吹过去，李白写灞水的《灞陵亭送别》却仍然流光溢彩，如同刚在纸上一挥而就那样新鲜：

> 送君灞陵亭，灞水流浩浩。
> 上有无花之古树，下有伤心之春草。
> 我向行人问路岐，云是王粲南登之古道。
> 古道连绵走西京，紫阙落日浮云生。
> 正当今夕肠断处，黄鹂愁绝不忍听！

我的前辈乡贤王夫之先生，在《唐诗评选》中曾说这是“夹乐府入歌行，掩映千古”的杰作，不知他当年是否到过灞桥？我往日读这首诗，也只是在故乡长沙，人隔千里，且局促于小小的斗室书房。今日有幸一睹此水，亲履斯桥，我当然便忘乎所以地高吟起来，不管那座现代化的钢筋水泥桥梁听得懂听不懂，也不管桥下年高体迈的古老灞水听不听得清。我只顾自己心血如潮，放声吟诵，“余亦能高咏”啊，李白正在唐朝千年的那一头倾听，我毫不怀疑，你信不信？

曲江池

未到曲江池，好像美人如花隔云端，令人心神向往；来到曲江池，美人已化为黄土泥土尘土，你会又一次醒悟人生的短暂和世事的沧桑。

还是在少年时，我就已经从唐诗中和历史读物里初识曲江池了。长安城外约十里的东南方，离大雁塔不远，有一处游览胜地，秦代名“宜春苑”，汉代叫“乐游园”或“乐游原”。其中有盛开荷花的芙蓉园，还有一处弯弯曲曲长约七里的湖泊，人称曲江或曲江池。这里美如江南：湖水清亮似绿绸，夏天在水面绣了许多红莲与白荷；近岸处则是菖蒲与菰米的天地，湖畔柳丝拂地，乔木参天，亭台楼阁在两岸凌波照水，如同在举行盛唐的时装展览。从唐代中叶开始，进士们及第后要去大雁塔题名，来曲江池畔的杏园举行宴会，“及第新春选胜游，杏园初宴曲江头”，这就是刘沧《及第后游曲江》的开篇自白。唐玄宗为了自己和贵戚们的游乐之便，由大明宫至兴庆宫往南直至芙蓉园和曲江，沿城墙修了一道两边是城墙中间是行车大道的“夹城”，他们心血来潮，就可以从夹城直趋曲江。“花萼夹城通御气，芙蓉小苑入边愁”，这是杜甫在《秋兴八首》中的记叙。每年阴历三月初三，到水边除垢祈祥是自古相传的习俗，唐代上至皇亲国戚，下及百姓平民，也纷纷到曲江游赏，风光更是盛极一时。

我慕名远道而来时，曲江早已面目全非。当年的曲江池，已变为一大片低洼而弯曲的麦田。麦田周围树木稀疏，工厂的烟囱在吞云吐雾，民房与厂房鳞次栉比。“鱼戏芙蓉水，莺啼杨柳风”，张说的鱼戏与莺啼呢？“穿花蛱蝶深深见，点水蜻蜓款款飞”，杜甫的蜻蜓和蛱蝶呢？“更到无花最深处，玉楼金殿影参差”，卢纶诗中那些映水的玉宇琼楼呢？不只是现在的我已不复得见，唐代天宝年间的诗人豆卢回，为京兆万年（今陕西西安）人，官终京兆少尹，他是本地人并在本地任职，但在他仅存的一首诗《登乐游园怀古》中，也早就说“昔为乐游苑，今为狐兔园”了，而到北宋诗人李复的笔下，曾极尽繁华的曲江，就更已经是“唐址莽荆榛，安知秦宫殿”了。

曲江池的由盛而衰，除了水源枯竭这一自然灾难，关键在于人祸。后期的唐玄宗，由英明之主变为昏聩之君，任用奸人，远斥贤者，朝政与国事日非。因宠爱杨玉环，他竟在同一天封大姨为韩国夫人，二姨为虢国夫人，八姨为秦国夫人，每人每月赐可买五百担米的十万钱作脂粉费。杨玉环的堂兄杨钊，本是游手好闲的纨绔无赖，玄宗认为“钊”字由金刀组成，有失吉利，故赐名杨国忠，并作为李林甫的接班人培养而当了宰相。他一身而兼五十余职，百般诬陷正直有才之士，千方迎合贪图享乐的玄宗，贪污受贿不计其数，仅细绢就收藏三千多万匹。他曾对人说，他是碰上了机会，此时不捞，还不知日后是什么下场，名声无所谓，还不如眼前尽情快活。这，倒可以作为现代的贪官污吏的座右铭。现代的赃吏邪官，群众视之如同瘟疫寇仇，他们的名言“有权不用，过期作废”，恐怕是其源有自吧？“三月三日天气新，长安水边多丽人。……就中云幕椒房亲，赐名大国虢与秦”，杜甫作于安史之乱前夕的《丽人行》，揭露了皇室的追欢逐乐，骄奢淫逸，而结束全诗的“炙手可热势绝伦，慎莫近前丞相嗔”，批判的锋芒，直指将来其下场仍与金刀有关并不吉利的杨国忠。有识有胆的杜甫，真不愧“诗史”与“诗圣”这一光荣尊贵的称号！

安史之乱，是唐朝也是曲江池由盛而衰的转折点。安史之乱后，唐朝已成了一轮不可逆转的西下夕阳，而往日如同美人的曲江池，也日见形容憔悴，无复盛时的风华。“少陵野老吞声哭，春日潜行曲江曲。江头宫殿锁千门，细柳新蒲为谁绿”，这种时代的沧桑巨变，长安沦陷时落于敌手的杜甫，在《哀江头》中已有身历目击的反映。数十年后，忧心国事的李商隐也写了一首《曲江》：

望断平时翠辇过，空闻子夜鬼悲歌。
金舆不返倾城色，玉殿犹分下苑波。
死忆华亭闻唳鹤，老忧王室泣铜驼。
天荒地变心虽折，若比伤春意未多。

与此诗写作时间相近的《乐游原》，就更为概括而警策。胜地的衰败，唐王朝的日之夕矣，自己年华老去而壮志未酬的悲哀，眼前景，世间事，心头情，无限丰富的内蕴和意韵，一齐压缩在寥寥二十个字里，有如冰镇了千年而新鲜一如昔日的多味之果，让后世的读者重新品尝它的苦辣酸甜。

“向晚意不适，驱车登古原。夕阳无限好，只是近黄昏。”唐朝，早已降下永远不会再升起的帷幕；李商隐，也早已转身走进了台后，再也不会出场。在李商隐驱车吟诵过的乐游原，在穿过原来曲江池的“雁引公路”旁的高地上，回眸二十世纪那一轮饱经沧桑的落日，面对地平线上那欲吐未吐的晨光，豪情未衰，热血未冷，且让我张开筋力未老的臂膀，拥抱新世纪的第一轮朝阳！

青海青

一

青海青，黄河黄，

更有那滔滔的金沙江。

雪皑皑，山苍苍，

祁连山下好牧场……

好几年前，在中央电视台举办的春节联欢晚会上，来自香港的歌唱家张明敏高歌几曲，唱沸了神州的四野八荒。他的歌，朴质而飞扬，深沉而激越，而每当《青海青》的旋律在耳边响起，我的心啊，总是如生双翼腾空而起，飞向远在天涯的大西北，飞向近四十年前我曾经捧上青春献出理想洒下年轻人热血的遥远的地方！

年华随风而逝。假若时光可以倒流，如果生命的流水可以回到 1960 年夏季的那个渡口，我便可以重温那年轻浪漫的仲夏夜之梦了。当时，我年方弱冠，北京师范大学中文系四年学业期满，由青青子衿的校园到江湖多风波的社会，生活将向我展开一片全新而未能预卜的天地。由于所谓“只专不红”，在当时的环境氛围之下，我知道留在首善之区的北京纯属妄想，那是大权在握的同学的专利，也是许多同窗可能的现实选择。虽然无可奈何，对平时高调入云但分配时却捷足先登京城与高校的同学，也不免心存疑惑，但那个时代的大学生虽然大都未免盲从，然而却思想单纯，远不及他们现在的后辈大多少年老成而人情练达。因此，在我的心中，汹涌的仍然是李白式的“大丈夫必有四方之志”的豪情，飞扬的依旧是艰苦奋斗建设边疆的壮志。我填写的三个志愿，一是青海，二是内蒙古，三是西藏。犹记临行前的一个晚上，全班在中文楼一间教室里开“誓师会”。我未去青海，就已经和唐诗中的西鄙之地结缘了，我发言中援引杜甫《兵车行》中的诗句，虽然杜甫只是写过而未曾去过青海。我慷慨陈词：“‘君不见青海头，古来白骨无人收。新鬼烦冤旧鬼哭，天阴雨湿声啾啾’，这是千年前杜甫的悲叹。我们新时代的青年要到祖国最艰苦的地方去，要以建设边疆的行动改写杜甫的诗句：‘君不见青海头，战天斗地最风流。新人欢喜旧人笑，誓叫边疆变锦绣！’”杜甫听不听得见，版权所有，他同不同意改写他不朽的诗句，当时我血气方刚，已无暇他顾了。在留于北京和远去迈陲的同学同样热烈的掌声中，我只有一往无前的决心，和少年不识愁滋味的兴奋。

第二天清晨，学校专车送我们去北京车站。当汽车驶经天安门广场时，太阳正从东方冉冉升起，同学们齐声要求司机缓行，让我们再多看北京和天安门一眼。我想，当时或前后北京许多走向外地奔赴边疆的高校学生，他们大都体验过同样的情境吧？如同山中泉水夺地而出，我的心中立时喷涌出几行诗句，一直到现在犹如昨日："北京，我的母亲 / 我即将离你远行 / 我牵着你的衣裙 / 要求把临别之言赠送 // 你春风满面，含笑不语 / 指着天安门后的红日一轮。"当时的莘莘学子，确实大多是把弦歌数载的首都看作"母亲"，将毛主席视为"红日"。我的诗句虽然幼稚而青涩，但却是那一代年轻人心声的忠实记录。于是，在隆隆的车轮声中，我们班和我们年级的一些同学携手向西而去。有的在西安下车等待进藏，有的沿着唐代诗人走过的河西走廊北上新疆，而我们则从兰州转车西去青海。虽然从郑州愈往西走，就愈见见所未见的贫穷、但与杜甫唱反调的誓词犹在耳畔，而李白式的豪情也没有立即退潮。

边塞诗，是唐代诗歌的一个重要流派，但当时去过边塞或人在内地却也到边塞诗领域来试探虚实的诗人，除了歌咏北方的戎马生涯，大都是西去甘肃，北上新疆，在河西走廊跃马扬鞭，匆匆来去。真正到过青海"深入生活"的诗人极少，大约当时青海主要是吐蕃和吐谷浑的领地，杀伐连年，争斗不息，盛唐虽然如日方中，但青海也并非它的阳光普照之地。唐王朝不时和吐谷浑以及吐蕃握手言和，但更多的时候双方则是兵戎相见。安史之乱后，吐蕃趁机占领了青海全境，并进而攻取了河陇地区，时至中唐与晚唐，这样一方苦寒而且杀机四伏的边陲，并非鸟语花香的乐土，也无山珍海味的盛宴，自然就更没有多少浪漫而务实的诗人前来问津而以身蹈险了。我之所以远赴青海，除了别无选择，以及多年来所受的教育养成的报国之心，在潜意识里，还有因读边塞诗而滋生的对边地新奇神秘风光的向往。然而，一踏进青海的门槛，有如从美丽的飞天神话坠落到并不美丽的无情现实，面容严峻神情肃杀地站立在我们面前的是：饥寒交迫，长日如年。

1960年八月，在兰州，从北京带来的按大学生标准定量的干粮，早已被我们一扫而空了。饥饿，像一个势利之徒开始向我们抛来冷漠无情的眼色。车轮敲奏着铁轨也敲奏着我们的忐忑，饥肠在腹中辘辘复辘辘，我们终于和夕阳一起到达青海省会西宁。如果是现在，街道上食品丰盈，餐馆林立，你做梦也不会想到饥饿的滋味；初来乍到，有关部门也会按常例盛情接待一番，你纵然怀念家乡和亲人，也免不了会兴高采烈，将青稞酒伴着欢迎词一饮而尽。然而，近四十年前的那个黄昏，在湟水之旁那家简陋的招待所安顿之后，好像对我们的心理与生理出示第一张通牒，我们开始了在青海最初的晚餐。如果那是意大利文艺复兴时期大画家达·芬奇的“最后的晚餐”，也许还可供观赏，但那却是现时代艰难岁月中最初的晚餐：每人一碟其味苦咸其色深黑而不见油星的干野菜，外加三枚越看越瘦小伶仃的馒头。从北京一路而来的凌云豪气美妙幻想，仿佛都已经烟消云散，大家默然而黯然地狼吞虎咽之后，回到集体宿舍式的大房间里，各自一言不发各怀心事地爬上双层床铺。

圆月，一轮边塞的圆月，正从群山之上涌出，圆在高原纤尘不染深蓝如海的天空。人生经历的第一次印象或初次印象，常常是铭记难忘的，数十年过去了，我还记得当晚的边塞夜月，仿佛前来探望我们这些初来乍到的远客，久久把它的清霜洒满地上、床上和我的心上。那时，李白的“明月出天山，苍茫云海间。长风几万里，吹度玉门关”，便奔来我初临其境的心头。“汉下白登道”虽远在山西大同市东北，但“胡窥青海湾”的青海湾却已近在身旁。我想，人生不能只有月夕花朝，也要傲斗风霜雨雪，命运掷给我的还只是第一道战书，我只能咬紧牙关应战。虽然强自振作，然而，月色如银啊月色更如霜，凄然地凝视床前月色，我久久怀想的却是李白的另几行诗句：“床前明月光，疑是地上霜。举头望明月，低头思故乡。”这首诗，浪迹萍踪的李白是在哪一家客舍写成？一千多年过去了，怎么像是为我此时此夜难为情而作的呢？

二

今天的年轻人，已经不晓饥饿为何物了，即使在内地尝过那种艰难苦楚的人，也很难想象边地众生的苦中之苦。青海地广人稀，冬春气候奇寒，西宁市的温度常在零下二三十摄氏度，缺煤少电，更谈不上暖气，没有自来水，晚上用水如不及时泼掉，第二天早上收获的就是一盆坚冰。粮食定量每人每月二十四斤，外加二两白糖、半斤鱼干、三张烟票，这便是我们的全部福音，此外，则如现今的流行歌曲所唱的“一无所有”。我在青海两年，食油涓滴全无，最后半年每人每月配给二钱，今日听来如同天方夜谭。烟票可买的烟只有一种，即上海出品的“勇士牌”，一角三分钱一包，人都饿成奄奄一息的“病夫”了，却可以抽气冲斗牛的“勇士”。烟云吞吐毕竟聊胜于无，这不知是故作多情的自嘲，还是事有巧合的反讽。饥饿填满了每一个白天和长夜，辘辘的饥肠饿成了瘦瘦的鸡肠。街上的店铺空空如也，即使有，你无粮票也只能望洋兴叹。岳父大人知我饥苦，自己忍饥挨饿，从邮局寄了十斤炒面给我，当然我未能收到，万里迢迢，那肯定是为现代的殷洪乔所误了，不是投于水中，而是投于他的腹中。岳父早逝，多年后我才知道这件辛酸往事，禁不住到他老人家的坟上一连磕了二十四个响头。我泪如泉涌，希望他能于地下听到我的感激和愧疚，收到我的哪怕一滴迟到的泪水。

永志不忘的还有色香味俱全的早餐——两碗拌汤。所谓“拌汤”，即是撒少许面粉在一大锅清水中搅而拌之，在清可照人之中，外加若干片包菜叶，让其载沉载浮。两碗拌汤下肚，一上午传道授业，虽不至于口干舌燥，但却腹诽得如沸如煎。早来两年的学兄林锡纯君，和我同在一中任教，现在已从西宁晚报总编辑岗位上退休，但当年却头戴一顶“右派分子”的帽子，身披一袭因长年累月与拌汤为伍而汤光可鉴的棉衣，终年脸上浮肿，四季面有菜色。他是中文系出身，会写文章和旧体诗词，读书时即以独立思考和执笔为文贾祸。他又多才多艺，会画画，擅篆刻，善乐器，同时又长于外文，因此，他一身而兼任多种课程，还奉命包揽学校许多杂务。我们晚上九时半可以从教研室下班，他却每晚要在教研室忙碌煎熬到午夜以后，以这种大大超负荷的工作来“立功赎罪”。不知他枵腹从公，何以卒夜——熬过那些漫漫长夜？

当时，师生们不时要翻山越岭去乡下生产队干活。青海的乡野较之省会西宁，当然更加寂寞荒凉，是名副其实的“穷乡僻壤”。锡纯知道我虽不敢对他多所亲近，但私心却颇为同情，加之有同学之谊，在荒山僻野无人之处，他抄给我一首唐诗人吕温的《吐蕃别馆中和日寄朝中僚旧》：

清时令节千官会，绝域穷山一病夫。
遥想满堂欢笑处，几人缘我向西隅？

吕温与王叔文、柳宗元、刘禹锡等人相交甚善，贞元十九年，他以集贤殿校书郎的身份作为副使，“万里海西行”，随工部侍郎张荐出使吐蕃，被扣留经年，写了近十首绝域羁留之诗作。锡纯精于诗道，且早来青海，对吕温写的青海之作烂熟于心。他虽不是羁臣，却相当于流人，吕温此诗特别是其二、四两句，该撩起他萧条异代不同时但却同样的身世之感吧？

锡纯有位同班同学范亦豪君，1957年两人“同案”，他在农场劳动一段时间后，分到我所在的班，所以早已认识。亦豪发配之地更遥远更少人烟，远在“雪皑皑，山苍苍，祁连山下好牧场”的祁连山，海拔三千多公尺的门源平地。亦豪开始没有资格教书，主管方面令其放牧。张明敏唱的《青海青》中有道是“这里有成群的骏马，千万匹牛和羊，马儿肥，牛儿壮，羊儿的皮毛好像雪花亮”，这真是太富于诗情画意了。但山中山下不仅有牛羊也有豺狼，铺天盖地的大雪不时前来封山，不说人烟，就是炊烟都几近断绝。亦豪连住房都没有，严冬时节只好瑟缩在依山崖而草草搭建的窝棚里，因而关节炎严重复发而举步维艰，当年在篮球场上的虎跃龙腾，成了他形影相吊时的辛酸回忆。但他在孤寂之中却不愿见到一个陌生来客，因为那会让他立即想起自己是“入另册”的阶级敌人。后来终于让他去祁连中学教书，听说他教的那个高中班，总共只有四名学生，其地之荒僻落后可想而知。我们音讯不通也不能通，每一天都是短促生命中漫长的一天啊，不知他在那里如何苦度并终于度完流放的岁月。

亦豪的同窗女友芳名王世巧，他们密切得已经论毕业之后的婚嫁了，但变生不测，罡风劲吹，他沦为右派，开除出团而远谪边荒，她则分配到沈阳辽宁师院中文系教外国文学。有关组织多次动员世巧与亦豪断绝关系，但她顶住如磐压力，坚辞拒绝；有的男士向世巧表示殷勤和关怀，她也依然是我心匪石，不可转也。他们真情挚爱，两地相思，正如同唐代无名氏的诗句。

唐代的无名氏，在战争中于敦煌被俘，经柴达木盆地、青海湖畔而押送至唐之临蕃今之湟中县多巴镇，他在途中和羁押中写了许多诗作。感谢敦煌石窟的唐人诗集残卷，其中保留了他的一些篇章，那是唐代实地抒写青海的边塞诗，空谷足音，弥足珍贵。作者以《晚秋》为题的诗写道：

日月千回数，君名万遍呼。
睡时应入梦，知我断肠无？

白日欢情少，黄昏愁转多。
不知君意里，还解忆人么？

这位伤心人自己魂牵梦萦意犹未足，还从对面想来与写来，以《闺情》为题，虚拟他远在家乡的妻子对他的想念：

千回万转梦难成，万遍千回梦里惊。
总为相思愁不寐，纵然愁寐到天明！

百度望星月，千回望五更。

自知无夜分，乞愿到天明！

尽管这位无名作者和他的妻子早已成灰化烟，幸而他的诗句还留在人间，仿佛是为我辈而写。我的未婚妻远在江南，人隔万里，辗转反侧。境况较好的我尚且如此，何况境遇更近似无名氏的亦豪呢？出于常情常理之外，而且给亦豪以雪中送炭的慰安的是，世巧竟然远离内地的繁华都市，弃置名牌高校的绝佳环境，冲破重重阻力，道道难关，不远千里复万里，毅然决然地奔向唐代无名氏所说的“六月尚闻飞雪片，三春岂见有烟花”的青海，而且是在青海的祁连山下，和亦豪缔结苦难而美满的姻缘。当今之世，不计功利而一片纯真的海枯石烂的恋情，大约只能从《诗经》从汉魏乐府从梁祝之类的民间传说中去招魂了。但是，我的一直未曾谋面的师姐，青海的风至今仍传说她美丽的故事，她的故事传扬了中国女性高尚而坚贞的美德，其真实动人使任何同类情节的当代小说相形失色。我离开青海时，为我送行的锡纯说，亦豪这几天就要到西宁来，迎候自远方前来团圆的恋人。锡纯虽然命运坎坷，慈悲为怀的上天还是给了他补偿，他后来遇到了一位窈窕淑女，成了他的夫人，名字叫郑美霞，是他的生命的天空苦雨初收后真正美丽的彩霞，我重访青海时有缘一见。师姐世巧却缘悭一面，和亦豪也多年不曾再会，只听说亦豪成了青海师院中文系的教授，身患癌症的他曾兼任系主任，后来双双调回天津，亦豪现在是天津大学的老舍研究专家。在北师大1957届毕业生别后四十年的聚会上，世巧朗诵了她的《致同窗》，结尾是：“我的故事很平淡，没什么光也没什么辉。可我挺珍惜，无怨无悔。”亦豪即席发言说：“如果没有她，我今天就不能活着到这儿来。有同学说世巧老了，脸上皱纹多了，我要说，她的每一条皱纹都是我的！”人生无常，天道好还，每当想起他们凄美动人的故事，唐代无名氏诗中的哀情怨绪就重到心头，而当代小提琴协奏曲《梁祝》的旋律便怆然欣然轰然响起，那双飞的彩蝶呵，便在我的眼前翩翩而飞。

三

多年来，我常常临风回首我和同窗们在青海的艰难岁月，高吟低咏唐人写青海的诗句。在二十世纪八十年代之初读到诗人邵燕祥的《青海》，却引起了我不是隔代而是同时代人的强烈共鸣：“一个山鹰折断翅膀的地方 / 一个骏马放蹄奔驰的地方 // 一个囚禁罪犯的地方 / 一个流放无辜的地方 // 一个磨砺你为宝剑的地方 / 一个摈弃你如废铁的地方 / 青——海——啊！”西下的夕阳，虽然仍有满天霞彩，但不知它是否忆念自己朝日初升或日到中天的时光。年华向老的人，对于自己的青春岁月，不论是坎坷不遇还是意兴飞扬，总是难免不时凄然或悠然回首的吧？离开青海已近四十度春秋，对于那个我曾经奉献过幻想、青春和热血也令我铭心刻骨的地方，对于那个一经邵燕祥咏唱更使我怀想不已的地方，我总盼望有朝一日能旧地重游，去追寻自己越去越远的青春的背影，去瞻拜它古老而日新月异的容颜。

不久前的八月高秋，和当年去青海的时令巧合，我终于一偿夙愿，偕内子缇萦从南方远飞兰州，然后乘火车奔向西宁。铁路线两旁，那些久违了的站名和久别了的植被稀疏的山峦，一一来招呼我如逢故人的眼睛，而如黄色泥浆一样滚滚东流的湟水黄水，也以它的浪涛再度拍打我的胸膛。一般人重温旧梦，不论是好梦或是噩梦，总难免百感交集。近四十年前我离开青海，锡纯兄拖一部破旧的板车，运载着我简陋的行李回乡的喜悦和一朝分袂不知何时再见的离愁，我心中珍藏多年的，是他站在冷落的月台上依依挥手的身影。而此番重到西宁，月台上除了两鬓微霜的他，还有我大学的班长曾任西宁市电视台台长的陈宜，还有在青海工作了大半生的籍贯湖南的诗人朱奇。当年，我曾在西宁火车站昏黄凄冷如同几滴浊泪的路灯下，碰到一位卖蚕豆的农民，不是论斤论两而是论颗，一颗一毛钱。虽然工资微薄，几经踌躇，我还是买了一百颗，暂且慰劳饥肠。如今，那位摆摊的农民不知去了哪里。他现在该已丰衣足食了吧？而西宁火车站也一派高敞堂皇，早已脱下了那一身敝旧暗淡的衣衫。世间何物催人老？半是车轮半日轮。日轮下，车轮旁，同窗和旧雨在欢呼声中久久地拥抱在一起，如同拥抱我们珍贵的久已失踪的青春岁月。

四十年前在青海，自己只是一名穷愁潦倒的中学教员，加之饥寒交迫，除了下乡劳动去过西宁近郊，可谓足不出户。现在名动四方游人如织的塔尔寺、日月山和青海湖等处名胜，于我都是可望而不可即。我一直心存遗憾，连青海湖都没有去过，怎么算到过青海？这回前度李郎今又来，锡纯和陈宜均已退休，手中之权已经“过期作废”了，幸亏朱奇兄长仍任青海省作协主席，加之我们是作协同行，所以由他尽地主之谊，驱车陪同，于青海匆匆走马观花三日。

除了和我青春做伴的西宁，我最想看望的就是石堡城和青海湖。西宁早已今非昔比了，往日的寒碜冷落已不见踪影，四十年后，这座古老而简陋的边城，出落得如同一位仪态雍容的西部美人，这是千千万万本地人和外省前来的建设者流血流汗，为她梳妆打扮的结果。我匆匆探访原来工作过的西宁一中，免不了油然而兴晋代桓温的“树犹如此，人何以堪”的感慨。我急急看望曾经印满我的足迹的小街深巷，但却再也听不到一声回音。于是我们驱车穿城而过，去赴四十年前即已订下却未能践约的约会。

我来时正值高秋八月，一年好景君须记，这是青海一年四季中最好的日子。车出西宁城，天蓝，地阔，绿树成荫，油菜花在田野上汹涌它们的金黄，成熟的小麦在阳光下炫耀它们的金黄。车过湟源县后，折向西南约六十里，这一带本已是山岭逶迤了，有一座峭壁为铁灰色的山头尤其傲岸，海拔约三千米，虽然时间早已进入了现代，但它依然一副一夫当关万夫莫开的神态，睥睨四方。朱奇告诉我们，这就是唐代的石堡城。石堡城又名铁仞城，简称石城，城西侧有小河，名药水河，三面悬崖绝壁，只有一面有一条盘旋石道可以攀行而上。这里曾是唐朝与吐蕃的交界之处，为唐蕃交通要道，唐帝国边防前哨，后来陷于吐蕃之手。因为山峻路险固若金汤，所以许多大将试图攻克都未能如愿。李白昔日在《答王十二寒夜独酌有怀》中说："君不能学哥舒，横行青海夜带刀，西屠石堡取紫袍。"天宝八载即公元 749 年，名将哥舒翰率兵十万人攻石堡城，伤亡数万人方始收复，而吐蕃只有数百人固守，可见此处之山高城险。作者署名"西鄙人"的"北斗七星高，哥舒夜带刀。吐蕃总杀尽，更筑两重壕"，这是唐代西北边地流行的民谣，后来口口相传又经文人润色，后两句改成了"至今窥牧马，不敢过临洮"，我以为写的就是哥舒翰在青海的戎马生涯。哥舒翰曾任陇右节度使，治所在唐之鄯州今之青海省乐都县，李白"横行青海夜带刀"句中的"青海"，也可以为证。石堡城上，尚有两个长宽均为数十米的大小不一的土台遗址，其上各残存有瞭望台。我们登台瞭望，四顾苍茫，山谷间虽然似乎还隐隐可闻刀剑的铿然交鸣和冲锋陷阵的惊心呐喊，山下有令人心惊的地名"死人沟"和"万人坑"，但却已望不到一炷狼烟或硝烟。我不禁想起敦煌抄本保存的哥舒翰的《破阵乐》，《全唐诗》未及收录。此乐是凯旋歌，进行曲，原是唐太宗所制，唐玄宗继之作《小破阵乐》。哥舒翰之作，是这位一度叱咤风云的突厥族武将所赋的庆祝胜利的文辞：

西戎最沐恩深，犬羊违背生心。
神将驱兵出塞，横行海畔生擒。
石堡岩高万丈，雕窠霞外千寻。
一唱尽属唐国，将知应合天心。

这首诗，敦煌抄本注明作者为哥舒翰，我却怀疑是他的秘书代劳，或是请他人捉刀，如同现在的某些“领导”一样。因为哥舒翰除此之外，只有《题凤凰山》的断句“彩凤双飞翼，宛然半岩间”，见之于《全唐诗补编》。看来他武功赫奕，文治阙如，何况他即使志得意满，豪兴飞扬，也还不至于自称“神将”。但这些都不必去管它了，除了“犬羊”之类现在早已不合时宜的词语，诗的中间四句写得确实笔酣墨饱，虎虎生风。“横行”一词，在这里意指纵横驰骋，所向无前，一见于此诗，一见于李白之作，该是李白读此诗后受到而借用影响吧？

天宝十一载，年近五十岁的诗人高适“客游汉右，河西节度使哥舒翰见而异之，表为左骁卫兵曹，充翰府掌书记”（《旧唐书》本传），因为担任哥舒翰的秘书，所以高适也曾一度从戎青海。天宝十二载，哥舒翰攻破吐蕃，收复“黄河九曲”，置“洮阳郡”和“浇河郡”，即青海省东南部黄河曲流之处。随军的高适的《九曲词》，就是歌咏哥舒翰和大唐将士的胜概英风：

铁骑横行铁岭头，西看逻逤取封侯。

青海只今将饮马，黄河不用更防秋！

诗中的“铁岭”的确址已不可考，大约应在今青海东南部黄河上游一带，而“逻逤”又作“逻娑”与“逻些”，为唐代吐蕃都城，即今日西藏自治区的拉萨。我们在石堡城徘徊，在残存的遗址上永恒的唐诗中悠然怀古，但却不能久留，因为民族之间的干戈杀伐早已成为历史的一抹云烟，何况日月山和青海湖还在石堡城之西等着我们。

日月山是唐蕃边界，也是文成公主进藏的胜地。以此山为界，山之东是丘陵农业区，山之西是草原畜牧区。从石堡城西行二十里，站在日月山上，仰观长天空阔，天边灰白色的积云不是成朵而是成带成阵，皑皑雪山从唐朝从亿万斯年以前，就皎白在云带之中威严在云阵之上，俯瞰纷纷攘攘的尘寰。朱奇告诉我，这种带状长云是青海特有的景色，只有身临其境，才能深切体会王昌龄为什么要在《从军行》中说“青海长云暗雪山”，徒然纸上谈兵，就无法体味诗人观察之深状物之妙。低头远眺，无际的草原像一卷豪阔华丽的地毯，从我们的脚下抖开而铺向天边。油菜花金黄，绵羊雪白，牦牛深灰，它们都没听说过吐蕃赞普松赞干布和吐谷浑王伏允，都不知道曾挥戈青海的薛仁贵、黑齿常之和哥舒翰的名字，更不要说那许多曾此去彼来搅攘高原的旌旗，和那些此起彼伏号令草原的胡笳与号角了，它们只知银线金针，将美丽的图案一齐绣在青青的草原之上。西向而流的“倒淌河”呢？虽然大名鼎鼎，此时却只是一曲似可飞身而过的涓涓小溪。在草原的地毯上飞驰向西，从如同江南的菜花香里向西飞驰，本来远在天边的青海湖水，就迎上来拍打我们的车轮了。

青海湖，蒙语名“库库诺尔”，意即“青色的湖”。古称“西海”，因其地处西域而得名，西汉王莽曾于此设“西海郡”。“青海”之称起于北魏，北魏的地理学家兼大旅游家郦道元，在《水经注》里留下了青海湖的水影波光：“海周围七百五十余里……水色青绿，冬夏不枯不溢。”青海湖如同瑶台的一面明镜，掉落在大通山、日月山和南山之间。我们来时正是盛夏，湖畔有许多圆形的白色帐房如莲花开放，湖上有如箭如犁的游艇在劈波破浪。湖水清凉，湖边清可见底，青藏高原上特有的无鳞湟鱼，正不知有汉无论魏晋地在水中优哉游哉。由近而远，湖水的颜色依次是淡绿、银白、缥青和宝蓝，墨绿与深灰。造化真是天地间最杰出的画家，以高原为画板，绘出了青海湖这一帧不朽且不干的传世之作。我久久趺坐在湖边的岩石上，相见恨晚已经四十年，只好请朱奇以湖为背景为我拍几张照片，让青海湖长驻在我的心里，也让我长留在青海湖的心里。见我流连不舍，不忍离去，朱奇说：

“唐代诗人写到青海湖的，只有从敦煌遣送到青海的无名氏这一家。他在《青海卧疾之作》中一叹‘惊魂漫漫迷山际，怯魄悠悠傍海涯’，在《秋夜》中再叹‘一夜秋声傍海多，五更寒色早来过’。而他在孤独悲愁中想念家乡和故国，更有《青海望敦煌》之作。”

初见青海湖，怎能不略表微忱？于是我对着连天湖水，放声朗吟朱青所说的无名氏之此诗：“西北指流沙，东南路转遐。独悲留海畔，归阻望天涯。九夏呈芳草，三时有雪花。未能刷羽去，空此羡寒鸦！”如果四十年前我有缘来青海湖畔，此诗只能勾起我的凄凄戚戚之情，而今斗转星移，风物晴美，心境自是大不相同。可是，我却到哪里能找到无名氏，请他旧地新游，修改或重写他的诗句呢？

四十年前初识，四十年后重来。人生有多少四十载？当火车离开西宁，汽笛长鸣，凝望来时迎我去时送我的友朋越行越远的身影，我伏在窗口不禁频频回首：我们什么时候能够再见呢？青海，青海，青海青，青青的海啊！

月光奏鸣曲

“月出皎兮，佼人僚兮。舒窈纠兮，劳心悄兮”，中国诗歌中的一勾新月，从《诗经·陈风·月出》篇中冉冉升起，向远古的山川洒落最早的清辉，然后弯过汉魏六朝的城郭，照耀中古时代许多诗人卷帷仰望的幻梦。时至唐代，月明星稀，它终于圆满在苍茫的天庭之上，辉耀在诗人的瞳仁之中，流光溢彩在从初唐到晚唐的许许多多诗篇里。如果翻开卷帙浩繁的《全唐诗》，你可以看到唐诗人举行过规模盛大的月光晚会，大大小小的诗人都曾登台吟诵过他们的明月之诗。那场晚会永远不会闭幕，听众而兼观众的我也永远不会退场。在熙熙攘攘的红尘，营营扰扰的俗世，我珍藏在心中的，是永远也不会熄灭的唐诗中的月光。

春江花月

我喜欢倾听中国的古典名曲。此刻，当我写下“春江花月”这个标题，民族管弦乐曲《春江花月夜》的众多乐器的独奏与齐鸣，便在我心中响起，乐声宛如一座长桥，把我引渡到遥远的从前。

从前，遥远的六朝。不知名的民间歌手在哪一回良辰美景中心血来潮，创作了题为“春江花月夜”的乐府民歌？人生天地之间，无论物质需求和精神生活，都离不开社会群体的创造和他人的襄助，除了冥顽不灵者和以怨报德之徒不知感恩，我们要感谢的人与事实在太多了。我感激唐代诗人张若虚，这位扬州人虽然与贺知章、张旭、包融齐名，称为“吴中四子”，曾官兖州兵曹，相当于现在地级市军分区司令，如杜甫的名诗《房兵曹胡马》之兵曹即是。但两《唐书》对他未设专传，其生卒年与事迹今日也已经无考。在他的名下，《全唐诗》仅存诗二首，一首是平平之作的五言排律《代答闺梦还》，一首竟然是那篇永恒的有如神迹的《春江花月夜》！应该致以谢忱的还有宋人郭茂倩。钟嵘评介鲍照时曾喟然长叹：“嗟其才秀人微，故取湮当代。”人微言也轻，一些作者因地位低微或名声不著，其优秀作品也往往随之埋没，这可谓古今皆然，因为世人常常势利媚俗且有从众心理。张若虚功名不显，生时就未能编集成书。今存唐人选唐诗十种，依其年代，芮挺章《国秀集》可以选其诗却未选。宋代许多与唐诗有关的著名文献，如《唐百家诗选》《唐诗纪事》等书，也均未收录张若虚其人其诗。幸亏郭茂倩编辑《乐府诗集》时，收有清商曲辞吴声歌曲《春江花月夜》五家七篇，张作因为也是“乐府”，故而被收录其中。富豪痛心的是钱财损失，政客锥心的是禄位成空，书生伤心的是杰作不传，如果郭茂倩还可以收到，我们真应该用洒金红笺向他好好写一封感谢信，并且以限时特快专递送达，如果没有他的收录之功，我们今日失掉的将是一块精神的价值连城之璧！

文人而兼武职的张若虚的《春江花月夜》，曾伴随我人生的花信年华。湘江，从我所居住的城市长沙的城边流过，江中有一座长岛，人称水陆洲或橘子洲。那时，还没有凌空飞渡的大桥，过江的人靠的是渡轮或小舟。很少污染的江水，唱的是自古相传的碧蓝的谣曲，而幽静少人的橘子洲，还像童话中的一幅插图。我们常常在春天的黄昏渡江登岛，在江边的一伞树荫下等待月上柳梢头。春江浩荡，当万古如斯的一轮月华从江中涌出，江干白沙如雪，长洲花林似雾，我年轻的心中如痴如醉的是张若虚之诗句：

春江潮水连海平，海上明月共潮生。
滟滟随波千万里，何处春江无月明？
江流宛转绕芳甸，月照花林皆似霰，
空里流霜不觉飞，汀上白沙看不见。
江天一色无纤尘，皎皎空中孤月轮。
江畔何人初见月，江月何年初照人？
人生代代无穷已，江月年年只相似。
不知江月待何人，但见长江送流水
……

千年前张若虚描写的，是他故乡扬州的春江？还是江南哪一处风光绮丽的地方？这只有他才能解答了，但我当时只觉得他写的就是我眼之所见身之所历。那时少年不识愁滋味，更何况人生初恋，只觉得他的诗句美妙绝伦，也顾不得去想他“江畔何人初见月，江月何年初照人”的有疑而问，只希望柳梢明月永远照耀着现在的我们，就于愿已足了。

似水流年。数十年后再来读张若虚的《春江花月夜》，当然已有较深层次的理解。这首诗与陈子昂的《登幽州台歌》，是初唐诗坛的双璧。同是感悟人生，咏叹哲理，回眸历史，叩问宇宙，前者的意象中心是碧海青天的明月，后者的中心意象是抒情主人公作者自己，而前者出之以清新幽远的意境，后者则发而为慨当以慷的浩歌，标示了唐诗对诗美与风骨双重追求的创作走向。不过，陈子昂的诗当时即已名满天下，张若虚的诗却明珠暗投了好几百年，一直到明代才逐渐为人所识。但是，如果张若虚知道清人王闿运在《湘绮楼说诗》中极赞此篇“孤篇横绝”，而作者因此“竟为大家”，知道闻一多在《宫体诗的自赎》一文中，也曾盛赞“这是诗中之诗，顶峰上的顶峰”，他当该诗逢知己而欣然一笑吧？

数十年过去了，湘江早已没有过去的清且涟漪，橘子洲也已屋宇拥挤人烟稠密，江边的那株柳树虽在却也已不再飞绵。我和少年的恋人如今也华年已老，但我心中的张若虚的《春江花月夜》啊，却永远永远年轻。

边塞月

唐诗如同浩浩荡荡的长江大河，其中的边塞诗波涛汹涌，浪花千叠。边塞多雄关险隘，而高空的明月是关山的背景，征人的乡愁，历史的见证。因此，许多边塞诗被那一轮明月照亮，就绝非偶然了。

“走马西来欲到天，辞家见月两回圆。今夜不知何处宿，平沙万里绝人烟”，岑参出使西域，两三个月尚未到达目的地，如今他只消坐上波音 747，一飞冲天，不是朝发夕至而是即发即至。不过，那样一来，这首题为《碛中作》的好诗，也就会在天上烟消云散了。“回乐峰前沙似雪，受降城外月如霜。不知何处吹芦管，一夜征人尽望乡”，这是李益的《受降城闻笛》，诉之于听觉的笛声固然动人情肠，如霜的月色可能更撩人愁思，如果只有笛声而无月色，恐怕还不足以使征人们那天晚上一夜不眠吧？王昌龄在《从军行》中歌吟：“琵琶起舞换新声，总是关山旧别情。撩乱边愁听不尽，高高秋月照长城。”秋天是草木摇落而倍加怀人的季节，何况是边塞的秋天？更何况是边城的秋月？时隔千载之后，我于一个早秋之日从北京远去青海，在西部边陲的月夜，我竟然和唐代边塞诗中的明月撞个满怀。至今回忆往事，仍可拾起几片粼粼的月光。

二十世纪六十年代伊始，我毕业于北京一所高等学院的中文系。因为当时只管埋头读书而不顾抬头看路，心知我们这些“只专不红”的人只会被远放边疆，而绝不可能留在北京，加之那一代青年大都单纯热情，所以我也满怀建设边疆的豪情壮志，三个志愿分别填写了青海、内蒙古与西藏。虽然平日高喊革命口号而实权在握的同学，许多都分在了首善之区的京城，令我心怀羡慕也心存疑惑，但我胸中汹涌的，却仍是李白的“大丈夫必有四方之志”的浪漫豪情。那时，饥荒已遍扫神州大地，生活在这片土地上的我们却懵懂无知，只知“形势一派大好”。临行前，一位年长的同乡同学悄悄告诉我，西北地区尤其贫困，道路不宁，饥民遍野。他说时面色神秘而紧张，再三叮嘱我不得外传。我其时虽已弱冠，但仍然少不更事，初闻之下，还怀疑耳朵错听了童话或者神话。

车轮西行，日轮也西行，列车终于和夕阳一起抵达青海的省会。一路上见闻已经不少，而西宁呢，远比我想象中的还要落后与荒凉。一条贯穿全城的主要马路很少行人，其他街巷古朴简陋，就如时间一样年深月久，而不知筑于何朝何代的泥土城墙，仍固守在肃杀的秋风中和遥远的鼓鼙声里，不肯让位于现代文明。我们一行数十人被安顿在湟水河边的招待所，便开始了在青海最初的而远非最后的晚餐。在北京，我们是天之骄子的大学生，尚不太清楚饥饿为何物，而现在款待我们肠胃的，只有三枚越看越瘦的馒头，和一小碟其色深黑其味苦咸的干野菜，用任何化学手段作定性与定量分析，也查不出一点油星。晚餐后，同学们似乎是患了集体失语症，在那摆放着双层床可住数十人的大房间内，一个个爬上床去早早安眠或无眠。

然而，应该都是眠而不安吧？秋夜边地的天空碧蓝如海，不染纤尘。我在唐诗中见过不知多少回的那轮边塞明月，正攀过远处的山峰而升上中天，把清霜洒遍边城，也洒满我一床。辗转反侧，我不禁想起唐诗人吕温，和刘禹锡、柳宗元声气相通的他，贞元二十年出使吐蕃，在青海被拘留经年。他的诗多次写到青海，《经河源军汉村作》说“行行忽到旧河源，城外千家作汉村”，在《读勾践传》中，他又说“丈夫可杀不可辱，如何送我海西头”，而《吐蕃别馆月夜》，写的似乎就是我斯时斯地亲历的情境：

三五穷荒月，还应照北堂。
回身向暗卧，不忍见圆光。

“三五”是农历十五，月亮最圆之时。吕温想的是绝域穷荒的明月，也应该会照临家乡慈母的居处，他转背侧身而卧，不忍再面对那撩人愁思的月光。心中默诵吕温的诗，我真想问问他：你当时羁留的“别馆”的所在地，是否就是我今夜暂住的招待所呢？

虽然远离家乡和亲人，初来乍到那陌生而艰苦的不毛之地——君不见之“青海头”，但我心中奔流的，毕竟是不易冷却的年轻的热血。深宵不寐，我想得更多的是豪气干云的李白，那一轮明月当晚从他的《关山月》中奔逸而出，如一面银锣，敲响在万山之上、蓝天之上和我的心上：

明月出天山，苍茫云海间。
长风几万里，吹度玉门关。
汉下白登道，胡窥青海湾。
由来征战地，不见有人还！
戍客望边色，思归多苦颜。
高楼当此夜，叹息未应闲！

在青海的日子，可谓饥寒交迫，长日如年，但人生不能只有月夕花朝的柔情，也要有金戈铁马的壮志，不能只有舞池灯畔的轻歌曼舞，更要有寒天冻地之中的抗雪凌霜。青海馈我以不是许多人都有的人生经历，赠我以不向命运屈服的坚强意志，即使这些都没有，仅仅只是和吕温与李白的边塞明月千年后实地相逢，数十年后蓦然回首，我也感到很难得和富足了。

山　月

古人认为日为太阳，月为太阴，但在中国古典诗文中，歌咏明月的作品数量，却远远超过抒写太阳之作。在古谣谚中，对太阳甚至还有“时日曷丧，予及汝偕亡”的诅咒之言。苏东坡自道平生赏心乐事有十六种，没有一种及于太阳，但其中之一却是“月下东邻吹箫”。这，是否因为世上劳劳碌碌不胜其苦的众生，更需要柔性的月亮的照耀和抚慰呢？

在形态情境各异的月亮中，“山月”，是最逗人怜爱和引人遐想的一种了。也是苏东坡，他在《赤壁赋》中就曾赞美道：“惟江上之清风，与山间之明月，耳听之而为声，目遇之而成色。取之不尽，用之不竭。”我的前半生，和唐诗中的山月不知相聚过多少回，与大自然中的山月也有过多次邂逅，而其中的两次尤其令人难忘。

二十世纪七十年代之末，如今名满天下的湘西张家界，其时还寂然无名，且不说外省人茫无所知，连近在长沙的我，也只听到一点美丽的风声。在一个初秋之日的黄昏，我们驰驱一日之后终于到达山下，来不及安顿行囊，我便奔出那时唯一而仅有的简陋的招待所，到室外朝拜山神。那些奇崛峭拔见所未见的峰姿山影，高得我目不转睛，美得我心旌摇摇，直到它们渐渐融化在苍茫的暮色和苍老的夜色里。

忽然，暗蓝的天空幻为银灰，躲在山背后的一轮圆月，连招呼也不打一个，仿佛存心要抛给我们一个大大的惊喜，便从山尖上跃了出来，有如一位风华绝代的美人登场，明光四照，仪态万方。这时，不仅我们望得目瞪口呆，那些山的臣民——早已归巢休整的鸟雀，也此鸣彼啭地欢呼起来，和山脚铿铿锵锵的金鞭溪，合奏一支秋宵的深山小夜曲。如斯情境，使我蓦然想起了王维的《鸟鸣涧》：

人闲桂花落，夜静春山空。
月出惊山鸟，时鸣春涧中。

王维是盛唐的一代诗宗。他的游侠诗、边塞诗、山水田园诗和写相思离别的抒情诗，都有千古传唱的上选之作，可谓四面生风。即使没有其他方面的成就，仅仅只有现存的数约百计的山水田园诗，他也仍然可称一代名家。他的此类诗作，集中突出地表现了大自然的美，构成了一种远离尘嚣与世俗的“静境”与“净境”，丰富了诗的魅力，扩展了诗的天地。王维籍贯山西，长期生活在北方，到过汉水，到过京口（今江苏镇江），但似乎没有到过真正的江南，上述这首诗，大约是他中年居于长安郊外辋川别墅或晚年居于终南山的终南别业时的作品吧？在难忘的张家界秋夜，我想王维如果能来此欣赏那一轮南方的山月，不知他会写出什么新的不朽篇章。

初游张家界，我由实景而诗境，领略了王维诗中的山月之美；在夏夜的湘西南木瓜山上，我有幸和他的山月再度相逢，并作人天之间的交流与对话。

那是一年的八月酷夏，何草不黄？远避祝融蒸沙烁石的炎威，暂别终日纷纷扰扰六根都不得清净的红尘，我远遁湘西南的一座深山。山名木瓜，林木蓊郁，山脚有溪流如小家碧玉，山中有水库似大家子弟。我和伴侣于其间优哉游哉，不亦乐乎。当月出东山，湖面银光似雪之时，我们曾坐在林中纳凉赏月。《二泉映月》的如怨如诉的溪水，从同伴手中的两根琴弦下流泻出来，在四周松竹的清香里荡向远方。奏者如迷，听者如醉，我心中的俗念，身上的红尘，被音乐的流水一时洗尽，山下的车水马龙熙熙攘攘灯红酒绿你争我斗已恍如隔世。此时，山中寂寂无人，唯有清泉鸣于石上，松风游于林间，高天的明月像一个从不生锈的银盘，从树隙间筛下叮当作响的碎银，而不请自来的，却是王维的《竹里馆》：

独坐幽篁里，弹琴复长啸。
深林人不知，明月来相照。

“俱怀逸兴壮思飞，欲上青天揽明月”，李白的月轻灵飘逸，属于意气飞扬的青年；“何时倚虚幌，双照泪痕干”，杜甫的月含愁带苦，属于饱经忧患的中年；心已皈依佛门的王维的月呢？清空淡远，静而且净，属于凡心已尽心地空明的“忘年”。在张家界和木瓜山的秋夜，幸何如之，我曾和王维的山月做了“忘年之交”的朋友。

故乡月

无论古今，在中国诗人中，写月写得最多而又最好的，还是要首推大诗人李白。如果中国诗歌要设立一个“明月奖”，那么，摘取那青青月桂的，除了李白，还有谁能和他一较高低?

李白流传至今的诗约有千首，与月有关的将近四百篇，也就是说，月光照亮了他差不多百分之四十的作品。“小时不识月，呼作白玉盘。又疑瑶台镜，飞在青云端”(《古朗月行》)，他幼小时就是一位铁杆“月迷”。除了“白玉盘”“瑶台镜”这些最早的比喻之外，如“天镜”“圆光”之类对月的不同称呼，他的诗中大约有五百种之多，而随季节时令、地理环境和生活际遇的不同，他诗中的月亮更是多彩多姿，汇成了一个素而且美的月世界。没有太阳，李白的诗尚不至黯然无光，但没有月亮，李白的诗一定顿然失色，难怪前人要赞美李白“明月肺肠”，又有人称他“明月魄，玻璃魂”了。

中国幅员广大而又地域分明，加之千百年来“安土重迁”的传统观念，所以乡愁或怀乡，就成了我国传统诗歌一个历久不衰的永恒主题，时至今日，这一主题仍有其生命力和艺术表现的宽广领域。在众多的怀乡之篇中，故乡和月亮又结下了不解之缘。“游子离魂陇上花，风飘浪卷绕天涯。一年十二度圆月，十一回圆不在家”，这是唐诗人李洞的《客亭对月》，他见到客中的月亮而怀念故乡；“老住香山初到夜，秋逢明月正圆时。从今便是家山月，试问清光知不知”，这是白居易的《初入香山院对月》，白居易籍贯山西，他将洛阳香山的月亮视为家乡的月亮，是对新居地的赞美，也是一种曲线怀乡。杜甫就说得更直接了，在《月圆》一诗中他咏叹“故园松桂发，万里共清辉”，而战乱中怀念兄弟手足，《月夜忆舍弟》中的诗句“露从今夜白，月是故乡明”，就更是一往情深，千百年来，是患了怀乡病的人暂时止痛的良药。然而，怀乡病患者用得最多且见效最快的，该是李白的《静夜思》那一帖了，而更想不到的是，古典的诗句可以疗救现代的乡愁。

乡愁，是一种地理和历史，一种特殊的时间与空间，也是对生长之地的山川与人事的回想和悬想。我的故乡在长沙，犹记青少年时在北京上大学，每当月明之夜，就不免想起李白的诗。不过，少年时生命如日之方升，因而怀乡病并不严重，是所谓“轻愁浅恨”。待到毕业后远去青海，山遥水远，地冻天寒，举目无亲，饥肠辘辘，每逢节庆假日，更显形单影只而倍感寂寞凄凉，那时，李白的诗句和月光，便常常如不速之客来推开我的窗扉与心扉。及至后来回到长沙，怀乡病也就不药而愈，虽然仍旧不时读到李白的《静夜思》，但却如同对旧情已了的恋人，虽然也难免回首前尘，但已经没有更多的感情上的联系。

不料，最近我竟然一度患了严重的乡愁，并只得常常请李白的诗来疗治。那是去年秋日，云无心以出岫，我去国离乡，乘庄子的大鹏——现代的波音747，飞越太平洋去美利坚大陆探亲。父母和两位妹妹居于旧金山市，儿子和儿媳工作于阿肯色州，高堂在侍，手足在旁，儿孙在下，出有车，食有鱼，入眼的有异国风光，照理说我应该乐不思蜀了，然而，我却莫名其妙地罹上了怀乡之病。记得给台湾的诗人朋友痖弦去信时，我曾这样写道："旧金山气候奇佳，日日风和日丽，夜夜月白风清，但晚上看到月亮，似乎觉得陌生，仿佛已不是李白的那一轮了。对门人家种了许多芭蕉，蕉叶迎风，但吹拂的却是美利坚的风，也不见怀素前来挥毫题字。金门大桥不愧为世界奇观，但不知何故，我总是想起故国的'小桥流水人家'，想起唐人'二十四桥明月夜，玉人何处教吹箫'的诗句。"籍贯河南的痖弦回信说他很有同感，并说在台湾就怀念大陆，在外国就怀念台湾，大陆是第一故乡是结发的妻子，台湾是第二故乡是漂泊者再恋的情人，以后准备移居加拿大，那就会如一朵飞扬在空中的蒲公英了。

我只是一朵临时的蒲公英。旧金山少见杨柳，更无桂花，犹记中秋之夜，是那高挺的棕榈树挑起一轮明月。我虽然和亲人欢聚一堂，品味唐人街买来的各色月饼，但面对中秋明月，我仍然觉得举目有山河之异。美国普林斯顿大学讲座教授余英时先生，谈到刘再复《西寻故乡》一书时说："他已改变了'故乡'的意义，对今天的再复来说，'故乡'已不再是地图上的一个固定点，而是生命的永恒之海，那可容纳自由情思的伟大家园。"

这也许是自我放逐者的玄想哲思吧？其中自有他的我可以理解的心境与感受，然而，我还是不能把他乡认作故乡，故乡不仅是精神的，同时更是地理的。在中国，不论我置身何处，长沙是我的故乡，在世界，无论我走到哪里，中国是我的故乡。故乡啊故乡，我的故乡，在异国的中秋，在许多人视为乐土的彼岸，我心中洋溢的竟然是一坛古老的怀乡的酒：

床前明月光，疑是地上霜。
举头望明月，低头思故乡！

“月出峨眉照沧海，与人万里长相随”（《送蜀僧晏人中京》），“仍怜故乡水，万里送行舟”（《渡荆门送别》），李白二十四岁离开故乡四川以后，虽然浪迹天涯而再没有回去过，但他对故乡始终是中心藏之，何日忘之。我在旧金山的中秋月夜吟诵他的诗句，这位眷恋故土而性格豪放的诗人，如果有机会办好护照壮游美利坚大陆，他乡虽好，他还是会将《静夜思》龙蛇飞舞在五星级宾馆的墙壁上吧？

当今是一个科学昌明的时代，人类早已登上了月球。据说月球上大部分是奇岩峭壁，即使是平地也寸草不生，白天酷热，夜晚奇寒，没有水的踪迹，空气也无影无踪。何曾有吴刚与他砍伐的桂树？哪里有嫦娥和她居住的玉宇琼楼？科学家还指出，月亮与地球现在相距约三十八万四千公里，它怀有叛逆之心，已有渐行渐远的发展趋势，如此行行复行行，终有一天会远走高飞，再也不和地球照面。欧美人对此也许还无所谓，因为他们向来恋日而不恋月，只热衷日光浴而不喜欢月光浴。希腊神话早就是以日神阿波罗为尊，爱神丘比特放箭都在白天，大约是免得影响视线与命中率，不像中国为有情男女定夺终身的，竟是一位专在月下安排红绳相牵的老人。中国人是爱月恋月的民族，还是不去了解月球的真相为好，只顾高咏低吟自己的明月之诗吧，如果真有那么一天，月亮向地球说一声“拜拜”，那也不要苏东坡去唱什么“明月几时有？把酒问青天”，论资排辈，青莲居士的《把酒问月》早就问过了：“青天有月来几时？我今停杯一问之！”

佚名之憾

命名，就是赋予人与事物以名称。即以对人的命名而言，人各有姓，人也各有名。外国的洋名洋姓种种我不清楚，但在中国，它却和中华民族的历史与文化密切相关，构成了特色独具而举世无双的传统姓名文化，若是循名责实，还能引起我们许多美丽与不美丽的联想。例如“秦桧”吧，“桧”，本来是长寿而有益于人的常绿乔木，籍隶令人生敬的柏科，唐诗人张祜在《扬州法云寺双桧》中，就曾歌咏“朱顶鹤知深盖偃，白眉僧见小枝生。高临月殿秋云影，静入风檐夜雨声”，然而它一旦与那个大奸大恶之人结下不解之缘，就断送了自己在林木家族中的清名，虽然事出无辜，却连名带姓都蒙了不白之灾，以致据说他的后代来到岳武穆坟前，也不免代先人受过地说“人从宋后少名桧，我到坟前愧姓秦”。至于字鹏举的岳飞，他的名姓当然是和他的事迹一起，高飞远扬而流芳百世的了。

命名的意义有大有小，大则关乎家国天下，小则及于一己之身。孔夫子就是一个讲究名分的人，他竟认为一切祸乱的根源来自“名实不符”，于是他执着地要求“必也正名乎”，颇有一番“大成至圣先师”的堂堂正正的风采。中国讲究取名之道，也讲求命名之礼。在《离骚》的开篇，中国文学史上第一位大诗人屈原郑重宣告：“帝高阳之苗裔兮，朕皇考曰伯庸。摄提贞于孟陬兮，惟庚寅吾以降。皇览揆余于初度兮，肇锡余以嘉名。名余曰正则兮，字余曰灵均。”唐宋八大家八有其三的苏洵、苏轼与苏辙，并称“三苏”，但为父的苏洵替其子取名“轼”与“辙”，却颇费心思与文思，他为此曾特地撰写《名二子说》一文，说明这两个字的微言大义，由此可见名字的重要和命名的审慎。

名不可佚。曹雪芹《红楼梦》中繁多而缤纷的人与物，固然大都各有其名，令人目不暇接，红学家们似乎至今还来不及去深入研究他的命名艺术，去写几本诸如此类的专书，但《红楼梦》中有的人物，却令人遗憾地只知其人而不知其名。例如小厮茗烟和一个清秀的女孩子幽会时被贾宝玉撞见，那女孩只好逃之夭夭，开明而多情的贾公子不但不追究茗烟失于礼法，反而责备他既有肌肤之亲，为什么连人家的芳名都茫然不知。无独有偶，在第三十九回“刘姥姥是信口开河，情哥哥偏寻根究底”中，贾宝玉听刘姥姥说“雪地里一女孩儿抽柴草”的故事，他竟然也不胜惆怅，居然想弄清那女孩的姓名而去祭告一番。这，固然是贾公子的人生自是有情痴，也可见他对于“姓甚名谁”极为执着。

我自然不能也不愿去比附贾宝玉，但读古人的一些送别诗或赠答诗，却也常常有盘根究底的冲动，和不得其名而知的怅惘。就说唐代诗歌吧，如宋之问《送别杜审言》、孟浩然《留别王维》、李白《赠汪伦》等，指姓而且道名，本事班班可考，而有些诗却语焉不详，如同神龙见首不见尾，这就使得千载之下的读者如我，总不免把卷低回，临风怀想。

诗人高适曾有《别董大》二首，其中之一颇为著名：

千里黄云白日曛，北风吹雁雪纷纷。
莫愁前路无知己，天下谁人不识君！

唐人的赠别诗，常常只写对方的姓而不及其名，姓之后往往只写对方在家族内的行第，被赠者如相当知名，读者当然不致误会，今天的读者也不难得知，如“牛二”指牛僧孺，“元九”为元稹，“李十二”是李白，“白二十二”乃白居易。“董大”的大名呢？高适这首赠别之作俊爽豪迈，远非一般赠别诗之缠绵悱恻可比，这本就分外令人动情了，何况结句是“莫愁前路无知己，天下谁人不识君”的名句，这固然表现了尚在坎坷困顿之中的高适的豪情壮志，他自己也终非池中之物，但从中也可想见“董大”其人当时之名满天下。高适既然如此推崇，后世的读者当然也亟欲知道他是何等人物，然而，作者却给我们留下了一个疑案。

许多人认为，“董大”可能是唐玄宗时代一位著名的琴师，有人则根据高适同时代人李颀所作《听董大弹胡笳弄兼寄语房给事》，认定董大即是房琯的门客兼红人董庭兰。房琯先为给事中后升为宰相，权重一时，这位董庭兰君倚仗房琯的权势，招纳贿赂，朝廷官员要见房琯都要走他的门路。房琯罢相之后，这位董君下场不佳，落得个得罪赐死。又，敦煌写本此诗题作《别董令望》，令望、庭兰二者是否为一人？总之，高适诗中的董大，最好不是这位名声与下场均不很妙的董庭兰君，以免破坏了读者对美的期盼，山在虚无缥缈间，反倒能引人遐思。

王昌龄是盛唐时的七绝圣手，他贬谪当日之龙标即今天的湖南省洪江市之黔城，年方五十一岁。四周群山如囚笼，囚禁了他的雄心和好几载壮年岁月，惹得与他交情不浅的李白写了一首《闻王昌龄左迁龙标遥有此寄》，至今仍然芬芳读者的嘴唇。龙标，原本是迁谪窜逐的蛮荒恶地，但王昌龄的一些诗章却流丽而开朗，暗淡的生活画布上渲染的竟然是明亮的色彩，悲苦的命运琴弦上，弹奏的居然是明快的曲调，如“沅溪夏晚足凉风，春酒相携就竹丛。莫道弦歌愁远谪，青山明月不曾空”(《龙标野宴》) 即是。然而，他的《别魏二》却又是一种变奏：

醉别江楼橘柚香，江风引雨入船凉。
忆君遥在潇湘月，愁听清猿梦里长。

前面两句正面写江楼清秋送别，“江”是城边的沅江与㵲水，“楼”已不存，后人于江干之高冈上建“芙蓉楼”以为纪念。后两句则从对面写来，想象被送的“君”不久之后在潇湘月明之夜，也许会对月怀人而愁听猿声。诗中的“君”即是“魏二”，这位排行第二的被送者姓魏，但究竟“名谁”则今日已不得而知。如果知道他的名姓和生平，也许可以使我们对这首诗别有会心，然而，现在不仅魏二无从查考寻觅，连王昌龄在离此而归乡途中于安徽遇到该杀的恶吏闾丘晓刺史之后，也早已命遭不测下落不明，我们虽心有所感，但到哪里去找他询问呢？

小小少年时，我就喜欢吟唱王维的《送元二使安西》，大学毕业后远去西北，对王维这首名作就不仅是心历其境，而且是身历其境，几年之内都没有从他的诗句中走出来。以后回到江南，得到一盒音乐磁带，其中就有《阳关三叠》。这是一阕古琴曲，全曲分段，王维此诗作为主要歌词在诗中反复三次，故称“三叠”。

我常常边侧耳而听，边击节而和：

渭城朝雨浥轻尘，客舍青青柳色新。
劝君更尽一杯酒，西出阳关无故人。

这首诗千百年来动人情肠，广被人口，及至当代，它也叩响了海峡两岸诗人的心弦。此岸的名诗人郭小川于二十世纪六十年代之初远去新疆，他写西域风光的组诗轰动一时。在《西出阳关》一诗中，他也不管诗坛前辈王维高不高兴，竟然和他争论起来："何必'劝君更尽一杯酒'，再会吧，乡亲！哪里的好酒不芳芬？什么'西出阳关无故人'，再会吧，乡亲！哪里不一样度过战斗的青春？"而彼岸的名诗人余光中呢，对遥远的大西北，他虽身不能至却心向往之。将近二十年前，他在散文《高速的联想》的结尾写道："更大的愿望，是在更古老更多回声的土地上驰骋。中国最浪漫的一条古驿道，应该在西北。最好是细雨霏霏的黎明，从渭城出发，收音机天线上系着依依的柳枝。挡风窗上犹浥着轻尘，而渭城已渐远，波声渐渺。甘州曲，凉州词，阳关三叠的节拍里车向西北。"大凡中国读书人，尤其是诗人，心中都回荡过《送元二使安西》的音韵吧？王维诗中所写的"渭城"，就是长安西北渭水北岸的秦代咸阳故城，"安西"则是唐代中央政府为统辖西域地区而设的安西都护府的简称，治所在龟兹城，即今日新疆的库车。唐人从长安远去西域，一般都是从渭城折柳送别。当年，王维也是在这里为他出使西域的友人送行。他这首诗字字可解，但诗的主人公"元二"却反倒姓名阙如，如果我们不但知道他的尊姓也知道他的大名，那该多好！假设"元二"当时有一首和诗，如同白居易与元稹、刘禹锡与柳宗元的唱酬一样，那就更妙不可言了。现在，却如同绘画中的留白，音乐中的休止符，只能让后世的我们去凭空想象。

似乎更加动人情肠而内涵也更为丰富的，是杜甫的《赠卫八处士》。唐肃宗乾元二年，即公元759年春天，年已四十八岁而从左拾遗贬为华州（今陕西华县）司功参军的杜甫，从华州远去战乱中的洛阳，途中投宿于一别二十年的故友卫八处士之家，蒙他盛情款待，杜甫感而赋此。全诗首呼而尾应，感情的波澜如同群山间的江水激荡回旋，而时代的动乱，个人的遭逢，友谊的深挚，人生的感喟，都一齐凝聚在共烛光而夜话这一典型的瞬间里。且不说“人生不相见，动如参与商。今夕复何夕，共此灯烛光”的别易会难具有普遍意义之人生感慨，也不论“少壮能几时，鬓发各已苍”“明日隔山岳，世事两茫茫”的电光石火人生无常的时间情结，那“怡然敬父执，问我‘来何方’？问答未及已，驱儿罗酒浆”的人性的温馨，那“夜雨剪春韭，新炊间黄粱。主称会面难，一举累十觞”的人情的淳厚，也足以使我们心驰神往的了。

“安史之乱”中的唐代虽为乱世，但民间古风犹存，而且有其父必有其子，所以杜甫才以含泪的微笑秉笔而书，留下这一名篇绝唱。可是，“处士”是指隐居不仕的人，这在家族兄弟中排行第八而姓卫的处士的大名呢？杜甫直称“卫八”，也许是由于表示亲切，并因为他是隐士而隐其名，反正他自己心里有数，但后代的读者就觉得疏远和隔膜了。清人陈鹤龄认为“卫八”是唐代隐士蒲人卫大经的侄子，而补注《唐诗三百首》的陈婉俊，则以为是杜甫的朋友卫宾，二说都难成定论，今人金性尧《唐诗三百首新注》也只好说“卫八处士，名不详。旧注或以为是卫宾，非”。唉！他人我不得而知，也不能强人就己，但我今日如果能钩沉出卫八处士的大名，说不定我也可以从哪本古书，或者从华县到洛阳途中的哪个村庄再找到他，对他千年前于穷愁潦倒的杜甫所做的盛情款待，以及由于他的款待而催生出一首传世佳篇，捧上几声迟到的“谢谢”！

静夜读史，常常和一些遗臭万年的名字狭路相逢，如赵构、秦桧、贾似道、严嵩、魏忠贤、和坤、吴三桂、慈禧、汪精卫、袁世凯之流，那感觉就像碰到嗡嗡的苍蝇，狺狺的丑类。因此，每当读古代一些抒写友情的诗篇，虽然并无关大旨，我仍是以不明诗的赠送对象为憾，惚惚然若有所失，此即佚名之憾吧？本文开始就提到《红楼梦》中的贾宝玉，他的疑惑还是在《红楼梦》之中，而在《红楼梦》之外呢？如深知内情而对小说予以评点眉批的“脂砚斋”，也是斋号存而姓名晦，不仅姓名无考，甚至连性别也不知雌雄。虽云“一芹一脂，是书何幸”，有的说这位隐姓埋名者是曹雪芹的一位叔叔，有的说是曹雪芹后来续娶的夫人，有的说就是曹雪芹自己，但众说纷纭，又无法取得一份权威的公证文书，因此，端坐在脂砚斋中那位功莫大焉的批点者的高名大姓，始终如同一个不解之谜，令人兴味盎然而又总不免掩卷叹息。

江东祭李白

大鹏飞兮振八裔，中天摧兮力不济。余风激兮万世。游扶桑兮挂石袂，后人得之传此，仲尼亡兮谁为出涕？

——李白《临路歌》

一

还是在遥远的童稚时代，他就读过李白的诗歌。“月亮走，我也走，一走走到大门口”，“床前明月光，疑是地上霜”，儿歌中的月光和李白诗中的月光，一起照亮了他今日已如烟如梦的童年。及至年岁既长，李白的诗更让他如痴如醉，豪兴飞扬。他以自己的民族曾诞生过这样一位伟大的诗人而骄傲，他也以和这样一位伟大的诗人同姓而倍感光荣。虽然他久远的先人已无谱牒传后以供他认祖寻宗，他无号可对，无座可入，但他前半生和诗歌评论与研究结下不解之缘，冥冥之中，他总觉得自己可能是李白的远支后裔，他的血管里奔流着李白未冷的热血。退一万步说，李白生时常常将一些与其并无血缘关系的李姓之人，认作自己的宗亲，以祖孙、叔侄、兄弟等名义相称，例如当涂县令李阳冰就被其尊为“族叔”，对于他这样一个崇拜自己如追星族的晚生后辈，李白怎么会拒之门外而不予接纳呢？

李白的出生之地虽然众说纷纭，但主要说法有二。一说生于西蜀，其故里为唐剑南道绵州昌明县清廉乡，即今日四川省江油市青莲乡；一说生于西域的中亚细亚碎叶城，即唐安西都护府所属条支都护府下的碎叶城，即今日吉尔吉斯境内，巴什喀尔湖南面之楚河流域。至于李白的埋骨之所，则是在今日安徽省马鞍山市郊的“青山”，没有任何异议。青山有幸埋诗骨，青山啊青山，李白长眠之地的青山，几十年来总是在远方的长江之畔将他呼唤，他也早想去李白的坟前，燃点三炷高香一炷心香。二〇〇五年十月，第一届中国诗人节在马鞍山市召开，应邀忝列的他十分兴奋，他于诗论诗评已金盆洗手多年，早已弃旧好恋新欢而改行诗文化散文创作，但他兴奋的是可以了却多年的夙愿，远去大江东去的江东，馨香祭拜李白的诗魂。

金秋十月，阳光从高空泻落在马鞍山市的翠螺山，将翠螺山畔的“太白楼”古建筑群翻修得金碧辉煌。这一古建筑群，由太白楼、李白祠、太白堂、清风亭等十余座古建筑构成，其中的领衔者，当然是资历最为悠久的太白楼。早在唐代，此楼就矗立在元和年间的史册之上了，因为贺知章在长安紫极宫初见李白，就惊呼他为“谪仙”，所谓“四明有狂客，号尔谪仙人”，所以此楼初名“谪仙楼”，以后才易名为“太白楼”。在清代以前，它就与武汉的黄鹤楼、巴陵的岳阳楼、南昌的滕王阁平起平坐，美称为“长江三楼一阁”，清人张朝珍在《重建太白楼赋并序》中就曾经写道：“‘谪仙楼’者，昔太白流寓姑孰，乘月泛舟采石，豪吟其上，后人筑楼记之，与‘滕王’‘黄鹤’并称名胜。”

长江的三楼一阁，都是因为有中国最杰出的诗人登临题咏而名垂不朽，也因为在他们之后历代诗人接踵而来而传唱千秋。除了太白楼，其他楼阁他过去都曾多次游览，并均为文以记。今日胜地初来，他先在楼外的大门之前站定，邀同行的友人、诗论家朱先树一起合影，将太白楼从此定格在心里，也请太白楼将他们这两位匆匆过客也留在心中。这是一座借山就势高 18 米的楼阁，楼高三层，鸱吻凌空，飞檐翘立，画栋雕梁，直直的梁柱撑起的是唐朝的天空，弯弯的檐角挑起的是宋代的日月，而叮叮当当的风铃啊，摇响的是元明清以至今日的风声和雨声。如果登楼远眺而将镜头拉近，匆忙赶路的长江仿佛就要前来拍击高楼的窗棂，如果在楼头抚今追昔而侧耳谛听，仿佛还会隐隐传来，过去时代诗人们在此间的低吟高咏。

太白楼的廊柱上，镌有许多对联，那是诗的支脉旁系，既咏李白之人与诗，又赞眼前之山与江，人楼合一，寄慨遥深。过去他游览神州的名胜之地，总留心品赏那些与名胜相得益彰的对联。太白楼的众多联语，也让他的眼睛一亮，其中有两幅更让他低回久之：“泛洞庭八百里秋波，挂席来游，三楚风光携袖底；对太白楼一千年明月，举杯邀问，六朝烟景落樽前。”“此处莫题诗，谁个敢为学士敌；江山曾捉月，我来甘拜谪仙狂。”自太白楼建成，历代许多诗人登斯楼也，总是忍不住诗兴大发，但他们当然是不敢为“学士敌”的，他们表达的只是追怀与景慕之情。清代被誉为乾嘉诗坛盟主的袁枚，就曾三到当涂，他的《太白楼》一诗是：“谪仙何处去？太白一星知。秋树还披锦，江声学咏诗。高楼离月近，平水过船迟。我欲先生借，长虹作钓丝。”同时代的诗人赵翼，是力主创新的江南才子，自视甚高，颇有一点狂气。有人说其诗虽不及唐代杜甫，却在宋人杨万里之上，他还颇为不满地说“吾自为赵诗，安知唐宋”，其《论诗绝句》中的“李杜诗篇万古传，至今已觉不新鲜。江山代有才人出，各领风骚数百年”，这更是今日人所熟知的了。然而，在辞官从贵州回家乡常州的途中，赵翼曾下船到采石矶凭吊李白的衣冠冢，并在太白楼头横览江天，纵怀今昔，写下《采石太白楼和韵》一诗：

沉香亭下脱靴行，此地曾传泛月明。
白浪一江锁醉骨，青山万古屹诗名。
锦袍当日人争看，金粟何年世再生？
百尺高楼俯空阔，为君长写气峥嵘！

赵翼之后的黄仲则，才丰命薄，是清代诗坛一颗匆匆横天而过的彗星，留下的却是永恒的光芒。黄仲则年轻时任安徽提督学政朱筠的幕僚，在当涂写了许多歌咏李白的诗，“束发读君诗，今来展君墓。清风江上洒然来，我欲因之寄微慕”，这是《太白墓》的开篇，郁达夫的小说《采石矶》就写了黄仲则吊祭李白墓的情景。乾隆三十七年（1772）阳春三月，东南八府学子聚会于太白楼，争相赋诗，“杯底空余古今愁，眼前忽尽东南美。高会题诗最上头，姓名未死重山丘。请将诗句掷江水，定不与江东向流”，二十四岁的黄仲则不同凡响的《笥河先生偕宴太白楼醉中作歌》，让莘莘学子相形失色相顾也失色。

他在太白楼的最高处，俯仰江天，把栏杆拍遍，追忆和默诵前人的诗篇，心中不禁感慨丛生：许多人只知李白诗酒风流，豪放不羁，好像这位下凡的谪仙来到人世，就是如同流行歌曲所唱的“潇洒走一回”那样飘逸浪漫，那也未免太低估和曲解李白了，殊不知和杜甫一样胸怀天下忧国忧民，才是李白性格的本质与诗作的秘旨，其人其诗也才能在中国诗史和历史上光芒万丈。他想起初唐百年，已经涌现出开风气之先的四杰王杨卢骆，他们联袂升起唐诗黄金般的帷幕，然后才有盛唐诸子的闪亮登场。新诗也已近百年，而现在却越来越诗坛热闹而市场萧条读者冷落，这其中的症结与病症究竟在哪里呢？他想到有的作者与论者，他们大约连《唐诗三百首》都不知其详，却一味随风趋时，不分青红皂白地高倡所谓“彻底反传统”。二十世纪八十年代之初他参加过一个研讨会，一位青年诗人大言高论：“李白有什么了不起，我们完全可以超过！我看他的那首《望庐山瀑布》，每一句的前两个字都是多余的，应该删掉！”他本来就有些失聪，当时听了这一番惊世骇俗之论，竟怀疑自己不仅故障复萌，而且听觉完全出了问题，虽然他明白这是不知天高地厚的少年之狂，也是否定一切的遗风作祟。太白楼上，他想起这番往事，却不敢和同行的友人诗人晓雪与诗论家骆寒超述说，因为楼上陈列有酒瓮方斗，还有晚年李白的楠木卧像，李白双目微闭，鼾声初起，在微醺之后似乎已进入了黑甜之乡的边境，他怕李白听到，一方面觉得后生可畏，一方面又忍俊不禁，惊醒好梦而扑哧一下笑出声来。

二

辞别太白楼，穿过浓荫夹道的弯弯山径，他来到长江之畔，采石矶头，面对万里奔流的长江和千年奔逝的时光而悠然怀古。

安徽马鞍山市的采石矶，湖南岳阳的城陵矶，江苏南京的燕子矶，合称为“江南三矶”。巴陵郡是他年轻时的寄迹之地，水运港口的城陵矶当然多次游历，燕子矶见证过六朝文物，三楚英雄，他也曾经慕名远访。然而，三矶之中，最令他牵肠挂肚甚至魂牵梦萦的，就是采石矶了，因为那里不仅是南宋虞允文大败金兵的古战场，更是李白投江捞月之所，是明月与江涛共同创造了一个凄美的传说的胜地。

安徽当涂与和县的长江两岸，有东梁山与西梁山，二山对如门阙，故称“天门山”。长江之水东流到此而两山联手阻遏，长江也只得委曲求全改道北向而流，所以采石矶与和县这一段江面又称“横江”。“天门中断楚江开，碧水东流至此回。两岸青山相对出，孤帆一片日边来”（《望天门山》），“海神南去过浔阳，牛渚由来险马当。横江欲渡风波恶，一水牵愁万里长”（《横江词》）。无论是天门山还是横江，它们都永远矗立和奔流在李白的诗句里。今天，他终于一履斯地与斯矶了。翠螺山逶逶迤迤，如硕大雄张的屏风抖开并镇在长江之畔，而山麓那座石矶却不顾风高浪恶，从天地洪荒时起就将自己的悬崖峭壁削入突入倾入江中。秦代以前它一直被称为“牛渚矶”，到南朝宋刘敬叔所撰《异苑》所载“温峤燃犀”的故事里，它才摇身一变又名“采石矶”。它地势险要，为兵家必争之地，又地形重要，为东西来往之津梁，所谓“左天门，右牛渚，铁瓮直其东，石头枕其北”，宋人洪迈早就如此说过。“锁钥东南控上游，纷纷争守逐江流。西来帆影三千轴，北拱宸京亿万秋”，在采石矶的崖壁上，大笔镌刻的是清代太平知府李障所题的绝句，向游人宣告的正是此处的胜概雄风。他伫立翠螺山顶眺望，正值秋晴之日，只见长江摆脱了天门山的拦腰一抱之后，身心俱爽地在山下摊开它的豪阔，不舍昼夜地向北奔流，去赶赴东海急切的召唤，而采石矶则壁立它的雄险，以不可卷也的魄力，决心在江干坚守到地老天荒。他为眼前的奇景壮观所震慑和陶醉，庆幸自己终于在山头崖畔印下了远来的足迹，好像参加一个期待已久的盛会，终于在报到簿上郑重地签上了自己的名字。但是，此地除了江山之美，更兼人文之胜，他念念不忘的还是李白究竟有没有在这里投江捞月，哪一轮明月，哪一簇浪花，能够出面证明呢？

与采石矶遥遥相望的一处峭壁上，下临江水，斜卧着两方平坦巨石，上刻字大如斗的“联璧台”三字，此台相传即是李白纵身捞月的“捉月台”。他涉险立于台上俯身下望，目光刚刚坠落江面，就被居心叵测的漩涡搅得粉碎，想当年李白纵身一跃之时，见到此情此景的采石矶也会惊得目瞪口呆吧？《旧唐书·李白传》就曾说：“尝月夜自采石达金陵，白衣宫锦袍，于舟中顾瞻笑傲，旁若无人。”李白采石捞月的传说，最早的正式记载见于五代王定保之《唐摭言》：“李白着宫锦袍，游采石江中，傲然自得，旁若无人，因醉入水中捉月而死。”唐德宗贞元六年（790），李白逝世后近三十年，其门人刘全白以膳部员外郎出任池州刺史，路经采石矶墓作《唐翰林学士李君碣记》，说“全白幼则以诗为君所知，乃此投吊，荒坟将毁，追想音容，悲不能止。……因嗟盛才冥寞，遂表墓式坟，乃题贞石，冀传于往来也。”没有确切言明墓之地点，欲说还休，似是江边藁葬之坟。最早写采石李白墓的诗作，是中唐白居易的《李白墓》一诗，白居易出生前十年，李白方才谢世，他们的时代相去不远，贞元十五年（799），李白去世后三十余年，籍贯山西太原而游学江南的二十八岁的白居易，作为宣州的贡生进京应试，凭吊的正是采石江边的太白坟：

采石江边太白坟，绕田无限草连云。
可怜荒陇穷泉骨，曾有惊天动地文。
但是诗人多薄命，就中沦落不过君！

白居易诗作之后，是“逢人说项”的项斯的《经李白墓》。会昌四年（844），考中进士官授润州丹徒县尉的项斯，在上任途中路经采石，专诚去拜谒了李白之墓：

夜郎归未老，醉死此江边。
葬阙官家礼，诗残乐府篇。
游魂应到蜀，小碣岂旌贤？
身殁犹何罪，遗坟野火燃。

项斯作此诗之前，李白坟已由范传正自龙山迁往青山，但他凭吊的却仍是江边之坟，诗中的“小碣”，应该是半个多世纪以前刘全白所立之碣吧？特别令人一惊的是“醉死”二字，项斯去李白的时代也不远，“醉死”之说，该是当年情事而由父老口口相传而来吧？

白居易与项斯之后，直至明清，历代诗人都咏叹过采石之坟。晚唐杜荀鹤《哭陈陶》诗说：“耒阳山下伤工部，采石江边吊翰林。两地孤坟各三尺，却成开解哭君心。”北宋梅尧臣《采石月下劝功甫》诗云："醉中爱月江底眠，以手弄月心翻然。"南宋林逋对从采石迁走李白墓还表示了异议："翻然却怪宣城守，是甚移将李白坟？"（《采石矶》）元代贡师泰有言："采石之山高接天，采石之水澄深渊。当时李白此捉月，至今佳话传千年。"（《采石矶》）清人赵绍祖也曾说："捉月楼虚仙已去，燃犀渚静浪无惊。兴来高唱元辉句，依旧澄江似练平。"（《采石济江》）然而，"溺死说"虽然历代风传，但持"病死说"者却视为荒诞不经，明末清初诗人杜浚在《太白楼歌》中，就透露了此中消息："开元太白更清狂，酷爱采石恣徜徉。醉中放诞无不有，捉月岂必全荒唐？"诗人如此，学问家又当如何？南宋洪迈在《容斋随笔》中说："世俗多言李太白在当涂采石，因醉泛月于江，见月影俯而取之，遂溺死，故其地有捉月台。"清人王琦是李白研究专家，在注释《李太白全集》时也曾经提出他的揣测："岂古不吊溺，故史氏为白讳耶？"他认为溺死并非寿终正寝，溺死与上吊而死相同，自古以来不受吊祭，所以史家就隐去了真相。

实地来游，前人的诗句一一敲叩他的心头，而凄美的传说也仍然叮咛在他的耳畔，何况同行的白族诗人晓雪，还写了题为《马鞍山的月亮》的诗："马鞍山的月亮／仿佛被漂洗过／显得格外的／洁白、明媚、亮丽／是不是因为／诗仙李白／当年从水中／把它捞起？"他是宁愿相信李白醉中捞月而死"藁葬"于采石江边的。李白嗜酒不用多说了，晚年更是含冤负屈，穷愁潦倒，非酒不足以暂消他胸中千年的愤懑、万古的烦忧。明月呢？李白一生对月情有独钟，李白现存诗约1166首，写到月的就有523首，几占全部作品的二分之一。李阳冰为其《草堂集》作序，说“会避地八年，当时著述，十丧其九”，可见诗句写月的作品比现存者还不知多出多少。西方诗人热衷歌颂太阳神阿波罗，中国诗人则对月一往情深，其中尤以李白为最。李白诗中又尤以秋月、闺月和故乡月为最。“我在巴东三峡时，西看明月出峨眉。月出峨眉照沧海，与人万里长相随”（《峨眉山月歌送蜀僧晏入中京》），这是他暮年对故乡明月的依恋和怀想，与二十五岁出川所写的“峨眉山月半轮秋，影入平羌江水流。夜发清溪向三峡，思君不见下渝州”（《峨眉山月歌》）遥相辉映。李白的一生，就是一阕光明洞彻的“月光奏鸣曲”。明月，是李白大自然中的密友，创伤累累的心灵的良药，无穷的诗思的源泉，睽违多年的故乡的象征，到了走投无路的垂暮之年，在叶落而欲归根低头思故乡之时，在酒神的刺激而神思恍惚之中，清风入袖，明月入怀，李白最后投入月亮的怀抱而远离污浊的人世，完全是可能的。最心仪李白而相知甚深的杜甫，安史之乱中客居秦川听到李白被流放的消息，先后作了《梦李白二首》和《天末怀李白》，“水深波浪阔，无使蛟龙得”，“江湖多风波，舟楫恐失坠”，“应共冤魂语，投诗赠汨罗”，江湖风波，水深浪阔，这固然喻指社会与政治的险恶，是不是也包含了杜甫对李白可能溺水的担忧和预感呢？杜甫终其一生写了十四首给李白的诗，最后一首《不见》作于四川，原注“近无李白消息”。前人系于上元二年（761）或宝应元年（762），即李白去世前夜。此诗劈头就说："不见李生久，佯狂真可哀。世人皆欲杀，吾意独怜才。"从"佯狂"来看，李白的精神近乎失常和崩溃，杜甫在千里之外早有耳闻，"狂"而投水捞月而死，对李白这位绝代天才而言当更具悲剧性吧？

紫微几重，碧山万里；流水今日，明月前身。太白楼右侧，翠螺山西南，联壁台之上的山坡之上，苍松翠柏的守护之中，面临大江有"唐诗人李白衣冠冢"。他在衣冠冢前肃立而徘徊，李白骑鲸上天的传说重到心头。据说当年李白入江揽月，江中有巨鲸将李白驮起，飞往东海仙山。当代诗人余光中引渡李白的，却是酒杯化成的飞碟，飞往的却是李白素所钟爱的天上宫阙："樽中月影，或许那才是你故乡／常得你一生痴痴地仰望？／而无论你向西笑，向西哭／长安却早已陷落／这二十四万里的归程／也不必惊动大鹏了，也无须招鹤／只消把酒杯向半空一扔／便旋成一只霍霍的飞碟／诡绿的闪光愈转愈快／接你回传说里去。"正在遥思冥想之时，偕行的晓雪问他说："李白骑鲸上天，已经有一千多年，如今不知已遨游到了哪个星系？"晓雪想入非非，他也忽生非非之想，他反问晓雪："如果李白一觉醒来，启程远游上界，恐怕会放弃古典的巨鲸而选择现代的飞碟或飞船吧？"

三

一介书生的李白，虽然自认有经天纬地之才，但他却懵然不知官场的诡谲和政治的险恶，出于忧民爱国的热肠，他应邀参加了永王李璘的幕府，被迫卷入了皇家内部争权夺位的残酷斗争而被流放夜郎。遇赦归来，流落江南的诗人已然是花甲之年，颠颠簸簸踉踉跄跄的生命的驿车，行将到达人生的终点。宝应元年（762），贫病交加走投无路的李白，只好从金陵去当涂投奔县令李阳冰，并作《献从叔当涂宰李阳冰》一诗。那其实是八竿子也打不到的亲戚，李白是陇西李，李阳冰是赵郡李，而且李白还年长于李阳冰却自称“小子”，尊其为族叔，可见虎落平阳，英雄末路，昔日飞扬跋扈为谁雄的诗人此时也不得不低首下心，真是令人浩叹！李白此时虽蒙恩赦，却未经昭雪，用今日的语言就是“平反”，大约相当于解除了刑事处分却未予摘帽的叛乱分子，从前述杜甫诗的“世人皆欲杀”，和项斯诗的“身殁犹何罪”，可见其处境的艰难。幸亏李阳冰不仅以篆书独步当世，而且宅心仁厚，不但冒着风险收留和照顾了李白，还应李白病中之托，为其诗集《草堂集》作序，在天地间留下了研究李白的第一手资料，原始的文献。这一番善举与义行并非易易，许多人其时避之唯恐不及，因为李白是仅次于处死终归流放并且是“长流”的“钦犯”啊！

李白究竟因何而死，今日已不能确知。除了上述捞月而死的传闻，李阳冰的序言中说："临当挂冠，公又疾亟，草稿万卷，手集未修，枕上授简，俾予为序……时宝应元年十一月乙酉也。"李阳冰只言"疾亟"但未言何疾，只说托付文稿的时间并未交代去世的日期。百余年后，晚唐诗人皮日休在《七爱诗》中说："竟遭腐胁疾，醉魂归八极。""腐胁疾"，现代医学称为"脓胸穿孔"，时空久隔，不知皮日休何以言之凿凿，好像手头据有当日医生的医案处方，而郭沫若在《李白与杜甫》中也依此断为"终于以腐胁疾，病死在当涂"。不过，李白的终葬之地，却确凿无疑是在当涂县城南十余里之青山。北宋赵令畤《侯鲭录》说："太白坟，在太平洲采石镇民家菜圃中，游人亦多留诗。然州之南青山乃有正坟。或云：太白平生爱谢家青山，葬其处，采石特空坟耳。世传太白过采石，酒狂捉月，窃意当时藁葬于此，至范传正侍郎迁窆青山焉。"由此可知，李白身后很可能草葬于采石江畔，然后正式迁于"青山"。

李白去世五十五年后，李白友人范伦之子范传正任宣、歙、池三州观察使，他访寻到的李白的两个孙女，已嫁给龙山（今日太白镇龙山桥）农民陈云和刘劝，而她们的父亲伯禽早已亡故，其兄出走十二年不知所往，她们自己"父存无官，父殁为民，有兄不相保，为天下之穷人"，沦为今天所谓"弱势群体"之一员。大诗人身后的萧条，后裔的凋落，真是令人叹息。范传正好意提出将她们"改适于士族"，回归主流社会，她们却婉言拒绝，只是提出将祖父从龙山迁葬青山之事。她们告诉范传正，祖父生前钟爱谢朓的青山，“先祖志在青山，遗言宅兆，顷属多故，殡于龙山东麓，地近而非本意。坟高三尺，日益摧圮，力且不及，知如之何”，范传正于是会同当涂县令诸葛纵，于元和十二年（817）正月二十三日，将李白遗骨迁葬于与龙山相隔六里的青山之阳谷家村旁，并免去其孙女家的赋税。

时间已经逝去一千二百多年，空间是地距千里的湘山楚水，秋晴的午后，他终于有缘来到青山的李白墓园，拜祭李白千年犹在的魂魄。汽车从马鞍山市的住地出发，穿越当涂县城，往东南急驰十五里，便是太白镇。镇上厂家商铺的招牌店幌，大都和李白的名字有关，从拂面而来的太白遗风，他知道李白和他已近在咫尺了。果然，前行不远，汽车便在新太公路之侧蔚然深秀的青山之麓戛然而止。

以背负青天的青山为背景，以辽阔的沃野平畴为前台，“诗仙圣境坊”便远远地前来压他的眉睫。这是山麓之下面临新太公路而立的高宽各十余米的牌坊，造型为三门冲天式，四根徽州青石冲天柱，撑起了头顶上的青空和日月。牌坊背面的题额，是当代草书高手林散之先生题写的“千古风流”；正面则是“诗仙圣境”四个大字，出自名书法家、他在北京师范大学中文系就读时的老师启功先生的手笔。他顺着牌坊后长 60 米宽 15 米的甬道前行，不由得想起他的家乡湖南平江县小田村杜甫的墓地。杜甫生前历尽坎坷，有生之年，好几种唐诗选本都没有选录其作品，其墓地与祠堂也很简陋寒碜，几年前，有眼不识诗圣的盗墓贼竟来诗人头上动土，惊扰已栖息千余年的诗魂。白居易说“就中沦落不过君”，应该把与李白齐名而且情同手足的杜甫也算进去。李白对青山情有独钟，平生七游兹地，因为南齐诗人谢朓任宣城太守时卜居青山，其诗其人引起李白强烈的共鸣，自云“解道澄江静如练，令人长忆谢玄晖”。在谢朓之后二百五十年，终于能如愿以青山为埋骨之地，而现在颇具规模和品位的墓园，表现的正是子孙后代慎终追远之心，这也可以略慰李白的诗灵于万一了。

从甬道终端的“李白浮雕照壁”左行，“捉月桥”两侧便是碧水留芳的青莲池。李白字太白，中年自号“青莲居士”，后人亦称为“李青莲”，这大约是诗人生就一身傲骨而倾心于出污泥而不染的莲花吧？莲花素称“花中君子”，又名“翠盖佳人”，双美集于一身。李白除了不少咏莲荷的诗篇与诗句，早年在“古风五十九首”中就写过一首《碧荷生幽泉》：“碧荷生幽泉，朝日艳且鲜。秋花冒绿水，密叶罗青烟。秀色空绝世，馨香谁为传？坐看飞霜满，凋此红芳年。结根未得所，愿托华池边。”履洁怀芳，风标绝世，写荷亦以自喻。他来青莲池畔已是晚夏早秋，荷花的大展刚刚谢幕，水面上除了密密的莲叶莲梗，仍然有几支荷花在坚持最后的华艳与清芬，像是在等候他这位远道而来的扫墓人。他绕池而徘徊，李白当年所写的《答湖州迦叶司马问白是何人》一诗，竟然破空而来：

青莲居士谪仙人，酒肆藏名三十春。

湖州司马何须问，金粟如来是后身！

湖州的治所为今日江苏省吴兴县，迦叶氏是西域天竺人，“司马”乃从五品下的官员，大约相当于现在的正处级干部，只是这位司马大人文化水平既不高，平日信息也不灵通，竟然有眼不识泰山，不知名满天下的李白为何许人也，还向他人询问。李白亦仙亦佛，亦正亦谑，以“青莲居士谪仙人”自称，答以如上风流笑傲之作。他对着青莲池而低吟青莲居士此诗，心想迦叶司马虽有眼无珠，但荷花是认得李白的，荷花娇欲语，那几支坚持到最后的荷花，不正在说站在莲池之畔的就是它们的李白吗？

莲池的杨柳岸边，一尊汉白玉的李白塑像昂然而立。左手负于身后，右手高举酒杯，抬头向天，似乎仍在相邀天上的明月，盛唐的风，将其衣袍和广袖吹得飘然欲飞。不过，诗人毕竟已居垂暮之年，双眉微蹙，脸上布满的是岁月的风霜。他真想上前轻轻相问：你是在举杯邀月，是不是也在邀晚年相忆相知的“纪叟”呢？诗中超一流高手的李白，晚年在当涂的一年两载之中，已是其生命的收官阶段了，却仍然表现了天下独步的官子功夫，在读秒声中下出了许多好棋——写出了许多好诗，如《游谢氏山亭》《宣城见杜鹃花》《哭宣城善酿纪叟》，以及最后的《临路歌》等篇。纪叟不明其名，是宣城的善酿“老春”美酒的老工匠，李白多次游历宣城，双方是新知而成旧识。故地重来，纪叟却忽尔去世，酒仙李白自然不能不由人及己，感慨丛生：

纪叟黄泉里，还应酿老春。
夜台无李白，沽酒与何人？

李白与纪叟齐一生死，深情已自感人而超过《赠汪伦》一诗，然而诗仙又雄视幽冥，真是俗语所说江山易改而本性难移。尽管生命的马车停靠的已经是最后一个驿站，李白仍然是那样豁达豪爽，难道没有想到，不久就会去到黄泉再会纪叟并重饮其酿制的老春吗？

艺术虽然长存，人生毕竟有限。青莲池的北侧，依次是享堂、太白祠和李白墓。享堂和太白祠，始建于唐元和年间，大约是范传正迁坟的同时或稍后，后来毁于兵火，现在的主体建筑为明清遗物。享堂的门联是：“既是诗仙又是酒仙浅酌低吟皓月应怜零乱影；初为游客终为逐客凄怆潦倒蛟龙好护漂流魂。”此联虽好，他总感到“零乱”之“零”与“漂流”之“漂”均为平声，上下联此字不对有损于音韵之美。改“漂流”为“落流”呢，落流既是“流落”的倒装，也指李白溺水的传说，除此他一时也想不出更妥帖的词语。

穿过享堂便是太白祠，原祠于1938年被日军炮火夷为平地，历代碑刻也荡然无存。天宝十一年（752），随日本遣唐使到唐朝留学多年的阿倍仲麻吕（汉名晁衡或朝衡）归国，王维曾作诗送行。后来海船遇难，李白误以为友人已死，作有名的《哭晁卿衡》一诗悼念："日本晁卿辞帝都，征帆一片绕蓬壶。明月不归沉碧海，白云愁色满苍梧。"李白再富于想象，也绝想不到千余年后世易时移，晁衡的后代子孙会入侵中国并炸毁他的祠堂吧？现在的祠堂为1978年重建，白墙黑瓦，彩栋画梁，屋顶竖建一酒葫芦，上插三支古代兵器名为"三叉戟"，既有辟邪之用，亦以寓李白为"谪仙""诗仙""酒仙"之意。太白祠的门联是："诗中无敌，酒里称仙，才气公然笼一代；殿上脱靴，江头披锦，狂名直欲占千秋。"进得祠来，迎面便是高近三米的汉白玉李白塑像。唐代远远还没有照相术，李白不可能有真人的影像留传至今，现存的李白画像，最早的是唐代吴道子所画的"李白行吟图"的拓本，其上有"元祐六年苏轼书"的字样，其次便是北宋梁楷的"李白行吟图"了。梁楷去李白的时代已远，吴道子则大致和李白同时，他画的李白手持一卷诗书，衣袂飘然。李白的铁杆追随者今日称为"粉丝"者的魏万，记叙他在扬州亲眼见到的李白是"眸子炯然，哆如饿虎"，吴道子画的李白也是长眉入鬓，双目炯炯有神。现在李白祠中的诗人却是侧身而立，左手按剑，冷峻的目光凝视前方，是在高咏"长风破浪会有时，直挂云帆济沧海"呢？还是在慨叹"大道如青天，我独不得出"？李白年轻时在《与韩荆州书》中，曾说自己"十五好剑术，遍干诸侯”，而一生坎坷困顿，李白心中有太多的不平。小不平杯酒可消，大不平非剑不能消也，他久久地凝望着那握剑的手而思接千载，在游人散后的月夜，在回首往事心潮起伏难平之时，李白说不定会铿然一声将剑拔出鞘来，于月下狂舞，舞得月徘徊而影零乱。

然而，他的这一想法现在分明已是多余的了。李白祠四周的墙壁上，镶嵌着七块石碑，其中四块分别为孟点重刻的“大唐翰林李公新墓碑”，前监察御史李华的“故翰林学士李君墓志铭并序”，尚书膳部员外郎刘全白的“唐故翰林学士李君碣记”，前秘书省校书郎裴敬的“翰林学士李公墓牌”。后三种原碑文书法均已不存，唐范传正撰文，宋代孟点重书刻跋的宋碑为宋代原物，至今也有将近八百年的历史。唐元和十二年（817），范传正寻访李白的后代，将李白的遗骸由龙山迁葬于青山之阳，并撰文立碑于墓前，碑文详记了李白墓的确切方位，“东以谷氏为邻，西去旧坟六里，南抵驿路三百步，北倚谢公山，即青山也”。待到四百余年后的淳祐二年（1242），兼权太平州（当涂）事、节制军事孟点前来时，“墓幸可识，而碑不复存”，孟点恐其湮没，乃葺祠修墓，重书刻石，并作跋于后。范传正与孟点，不论他们是否还有别的事功，仅此一端，也就值得后人致以敬意的了。太白祠内，除了这些石碑为李白墓出示无声的证明，还有一种特殊的石证与实证，那就是历史上第十三次大修李白墓时发现的五口青砖，据专家考证，那确系唐代手工制品，砖边还刻有“李墓”字样。在玻璃封护的展柜外，他的眼光摩挲那沧桑了无数日升月落的砖石，它们仿佛在窃窃私语，是商量着要破柜而出，好向他诉说守墓护灵的千年往事吗？

当年陆游来游，曾记载说李白“墓在祠后，有小冈阜起伏”，元明两代，也有人记述“墓上产芦如带，有竹散点如金”。李白之墓啊，有如浩荡江河的尾闾，有如不朽的交响曲的尾声，他终于站定在李白墓园，在墓园的墓碑之前，听江声浩荡，听乐声飞扬，低首皈心，作他期盼已久的江东之祭了。圆月形的墓地四周，有青瓦粉墙和苍松翠柏一起共同环护，同是一轮明月形的墓冢，周长20余米，砌以整齐的青石。冢高两米有余，其上芳草萋萋，秋菊灼灼，墓碑上赫然入目的是“唐名贤李太白之墓”的字样，据传是杜甫所书。李白去世时，杜甫正流落巴蜀，音问难通，邮路不便，何况杜甫的晚景与李白同样凄凉，同是天涯沦落人，说碑文是杜甫所书，恐怕是后人的一厢情愿吧？夕阳西下，暮色已生。啊，明月无情公已去，青山有约我初来，他和同行的友人骆寒超一起伫立在墓碑之前，匆匆而来不及准备纸烛，只能燃点各自的一炷心香。

他指着西天一轮浑圆而血红的落日，对寒超说：“春日杜鹃是其热血，夏日莲荷是其风华，秋日金桂是其高标，冬日蜡梅是其魂魄，而现在的落日何其苍凉悲壮，那仿佛是千年前我们民族伟大诗人葬礼的再版啊！”

寒超颔首赞成并喃喃自语，是在诵读他新写的致敬李白的诗。诗论家兼诗人的寒超教授生于浙江诸暨，西施故里，其普通话平日乡音浓重，颇不普通，除了其在大学课堂里的学生听来习惯成自然，外地外省的一般听众包括他却常常半明半昧，甚至不知所云。楚人的他，这回却分明听清了那喃喃的吴越之音：“时代太亏待我们的诗人，但诗人的盛唐之音却光耀了我们的民族。啊，青山下静静的墓园，是我碧色的伤感！啊，青山下静静的墓园，是我心中辉煌的圣殿！”

寄李白

这是千年后你的一位粉丝和诗人写给你的信，因为你行踪不定，地址不明，只得寄往唐朝，希望你能收到。

你是一位大诗人，又是一位精力旺盛不耐久坐的大旅游家，唐代诗人中，像你这样游踪遍于国中的，好像没有几位。那时候不像现在这样时兴出国观光，或者美其名曰“考察”，不然，你也会设法私费或公费出国旅游一番，至少，“日本晁卿辞帝都，征帆一片绕蓬壶”，你可以和日本遣唐留学生阿倍仲麻吕——晁衡一起东渡扶桑，或者西北去位在如今的西伯利亚的碎叶城寻宗问祖。我说要请你指点迷津，你本身的“迷津”就够多的了，最近，我就买了一册两位李姓学者合著的《李白悬案揭秘》，他们把你都列入大案要案了，写了厚厚一本书来侦破。例如，你的身世就太可疑，连当代台湾名诗人余光中在《寻李白》中都说：“至今成谜是你的籍贯／陇西或山东，青莲乡或碎叶城／不如归去归哪个故乡？”你行踪飘忽，没有相对固定的地址即常住地址，又不喜写信，写了也交通不便，信使稽迟，当年就常常令你的夫人望穿秋水，余光中在上述诗作中，不是也说过“连太太也寻不到你”吗？而你的铁杆崇拜者魏颢到处找你寻你追你，等他跑到河南的梁园，你又去了东鲁，等他追到山东，你又去了江浙，他千里迢迢辗转道途，直到天宝十三载也即公元754年的春夏之间，才在唐之广陵今之江苏省扬州市一处酒楼，气喘吁吁地一把抓住你的衣衫。他要为你的诗文编集付梓，你也感动得将随身的手稿都托付了他。可我现在打电话找不到你，又不知到何处去追寻你的行迹。我私心早就以为，我的祖先并非两千年前骑青牛出函谷关的老子李聃，更不是以武力征服天下的李世民，而是至今仍活在诗章里和传说中的你。我少年时就一厢情愿地孵着诗人之梦，青年时对诗论与诗评情有独钟，现在写的系列散文仍和古典诗词有关，冥冥之中，我总以为我的血管中流着你的血液，分在我名下的酒也早就给你透支光了，不然，我怎么会如此虔诚地远酒神而亲诗神？

我现在首先要向你请教的，是你究竟为什么要写《登金陵凤凰台》和《鹦鹉洲》二诗，并略申后辈如我对这一问题的浅见，以及它们与崔颢《黄鹤楼》之高下的看法，其次，你的诗作也仍然多次写到黄鹤楼，我也想由此探问你的心路历程。

江夏，即今日湖北省武汉市的武昌，三国时于此置江夏郡。那里是你的旧游之地，开元十二年年轻的你出蜀之后，就是顺长江而下，经江夏而东游洞庭、金陵和扬州，不久又折回而西去安州，即今之湖北安陆。在安州，你和故相国许圉师之孙女许小姐新婚燕尔，当时不便远游，但你的足迹仍及于江夏之间。崔颢是你的同时代人，他开元十一年就中了进士，曾游江南，这位籍贯河南的诗人，也许就是在此时写了登高怀古慷慨悲凉的《黄鹤楼》一诗。我想，你也许是开元十六年春天从安陆再游江夏并送孟浩然去江东之时，在黄鹤楼读到崔颢这首名作的吧？我可以举出一个诗证，算是“大胆假设”，那就是你写于此时的《黄鹤楼送孟浩然下维扬》一诗。我引用敦煌石窟发现的唐人诗集残卷中的手抄本，和现流行传世的稍有不同，那应该更接近你诗作的原貌：

故人西辞黄鹤楼，烟花三月下扬州。
孤帆远映绿山尽，唯见长江天际流。

宋本及今本，诗题均作《黄鹤楼送孟浩然之广陵》。扬州古称惟扬，而唐之广陵即属淮南道扬州，所以你当时的题目应该是“下惟扬”。差别较多的是第三句，在宋代，“远影”之“影”一作“映”，“碧空”作“碧山”，而陆放翁《入蜀记》说他访黄鹤楼故址，他见到你的诗也是“征帆远映碧山尽”，并说“盖樯帆映远尤可观，非江行久不能知也”。可见他此时见到的，与上述敦煌本还颇为相近。到了明代嘉靖年间的刻本，也不知是谁“太岁头上动土”，就将你的这一句改成“孤帆远影碧空尽”了。其中不同字词的优劣，你是文章千古事，得失寸心知的，读者也应该自有判断，我这里暂且置之不论。我想特别申说的是，大作第二句点明时令正是“烟花三月”的暮春，这一点与敦煌石窟手抄本的崔颢之诗相同：

昔人已乘白云去，兹地空余黄鹤楼。
黄鹤一去不复返，白云千载空悠悠。
晴川历历汉阳树，芳草萋萋鹦鹉洲。
日暮乡关何处在？烟花江上使人愁！

第一句，是“昔人已乘白云去”而非“昔人已乘黄鹤去”，岂但是敦煌手抄本如此，就是唐代的诗歌选本如芮挺章的《国秀集》与殷璠的《河岳英灵集》，都是这样。青空白云，想当年，你在黄鹤楼头看到的也该和崔颢相同吧？更重要的是，崔诗的结句现在流行的是“烟波江上使人愁”，而唐人手写的真本却是“烟花江上使人愁”，崔诗中的“烟花”即是你诗中的“烟花”，你是否因为读到崔诗而潜意识中受到他的影响，送别孟浩然时又恰逢阳春三月，所以就既顺手也顺理，让杨柳摇烟繁花若雾的美景氤氲在你的诗句中呢？

从崔颢和你同写黄鹤楼的诗中同用“烟花”一词，似乎可以证明历史上的一个美丽传说。据南宋的刘克庄在他的《后村全集》中说，“古人服善，李白登黄鹤楼，有‘眼前有景道不得，崔颢题诗在上头’之语，至金陵乃作《凤凰台》以拟之”。南宋胡仔的《苕溪渔隐丛话》和计有功的《唐诗纪事》，都有类似的记载。元人辛文房《唐才子传·崔颢》的条目下也有道是：“及李白来，曰：‘眼前有景道不得，崔颢题诗在上头。’”辛文房隔你已有好几百年之久，当时没有现代的声光化电，你咳唾珠玉之时无法录音，可见那一美丽的传说早已口口而且代代相传了。你的诗集中多次提到过黄鹤楼，但却没有一首直接并集中咏黄鹤楼的诗，而《登金陵凤凰台》《鹦鹉洲》与崔颢的《黄鹤楼》，既非如有的人所说的“偶然相似”，也不完全是因为你“服善”，在唐代，能让你“服善”的人，能有多少？我以为，主要是因为你在创作上心雄万夫，不甘后人，拒绝重复而刻意争胜，何况当时你还只有二十八岁，如日之方升，你的血管里奔流的是青春和创造的热血，你的心中汹涌的是为天地立言的豪情。

你欣赏崔颢的诗，说明真正有才华有胸襟的人，总是惺惺相惜，相濡以沫，你的同辈杜甫和晚辈韩愈也是这样，不像时下文坛上的某些白衣秀士，老是对出色的同行心怀嫉妒，肆意贬抑，恶意中伤，自己无能不但不反躬自省，反而希望他人和自己一样平庸。你面对同一题材不轻易下笔，力图超越崔颢之作，也说明真正有抱负有才气的作家，不仅要超越自己，而且要努力超越同辈，创作上只有争强好胜而不甘重复与平庸，才有可能留下结构佳篇。你的《登金陵凤凰台》就是如此：

凤凰台上凤凰游，凤去台空江自流。
吴宫花草埋幽径，晋代衣冠成古丘。
三山半落青天外，二水中分白鹭洲。

总为浮云能蔽日，长安不见使人愁！

据说此诗写于天宝六年（747），即你从长安被唐玄宗“赐金还山”之后再游金陵之时，这时你已四十七岁，距以前读崔颢诗差不多已整整二十年。崔颢之作是律诗，你写的也是律诗，可见你潜意识与显意识都是何等“耿耿于怀”。你流传至今的七言律诗总共只有八首，虽然不免散失，但你创作的律诗绝不会很多，因为你以天马行空之才，不耐烦比较严整的格律的束缚，也就是说不喜欢戴着镣铐跳舞。然而，你这首律诗却广获好评，清人蘅塘退士孙洙虽然老眼昏花，一时失察，竟然在《唐诗三百首》中对李贺之作漏而未选，但在七律部分却选了你这首诗，这也可以算是一种补偿吧。

重要的是，你这首诗并不是崔颢之作的模仿而是自己的创造。起句“凤凰台上凤凰游，凤去台空江自流”，就眼前景并且就题兴起，三“凤凰”并非如有的人所说模仿崔诗之三“黄鹤”，因为崔颢的原作也只两次提到“黄鹤”，其余两次均为“白云”。“吴宫花草埋幽径，晋代衣冠成古丘”的深沉历史感喟，也即英美现代派大诗人艾略特所强调的“历史感”，不仅非你年轻时所写的“风吹柳花满店香，吴姬压酒劝客尝。金陵子弟来相送，欲行不行各尽觞”可比，也为崔颢之诗所不及。尊作中写景的颈联与崔作中写景的颈联旗鼓相当。崔诗的结句“日暮乡关何处在，烟花江上使人愁”，其乡愁的抒写确实动人情肠，因为乡愁是中国人普遍具有的怀乡情结，也是中国文学中一个重要的甚至是永恒的主题，崔颢对此作了出色的创造性的表现。然而，你的“总为浮云能蔽日，长安不见使人愁”，你寓目山河，伤时忧国，指斥谗谄之徒，其气象与寄托，与作客之愁与乡关之恋毕竟有境界大小高下之别。在艺术上，大作也有出蓝之美。例如，崔诗一、三两句写“去”，二、四两句写“空”，而你却缩龙成寸，“凤去台空江自流”，将“去”与“空”压缩于一句之中，富于今日现代诗学所艳称的“密度”与“张力”。崔颢之诗当然是杰作，不可替代，但说你在某些方面后来居上，却也绝非溢美之辞，不知你以为如何？你是绝对的性情中人，是是非非，爱爱仇仇，毫无矫饰，我想你该不会笑而不答心自闲吧？

人生短促，世事沧桑，而江湖多的是不测的风波。写《登金陵凤凰台》十多年之后，你已经到了人生的暮年。好不容易从流放夜郎途中赦回，你又重游江夏，再往洞庭并南下零陵。当然，你到底去过湖南零陵没有，后人争论不休，只有你自己清楚。《鹦鹉洲》一诗当然写于此时的江夏，也许是上元元年（760）春天你从零陵归来时所作，有的“著名”作家引用古典诗词时常常张冠李戴，甚至据为己作，如有位当代名作家竟说北宋黄庭坚的“江湖夜雨十年灯”是他的“梦中得句”，而另一位则说你的“仰天大笑出门去，我辈岂是蓬蒿人”写于长安，而你的诗题明明是《南陵别儿童入京》，“南陵”乃今之安徽南陵县，相去何止十万八千里，真是另类的“离谱”和“没门”。而有的学人则说《鹦鹉洲》写于《登金陵凤凰台》之前，说者昏昏，至少你就不会同意前后颠倒。让我还是再次诵读你的原作吧：

鹦鹉来过吴江水，江上洲传鹦鹉名。
鹦鹉西飞陇山去，芳洲之树何青青！
烟开兰叶香风暖，岸夹桃花锦浪生。
迁客此时徒极目，长洲孤月向谁明？

又是一首你不怎么喜欢写的“律诗”，可见你烈士暮年，仍然壮心不已。“芳草萋萋鹦鹉洲”，你要就地取材，就近再和崔颢打一次擂台，比试一番高下。崔颢之诗，时空较尊作广远，气象较尊作壮阔，那正是所谓“盛唐气象”的表现，也是年轻的崔颢意兴飞扬所致。你的这首诗虽然仍是一片锦绣，一派云霞，但结句的迁客骚人之孤独落寞，既是你个人不幸遭逢的心曲，也是那个不识重宝扼杀人才的江河日下的时代的折光。因此，尊作虽仍有模仿崔诗的痕迹，元代方回的《瀛奎律髓》就说“太白此诗，乃效崔颢体”，而且各家评论蜂起，褒贬不一，但我认为尊作与崔作可以说各有千秋，不可互代。我的同乡前辈王夫之在《唐诗评选》中说得好：“此则与《黄鹤楼》诗宗旨略同，乃颢诗如虎之威，此如凤之威，其德自别。”他以“虎”与“凤”为喻，大约是指境界之大小不同，风格之刚柔有别，各有胜长，不知你同不同意他的看法？

现在要向你请教第二个问题。你一生登临过多少次黄鹤楼？恐怕你自己也记不明白了。与上述《鹦鹉洲》的写作时间大略相同，你在江夏还写了长诗《经乱离后天恩流夜郎忆旧游书怀赠江夏韦太守良宰》，诗中说“一忝青云客，三登黄鹤楼”，可见你流放归来，江夏郡太守韦良宰仍待你如上宾，你至少三次登上了黄鹤楼。至于“鹦鹉洲”，你也是咏过多次了，例如，也许是写《鹦鹉洲》的同时，你还写有《望鹦鹉洲悲祢衡》，悲他人亦以自悲。但是，你提到黄鹤楼的诗却更多，你心中似乎有一个解不开的“黄鹤楼情结”。我为你做过粗略的统计，你提及黄鹤楼的，除了《黄鹤楼送孟浩然之广陵》一诗之外，大约还有“黄鹤西楼月，长江万里情”（《送储邕之武昌》），“去年下扬州，相送黄鹤楼”(《江夏行》)，“江夏黄鹤楼，青山河阳县”(《江夏寄汉阳辅录事》)，“手持绿玉杖，朝别黄鹤楼”（《庐山谣寄卢侍御虚舟》），“昔别黄鹤楼，蹉跎淮海秋”（《赠王判官时余归隐庐山屏风叠》），“仙人有待乘黄鹤，海客无心随白鸥”（《江上吟》），“雪点翠云裘，送君黄鹤楼”（《江夏送友人》），“君至石头驿，寄书黄鹤楼”（《答裴侍御先行至石头驿以书见招期月满泛洞庭》），“黄鹤楼中吹玉笛，江城五月落梅花”（《与史郎中饮听黄鹤楼上吹笛》），“黄鹤楼前月华白，此中忽见峨眉客”（《峨眉山月歌送蜀僧晏入中京》）等，至少在十余处以上。最令我心驰神往的，是你的《江夏赠韦南陵冰》，那是你写黄鹤楼诗的异数与别调。原诗太长，好在你对自己的作品如数家珍，我只援引片段：

人闷还心闷，
苦辛长苦辛。
愁来饮酒二千石，
寒灰重暖生阳春。
……
我且为君捶碎黄鹤楼，
君亦为吾倒却鹦鹉洲。
赤壁争雄如梦里，
且须歌舞宽离忧。

“黄鹤楼”寄托的是游仙的梦想，而“鹦鹉洲”则因东汉末年写过《鹦鹉赋》的才子祢衡被杀于斯地而得名，寄寓的是现实的悲剧。而你的自己“捶碎”与要求对方“倒却”，不仅是你怀才不遇之情的表达，是你对险恶的政治斗争和莫测的皇家内讧的鞭挞，是你虽历经苦难却仍然保持人格的独立与尊严的宣言，更是你如火山爆发如激湍奔流的悲愤之情的宣泄。你以前从未这样对待和这样写过黄鹤楼。现实的悲剧是无法改变的，韦冰恐怕无法为你“倒却”鹦鹉洲，而超然现实的游仙幻想却已破灭，你在《醉后答丁十八以诗讥余捶碎黄鹤楼》一诗中，不是还在说“黄鹤高楼已捶碎，黄鹤仙人无所依”吗？也许有人说，你获罪刚刚遇赦，韬光养晦销声匿迹尚且来不及，不应该有如此激切之语，这，也许是太小看太不了解你了。作为一位士人，你败于官场，毁于政治，但作为一位杰出的傲岸不谐的大诗人，你虽偶尔有违心的摧眉折腰之时，如年轻时写的《与韩荆州书》之类，但却永远没有低下自己的高贵头颅之日，而且千首诗轻万户侯，你以光芒万丈长的诗章，战胜了所有的煊赫一时的帝王将相！你虽遇赦放还，潜意识中却愤激难平，情不自禁时喷出“捶碎”“倒却”这样的激昂愤慨之语，这不仅于你前所未有，有唐一代前所未有，整个封建时代也是罕见罕闻的。不仅“黄鹤楼”“鹦鹉洲”这些过去被你作为美好事物象征而多次歌吟的地方处境危急，连我家乡的洞庭湖中的“君山”也都难以幸免，那是在你的《陪侍郎叔游洞庭醉后三首》之中：

> 刬却君山好，平铺湘水流。
> 巴陵无限酒，醉杀洞庭秋！

前人说你的“刬却君山好，平铺湘水流”二句，可以和杜甫的“斫却月中桂，清光应更多”匹敌，都是诗情豪放，异想天开，但杜甫是想象空灵之辞，你却是愤激无端之语，二者的深层意蕴颇为不同。我十分敬重杜甫，但他的忠君意识过于强烈，独立意识和自由精神远不及你。我甚至忽发痴想，中国古代的士人从未有过真正意义的自主和独立，而民主意识、自由意识与独立意识，则是真正的现代知识分子的要素与象征。唉，还是不要以这种天方夜谭来惊扰你吧，还是回到当年，你那时的千古忧愁万古愤懑能平息吗？李白大诗人，我这样来理解你对黄鹤楼、鹦鹉洲的态度的前后变化，不知是否探究到了你的初心与诗心？

李白大诗人，如果要我从中国文学史中评出三位伟大级的或最伟大的诗人，除了投屈原和杜甫一票，另一张票当然是非你莫属了。红颜薄命，诗人也薄命，你是唐代诗人中的最不得意者，白居易在《李白墓》一诗中，也不禁发出过“可怜荒陇穷泉骨，曾有惊天动地文。但是诗人多薄命，就中沦落不过君”的感叹。不过，千年走一回的你，在盛唐痛苦地走一回，留下了许多失意、屈辱与悲愤，在中国诗歌史中潇洒走一回，却坐定了最重要的黄金般的章节。你的诗，写出了历史上一位最不得意者最得意的浪漫情怀，没有你，盛唐气象将不可想象，中华民族文化将黯然减色，中国诗史将失去一部最重要的乐章，中国的许多读书人也会顿感天地寂寞而绕室彷徨。说实话，没有你，中国的酒也许没有如此多种多样而广销畅销，太白遗风啊，连现代的高阳酒徒们也少了一个喝酒的理由。不过，杜甫早就说过“李白一斗诗百篇，长安市上酒家眠，天子呼来不上船，自称臣是酒中仙”，余光中也说你“酒入豪肠，七分酿成了月光／余下的三分啸成剑气／绣口一吐就半个盛唐”，而当代的高阳酒徒特别是那些挥霍公款的高阳酒徒们，喝了那么多不解私囊的酒，他们能吐出什么呢?

时空阻隔，古今异代，山遥水远而行路难，我却常常追怀你呀，李白大诗人。这封千年后的粉丝兼诗人的来信，不知你是否能够收到?

诗家天子

一

盛唐时代的王昌龄，当世即有“诗家天子”的高名美誉，但他却命途多舛，遭逢不幸，令千年之后的我们仍不免为之扼腕叹息。在诗的王国里，特别是在七绝的殿堂中，他高视阔步，南面而王，然而，在人生的江湖上，他却历经暗礁的侮弄，险滩的暗算，最后于垂暮之年，那突然袭至的罡风恶浪，竟然吞没了他那伤痕累累的风帆。

唐玄宗开元二十七年，也就是公元739年，位沉下僚先做秘书省校书郎后转汜水尉的王昌龄，第一次“负谴”而被远贬岭南，开始了与其后半生相始终的谪宦生涯。贬谪已经令人痛苦了，何况王昌龄是北方人，南方炎热而潮湿，他不服水土，岭南更是未经开发的蛮荒之地，武则天时代便是放逐与屠戮李唐宗室的地方，因此，伴随王昌龄一路南行的，就只有挥之不去的凄风苦雨。然而，满天的阴霾偶尔散开，也会有亮丽的一角蓝空，苦雨暂收，照耀在天上和心上的，也会有不期而至的一轮晴日。王昌龄和比他小四岁的李白有缘在巴陵相见复同游，李白与杜甫在洛阳的初逢，传为唐代诗坛双子星座的佳话，中国的诗歌史和巴陵的山水，当然也应该铭记盛唐时代这两位天才诗人的第一次握手吧？

盛唐之时，殷璠编辑同时代诗人的作品名为《河岳英灵集》，他称字少伯的王昌龄为“太原王昌龄”。那大约因为王氏是太原的望族，殷璠按当时的习惯称其郡望，如同李氏是陇西的望族，故李姓多自称陇西人，如李白就曾说“家本陇西人，世为汉边将”，虽然身世如谜，但他的籍贯应该是四川江油县的青莲乡。实际上，王昌龄是京兆人，唐时京兆的府治在长安，所以他可说是长安人。王昌龄《灞上闲居》说自己“鸿都有归客，偃卧滋阳村”，滋阳即芷阳，也就是长安万年县的浐川乡，也即当代陕西名作家陈忠实所写的“白鹿原”。王昌龄成年以后，曾经北游今日山西太原的并州与今日长治县的潞州，然后经邠州、泾州和萧关而西行塞外。他以河西、陇右为背景的总共二十一首边塞诗，就是他在塞上行与塞外行之时，一一收拾进他的诗囊的，当时他正当风华秀发意气干云的年华。“大漠风尘日色昏，红旗半卷出辕门。前军夜战洮河北，已报生擒吐谷浑”(《从军行》)，“秦时明月汉时关，万里长征人未还。但使龙城飞将在，不教胡马度阴山”(《出塞》)，那些幽咽悲壮的边塞之歌，是在哪几阵马蹄声中和哪几曲胡笳声里吟哦而成的呢？后来明清两代诗评家品评唐诗七言绝句的最上之作，共选了十一首，其中就有王昌龄的《出塞》，而李于鳞、杨慎等人，更推许其为唐诗七绝的压卷。王昌龄在校书郎与汜水尉（唐时汜水县治所即今河南荥阳县西北汜水镇）任上十二年，虽是九品芝麻官，但他对长安妇女包括宫女的生活，却有了更多的了解。"闺中少妇不知愁，春日凝妆上翠楼。忽见陌头杨柳色，悔教夫婿觅封侯"（《闺怨》），"奉帚平明秋殿开，且将团扇共徘徊。玉颜不及寒鸦色，犹带昭阳日影来"（《长信秋词》），那些抒写宫闺怨绪离愁的名篇，是在哪一炷烛光下和哪一道晨光中写成的呢？待到王昌龄南贬而路经洞庭湖畔的巴陵时，他的代表之作大都已经问世，奠定他"诗家天子"地位的边塞诗与宫怨诗已经完成。要是他生在二十世纪八十年代的中国，什么"文学创作一级""政府特殊津贴""作家协会主席"之类的待遇与头衔，那都是实至名归根本不在话下的了，因为有以上种种头衔待遇的当代作家，且不说千年以后，百年之后甚至数十年之后乃至十数年之后，有哪些作品能"活"在读者的心上唇间，恐怕谁也不敢妄语，而那些善于自吹自擂并千方百计请人广而告之的作者，却可以断言，征歌逐舞，注定要贻笑大方。然而，当时才华绝代名满天下的王昌龄，不仅长期沉沦下吏，而且竟然成了南贬的逐臣。

巴陵乃南北要冲，唐代谪守岳州的中书令张说于此修建"岳阳楼"之后，更是遐迩闻名。在这里，多少达官贵人高车交错，驷马杂沓，盛宴言欢，但历史的长风一吹，那曾经云集的冠盖、煊赫的华衮早已了无痕迹，只留下不朽的诗文永志不磨。四十一岁的王昌龄在南贬途中，曾和比他年轻四岁的李白有缘在巴陵相见，就让千年之下的我不禁心向往之。每当展读《全唐诗》中的“王昌龄卷”，我总不免油然而思接千载，临风回首：他们是怎么相见并相识的呢？也许是由于孟浩然的介绍吧？物以类聚，人以群分，孟浩然于开元十六年四十岁时到长安应试，年方而立的王昌龄正初任校书郎，两人声气相投，一见如故。孟浩然落第后写的《初出关旅亭夜坐怀王大校书》，有云“永怀蓬阁友，寂寞滞杨云”，就是一以怀人，一以自况。王昌龄南贬而路经襄阳，当然要去拜望孟浩然以叙契阔之情，而“已抱沉痾疾，更贻魑魅忧。数年同笔砚，兹夕异衾裯。意气今何在？相思望斗牛”，孟浩然的《送王昌龄之岭南》，字里行间激荡的也是依依惜别之意。李白此时仍以寓居的湖北安陆为中心四方漫游，虽然傲岸不谐，目高于顶，但他在开元十五年就和孟浩然相识，对年长他十二岁的孟浩然十分敬仰。多年前，他就写有《送孟浩然之广陵》这一名篇了，而同样有名的《赠孟浩然》，大约也是作于他游历襄阳和孟浩然再聚之时。孟浩然与李白或王昌龄把酒论文时，肯定分别赞扬过他的这两位朋友，并希望他们有缘一会。他们也许是先后到达巴陵后才得以相识，说不定还是从襄阳孟浩然处相逢，然后结伴往游巴陵。如果预知我千年后会寻根究底，他们当会留下详尽的文字资料以供稽索，但现在，却只能使我一半按迹寻踪，一半凭空想象了。

杜甫有《与李十二白同寻范十隐居》，贾至有《初至巴陵与李十二白同泛洞庭湖》，可证李白在家族兄弟中排行十二。李白和王昌龄在巴陵携手同游，然后李白乘舟北去。在洞庭湖边分别时，王昌龄曾有《巴陵别李十二》一诗相赠，现在分别见于《全唐诗》和敦煌新发现的唐诗抄本：

摇枻巴陵洲渚分，清波传语便风闻。
山长不见秋城色，日暮蒹葭空水云。

在《全唐诗》中。此诗“别”作“送”，“摇枻”作“摇曳”，“清波”作“清江”，当然不及敦煌抄本。不过，他们相见和分手的时间是秋日，从诗中的“秋城色”可见，也有孟浩然上述之诗的开篇的“洞庭去远近，枫叶早惊秋。岘首羊公爱，长沙贾谊愁。”为证。“悲哉，秋之为气也，萧瑟兮草木摇落而变衰”，楚国宋玉的洞箫，早就吹奏过悲秋的曲调了，何况一位是贬谪南荒，一位是怀才不遇，而且千年前的巴陵也仍属南蛮之地，哪有今日的兴盛繁荣？两位大诗家同是天涯沦落人，他们聚会时，同游何处又都说了些什么呢？巴陵虽是我的旧游之地，可惜异代不同时，我当时如果有缘追随旁听并记录在案，那今日定然可以写出颇具文献与文学价值的独家大块文章。现在看到的只是楫桨摇曳，一叶孤舟漂向洲渚远处，而李白和王昌龄互唤珍重的声音，还从水波上随风传扬。舟行已远，李白从湖上回首，水绕山环，已然不见秋日巴陵的城郭，王昌龄呢？暮色中也只见一片蒹葭苍苍，云水泱泱。如此妙用诗经《蒹葭》篇中“蒹葭苍苍，白露为霜。所谓伊人，在水一方”的诗意，借用现在流行的一首苏格兰民歌的题目，更显得王昌龄对李白“友谊地久天长”。

翻遍有关典籍，找不到王昌龄赠答孟浩然的作品，这于情于理都有未通，当是遗落在历史的长河中再也无法打捞；此时李白也应有赠王昌龄的诗，但同样没有流传下来，幸亏他有另一首名诗《闻王昌龄左迁龙标遥有此寄》传世，但那已是好几年之后，王昌龄从唐之江宁今之南京再贬湖南龙标之时了。

二

开元二十八年，也就是王昌龄南贬的第二年，唐玄宗加尊号而大赦天下。王昌龄自贬所北还，当年冬天出任正八品的江宁县丞，相当于今日的副县长而已，他次年即天宝元年春夏之交赴任，所以后人又称他为“王江宁”。他在江宁县丞任上屈居六七年之久，天宝七载他五十一岁之时，又被贬为龙标尉。龙标，即今日湖南洪江市之黔城。在唐代，这里是远离中原的蛮荒险恶之区，南朝宋盛弘之《荆州记》早已说此地“溪山阻绝，非人迹所能履”。江宁虽然也仍是他的放逐之地，但较之龙标，已可以说是人间天上。

王昌龄在江宁任上曾回过一次长安，和被征召进京供奉翰林的李白第二次握手，而王昌龄再遭贬谪之时，李白也早已被放逐出朝而漫游于江南。所谓笑傲江湖，浪迹名山，客舍没有电话，案头没有传真机，手中没有现在许多大款与官员人手一个的“全球通”，道路修阻，难通音问，同样坎坷不遇的他辗转听到这一消息，已是次年的暮春时节了，至今传唱人口的《闻王昌龄左迁龙标遥有此寄》，不知李白写于哪一家柳色青青的客舍：

杨花落尽子规啼，闻道龙标过五溪。
我寄愁心与明月，随风直到夜郎西！

五溪，历史文献多有争议，约为今天湖南省与贵州省交界处的辰溪、酉溪、巫溪、武溪和沅溪。夜郎，在今湖南省沅陵县境，由龙标县分置而出，为唐代三个夜郎县之一，其他两处在今贵州省桐梓县。龙标在沅陵县西南，李白没有去过，只能想象得之，所以诗中说“随风直到夜郎西”。此夜郎非彼夜郎，有人将其说为贵州的夜郎，是对历史地理和李白诗的误读。在姹紫嫣红开遍唐诗的百花园里，那些咏唱真挚友情寄寓深远的诗歌，是风采独具的一枝，李白此诗以感情深挚见长，以构思婉曲取胜，而“我寄愁心与明月”一语，更是全诗的灵魂。在李白之前，不少诗人曾写风写月以寄相思，曹植有“愿作东北风，吹我入君怀”之句，徐干有“将心寄明月，添影入君怀”之辞，张若虚有“此时相望不相闻，愿逐月华流照君”的妙想，张九龄有“思君如满月，夜夜减清辉”的奇思，爱月而有将近二分之一的作品写到月的李白，此诗的后两句自有出蓝之美。“随风”一作“随君”，但“随风”更显空灵。在李白抒写友谊的众多诗篇中，这是最好最动人的一首，每回诵读，我这个湘人的心弦都不免被挑动得铿然而鸣。

李白当年身不能至而诗心飞临的地方，千年之后，我却有缘亲履。也是一个高秋之日，我由长沙而去湘西南的新兴城市怀化，再载驰载驱直奔离怀化六十里的龙标，与我偕行的，是我一位对诗学颇具造诣的朋友——香港中文大学黄维梁教授，还有和千年前同一个版本的秋色秋光。时至今日，通往龙标仍然只有一条简易公路，可想而知，当年崇山峻岭中的羊肠小道是何等崎岖难行了。在公路旁热心为我们做向导的，是河水清且涟漪的㵲水。王昌龄当年曾说“昨从金陵邑，远谪沅溪滨”，我们身旁的这湾㵲水，曾照亮过王昌龄悲愤哀愁的眼睛，洗刷过他从金陵远谪而来的满身风尘吗？地方志曾记载他贬官来此前后的情况和传说，“往返惟琴书一肩，令苍头拾败叶自爨”（《湖南通志》卷九十三《名宦志》）。他当年是一叶扁舟溯㵲水而上呢，还是在荒无人烟的山野间踽踽独行？汩汩的㵲水只顾一路送我们前行，说着我们都听不清也听不懂的方言，王昌龄是北方人，他怎会明白㵲水说些什么呢？

千百年来，龙标深藏在湘西南的万山丛中。“浩浩沅湘，分流汩兮”，屈原早已如此吟咏过，从远古到今天，㵲水和沅水在城之西南作永恒的约会，交流它们从深山中带出来的野史与传奇。一千多年之后，这里已有简易公路可通，城外山间有枝柳铁路穿过，车轮与汽笛宣告的是现代文明入侵的消息。然而，昔日的龙标今日的黔城，仍然只是一个简陋的小城，仿佛还没有完全从古代的梦中醒来，任你如何寻寻觅觅，许多地图上都找不到它的大名。镇上年深月久的窄街小巷，多用资历极深的青石铺成，写满沧桑，真使人怀疑于其上仍可发现王昌龄的几枚足印，而猛一拐弯，也许还能听到他当年吟哦或謦欬的回声。镇外㵲水之滨是香炉岩，有一座以“芙蓉楼”为主体的小小园林，那是后人为纪念王昌龄而修建的。我们高楼纵目，只见近处的㵲水和远处的沅水在楼前流过，虽然逝者如斯夫，不舍昼夜，但它们唱的仍然是王昌龄曾经听过的渔歌。对岸则是少数民族兄弟聚居的山野，王昌龄曾经入耳的俚曲山谣，想必仍在随风传扬。在秋日楼头，断鸿声里，我们抚今追昔，怀古之幽情不禁油然而生：

“‘沅溪夏晚足凉风，春酒相携就竹丛。莫道弦歌愁远谪，春山明月不曾空’，‘流水通波接武冈，送君不觉有离伤。青山一道同云雨，明月何曾是两乡’”，维梁低吟王昌龄的《龙标野宴》和《送柴侍御》诗，回头问我：“一代才人而遭远谪，他虽说‘莫道’‘不觉’，实际上在故作旷达之中透出深沉的悲愤忧愁，这也是你们的三湘前贤王夫之在《薑斋诗话》中所谓‘以乐景写哀，以哀景写乐，一倍增其哀乐吧？'”

我点头称是，说：“王昌龄性格豪迈达观，不然，他的边塞诗怎么会写得那样雄风起于纸上？一般人远谪于这种穷乡恶地，真不知何以自处，何以卒岁？但是，他也有直接写愁怨之作。”我随口背诵他的《送魏二》和《泸溪别人》：“‘醉别江楼橘柚香，江风引雨入船凉。忆君遥在潇湘月，愁听清猿梦里长’，‘武陵溪口驻扁舟，溪水随君向北流。行到荆门上三峡，莫将孤月对猿愁’，真是深情幽怨，情何以堪！王昌龄在此谪居了七八年，我们如果设身处地，他真是度日如年呵！”

维梁接过我的话头：“王昌龄创作的黄金时期是他的青年时代，贬逐在江宁，他还写出了《芙蓉楼送辛渐》那首名篇。‘荷叶罗裙一色裁，芙蓉向脸两边开。乱入池中看不见，闻歌始觉有人来’，他那首绝妙的《采莲曲》，大约也是写于江南吧？他远贬到龙标时，正是年过五十的壮年岁月，本来应该而且可以写出更多更好的诗篇，但他的才华却被无端地窒息和扼杀了，今昔同悲，古今同慨，真是令人不胜唏嘘！”

下得楼来，我们在园内徘徊流连，欣赏历代诗人文士为王昌龄所作的诗文联语。又去城内寻访王昌龄创建的“龙标书院”的遗址，然后来到城西南㵲水和沅水的汇流之处，那该是民间传说中王昌龄经常来游的“芙蓉渡口”了。龙标的㵲水啊可以洗俗肠，龙标的㵲水啊可以清诗心，我和维梁各捧一掬清清的江水，一饮而尽。我们不远千里而来，不仅将这里的水色山光收入胸臆，更接受了古典的芬芳，诗神的洗礼。在王昌龄咏歌啸傲过的江边，传诵于民间而不见收录于《全唐诗》的王昌龄的一首作品，和滔滔江水一起在我们的心头流唱：

月色溶溶照古城，芙蓉渡口水风清。
焦桐一曲梨花雨，不知身在五溪滨。

三

龙标四周的群山如插翅难飞的囚笼，囚禁了王昌龄的壮年岁月。待到他花甲之年，搅得天翻地覆的安史之乱爆发了，公元756年，唐肃宗李亨在甘肃灵武即位，改元至德而大赦天下。《新唐书·王昌龄传》说诗人“世乱还乡里”，他因此得以离开龙标。但长安尚未收复，道路不宁，想回故里实无可能，王昌龄只得沿江东下，于次年秋天到达九江，有《九江口作》为证。随后两京收复的消息于岁末传到江东，王昌龄决计还乡，但他怎能预知自己的生命也临近终点了呢？他路经亳州（今安徽亳州）时，竟然被飞扬跋扈的恶吏闾丘晓刺史杀害，一代巨星，遽然殒灭！

在盛唐的诗坛上，王昌龄是与李白齐名的杰出诗人，因为他比李白年长，成名又较李白为早，因此开元年间他的诗名已经大噪，俨然诗坛盟主，从中唐人薛用弱《集异记》所载他与王之涣、高适三人“旗亭画壁”的传说，即可见其诗名之盛。他现存的诗只有一百八十首左右，其中绝句约八十首，可想而知，他应该还有许多名章俊句没有流传下来。整体而言，他的海拔不及李白，李白如一座壮丽的山岳，群峰逶迤，主峰耸出云表，只有比他年轻的杜甫才可以跟踪而上与之比肩。王昌龄的绝对高度虽无法与李白比并，但他的边塞诗却为李白所不及，李白的宫怨诗写得很好，但对王昌龄恐怕还要逊让三分，而王昌龄抒写友情的送别诗，却可以和李白一较短长。这如同体育场上的十项全能选手，李白是当之无愧的冠军，但王昌龄某些单项的成绩却要超过李白。这两位诗人友情深厚，处江湖而不相忘，而尤其可称为诗坛盛事的，是他们的七绝创作。在王昌龄和李白之前，创作七绝的诗人不多，成就不大，他们雄才并出，对这一文学样式的创作作了承前启后的贡献，常被后人相提并论。明代焦竑《诗评》说：“龙标，陇西，真七绝当家，足称联璧。”明代王世贞《艺苑卮言》说：“七言绝句，王少伯与太白争胜毫厘，俱是神品。”清代宋荦《漫堂说诗》有言：“三唐七绝，并堪不朽，太白，龙标，绝伦逸群。”而清初王夫之则推许王昌龄的七绝为唐人第一，他认为“七言绝句唯王昌龄能无疵颣”（《夕堂永日绪论》）。李白的绝句是不夜之珠，王昌龄的绝句是连城之璧。如果将盛唐的诗坛喻为武林，在七绝这个项目上的演出，李白和王昌龄的招数和风格虽然各有不同，但他们神乎其技的不凡身手，确实令人叹为观止！王昌龄当年在巴陵赠诗为李白送别，李白后来在江南作诗向王昌龄遥致慰问之情，并非巧合的是，这两首诗都是七绝，这是灵魂与灵魂的交流和问候，不也可视为艺术创造的默契与呼应吗？

殷璠编选当时的诗作为《河岳英灵集》，他选了二十四人，篇数之多以王昌龄为第一，在李白之上。宋人计有功在《唐诗纪事》中，引用他所见殷璠选本评王昌龄语说：“及沦落窜谪，竟未减才名，固知善毁者不能掩西施之美也。”众士诺诺，一士谔谔，殷璠在王昌龄已贬龙标之时还选他的诗，并且数量排于首位，推为中兴高作，盛唐代表，这真可谓极具胆识。“西施”是绝代美人，与此相映成趣的是，王昌龄还有“诗家天子”之盛誉。原来王昌龄贬逐江宁时，常约诗友在衙署后厅之“琉璃堂”聚会唱和，唐代画家绘有“琉璃堂人物图”，有多种摹本传世，并流传至今。一百四十年后，晚唐诗人张乔旅次江宁，还专程去凭吊琉璃堂故址，写有《题上元许裳所任王昌龄厅》一诗：

琉璃堂里当时客，久绝吟声继后尘。
百四十年庭树老，如今重得见诗人。

晚唐时流行的一本说诗杂著《琉璃堂墨客图》，尊称王昌龄为“诗天子”，此书残本今存于明钞本《吟窗杂录》中。宋人刘克庄在《后村诗话新集》中说：“唐人《琉璃堂图》以昌龄为诗天子，其尊之如此。”这，是称王昌龄为“诗家天子”的最早出处。后来元代辛文房作《唐才子传》，说“昌龄工诗，缜密而思清，时称‘诗家夫子王江宁’”，从“时称”一词，可见此说已流传于当时。“夫子”乃先生之意，与“天子”在字形上只有毫厘之差，但其意却不如“天子”远甚。不知是传抄之误，还是辛文房或后人妄改？“天子”一词，难道只有朝堂上的帝王才能拥有吗？

然而，这位手有彩笔的“诗家天子”，却敌不过手持屠刀的地方军阀。王昌龄沉于下僚的仕途三十年，却有三分之二是迁谪的岁月，最后竟然不幸屈死于恶吏闾丘晓之手。唐代是封建盛世，政治较为开放与宽容，没有文网和文字狱，文人的命运远胜前朝，也远胜明、清两代。官居高位的诗人上官仪被武则天处死，但他本来就是一个御用文人，死何足惜？唐代许多人虽然仍是怀才不遇，但如陈子昂在四川家乡为射洪县令殷简逮捕下狱，诬害而死，王昌龄在安徽他乡被亳州刺史闾丘晓杀害，可谓绝无仅有。闾丘晓，姓闾丘，名晓，据《旧唐书·张镐传》记载，“晓素愎戾，驭下少恩，好独任已”，可见是一个暴戾乖张之徒，这种人如果权力在手，其恶行便可想而知。在他的恶名与臭名之下，《全唐诗》居然收录了他一首诗，题为《夜渡江》：“舟人自相报，落日下芳潭。夜火连淮市，春风满客帆。水穷沧海畔，路尽小江南。且喜乡园近，能令意味甘。”——我在抄录他的这首“大作”之时，心头汹涌的是无尽的鄙视与憎恨，也生怕玷污了我的笔墨。此诗之平庸低劣，入眼便知，与王昌龄之作相比，犹如土丘之望山岳，死水一潭之比汪洋大海。王昌龄与之狭路相逢，真是如俗语所云“龙游浅水遭虾戏，虎落平阳被犬欺”。王昌龄几次被贬，殷璠说他是“不矜细行，谤议沸腾”，而诗人常建在《鄂渚召王昌龄张偾》一诗中，则说“谪居未为欢，谗枉何由分。午日逐蛟龙，宜为吊冤文”，言下颇为不平。王昌龄则说自己是“本性易然诺，得罪由己招”，傲视权贵，嫉恶如仇，脱略世务，放言无忌，大约是王昌龄这种才华与骨气并兼的文人的通病。闾丘晓身处高位，在乱世中拥兵自重，加之“愎戾”的本性，更是可以作威作福，在潜意识中，他还很可能忌妒王昌龄的诗才和名声，于是王昌龄便在劫难逃了。从古至今，多少有才华有抱负有骨气而不识时务的贤者，不得吐气扬眉，而巧者愚者奸者佞者却常常飞黄腾达。正人君子往往受制于得志便猖狂的小人，有的甚至死于其手，这真是历朝历代都花样翻新地上演的悲剧！

然而，正所谓“人生无常，天道好还”，或者如俗语所说“不是不报，时候未到”，我们今天也仍然可以燃放鞭炮以示庆贺的是，闾丘晓终于未能逃脱对他的惩罚。我们应该感谢的是张镐。张镐出身布衣，为人刚正，当时兼任河南节度使。安史叛军合围张巡、许远死守的今河南商丘的睢阳，张巡告急，张镐挥师昼夜兼程，传檄闾丘晓克日就近赴援，但闾丘晓居然逡巡不进，待张镐赶到时睢阳已陷。张镐以军法问罪于闾丘晓而将处死之，平日威风八面气焰熏天的他连连跪地求饶说：“家有老母，请留我一命。”张镐的回答令九泉之下的王昌龄冤恨稍伸，令千载之下的我们仍然人心大快：“王昌龄也有老母，谁去抚养呢？”遂杖杀之。张镐令我感激的，还有他对李白与杜甫的关照。暮年的李白以戴罪之身流放夜郎，按今天的说法是所谓“政治犯”，位至宰相的张镐尽力救援，他不仅没有立场坚定地与李白划清界限，反而不远千里赠诗给他，并寄去两件夏天的衣裳，李白在答诗中不禁感慨之至地说：“惭君锦绣段，赠我慰相思。”年近五十的杜甫，逃出沦陷的长安奔往凤翔（即今日陕西省凤翔县）被肃宗任命为“左拾遗”，履任才一个月，就上疏营救罢相的布衣之交房琯，触怒肃宗而几遭刑戮。又幸亏张镐救助，才免于一死而贬为华州司功参军，由于重又回到并深入民间，复得以写出“三吏”“三别”等不朽之作。

由此可见，对官员也不可一概而论，有贪官也有清官，有恶吏也有良吏，芸芸众生所望的是后者多于前者。即以张镐而论，就凭他给李白援手，替杜甫进言，特别是为王昌龄伸冤雪恨，就足以使人感念了。张镐是爱才而惩恶的不可多得的好官，千年之后，“诗家天子”王昌龄令我追怀，张镐也令我感激，但他也早已走进了历史，我到哪里才可以找到他，为李白为杜甫更为王昌龄，略表我的敬重与感谢之忱呢？

怅望千秋一洒泪

洞庭与潇湘，是杜甫晚年所歌咏过的“湖南清绝地”，不知迎候和接待了多少墨客骚人，他们也留下了不知多少可圈可点的诗文。然而，如果说中国古代诗歌的天空，屈原、李白、杜甫这三颗星斗最为灿烂，那么，是幸还是不幸，是必然还是巧合，其中就有两颗陨落在这里，一颗沉没在汨罗江下游的浪涛之中，一颗熄灭在汨罗江上游冬日的寒波之上。那划天而过的光芒啊，至今还照亮后人仰望的眼睛，激起历史的深长回想。

也是杜甫写《秋兴》的高秋之日，也是杜甫漂泊湖湘的那种年龄，我终于一偿多年的夙愿，从湖南远去河南朝拜了他的故里。现在，长沙已是严冬，我在雪花纷飞中再一次翻开卷帙微黄的《杜工部集》，重又亲炙那伟大的灵魂。此刻，杜甫还漂流在从长沙北去岳阳的湘江之上，辗转于汨罗江的中游，还正在写他的临终绝笔《风疾舟中伏枕书怀三十六韵奉呈湖南亲友》吗？

一

每当我乘车驰过湘江大桥去长沙之西的岳麓山下，我常常不禁要眺望中流，总怀疑也许还能在烟雾迷茫中，看到杜甫的一叶孤舟半张帆影；或者在湘江之畔的沿江大道徜徉，我也常常不免左顾右盼，也许在岸边的街头巷尾还能有幸觅到杜甫当年寄寓过的一角江楼？

大历三年（768）冬末，“支离东北风尘际，漂泊西南天地间”的杜甫有家归不得，终于从四川出三峡，放舟江汉，漂流到湖南岳阳。小作盘桓，他准备经当时名为潭州的长沙，去衡州（今衡阳）投奔他的旧友当时任衡州刺史的韦之晋。于是，次年春日，已经有一千多年历史的名城长沙，顿时被这颗诗星照耀得满城生辉，只是多灾多病的杜甫未曾想到，而时处刀兵水火中的古潭州却懵懂不知。我在千余年后重温往事，虽然长沙现在的娱乐城数量之多大约也可以和全国许多城市媲美，但灯红酒绿甚至纸醉金迷，能使它增添什么新的光彩吗？

杜甫生时虽然坎坷潦倒，但他的各种名号却随着他光芒万丈长的诗篇一起流传了下来。现在汲汲于钻营浮名甚至梦想不朽的文人，他们也许可以名噪一时，在文坛呼风唤雨，但他们的文与名将很快被时间所风化，事如春梦了无痕。杜甫的尊名之一便是“老杜”，它并不如我们今天类似的称呼一样表示随意，而是颠而倒之的“杜老”的尊称。不过，来到长沙的杜甫确实已经老了，“此身漂泊苦西东，右臂偏枯耳半聋”，五十七岁的他就已经过早地跌入了生命的暮年。舟临长沙已时近清明，他不久写了《清明二首》，唐代长沙清明节的景象现在已经不可复见，但巍然于湘江之西的岳麓山今天却仍然可以证明，杜甫当时曾来山中一游，写下《岳麓山道林二寺行》，结句是“一重一掩吾肺腑，山鸟山花吾友于。宋公放逐曾题壁，物色分留与老夫”——重重掩掩的山林是我的肺腑，山鸟山花是我的朋友弟兄，宋之问放逐岭南路过这里曾赋诗题壁，但他还留了一份景色供我歌吟。时隔千年之后我每去岳麓山，总要在岳麓山寺内一副楹联前流连，“寺门高开洞庭野，殿脚插入赤沙湖”，这一颇具现代诗意味的联语，就是取自杜甫的上述诗篇。在山中高咏低吟，我真盼望有朝一日，猛然看见山道上杜老扶杖而来的身影。

前后两年之中，杜甫于长沙三度来去。他到长沙不久即去衡州，其时音信难通，恰逢韦之晋调任潭州刺史而途中错过，待他赶回长沙后，韦又不幸暴卒。杜甫无所凭依，只得有时暂住小舟之中，有时小栖江边的阁楼之上。大历五年四月，湖南兵马使臧玠作乱，杀观察使崔瓘，兵荒马乱之中杜甫逃出长沙，在湘江上游衡州与郴州之间漂泊，于耒阳县南之方田驿阻水而断炊五六天，后人因之有他因食县令聂某送来的牛肉白酒而暴卒的传说。不仅新、旧《唐书》信以为真，连今人郭沫若在《李白与杜甫》中也游谈无根地大加渲染。事实上，杜甫在作《回棹》诗之后又回到了长沙。这期间，虽然他也曾得到一些亲朋故旧的接济，但杯水车薪，无补于根本，而且那“残杯与冷炙，到处潜悲辛”的况味，恐怕比他落魄长安时有过之而无不及，更远非时下酒楼宾馆送往迎来之风光可比。十年困守长安时他还比较年轻康健，现在垂垂老矣，而且病体支离。他现存的一千四百多首诗中，有一百四十多首写到了自己的病情，而且愈到晚年而愈烈，其中包括肺结核、风湿病、消渴病（今称为糖尿病）、疟疾、风痹等。如果是现代，政府有关部门对这样一位历史巨星级的诗人，应该会派高级小轿车去迎接，并送疗养院去医治休养，作家协会也会不时派人前往探望。然而那时船漏又逢连夜雨的杜甫，就只能让贫穷让饥饿让病痛让屈辱让夏天的溽暑冬日的严寒一起来煎熬他的暮年了。

人生至此，天道宁论？一般人到此地步，也就只有或者叹老嗟卑，或者怨天恨地，总之是不离一己之痛痒悲欢。现在的某些文人，笔会于宾馆，盛宴在酒家，经常逢场作戏于电视报刊，不时逍遥游在天南地北，他们斤斤计较的只是个人的功名利禄，孜孜追逐的是声色之娱的游戏人生，读者能期望他们写出什么杰出或伟大的作品来吗？然而，令我千年之后怦然心动的是，杜甫日暮途穷，虽然他也悲伤于自己的身世际遇，但他更心忧天下，情系苍生，以一己之心灵担荷天下人的苦难，这是何等崇高的自我良知与人格力量啊！“万姓疮痍合，群凶嗜欲肥”（《送卢十四弟侍御护韦尚书灵榇归上都二十韵》）写吐蕃侵于外，藩镇骄于内，人民处于水深火热之中；“开视化为血，哀今征敛无”（《客从》），写人民贫困已极，官家仍诛求无已；“丧乱死多门，呜呼泪如霰”（《白马》），“入舟虽苦热，垢腻可溉灌。痛彼道边人，形骸改昏旦”（《舟中苦热遣怀奉呈阳中丞通简台省诸公诗》)，哀悼流离道路死于战乱的众多百姓，反省自己尚有一舟可以栖身洗濯，推己及人，情溢乎辞。在长沙，他还有一首传唱至今的《江南逢李龟年》：

岐王宅里寻常见，崔九堂前几度闻。
正是江南好风景，落花时节又逢君！

这是杜甫晚年的代表作之一，也是他的七绝的压卷之篇。李龟年是唐玄宗开元天宝年间的大音乐家，是国家音乐机构“梨园”的大乐师，安史之乱中流落湖湘。据范摅《云溪友议》记载，他曾在湖南采访使的筵席上唱王维的“红豆生南国”和“春风明月苦相思”，座客闻之，莫不饮泣罢酒。杜甫十五六岁时寄寓洛阳姑母家中，多次在岐王李范与殿中监崔涤的府第里听过李龟年的歌唱。“正是江南好风景，落花时节又逢君”，风景不殊，举目有人物之变与山河之异，时代的动乱，人民的流亡，国家的盛衰，个人的悲苦，深沉博大的社会内容和感情内涵，都包容在寥寥二十八字之中，深度、广度及艺术的高度融于一体。古往今来写长沙的诗与写于长沙的诗何止千百，但无论是古典诗歌或是现代新诗，有哪几首能赶得上杜甫的这一千古绝唱?

二

当今之世，有些注定“尔曹身与名俱灭”的人却在祈求不朽，不少凡夫俗子生前就在苦心经营他们的葬身之地，而中国历史上一位最伟大的诗人，他的坟茔却成了千百年来聚讼纷纭的疑案。

再一度秋尽冬来，杜甫已没有初来湖南时写《登岳阳楼》的气力与气魄了。那是一首极具沉郁顿挫的艺术风格而又表现了对宇宙苍生之终极关怀的诗篇，显示了一种深邃博大的精神范式与文学范式，它为大历二年（767）冬末的风雪压卷，为诗人自己的作品压卷，也提前为整个唐代诗歌压卷。我想，时间虽已进入现代，但在芸芸众生之中，在精神高度与人格力量上可以比肩杜甫的，恐怕也不可多得吧？然而，命途多舛的生命毕竟要谢幕了，杜甫在解缆北归之前作《暮秋将归秦留别湖南幕府亲友》，陪伴他的只有半生艰苦共尝的杨氏夫人和面色凄凉的弱男幼女。“途穷那免哭，身老不禁愁……北归冲雨雪，谁悯旧貂裘”，抚时伤逝，一派凄凉落寞之音在朔风中翻飞。去年春日从岳阳南下途中，他还写了十多首诗，此次从长沙北上，在湘江上游的船中只留下一首《风疾舟中伏枕书怀三十六韵奉呈湖南亲友》，呕心沥血的这首长诗就成了他的绝唱。“葛洪尸定解，许靖力难任，家事丹砂诀，无成涕作霖”，这是他绝望的悲歌，也是他草拟的自祭之文。然而，即使一息尚存，他也仍然心怀社稷，忧念民瘼：“战血仍依旧，军声动至今！”千古已成苍茫，但他最后的这一声浩叹，似乎仍穿过楚云湘水穿过朔风寒雨穿过一千多年的岁月隐隐传来。

自从那一曲绝唱之后，杜甫就下落不明。究竟哪一方土地是他最后的归宿？全国现有杜甫墓八座，分别位于陕西华阴、鄜县，四川成都，湖北襄阳，湖南耒阳、平江，河南偃师与巩县。前面四墓都是后人出于纪念之情而修建，而位在耒阳一中杜陵书院内的杜甫墓，则是由杜甫阻水湘南死于牛肉白酒这一讹传而来。最原始可靠的，当是今日湖南平江县大桥乡小田村天井湖之杜甫墓了。杜甫死后四十三年，即唐宪宗元和八年（813），他的孙子杜嗣业到荆州请诗人元稹为其祖父写了《唐检校工部员外郎杜君墓系铭》，铭中提到“旅殡岳阳”。一般人以为“岳阳”是指现在的岳阳市或岳阳县，其实大谬不然。元稹所云岳阳是泛指唐代的岳州，下辖巴陵、华容、湘阴、沅江、昌江等县，而昌江县即今之平江县，县治在汨罗江上游之中县坪，离小田村不远。病重不起的杜甫想到昌江县去投靠亲友，未到县城即已去世，他的儿子宗武年仅十七，贫而无力，只好扶灵上岸就近埋于小田村。现在这里有地名“杜家洞”，杜姓族人甚多，前人所修《杜氏族谱》《杜氏家谱》相传至今。明代湖广参政陈恺曾撰《跋杜氏诰敕》，说他在小田杜甫后人家中，亲睹了盖有肃宗玉玺的任命杜甫为左拾遗的诰书（此件直到辛亥革命后才遗失），而明末清初的钱谦益在《钱注杜诗》中，也提到这一诰书“今藏湖广岳州府平江县裔孙杜富家”。宋代王彦辅著有《麈史》，记载宋初徐屯田《过杜工部坟》一诗：“水与汨罗接，天心深有存。远移工部死，来伴大夫魂。流落同千古，风骚共一源。江山不受吊，寒日下西原。”可见早在宋初，平江杜墓就接受过时人与过客的凭吊。

在一个秋风秋雨的深秋之日，我曾去小田村朝拜诗圣的遗踪。越过纵横的阡陌，在小田村小田学校之侧的山岗上，坐北朝南，巍然的杜甫墓撞痛我的眉睫。这是一座具有唐代中期砖石墓特征的坟墓，青石墓碑中刻“唐左拾遗工部员外郎杜文贞公之墓”。虽是寒意袭人的秋末，墓前草色仍然青青，似乎仍在青着唐朝的青色，墓的上空飞过片片秋云，似乎仍是杜甫当年见过的愁云。我绕墓徘徊，脚步轻轻，生怕把墓室内千秋的诗魂惊醒。不过，河南巩县北邙山上有杜甫的陵墓，河南偃师杜甫远祖晋代当阳侯杜预的墓侧也有杜甫墓，此耶彼耶，疑幻疑真，叫我到哪里去为他招魂？如果是一般诗人也还罢了，何况古往今来以诗人名之的伧父俗客实在太多，怎值得众生去焚香顶礼？然而，杜甫却是中国诗史上的圣人，而我却是杜甫草堂虔诚的学子，《杜工部诗集》的现代朝香者。不过，我转念一想，他的埋骨之地究竟在何处有什么要紧呢，多少帝王将相的陵墓已成荒丘，而千百年来广大百姓的心中，不都有一座他的永远的坟茔？

三

一千多年后的高秋十月，我终于如愿以偿去拜望了杜甫的故里，当年的巩县现在的巩义市。就像瞻仰过浩瀚的沧海之后，去寻觅和瞻仰它最初的源头。

汽车刚进入巩义市郊，公路两侧山坡上一栋栋漂亮的楼房就奔来眼底。同行人介绍说，巩义现在是全国百强县之一，这里是巩义的富裕村，乡镇企业的农民所居。“安得广厦千万间，大庇天下寒士俱欢颜”，杜甫曾在《茅屋为秋风所破歌》中如此祈愿，如果他千年后回到故乡，该会展颜一笑吧？我们来时，正逢当地一位个体业主出资修建的“杜甫诗书画院”落成，并举行揭碑仪式，鼓乐阵阵，鞭炮声声，彩旗飘扬，人潮汹涌。巩义市街头已少见蹄声嘚嘚的毛驴，而时驰四轮生风之“的士”，如果淡泊自守的杜甫不要专车接送，他自己会“打的”而来吗？我们左顾右盼，始终不见杜老夫子的踪影，只好驱车出巩县旧县城北门，过东泗河小石桥，直奔不远处南瑶湾村笔架山下的杜甫故居。

杜甫曾有过显赫的家世。他的十三世祖杜预，是晋朝的名将和学者，京兆杜陵（今陕西西安市南郊）人，所以杜甫也自称“杜陵野老”。杜预之孙杜逊南迁襄阳，因而杜甫也屡次提起这个地方。杜甫的曾祖杜依艺任巩县县令时，将家搬到离县城一里许的南瑶湾村，他的儿子杜审言是武则天时代的名诗人，所以杜甫曾说“诗是吾家事”。父亲杜闲则做过兖州司马（今山东省兖州县），杜甫曾有诗名《登兖州城楼》，而他现存大名鼎鼎的最早的诗篇《望岳》，应该就是他年轻时在兖州城楼上远眺泰山时写成的吧？

沧海桑田，我来朝谒杜甫故居。我渺如轻尘的足迹竟然能够复叠在他亘古不磨的足印之上，这是一种什么样的幸运？我来之前，虽然知道杜甫的门第已经衰微，但毕竟曾是钟鸣鼎食之家，他的故居一定还是颇为可观的，特别是他后来被尊为“诗圣”，而1961年在斯德哥尔摩举行的世界和平理事会主席团会议上，他又被列为当年纪念的世界文化名人之一，他的旧居该早已整修得美轮美奂了吧？结果却令人颇为失望。

笔架山依然未变仍旧形如笔架，历经沧桑的是山下的杜甫故居。青砖为墙的小小院落里，只在靠墙处有两三间同样小小的房间。一孔坐东向西约十一米深的窑洞，就是杜甫的诞生之地。这里除了几通石碑，几张图表，就别无其他纪念物。湫隘的院落里，如果多来几个参观者就会人满为患。“七龄思即壮，开口咏凤凰。九龄书大字，有作成一囊”（《咏凤凰》），他幼年时的歌咏和书法，就是出自这小小而寒碜的庭院吗？“忆年十五心尚孩，健如黄犊走复来。庭前八月梨枣熟，一日上树能千回”（《百忧集行》），这寒碜而小小的庭院，怎能容得下梨树和枣树摇曳迎风？瞻拜杜甫故居，萧瑟兮秋风吹来，心中不禁塞满悲凉。

且不说国外的文豪，如莎翁在伦敦，雨果在巴黎，普希金在莫斯科，史考特在苏格兰，即使是国内许多其他形形色色的纪念馆，也远胜于杜甫的故居，更遑论那豪华宾馆奢华酒楼和那些日益繁华昌盛的娱乐城了。“便下襄阳向洛阳”啊，“孤舟一系故园心”啊，“月是故乡明”啊，如果杜甫有知，如果月明之夜他魂兮归来，不知将作何感想？

杜甫陵园在与故居遥遥相望的邙山之上，北接黄河，西瞻嵩山，东临伊洛河湾，自有一种阔大苍凉的气象。走进相当宽阔但设施仍然简陋的墓园，杜甫墓和宗文、宗武的墓便怆然入眼。所谓墓，除了一方墓碑，其实只是三个土堆而已。宗文早殁于四川，杜甫和次子宗武均病逝于湖南，杜嗣业去请元稹作墓志铭时，自己也年已花甲。正值大历年间，马乱兵荒，他困穷如故，真能千里迢迢将父亲和祖父的灵柩先迁葬于偃师再移葬于巩县吗？元稹说他“启子美之柩，襄附于偃师，途次于荆”，荆、偃无水路可通，如何能从陆路绕道而跋涉千里？元稹也许只是听其设想而并未亲见其事吧？在墓园中低回，我猛然忆起宋代周序来此写的《吊杜甫墓》诗：

杜陵诗客墓，遥倚北邙巅。
断碣无人识，高名信史传。
猿声悲落照，树色翳寒烟。
惟有文章在，辉光夜烛天！

杜甫最后的归宿到底在哪里虽然值得考证，疑幻疑真总不免使人怅望千秋，他生前困窘潦倒，千年后的故居仍然寒碜萧索，自然也令人感慨莫名。然而，墓之真伪有无和故居的落寞堂皇都无关根本，作为一位诗人，他的不朽的生命就是他不朽的诗章。那些五陵裘马达官贵胄御用文人轻薄后生都早已如历史长河的匆匆过客而云消水逝，有的连一个泡沫一丝残迹都没有留下来，而杜甫流传至今的杰出作品，无论白天或是夜晚，都如火炬辉耀照天的光芒。陵园的秋日向晚，四顾苍茫，我在杜甫墓前思接千载：杜工部呵，黄河依然浩荡，嵩山依然巍峨，伊洛河湾依然滔滔东流，你历经千年的风霜雨雪，也依然并永远和我们的民族同在。我从湖南来到河南，从你的终点追寻到你的起点，捧上一瓣心香，在你千年前何日忘之的故乡！

从秋日杜甫故里之行的回忆中醒来，我抬头望远，北去的湘江之上已是雪花飘飘。我又一次翻开书页微黄的《杜工部集》，阅读已经逝去一千多年的那个喑呜叱咤的时代，重温一个永恒的读不尽的高贵灵魂……

汨罗江之祭

在中国的河流中，汨罗江远算不上波高浪阔源远流长，但却是一条遐迩闻名的圣水。它温柔而温暖的臂弯，曾先后收留中国诗歌史上两位走投无路的伟大诗人。不过，一位在下游，今日的汨罗县境，以水为坟，年年端午，竞渡的万千龙舟还在打捞他的魂魄；一位在上游，如今的平江县域，堆土为墓，少人拜谒，与凄清的墓地长年相伴的，多是春风秋雨夕阳晨雾，还有偶然在坟头点燃的几炷清香。

大历五年也就是公元770年秋冬之际，杜甫出峡入湘在湖南流寓三年之后，写下《暮秋将归秦留别湖南幕府亲友》一诗，从长沙出发，准备顺湘江而下洞庭，然后入长江而至汉水，转道襄阳回归河南故里。然而，他其时年近花甲，早已病体支离，舟入朔风凛冽的洞庭，更是多症并发而一病不起。被历代学者断为绝笔之作的《风疾舟中伏枕书怀三十六韵奉呈湖南亲友》，如同自撰的讣闻。他写了“舟泊常依震，湖平早见参。故国悲寒望，群云惨岁阴”的洞庭湖冬日景色，船过湘阴，北去巴陵，“春草封归恨，源花费独寻。转篷忧悄悄，行药病涔涔”，病重的他只得转道前往湘阴与巴陵途中的昌江县城，去投亲靠友。今日的平江，唐时称昌江，府治为中县坪，在汨罗江的上游。但在距县城仅十里的小田村附近的江上，巨星即告陨落，他年幼的儿子宗武只得将父亲草草葬于小田村天井湖，也就是我们今日见到的平江杜墓。如果你远道前来，不仅可以一瞻遗迹，而且风行水上山间，鸟过田头陌上，还会向你叙述许多有关杜甫的传说。

全国杜墓今有八处，除四处纯属传闻和纪念性质者外，学术界考证杜甫真冢，主要有耒阳说、平江说、偃师说与巩县说，而我则认为平江杜墓是杜甫的原始墓葬，而死后的杜甫也很可能一直没有北归。杜甫去世后四十三年，他的孙子杜嗣业请任江陵士曹参军的元稹作墓志铭，铭中说杜甫“扁舟下荆楚间，竟以寓卒，旅殡岳阳”。今人多以为此“岳阳”乃今日之岳阳市或岳阳县，殊不知后者从西晋以至清末，均称为“巴陵”。“岳阳楼”原也只是三国时鲁肃操练水军的阅兵台，开元四年张说以中书令守岳阳时，于旧址建楼，名为“西楼”，至李白杜甫赋诗始以“岳阳楼”为题。如果杜甫葬于岳阳城厢，当有人吟咏，但却付阙如。唐时的昌江，是岳州的五个属县之一，至五代后唐时才改名平江。高山曰“岳”，山南曰“阳”，平江县境内有海拔 1653 米之天岳山，而汨罗江流域在山之南与山之西，正是元稹所谓的“旅殡岳阳”之地。平江的杜姓，至今繁衍有八百人以上，以“杜”命名的地方如“杜家山”“杜家园”等，就有十余处之多。此处流传于今日的杜氏家谱，也说杜甫殁后因干戈扰攘，归葬偃师未果，因而“爰葬平江”，而子孙“卜居是邑，以祭守其墓”。明代的湖广参政陈恺，曾在平江杜甫后裔家中发现两封皇敕，一是至德二年唐肃宗授杜甫为左拾遗的诰敕，一为宋代授杜甫后裔杜邦杰为“承节郎”的敕书，他并作《跋杜氏诰敕》予以详尽的记载与说明。清初钱谦益在《杜诗钱注》中也曾说，“今藏湖广岳州府平江县裔孙杜富家”。据说，这两件诰敕传至杜富的嫡系后裔杜瑞生，于辛亥革命年间遗失。将近百年，音沉信杳，如果有朝一日它们能重现江湖，就可以为平江杜墓出示旁证与铁证了。

我居杜甫曾经流寓过的长沙，虽然离平江地不在远，而且心向往之，但人事倥偬，竟然直到最近的一个秋冬交割之日，才和我昔日的学生余三定、朱平珍夫妇以及也曾是学生的段华偕行，去今日平江大桥乡小田村天井湖，拜谒那一座山中的也是我心中的坟茔。

车出平江县城，驰过汨罗江大桥，往南行二十余里，拐上一条泥泞曲折的乡间小道，颠颠簸簸，终于看到山丘间有一溜白色的粉墙，那就是光绪十年重修的“杜公祠”。祠之门额上有一方青石，刻有“诗圣遗阡”字样。祠前有一方可供停车的大坪，据说那就是“天井湖”干涸后填成。“杜公祠”如果是书名，白色粉墙就是它的封面，封面之内有些什么精彩文章呢？三张大门关闭已久，大约平日也少人问津，我们是不速之客，杜甫也早已长眠不起，蓬门今日当然也不会再为君而开，我们只得从旁侧围墙已经坍塌拆毁的缺口进去。杜公祠为砖木结构的两进一天井结构，几间敝旧的房舍现在已改为小学的教室，桌椅破旧，秋冬之日光线更是暗淡，窗户没有玻璃，糊窗纸早已破碎，秋风与朔风于其间畅通无阻。杜甫墓就在教室窗外不远，他老先生每天都可以听到克服困难前来上学的乡里小儿咿呀诵读之声，若当“八月秋高风怒号”之时，或是“天涯霜雪霁寒宵”之际，以苍生为念以天下为怀的他，会不会长叹息以掩涕呢？细察祠堂墙壁上尘封破旧的字画，在檐下廊前徘徊流连，平珍是平江人，对杜祠的故实十分熟悉，她指着木柱石础中两个麻石柱础，对我们说：

“这两个覆盆式的麻石柱础，下方上圆，刻有莲花瓣纹饰，从形制可断为唐代遗物，全国其他唐代古建筑遗迹也可以证明。”

“那当然是杜墓真实性的实证，不，石证了。”我高兴地随声附和，并弯腰抚摩那冰凉的石础，想重温千年前的时光。

祠堂后面的小山丘上，有一栋建于多年前的房舍，现在也已改为三间教室。门楣石匾上嵌刻有“铁瓶诗社”四字。诗社不知成立于何年，诗社而名“铁瓶”，不知瓶内藏有什么纶音妙旨？为什么“瓶”而谓“铁”呢？但铁定无疑的却是，建社的人与诗有缘，并欲继承发扬老杜的流风余韵。我甚至忽发痴想：有诗灵做伴，得天独厚，现在不起眼的莘莘学子之中，将来会不会有人一登诗坛而叱咤风云呢？正遐思远想之时，管理墓园的老人已被请来，他领我们走到诗社下侧围墙的一扇小门边，打开那把资历不浅犹有古风的铜锁。小门吱呀一声推开，在一座小小的山包之上，在几株青松翠柏的守护之中，猝不及防，近在咫尺，杜甫墓怆然轰然巍然，撞伤撞痛也撞亮了我的眼睛！

二十世纪八十年代之初，平江文物管理所按原貌维修了杜墓。墓坐北朝南，封土堆以青麻石结顶，墓围用红麻石与青砖砌成，青石墓碑正中镌文为“唐左拾遗工部员外郎杜文贞公之墓”。这，就是我们的千秋诗圣最后的安息之所了。杜甫生地是河南，死所为湖南，黄河之南与洞庭湖之南，他和水结下的真是生死缘，更何况他一生坎坷，最后除了漂泊于西南天地之间，就是将自己一家老小满怀忧愤托付给水上的一叶孤舟。他晚年流落湖湘，虽然兄弟音信不通，然而“吴楚东南坼，乾坤日夜浮”，洞庭的浩阔景象也曾一度鼓舞了他已老的壮心；虽然李白、高适、孟浩然等老朋友皆已先后故去，自己也老而多病，然而“戎马关山北，凭轩涕泗流”，他想到的仍是干戈扰攘的苦难时代。岁云暮矣，思如之何？在一年将尽之时，他忧心如捣的仍是水深火热中的百姓黎民：“岁云暮矣多北风，潇湘洞庭白雪中。渔父天寒网罟冻，莫徭射雁鸣桑弓。去年米贵缺军食，今年米贱大伤农。高马达官厌酒肉，此辈杼柚茅茨空。”（《岁晏行》）他自己已是穷途末路，生命的残焰行将熄灭，但却仍然心系天下苍生：“公孙仍恃险，侯景未生擒。书信中原阔，干戈北斗深。畏人千里井，闻俗九州箴。战血流依旧，军声动至今。”——他的绝笔诗固然多有身世之悲，托孤之痛，但却仍然念念不忘时代的动乱和人民的痛苦，这就不仅是“穷年忧黎元”，而且更是生死以之了，这是何等高远博大的襟怀啊！我们临来匆匆，未及准备香烛，只好在墓前久久默然低首，燃点一炷永远也不会熄灭的心香。

秋风吹来，墓草萧瑟。墓前的香炉小小，炉中残留三四根燃尽的香火，也不知是何方来客对他的祭奠。我不由想起杜甫生前身后的凄凉。忠厚谦逊的他，于前辈、同辈和晚辈的诗作，他奉致了许多景慕、褒扬与提携之辞。对大名鼎鼎的李白，他盛赞“白也诗无敌，飘然思不群”，而王维是“最传秀句寰区满”，高适是“美名人不及，佳句法如何”，元结是“两章对秋月，一字偕华星”。对那些诗名不盛官位不尊而确有才华的诗人呢？他同样是乐道人善，郑虔是“先生有道出羲皇，先生有才过屈宋”，薛据是“赋诗宾客间，挥洒动八垠”。对那些无名之辈呢？他也曾多所赞誉，如说杜勤“词源倒流三峡水，笔阵独扫千人军”，赞柏大“文雅涉风骚”，称毕曜“流传江鲍体”，赏郑谏议“思飘云物外，律中鬼神惊。毫发无遗憾，波澜独老成”，而暮年在长沙遇到晚辈苏涣，对他的作品也是赞美有加。本身有至高成就但却胸怀宽广，厚以待人，真是最合格的全国作家协会主席的人选了，可惜当时没有这样的组织，他当年不仅命途多舛，没能进入主流社会获得能一展长才的一官半职，时人也缺少慧眼，未能识珠。

杜甫赞誉过李白、高适、岑参、王维等诗坛大家，并且和他们均有交游，其中与李白的交谊还被今人誉为诗坛的千秋佳话，但他们却都无只言片语提及杜甫的作品，这不能不说是一个千古难解之谜，因为我们已经无从问询。同时代人对杜甫诗表示欣赏的不多，只有诗名不彰的韦济、严武等少数几位，而给他高度赞誉的，则是衡阳判官郭受和韶州刺史韦迢，但时间却已是杜甫逝世前夕了，而且人微言轻。前者今存诗二首，后者一首。郭受的诗是："新诗海内流传遍，旧德朝中属望劳。郡邑地卑饶雾雨，江湖天阔足风涛。松花酒熟旁看醉，莲叶舟轻自学操。春兴不知凡几首？衡阳纸价顿能高。"（《杜员外兄垂示因作此寄上》）而韦迢在《潭州留别杜员外院长》一诗中，则赞美他"大名诗独步"。杜甫当年从岳阳往长沙途中曾作《南征》一诗，他长叹息说"百年歌自苦，未见有知音"。且不说同时代的人冷落了他，在他生时，殷璠于天宝末年编《河岳英灵集》，一些三四流的诗人都入选了，而杜甫却有向隅之叹。他死后不久，高仲武编《中兴间气集》，选录至德到大历末年二十六位诗人的作品，杜甫竟然未能入列。世上许多有抱负有才华的人，常常得不到认识和赏识，有如明珠暗投于尘封的角落，好似良骥局促于偏远的一隅，有的人还屡遭厄运，抱憾甚至抱恨终生。然而，有些人却僭居高位，浪得虚名，肥马华车，锦衣玉食，一辈子似乎活得有滋有味。怀才不遇而困顿一生的杜甫，在生命行将结束的暮年，他得到郭受与韦迢的赞扬，虽说他们是文坛的无名之辈，虽说杜甫和他们是浅友而非深交，但在杜甫凄凉寒冷的岁月，那不是如同两盆炉火温暖了他那颗已经冻僵的心吗？

千秋万岁名，寂寞身后事。杜甫如此评价和叹息李白，不知他对自己是否也有这种预感？杜甫和李白一样有千秋万岁之名，这已是毫无疑问的了，李白的故里与墓地我还无缘瞻拜，但河南巩县现为巩义市的杜甫故居，却依然湫隘寒碜，杜甫墓园也只是封土一堆，青碑一块。平江杜墓呢？二十世纪六十年代初期，墓顶和墓围的红色麻石，东边的附碑及碑柱，均被挖掘一空去兴修水利，好像一栋屋宇被揭瓦掀顶破门拆墙，远比茅屋为秋风所破惨淡得多了，然而那是为农村水利事业作贡献，杜甫该不会有多少怨言吧？

杜墓至今萧条冷落，杜甫当然也无意于使自己最后的栖息之地，和遍布湘中与国中的宾馆酒楼娱乐城一争热闹与繁华。然而，对于前贤往哲缺乏应有的敬意尊崇，总不免令人感到悲哀。我们在墓前徘徊凭吊，不禁感慨丛生。身为作家又是岳阳市政府官员的段华感叹说：

“从古到今，知识分子特别是没有入仕从政的知识分子，地位和待遇都很低呵！”

余三定现在是岳阳师范学院的院长，他专攻文学研究与批评，也不免书生之气：“我去过西安，那唐陵汉墓煊赫豪华，游人如织，作为‘世界文化名人’的杜甫，他的墓地也未免太荒凉冷落了。”

我说：“墓地冷落荒凉，当然令人感慨。不过，天下之大，古往今来，有皇皇陵墓者，几人能活在人民的心中？墓在丘山与闹市的不一定不朽，墓在人心中的肯定千秋万代长存。万古云霄一羽毛，这是杜甫赞美诸葛亮的，我们不是也可以借来赞美他自己吗？”

于是，在汨罗江的上游，在拜别小田村杜甫墓之际，在唯有江声似旧时的千古江涛声里，我轻声吟诵北宋初年徐屯田的《过杜工部坟》一诗，权当专诚来谒的我们的心祭：

水与汨罗接，天心深有存。
远移工部死，来伴大夫魂，
流落同千古，风骚共一源。
江山不受吊，寒日下西原！

补注：

此文写于二十世纪八十年代。杜公祠及杜甫墓地后经平江县文物部门整修，早已旧貌换新颜矣。

作者 2022 年 12 月 20 日

千秋草堂

一

山一程，水一程，跋山涉水在巴山秦岭之间；风一程，雨一程，冲风冒雨在难于上青天的蜀道之上。“冬季携童稚，辛苦赴蜀门”(《木皮岭》)，经历了长安困守的残杯与冷炙到处潜悲辛的十年，饱尝了安史之乱所带来的流离困苦，杜甫挈妇将雏，同行的是多年来相依为命的杨氏夫人和宗文、宗武两个还懵懂在少年中的孩子，以及现在已不知其名字的小女，终于在乾元二年（759）雪花飘飘的冬天，到达远离战争烽火的成都，寄居于西郊的浣花溪寺。这座寺庙今天已无迹可寻了，它当年可能未曾想到，它迎候的不只是一个衣衫褴褛形容憔悴的文士，更是中国历史上名副其实的“伟大级”的诗人。同时代人虽然未能认识他的价值，但他日后将和李白齐名，与屈原同光，其人其诗铸就的是中国诗歌史的黄金篇章。

杜甫的诗有“诗史”之誉，最初见于宋代欧阳修、宋祁等编纂的《新唐书·杜甫传》：“甫又善陈时事，律切精深，至千言不少衰，世号诗史。”然而，那已是杜甫去世近三百年之后的论定了，而“诗圣”之名则更是迟至明清时期才得到文人的推崇，如明代诗论家叶燮在《原诗》中就曾说：“诗圣推杜甫。”至于他在今天之煌煌地位赫赫声名，那更该是他自己始料未及的了。“千秋万岁名，寂寞身后事”（《梦李白二首·其二》），是他对李白凄凉之状的认定和未来声名的预测，这是否也包括他自己在内呢？在抵达成都之时，他已经四十八岁，唐人四十即可称“老”，因当时六十岁即算高寿，而杜甫在《曲江二首》中早就说过“人生七十古来稀”，此时他已辞别中年而跨入老年的门坎，而且他只是一个因贬去职的下级官员，一介穷愁潦倒的落魄文人，漂泊异地他乡，不但没有豪宅华庭可以安居，连贫困者寄身的棚户也没有一间。

中国古代历来是一个官本位的社会，官员们占有社会资源与权益的最大份额，占有的多少往往与他们的官阶成正比。杜甫也曾入仕，但他的人品学问才华均称上乘却始终位沉下僚，我且为他编写一份仕途履历简表如下：廿四岁时赴开元廿三年（735）之进士考试，落第；约三十五岁时两入长安，十年之中虽然亟欲“致君尧舜上，再使风俗淳”，但最终是水月镜花。直至天宝十四载（755）他四十四岁时，始授河西尉（从九品下），还不如今日之副科级，后改任右卫率府参军（正九品下），也只是管理兵甲器仗仓库之门禁锁钥的保管员，这对杜甫而言不知是重用还是讽刺？安史之乱中他从长安逃出奔赴陕西凤翔朝见肃宗，授左拾遗（正八品），因替布衣之交受罢职处分的宰相房琯说公道话，触怒肃宗，乾元元年（758）贬至华州任司空参军（正九品），管理地方文教祭祀，相当于今日县级教育局长，因战乱与饥馑交侵，次年弃官入蜀。上元二年（762），友人严武为成都尹兼剑南节度使，经严武入朝时推荐，朝廷召补杜甫为京兆功曹参军（正七品），但杜甫未曾去长安就职，那只相当于现在的名誉职衔，没有任何待遇。幕府，本为军队出征在外所设的指挥部，后来也将担当方面之任的军政大员的官署称为幕府，而唐代中后期握一方大权的节度使盛行延纳幕宾。迫于友情，杜甫做了严武的半年幕僚，名义是“节度参谋检校工部员外郎”（从六品），短时间内有微薄的薪俸。“检校”，唐宋时期授予官职的一种虚衔，唐代各节度使的幕僚都有名义上的官职，多兼“检校”京官的头衔，杜甫实际上是幕僚身份的参谋，名义则是“检校工部员外郎”的京官，名以官重，这就是后世称杜甫为“杜工部”的由来。这头衔没有任何实惠而只有心理安慰作用，但杜甫此时已不屑于那种阿Q式的精神胜利法了，原来有宏大抱负的诗人屈作幕宾，朝九晚五做临时工，还要看幕府中后辈同事的炎凉嘴脸，听他们叽叽喳喳的冷语闲言，“白头趋幕府，深觉误平生”（《正月三日归溪上有作，简院内诸公》），仅仅半年他就婉辞了这一头衔，自动下岗，回到了他在浣花溪畔的草堂。

总括杜甫大半生的仕途，加起来平均大约当了半年的科级干部而已。待他到达成都，可谓风雪一肩，清风两袖，疾病满身，银行里没有存款，地方上没有房产，不但真个是贫无立锥之地，一家数口起码的温饱都成了问题，堪称亟待救助的赤贫户。所幸的是，他还有一些朋友亲戚，就是靠他们的接济与救济，他全家才免于沦为饿殍，而且居然还有了一处名传后世万岁千秋的草堂。

“计拙无衣食，穷途仗友生”，那些救助者我可以开列出一串长长的名单。为了他们曾经帮助过不仅是中国诗史也是中国文化史上一位最伟大的人物，今人应该向他们致以由衷的谢忱与敬意：

位居首位的是高适。早在开元廿七、廿八年（739–740），杜甫与高适就在山东汶上（今东平县境）相逢相识；天宝三载（744），他又曾和高适、李白联袂漫游梁宋，留下了许多美好的记忆；旅食京华时，他在天宝十一载（752）又和高适等人同登长安慈恩寺塔赋诗。乾元二年（759）高适出任彭州刺史（今四川省彭州市），杜甫困居陕西同谷时就曾写过《寄彭州高三十五使君三十韵》，向他发出求救信号。四川当时地多人少，成都也仅三、四万户，十余万人，但私人建房也非易事，何况杜甫除了诗就一无所有，但他次年即于浣花溪畔有了一亩三分地，并营建草堂，当然定有贵人相助。“古寺僧牢落，空房客寓居。故人供禄米，邻舍与园蔬”（《酬高使君相赠》），虽然杜甫没有留下明细账目让我查考，那“故人”应该主要就是高适，而经济形势更为严峻之时，他还写过《因崔五侍御寄高彭州》："百年已过半，秋至转饥寒。为问彭州牧，何时救急难？"高适当然没有袖手旁观，他摄成都尹之后还来草堂看望过杜甫。虽说君子施恩不图报，但古往今来受人之惠不知感恩者多矣，有的甚至翻脸不认人，恩将仇报。杜甫则不然，他寄赠酬答高适的诗共有十四首之多，而暮年漂泊湖南，在湘江的船上偶然从箱箧中翻出十余年前高适寄给他的诗，其中有"人日题诗寄草堂，遥怜故人思故乡"(《人日寄杜二拾遗》)之句，他读终篇末，不禁老泪纵横，写下《追酬故高蜀州人日见寄并序》，开篇即是"自蒙蜀州人日作，不意清诗久零落。今晨散帙眼忽开，迸泪幽吟事如昨"，真是虽然幽明永隔而高谊长存。

其次当是裴冕。对唐肃宗有拥立之功的裴冕，当时是成都尹、剑南西川节度使。杜甫在凤翔任左拾遗时与之相识却无深交，"冀公柱石姿，论道邦国活"，快到成都时在德阳却写有《鹿头山》一诗，对其多加称美，当然是醉翁之意不在酒。裴冕之性"豪奢"，对杜甫的投奔之意心领神会，"供禄米"的"故人"中也应该有他，次年的"浣花溪水水西头，主人为卜林塘幽"(《卜居》)，也应该包括可称一方"主人"的裴冕的帮助。但不久后，李若幽代成都尹，裴冕离开成都还朝，他一走之后，音信与接济可能就断绝了，杜甫于次年夏日写的《狂夫》又不免诉起苦来："厚禄故人书断绝，恒饥稚子色凄凉。"有一位大人物曾经说过，人做一件好事并不难，难的是一辈子做好事，对裴冕我不想求全责备，因为他对本属浅交的杜甫还是有所照顾的，何况有些权势在握者，说的是一套做的又是一套，有的人甚至一辈子不做好事呢！

按时间顺序而言，名列再次的当推严武。杜甫与严挺之交谊颇深，长其子严武14岁，世交而兼诗友，在“房琯事件”中同遭贬谪。严武时来运转，上元二年（1761）12月，以成都尹、剑南节度使的身份镇蜀，他一到任，就寄诗给杜甫，以后在政治上多所关心，经济上多予支助，创作上互相唱和。宝应元年（762）7月，严武奉召还朝，杜甫一直送到绵州奉济驿。因成都少尹兼剑南兵马使徐知道造反，杜甫流落阆州一带，本来准备出川东下，广德二年（764）正月严武复镇蜀，写信挽留杜甫，杜甫喜出望外地返回草堂。53岁的老诗人因严武之荐而任节度使署中的参谋，授职“检校工部员外郎”，而《杜工部诗集》中有关严武的诗竟多达35首，在《奉赠严阁老》的诗中还赞美严武“新诗句句好，应任老夫传”，其中虽不无人情，但也可见关系非同尔尔。

最后我要特笔以记的，还有如下人士：

王十五司马。此人乃杜甫的表弟。杜甫《王十五司马弟出郭相访兼遗营草堂资》说：“客里何迁次，江边正寂寥。肯来寻一老，愁破是今朝。忧我营茅栋，携钱过野桥。他乡唯表弟，还往莫辞遥。”贫居闹市无人问，富在深山有远亲，这位不嫌弃穷亲戚的表弟，带给杜甫的不仅是温暖的亲情戚谊，还有雪中送炭的今日大为流行的红包。

萧实。杜甫虽然穷困，却依然有爱美之心，为了美化草堂环境，他曾以诗代简，向萧实商要桃树秧，有《萧八明府实处觅桃栽》为证："奉乞桃栽一百根，春前为送浣花村。河阳县里虽无数，濯锦江边未满园。"

韦续。出于同样的原因，加之中国文人对竹的特别喜爱，他向韦续讨要绵竹："华轩蔼蔼他年到，绵竹亭亭出县高。江上舍前无此物，幸分苍翠拂波涛。"(《从韦二明府续处觅绵竹》)。

何邕。"草堂堑西无树林，非子谁复见幽心。饱闻桤木三年大，与致溪边十亩阴。"《凭何十一少府邕觅桤木栽》一诗，说的是杜甫如法炮制，以诗言情，请何少府大力支持草堂建设。

韦班。除了向这位韦先生索要大邑出产的声如哀玉色胜霜雪的日用瓷碗，杜甫还向他求助松子："落落出群非榉柳，青青不朽岂杨梅？欲存老盖千年意，为觅霜根数寸栽。"《凭韦少府班觅松树子栽》一诗，可见杜甫的新松恨不高千尺之心。

徐卿。杜甫还曾去成都市内石笋街之果园坊去觅求果木，《诣徐卿觅果栽》一诗写道："草堂少花今欲栽，不问绿李与黄梅。石笋街中却归去，果园坊里为求来。"想来徐卿该有求必应，杜甫也如愿以偿吧？

今日的杜甫草堂占地240亩，小桥流水，花径通幽，茂林修竹，其间的建筑美轮美奂，但当年的草堂仅地一亩，茅屋数间聊避风雨而已。然而即使是那样的陋室蜗居，也是众多官员与亲友合力支助的结果，堪称古代的“扶贫工程”。不过，坎坷困顿漂泊多年的杜甫，终于在来成都一年后有了一枝之栖，如同饱经风浪的帆船终于有了一个稍事憩息的港湾，他的喜悦闲适之情见之于他的《堂成》，犹似今日华厦落成或“创作基地”挂牌所燃放的鞭炮：

背郭堂成荫白茅，缘江路熟俯青郊。
桤林碍日吟风叶，笼竹和烟滴露梢。
暂止飞乌将数子，频来语燕定新巢。
旁人错比扬雄宅，懒惰无心作《解嘲》。

二

杜甫在草堂前后大致居住了四年时间，然而，简陋的草堂却坐落在唐人的诗篇中和后人的记忆里，毁而复修，多次扩建，以至永恒于天地之间。时至今日，它成为了历史的胜景，诗国的丰碑，芸芸众生自海北天南前来趋谒的圣地，这难道是偶然的吗？

在中国的园林发展史上，唐代是一个重要的时期。园林之盛，其时已繁如星斗。除了达官贵人与富商巨贾拥有可供游憩观赏的宏阔园林，一般文人也向往山居丘园的优游之乐。据新、旧唐书记载，拥有豪华级私家园林的唐人如皇亲长宁公主、安乐公主，大臣如魏征、郭子仪，大画家如阎立本，约有43人；在《全唐诗》中，曾歌咏自家园林的诗人约有120位，提及的园林将近300处，作品当然更不止此数。这些园林，绝大多数已湮没无闻，且不要说当年赫赫有名的裴度的绿野堂与集贤园、李德裕的平泉庄、牛僧儒的归仁园、韦嗣立的山庄，即使是王维在长安城外的辋川别业，白居易在洛阳的履道园与在庐山的草堂，大都遗迹难寻。杜甫简陋的浣花草堂却与天地同寿，此中消息当然发人深省，这就在于杜甫的人品几近“完人”，其诗作是当之无愧的“诗史”，而且达到了中国古典诗艺的罕人企及的高峰，堪称真正的赤子其人，星斗其文。

杜甫的诗作流传至今约一千四百余首。他寓居四川近十年，作诗八百余篇，占一生创作总量百分之六十以上，而在草堂四年的诗作是二百四十多首。草堂时期的杜诗，不仅创新和发展了中国古典诗歌中的新乐府诗体，五、七言古诗、律诗与绝句，创作的联篇诗章也有二十六组共八十余首，为来成都之前全部组诗的总和，同时他还学习了巴蜀民歌，诗歌的手法与风格更为丰富多彩，为随后的“夔州诗”的高潮作了充分的准备。更重要的是，他的忧国忧民的情怀一如往昔，像永不熄灭的熊熊火焰，而他民胞物与的人性光辉，则如抚慰人心的溶溶月光。因为生活粗安，他还写了百首左右的山水田园诗，这些达到了诗美极致的作品，既开拓了杜甫创作的新天地，也给读者带来了说不尽的审美的愉悦，捧读之余，像徜徉在繁花似锦四时不谢的园林，欣赏那开不败的花朵。

杜甫的草堂诗，达到了主观与客观、形而上与尘世间、个人生命的深层体验与时代社会的深入表现的高度融合，其诗情的深至、人性的淳厚、胸襟的博大、艺术的完美，不仅为同时代的诗人所不及，时至今日，又有多少诗人作家可以望见他的背影？如自然界的“雨”，他是写过多次的了，在秦州时他就因雨涝而忧心忡忡地写过《雨晴》，而在成都则作有喜气洋洋的《春夜喜雨》：

好雨知时节，当春乃发生。
随风潜入夜，润物细无声。
野径云俱黑，江船火独明。
晓看红湿处，花重锦官城！

杜甫本来就情系苍生，何况他的草堂地在农村，他和农民形迹相亲，《遭田父泥饮美严中丞》一诗可见，而且他亲力亲为，参加一些力所能及的劳动，《有客》一诗可证。他的“喜雨”，固然有他对春雨独特的艺术感觉，艺术表现上十分高明，但他的能由单纯的大自然联想到广阔的人间世，诗的情感就有了更丰富的社会内涵，《春夜喜雨》一诗也就成了一曲既优美又不乏深沉的春雨的颂歌。

最令读者感动与感念的，当然是他那首著名的《茅屋为秋风所破歌》了，尤其是它那传诵千古的结句：

安得广厦千万间，大庇天下寒士俱欢颜，风雨不动安如山。呜呼！何时眼前突兀见此屋，吾庐独破受冻死亦足！

中唐诗人白居易，在《新制绫袄成感而有咏》中说过“争得大裘长万丈，与君都盖洛阳城”，又曾在《新制布裘》中写道：“安得万里裘，盖裹周四垠。稳暖皆如我，天下无寒人。”白居易能如此推己及人，已经是颇为难得的仁者心肠了，已经为一般人难以企及了，已经是对杜甫的人格与诗格有所继承和传扬了。然而，他却仍然无法与杜甫比并。杜甫穷愁潦倒，白居易足食丰衣；杜甫位沉底层，白居易身居高位；杜甫是死不足惜，白居易是稳暖如我，境遇之高下与境界之差别显而易见。作为中国历史上与屈原与李白比肩的三位最伟大的诗人之一，杜甫所占领的高度，当然首先是诗的高度，但同时也可以说是思想美的高度与人性美的高度。属于“精神世界”的，并不都是“与时俱进”的，试问今日芸芸众生，究竟有多少人有杜甫那种忧国忧民的情怀？有多少人有杜甫那种悲天悯人的襟抱？有多少人有杜甫那种至淳至美的人性人情？这种高贵人性与诗性的严重不足与普遍缺失，大约也是今日诗运不昌的重要原因之一吧？

然而，后世还是有一些人吹毛求疵，他们无视杜甫诗中多次提及的黎民百姓，曲解说“寒士”只是指贫寒的读书人，而非广大困苦的劳动人民。在任何时代，一般而言偷盗至少是不光彩的，饥寒交迫的杜甫情急无奈称抱茅草而去的南村群童为“盗贼”，有的人也居然指责他立场有问题。不仅如此，在二十世纪的那场浩劫中，岂只是“八月秋高风怒号，卷我屋上三重茅”而已，草堂差一点也被当做“四旧”彻底横扫，幸得草堂工作人员极力救护保全。后来杜甫又被打成反动的“儒家”，濒临灭顶之灾，幸亏一些青年工人进驻草堂，他们为杜甫戴上时髦的聊避风雨的“法家诗人”的冠冕。“世上疮痍，诗中圣哲；民间疾苦，笔底波澜”，这本来是郭沫若上个世纪五十年代之初为草堂所题之联，至今仍高悬于草堂的素壁，但1971年，作为五四时代开一代诗风的郭老，却写出了《李白与杜甫》，对杜甫极尽批判挞伐之能事，包括杜甫的草堂和在草堂所写的《茅屋为秋风所破歌》在内的一系列名篇，令人慨叹人心的反侧，世事的无常，民族的多艰，时代的多难。所幸的是，黑风恶雨终于过去了，护佑草堂的，仍然是不老的青松翠竹，不灭的艳阳明月，不朽的厚地高天！

三

距今几十年前的那场劫难中，草堂被破坏，湖南平江的杜甫墓也被挖开一角，那些助纣为虐者太有愧于杜甫，而杜甫为他所处的时代争来了永恒的荣光，但他所处的时代却也同样太亏待了他。

杜甫的一生穷困潦倒，艰苦备尝，苦难远远多于欢乐，除了少年不识愁滋味的几次壮游，从来与“潇洒”和“小康”无缘；此外，他同时代的诗人包括好友李白在内，几乎没有人提及过他的作品，只有他晚年流落湖湘时，韶州刺史韦迢与衡阳判官郭受对他的诗多所赞美，但他们都不是文坛或诗坛掌握话语权的人物，何况杜甫此时已到了风吹烛灭的暮年。而他受到世人的瞩目，是身后从中唐元稹、白居易、韩愈等人的赞扬才开始，而传世至今的唐诗选本，今日可见的共有十种，其中几种是杜甫在世或稍后所编，但竟然都没有收录他的作品，直至晚唐入蜀的韦庄编辑《又玄集》，杜甫才名列其中，这未免也太过姗姗其来迟了。对于一位伟大的诗人而言，冠盖满京华而斯人独憔悴固然不幸，但更不幸的是时代对其创作的冷落，这就难怪杜甫暮年要在湘江之上发出“百年歌自苦，未见有知音”（《南征》）的长叹息了。

杜甫的草堂呢？当年也是人去物非。他离蜀东下乃至逝世之后，草堂也日渐败落，中唐时原宅已经不存，少人提及，只有崇拜他的张籍送友人去蜀时才对其提到杜甫草堂：“行尽青山到益州，锦城楼下二江流。杜家曾向此中住，为到浣花溪水头。”（《送客游蜀》）稍后的雍陶也写有《经杜甫旧宅》一诗：“浣花溪里花多处，为忆先生在蜀时。万古只应留旧宅，千金无复换新诗。沙崩水槛鸥飞尽，树压村桥马过迟。山月不知人事变，夜来江上与谁期？”从诗中的“只应”与“沙崩水槛”看来，草堂已基本不存了。时至晚唐，韦庄来此寻得草堂旧址，他在《浣花集序》中说：“虽芜没已久，而柱砥犹存，因命芟荑结茅为一室，盖欲思其人而成其处，非敢广其基构耳。”古今中外有许多文学家艺术家，有的生时名满天下而身后则每况愈下，如英国的所谓“桂冠诗人”，有的生前默默无闻而身后则盛名传世，如美国女诗人狄金森，荷兰大画家凡·高。直至宋代，杜甫才真正算是时来运转，因为北宋始终处于内忧外患之中，而南宋更是偏安一隅，风雨飘摇，杜甫的极具现实感与社会性的忧国忧民的篇章，引起时人的高度关注、诗人的深度共鸣。王安石《杜甫画像》说：“宁令吾庐独破受冻死亦足，不忍四海赤子寒飕飕……所以见公像，再拜涕泗流。惟公之心古亦少，愿起公死从之游。”北宋号称“铁面御史”的赵抃出知成都，其《题杜子美书室》写道：“直将骚雅镇浇淫，琼贝千章照古今。天地不能笼大句，鬼神无处避幽吟。几逃兵火羁危极，欲厚民生意思深。茅屋一间遗像在，有谁于世是知音？”之后吕大防知成都府事，“作草堂于旧址，而绘像其上”。吕之后胡宗宪知成都府，又将杜诗刻在碑上置于草堂四壁。南宋初，张焘重建草堂，陆游曾郑重拜谒，“清江抱孤村，杜子昔所馆。虚堂尘不扫，小径门可款。公诗岂纸上，遗句处处满。人皆欲拾取，志大才苦短”，他作《草堂拜少陵遗像》一诗以颂。以后，历经元明清三代的修葺扩建，草堂才逐渐具有了今日的规模。杜甫今日既有千秋万岁之名，身后事当时虽然萧条但最后仍然颇不寂寞，这也算是可以聊以告慰的吧？

近二十年中，我前后拜谒过三次杜甫草堂。初谒于1987年，与诗人彭浩荡同往。第二次是2005年2月，应成都市政府之邀，和台湾名诗人余光中、洛夫一道参加成都的“元宵诗会”，顺道再谒。第三次则是2007年夏日去九寨沟旅游，回程时和内子缇萦重谒圣地，温习当年。

杜甫草堂面临浣花溪，浣花溪即清水河（清江）的一段。且不要去追寻这条溪河得名的缘由故实了，那真是其美如花其韵如乐的名字。杜甫说“万里桥西宅，百花潭北庄”，“万里桥”即今日南门的府河大桥，“百花潭”在浣花溪的上游，今天已干涸而湮没。而草堂之外的浣花溪呢？唐代春夏水深之时，可行龙舟彩舫，绵延十里，秋冬水浅之时，也清能见底，游鱼可数。“清江一曲抱村流，长夏江村事事幽”啊，“舍南舍北皆春水，但见群鸥日日来”啊，“昼引老妻乘小艇，晴看稚子浴清江”啊，杜甫在诗中描绘的风情美景，现在早已被时间这位超级整容师修改得面目全非了。草堂附近，房屋鳞次栉比，马路密如蛛网，昔日的郊野绿原已变为红尘闹市。浣花溪过去被几个生产大队分割成养鱼池，今天也只是一道瘦瘦的几乎可以凌空跨越的暗绿流水，如果杜甫重来，他会不会感叹曾日月之几何而江山不可复识呢？

杜甫不可复识的，当然还有他当年曾经小住四年的草堂。那时占地窄窄一亩，茅屋寥寥数间，而今真个是今非昔比了。庄重古朴的黑漆对开的大门之上的横匾，鎏金大书“草堂”二字，正门两侧的联语“万里桥西宅，百花潭北庄”，召唤引进国内的游人和海外的游子，包括余光中、洛夫和我一行。此前我们曾冒雨去峨眉山，我对洛夫说你游李白的峨眉山，如不赋诗就有虚此行，题目就叫“峨眉山雨中访李白不遇”吧，他回加拿大后果真寄来了他的《登峨眉寻李白不遇》，结尾想念的却是杜甫：“再等下去，就会耽误我和老杜的约会／于是，我顺手抓住／一把湿漉漉的琴声／就那么一荡／便荡到回成都的／杜甫草堂。”其实，送我们回成都的草堂的，不是李白《听蜀僧濬弹琴》一诗中传来的琴声，而是四川卫视的几位记者和川中公路上生风的车轮。进得草堂大门后，过石桥，跨碧水，穿梅林，便是建于清代嘉庆年间的“大廨”。“廨”本系官署，旧时为官员办公之处的通称，杜甫无公可办，但他也忝为“工部员外郎”，后人大约是于此聊表心意吧？两侧的壁间悬挂的是清初学者顾复初所作的长联：“异代不同时，问如此江山，龙蟠虎卧几诗客；先生亦流寓，有长留天地，月白风清一草堂。”大廨的正中，是杜甫拈须沉吟衣着灰白的石像。大廨之后，便是同时建成的“诗史堂”，两边楹柱上的长联是：“诗有千秋，南来寻丞相祠堂，一样大名垂宇宙；桥通万里，东去问襄阳耆旧，几人相忆在江楼。”诗史堂中间，是杜甫的铜像，杜甫换了一身古铜色的便服，头戴儒巾，眉头深锁，不知是在萦念尚在烽火戎马中的故乡呢，还是在推敲什么心血来潮的好句？我们急忙趋前拜见，而余光中则摩挲杜甫飘动的衣衫，神情肃穆若有所思，他也许是想起了自己五十多年前的1968年所写的《湘逝——杜甫殁前舟中独白》吧，诗中写到了当时远在天边而现在近在眼前的草堂："西顾巴蜀怎么都关进／巫山巫峡峭壁那千门／一层峻一层瞿塘的险滩？／草堂无主，苔藓侵入了屐痕／那四棵小松／客中殷勤所手栽，该已高过人顶了？"

新松恨不高千尺，恶竹应须斩万竿。杜甫当年手栽的四棵小松，他后来说已长得有一人多高，但一千二百多年过去了，四株青松已经在漫漫岁月中失踪，但不曾缘客扫的"花径"仍在，"柴门"也仍然为君而开。诗史堂后面，便是"柴门不正逐江开"的"柴门"和几椽茅屋，门柱上少不了的是具有中国特色的联语："万丈光芒，信有文章惊海内；千年艳羡，犹劳车马驻江干。"千年之后的江干，不就驻有我们这远道而来的汽车吗？柴门茅屋之后，便是宏大庄重的"工部祠"，祠东为"水竹居"，祠西为"恰受航轩"，祠内两侧是清代名书法家何绍基手写的楹联原物，那是距今几十年前遭劫难时仅存的劫后余灰："锦水春风公占却，草堂人日我重来。"我们来时，不是正月初七的人日，却也是去人日不远的正月元宵。在工部祠中，我问洛夫：

"1986年你曾写有组诗《车上读杜甫》，说你在台北的公交车上读杜甫之诗。这组诗总共八首，分别以《闻官军收河南河北》这首七律的八句为题，我记得你曾异想天开地写道：‘而今骤闻捷讯想必你已有了归意／我能搭你的便船还乡吗？’杜甫始终未能还乡，但你却早已还乡，而且还多次来过他曾居停的草堂。”

洛夫不胜感慨地说：“我于 1990 年 10 月 6 日上午初访草堂，15 日下午再访，回台后写了一首 260 行的长诗《杜甫草堂》，那既是对先师真诚的瞻仰，也是时隔千载一次历史性诗心的交融。”

“你的《杜甫草堂》，我以为是赞美杜甫的新诗中最好的一首。‘诗人，仍青铜般醒着’，杜甫现在不就正站在诗史堂里吗？你这个湖南人就用他听得懂的湘音朗诵给他听吧？”

洛夫笑而作答：“多年前我还写过组诗《边陲人的独白》，四首诗分别以杜甫的五律《春望》的前四句为题，我曾说‘三峡水流汹涌／两岸动人心魄的岂只是猿啸／还有险滩／险滩上一双双被放逐的脚印／踽踽凉凉地／一路哭着出川’，这其中就有出川后漂泊湖湘的杜甫啊！”

早在一千多年前的永泰六年（756）初夏，杜甫把草堂留给弟弟杜占而自己乘舟东下之后，就再没有回来。西方一位哲人说过：人不能两次踏进同一条河流。但待到我 2007 年夏日再来时，却已是第三次朝拜杜甫草堂了，而余光中早已回到台湾高雄，洛夫则远去了加拿大的温哥华，只剩我一人和缇萦一道来重温诗圣的遗踪，寻觅他的身影，探听他新诗改罢后独自的曼声长吟。

我再来时，工部祠后面平添了一处新的风景，小路边的石间立了一块石碑，其中镌刻的是余光中的我最早介绍到祖国大陆来的名作《乡愁》，我侧倚其旁摄影留念。草堂中新诗刻石的仅此一首，但我以为还不如刻他的长诗《湘逝——杜甫殁前舟中独白》或新作《草堂祭杜甫》中的警句。洛夫为杜甫共写诗 3 题 13 首，可供选刻的当然更多。当代两位名诗人如果均有诗供奉，如同工部祠中有潜心学杜的黄庭坚、陆游配祭，杜甫有知，当会抚髯一笑吧？不过，洛夫还是幸运的，他在诗中说他知道杜甫“正在草堂阖目而卧”，而“进入草堂／首先迎向我的／竟是从后院蹑足而来的一行青苔／隐微的鼾声／如隔世传来的轻雷／不知响自哪一间厢房？”然而，我在草堂前前后后寻寻觅觅，却始终找不到杜甫哪怕一枚脚印，哪怕半句歌吟。“老妻画纸为棋局，稚子敲针作钓钩”，陋室中白发老妻画的棋盘和水槛边敲针稚子的背影呢？“一匹龁草一匹嘶，坐看千里当霜蹄。时危安得真致此？与人同生亦同死”，名画家韦偃离蜀时在草堂东壁上画的两匹骏马呢？“三顾频烦天下计，两朝开济老臣心。出师未捷身先死，长使英雄泪满襟。”（《蜀相》）“花近高楼伤客心，万方多难此登临。锦江春色来天地，玉垒浮云变古今。”（《登楼》）“永夜角声悲自语，中天月色好谁看？风尘荏苒音书绝，关塞萧条行路难。”（《宿府》），那在茅屋中烛光下书写的许多传世名篇的手稿呢？一切都交给了滔滔的时间、悠悠的历史和渺渺的烟云，只有高楠香樟、秋桂冬梅、长青的苍松翠竹，还有那一代又一代的华夏子孙，守卫着千秋泱泱诗国高贵的草堂，守护着天下芸芸诗人高尚的典范，守望着即之也温仰之弥高的民族的永远的恒星！

独钓寒江雪

千山鸟飞绝，

万径人踪灭。

孤舟蓑笠翁，

独钓寒江雪！

——柳宗元《江雪》

一

这就是吟唱在柳宗元诗中的潇水吗？我到何处寻觅那位从长安远谪而来行吟水湄的诗人呢？在一个高秋之日，伫立在横跨潇水的浮桥上，俯仰天地水云，极目江流上下，我不禁思接千载地想。不远处有公路大桥凌空而过，工厂笔立的烟囱傲上云天，宣告唐朝当年这一边鄙流放之地早已进入了现代。南方的气候已日见变暖，此间已很少有冬雪光临了，何况现在正逢秋日，仍然清澈见底的潇水水面上浮光跃金，到哪里可以找到而且登上柳宗元的一叶孤舟，为他披上一件尼龙雨衣，送上一根新潮的不锈钢钓竿，陪他去垂钓满江的寒雪？

中国封建社会发展到唐代，已是如日中天，为后代史家所艳称的“贞观”“开元”之治，正是所谓威震四邻而八方来朝的盛唐。然而好景不长，历时八年的安史之乱，使盛唐的灿烂光辉黯然消隐，曾经极一时之盛的唐帝国，奏起的竟是江河日下的悲歌。北中国疮痍满目，未熄的烽火仍在四处燃烧。全国战乱前有九百余万户，人口五千余万人，战乱后仅余一百九十余万户，人口一千五百余万人，捐失户口达四分之三以上。历史上任何大的动乱，都曾带来可怕的后遗症，非一朝一夕可以治愈，或者竟至于良医束手，药石罔效，这，可以说古今皆然，概莫能外。“安史之乱”后的政治问题，一是藩镇割据，藩将们割地称王，如一堆堆跋扈的野火，朝廷对他们鞭长莫及，常常无可奈何；二是宦官专权，那些缺德少才心理变态的小人阉竖，拨乱朝政，飞短流长，像一群黑蝙蝠在朝廷内外翻飞。痛定思痛，乱后思治，有理想有抱负的仁人志士对国势的衰颓痛心疾首，他们呼喊于朝，奔走于野，常常临风回首，想重温盛唐时代的好梦与雄风，于是，一股强大的中兴思潮，就在社会上奔涌激荡。柳宗元之前的中唐诗人元结在任湖南道州刺史时，曾请大书法家颜真卿以擘窠大字书写他作的《大唐中兴颂》，铭刻在祁阳县郊浯溪的巨石之上。千古不磨，至今石刻巍然而且岿然，为千年前有志之士的梦想作无声而胜有声的旁证。

在元结抱恨以终的次年，京城长安迎接了柳宗元呱呱坠地的第一声啼哭。柳宗元祖籍蒲州解县（今山西省运城市西南解州镇），又云“山西永济县”，故后来人称“河东柳宗元”。出身于虽已衰落但几代人曾封侯拜相的士林盛族，他决非古今皆然的那种坐享其成败事有余的纨绔子弟，而是继承了父亲柳镇刚直倔强的性格。父亲的热血也在他的血管中奔流，而身经目睹的时代动乱，以及自幼传承的儒家“仁政”“民本”的观念，更使得强烈的忧患意识与兴亡之感，如熊熊的火焰燃烧在他的心中，他决心奋发有为以振兴国家而光耀门庭。少年春风得意，柳宗元二十一岁中进士，二十六岁考取吏部的博学宏词科，从集贤殿正字而蓝田县尉而监察御史，刚刚过而立之年，他已升任官阶从六品上的礼部员外郎。他的文名也与日俱隆，直追当时高举古文运动大旗的韩愈。在政治上他踌躇满志，准备一显身手，虽然他的好友刘禹锡曾说他们热心于做治国平天下的政治家，而并不甘于仅仅做一名舞文弄墨的文人，但其时文坛声望最隆者，也是非刘、柳二位而莫之他属的了。

历史给了忧国忧民的仁人志士一次机会。永贞元年（805），唐顺宗李诵继位，立即提拔王叔文为起居舍人充翰林学士，实际上主持政务。柳宗元、刘禹锡等时代的精英均得到重用，于是，史家传为美谈的“永贞革新”便拉开了序幕。他们惩办污吏，削弱藩镇，整顿财政，打击宦官，雷厉风行的新政给百姓带来了希望，给国家带来了曙光。然而，阴阳其人的宦官、肉食者鄙的官僚与飞扬跋扈的藩镇，乘李诵中风病重之机，纷纷麇集在急于抢班夺权的皇太子李纯的门下。李诵八月初四退位，历时仅仅半年的永贞革新便匆匆闭幕。八月初六出任“监国”的李纯，迫不及待地立贬王叔文为渝州（今重庆）司户，王伾为开州（今四川开县）司马。九月，柳宗元、刘禹锡、韩泰、韩晔、陈谏、凌准、程异、韦执谊贬为远州刺史，恶贬意犹未足，又雪上加霜，在他们赴任途中加贬为远州司马。贬斥之人数众多，贬斥之地区遥远，贬斥之时间长久——除凌准、韦执谊和程异之外，其余五人均在贬所度过了十年岁月。这，就是唐代有名的也是历史上罕见的“八司马”事件。

柳宗元先贬韶州刺史（今广东韶关市），半路上再贬为永州司马。不久之前，三十三岁的柳宗元还运筹帷幄，壮心不已，而在新贵们弹冠相庆之时，他自然是斯人独憔悴了。九月中旬，他悄然而凄然地离开长安，先是陆路后是水程，悲风苦雨和他一路做伴，待到他的孤帆从洞庭湖漂到湘江时，就已是淫雨霏霏连月不开的冬季了。途经湘江与汨罗江汇合之处，“后先生盖千祀矣，余再逐而浮湘”，他当然想到古今同慨的屈原，便写下了以这两句开篇的《吊屈原文》这篇骚体杰作。柳宗元说他在屈子之后千年放逐湘江，我们今日又是柳宗元的千年之后了，当你行经汨罗江畔，只要你有心倾耳细听，江风仍会吹来柳宗元吊人亦以自吊的歌吟和它的尾声：

吾哀今之为仕兮，
庸有虑时之否臧？

食君之禄畏不厚兮，
悼得位之不昌。
退自服以默默兮，
曰吾言之不行。
既媮风之不可去兮，
怀先生之可忘？

他在运交华盖的放逐途中，仍然抨击朝廷官员只怕自己俸禄不厚官运不昌，而不忧虑国家的治乱兴亡，他虽然有志不申回天无力，但仍表示不改初衷素志，而且决心效法前贤，这，正是古代入仕的优秀知识分子的可贵传统。山一程，水一程，当年年底，呜咽的湘水还有飞舞的雪花，终于将他的座船送到了永州。

苦闷、委屈、痛心、气愤、绝望，百感交集伴随了柳宗元的永州十年，但他唯独没有屈服，唯独不肯认错。在这位政治家和诗人身上，既集中表现了中国优秀士人关注国难民瘼的博大襟怀，也显示了三军可夺帅也匹夫不可夺志也的浩然正气。

从事业辉煌的高峰，突然被一阵旋风扫落万劫不复的深谷，从车如流水马如龙的长安，突然贬到远在四千里外人烟稀少的边荒之地，柳宗元身心两方面所经受的艰难困苦与深痛巨创，千载之下的我们都可想而知。唐代的永州，下辖零陵、祁阳、湘源三县，处于湘、桂交界的山区，是远离中原那一政治、文化、经济中心的“南荒”，而柳宗元的全衔是“永州司马员外置同正员”，所谓“员外置”，即在编制之外。“候罪非真吏”（《陪韦使君祈雨口号》），他不是有具体政务的官员，而是戴罪的流放囚徒，何况朝廷在一年之内连颁四次诏命，规定“八司马”不在宽赦之列，柳宗元当然没有北归的希望。且不要说当朝新贵与趋炎附势之徒对他的交相诽谤和攻击了，谤声四起，落井下石，这种炎凉的世态和冷暖的人情，在人生舞台上是传统的保留剧目，时至今日，我们不少人都当过观众或是演员，或者兼有演员与观众的双重身份。柳宗元妻子早亡而未续娶，到永州不及半年，和他相依为命陪他远道而来的老母卢氏，因长途跋涉加之水土不服而染病亡故。柳宗元是独生子，母亲客死异乡，“穷天下之声，无以抒其哀”，他自然悲从中来，不可断绝。三四年后，由于精神和肉体的双重磨难，本当年富力强的柳宗元，就已经百病交侵。其中最严重的是“痞病”，脾脏肿大而饮食难进。他从市场上买来可健脾安神的茯苓，竟然是以芋头之类冒充的假药，服用之后病情反而加重，可见当今盛行的“假冒伪劣”产品，早已其来有自。总之，还没有到不惑之年，柳宗元就已齿牙疏松，白发丛生，真是年未四十而齿摇摇发苍苍了。

然而，“无忘生人之患”的柳宗元，始终没有像陶渊明那样决心归隐。到后来，满怀悲痛已逐渐冷却为不泣之悲无泪之痛的他，也始终坚持自己坚如磐石的信念和正气凛然的风骨，与他的好友刘禹锡一样，至死也不肯违心地认错检讨，虽然那种

"检讨书"甚至"认罪书"，后来在二十世纪某个历史时期的中国，一度十分兴旺发达。"永贞革新"的领袖人物王叔文，贬官后第二年就被宣布为乱国的罪魁祸首而被处死，于是众口铄金，舆论一律斥之为"小人"，与他有交往的人有的反戈一击，检举揭发，有的往日趋奉唯恐不及者，此时避之唯恐不及，像躲避致命的瘟疫。这，当然也是古今皆然的人情之常，但柳宗元在给他人的书信中，却偏偏要说他和王叔文"交十年"，关系"亲善"，并且"奇其能"，与他可以"共直仁义，俾教化"。他还给王叔文病故的母亲写过一篇碑志，仍然全面肯定和公开称颂王叔文。柳宗元生前曾请刘禹锡代为编次文集，在风雨如磐暗故园的政治环境中，柳宗元以戴罪之身，居然还保留了这篇文章，真可谓"冒天下之大不韪"。如果我们今天还能在永州或他再次贬谪的柳州碰到他，一定能见到支撑他瘦弱身躯的，是至刚至正的傲然风骨，假如你以现代的礼节趋前亲热地拍拍他的肩膀，当会听到他担荷道义的铁肩发出的铮铮之声！

柳宗元贬谪永州十年，前五年客居永州城内潇水东岸高处的古寺——龙兴寺，据说这里原是三国时蒋琬的故宅，吴军司马吕蒙也曾在这里居停。后来，柳宗元又移往法华寺构西亭以居。现在，龙兴寺早已杳无踪迹，连一块唐代的砖瓦也无处可寻，而法华寺新近重修，寺门的一副联语，追怀的正是永州昔日的人文之盛，以及如滔滔潇水一样一去不回的时光："唐代名蓝子厚旧居精篇佳作今犹在，当前胜迹怀素故里法音妙谛又重宣。"我渡潇水而东，直上高岸上的法华寺。凭高远眺，西山虽已童山濯濯，无复当年的苍翠深蔚，但它仍蜿蜒在柳宗元的散文名篇之中；临风俯瞰，潇水的下游虽已有污染，但眼前的这一段也仍然清碧在柳宗元的千古诗句里。然而，柳宗元在哪里呢？他还在独钓寒江吗？我问寺门前见证过千年往事的古樟，苍老光秃的古樟如同齿发尽落的老人，枝杈摇风，似乎在喃喃些什么，可惜我听不懂它的方言。

二

清人赵翼的名作《题遗山诗》有句说：“国家不幸诗家幸，赋到沧桑句便工。”此语当然有理，不过，在过去的时代里，不仅是国家不幸，而且诗人自己也有不幸的遭遇，才能写出血泪交迸与苍生息息相通的诗文。如果屈原得意于庙堂之上，李白沦为供奉之臣，杜甫也居则华屋高楼，行则轻车肥马，那中国诗歌史定将黯然失色，如同夜空最灿烂的星辰宣告缺席。柳宗元在政治上失败了，生活也坎坷困顿，但为他的政敌所始料不及的是，他们把他抛向了生活的底层，陷阱与荆棘造就的却是中唐第一流的哲学家、思想家、散文家和诗人。在“永贞革新”中，柳宗元是败军之将，但在精神领域里，他却是可以高视阔步的王者，特别是中国的诗歌史与散文史，他都拥有黄金铸就的一章。

天宝盛世之际，永州人口近二十万人，待到安史之乱后柳宗元来时，已锐减至数千人。江山寥落干戈后，骨肉流离道路中，但是，官方对贫苦百姓仍诛求无已。柳宗元年轻时曾赞美一位县令范传真，在《送范明府序》中就引用了他的金玉之言：“夫为吏者，人役也，役于人而食其力，可无报耶？”按今天的语言，就是官员是人民的公仆，公仆是人民供养的，应对人民有所报答。到永州之后，柳宗元从朝廷庙堂跌落于民间草莽，从庙堂之高而江湖之远，对农民的苦难感同身受，他的作品就更能直面现实与人生。在《田家》诗里，他没有像一些诗人在饱食终日之后歌唱田家之乐，而是咏叹田家之苦：“庭际秋虫鸣，疏麻空寂历。蚕丝尽输税，机杼空倚壁。里胥夜经过，鸡黍事筵席。各言长官峻，文字多督责。”而最有名的，就是那为今人所熟知的《捕蛇者说》了。如果柳宗元不是“无忘生人之患”，情系苍生百姓，身入并深入民间，而是养尊处优，住则高楼深院，出则宝马奔驰，游乐则名山胜水与桑拿浴，他怎么能写出这等千古传诵的名篇？

一千年之后的永州，现在人烟稠密，市区繁荣，马路宽阔，商贾云集。我只是来去匆匆的数日之客，到哪里去寻找那位姓蒋的捕蛇农民呢？街上熙来攘往说着此地方言的后生，有谁是他的后裔？一时无从问讯，也无法查询，于是我跨过凌空于潇水之上的公路大桥，直趋西山下的愚溪，柳宗元的柴门也许还会为我们而开吧？

愚溪原名冉溪，是永州城外潇水之西西山脚下的一条小溪。元和五年（810）夏秋之交，柳宗元从城内搬到这里，度过了好几年岁月，出于象征与反讽，他改冉溪为“愚溪”。有名的“永州八记”的后四记——《袁家渴记》《小石城记》《石渠记》《石涧记》就写在这里，而前四记的《始得西山宴游记》《钴鉧潭记》《西小丘记》《小石潭记》所写的景物，也或在愚溪之旁，或在愚溪之内。柳宗元在《囚山赋》中曾说：“匪兕吾为柙兮，匪豕吾为牢，积十年莫吾省者兮，增蔽吾以蓬蒿。”他把永州群山视为囚禁他壮年和生命的囚笼。但是，痛苦的心灵需要解脱之时，山水又是慰藉苦痛灵魂的“好友”，医治精神创伤的良药，而在创作的领域中，美好的山水又常常成为作者人格的象征，情怀的寄托。在柳宗元之前，以自然为题材的篇章只是吉光片羽，在这方面也没有卓然特立的作家，是柳宗元以他的代表作“永州八记”为中国的山水游记举行了隆重的奠基礼，并且开辟了散文创作的新天地。

我和王开林随身携带着《柳河东集》来寻访愚溪，准备按图索骥。“楚之南，少人而多石”，愚溪当年是山水清幽之地，现在，溪畔有一条石板街道，两侧聚集商肆人家，已俨然小小市镇。导游在溪边指点说，这就是柳宗元当年卜居之所了。“南州溽暑醉如酒，隐几熟眠开北牖。日午独觉无余声，山童隔竹敲茶臼”，以前每读柳宗元这首情韵悠长的《夏昼偶作》，总是为他这位北方人担心：他怎么能经受得起炎方暑热的煎熬呢？如今我们沿溪徘徊寻觅，在竹林中侧耳倾听，已再也听不到那位山童敲打茶臼的声音从唐朝传来。时越千年，江山虽未面目全非，也差不多不可复识，如果不是我们手中摊开的《永州八记》指引迷津，我们路过这里也很可能纵使相逢应不识了。

当我们踟蹰溪畔，想象柳宗元的旧居究竟位于何处之时，一位年已花甲的老人见我们并非浅游之客，便趋前热情地解说，担任义务导游。原来他是曾贬于永州的宋代抗金名将张浚的二十八代孙，是柳子千年后的知己，或者说“铁杆柳迷”，名张序伯。柳宗元在《钴鉧潭记》中说他买“潭上田”“崇其台，延其槛”，老人居然引我们细察溪上一户人家的屋基，说是其下的青色条石时属唐代，是柳宗元当时“崇其台”之台，而其上之石则是后人所垒，柳宗元当年就居息于此。《钴鉧潭西小丘记》开篇便说，“得西山后八日，寻山口西北道二百步，又得钴鉧潭。”老人遥指对岸竹树中逶迤而下的一条小道说，柳宗元当年就是从那条小道下来，惊喜地发现小丘之美。虽然我们穷尽目力，仔细搜寻，却再看不到柳宗元从小道飘然而下的一角司马青衫，但我们绕行到那里回望两岸，那些“突怒偃蹇”的群石，却仍然从柳宗元的游记中奔出，若牛马之饮于溪，若熊罴之登于山。

它们在溪边俯饮一千多年，至今仍没有扬蹄离去；它们登山已千年岁月，到今天也仍在半途，没有攀上小丘之顶。这些不磨不卷之石，是要为柳宗元的游记作一群铁证，或是作一群石证与实证吗？愚溪纵然不是容颜全改，也绝不是柳宗元的旧时相识了。小丘之西的小石潭隐约犹在，只是今人“煞风景”地筑了一条石坝，将下泻的溪水拦腰截住，无可奈何的它，就成了深不见底的浑水一汪。“潭中鱼可百许头，皆若空游无所依，日光下澈，影布石上，怡然不动；俶尔远逝，往来翕忽，似与游者相乐”，柳宗元见到的那百许头游鱼呢？现在早已经去向不明。有人头戴太阳帽在石坝上垂钓，那已经不是古时的蓑笠翁，而是现代的休闲客了。一根尼龙钓丝两节塑料浮筒，能钓得起沉淀在潭中的千年日月吗？水库下溪流中与溪岸边的巨石，有一些已被炸掉砌屋修桥，溪水也已近乎干涸，水面漂浮着一些塑料袋易拉罐之类的现代垃圾，在污染柳宗元清新幽美的文章。参与污染的还有附近一座造纸厂，站在溪边抬头而望，即惊见一柱昂然直上的烟囱在傲对青空，喷吐它满肚子的乌烟瘴气，一股难闻的气味隐隐传来，四周风云见之变色。你如果还想学柳子当年在这里“枕席而卧，则清泠之状与目谋，瀯瀯之声与耳谋，悠然而虚者与神谋，渊然而静者与心谋”，那你就真是不知有汉无论魏晋。

《永州八记》的第一篇，是《始得西山宴游记》，西山“萦青缭白”的美景已长留在柳宗元的作品中，但眼前的西山已是童山濯濯，楼屋房舍摩肩接踵。愚溪几不可识，西山不复可游，我们便去数里外潇水边之“朝阳岩”，也就是柳宗元诗中所说的“西岩”，以尽我们对前贤的敬意。

元结在任湖南道州刺史期间，曾经泛舟潇水探胜寻幽，发现了永州城郊这一处临水的洞壑，遂命名为“朝阳岩”。柳宗元追寻元结的足迹来过这里，我们追寻柳宗元的足迹，也不远千里而来。日正当空，在朝阳岩凭栏回望，青青翠竹从唐朝一直绿到如今，远处波光粼粼，半江瑟瑟半江红，那是潇水在清点它散落在水面上的黄金与白银。近岸处仍然如千年前一样清可见底，几尾小鱼毫无戒心地在水中优哉游哉。开林说：

“柳宗元写于这里的《渔翁》一诗，有道是‘渔翁夜傍西岩宿，晓汲清湘燃楚竹。烟消日出不见人，欸乃一声山水绿。’日月不居，此间的清湘楚竹倒是依旧，你听到那一声欸乃正从千年前遥遥传来吗？”

“我从小有些耳背，现在更听不清。不过，柳子这首诗真是妙绝，我们作为楚人，与有荣焉。说来不免自私，柳子如不流放到这里，楚地虽有此胜景，但却不会有这一千古绝唱啊！”

“从古到今的文学作品汗牛充栋”，开林接着说，“但到底有多少能够流传呢？柳宗元此诗，结尾还有‘回看天际下中流，岩上无心云相逐’两句。从宋代苏东坡到清代沈德潜，数百年间，不断有人表示此二句可以删去，七古变成七绝，更觉有余不尽。人生苦短，艺术长存，可见柳诗之与江山同寿。”

我也不免临清流而感慨：“当今作者多如过江之鲫，印刷技术更远胜古代。月月年年，出版的诗册文集堆山积海，但有多少真正能成为经典而传诵于后人的心头与口头？”

对此有疑之问，开林沉默不语，大约因为这个问题不好回答。柳宗元倒是可以解答的，但到哪里去找他释疑问难呢？举目远眺，远处的水面上静静地泊着一条渔船，虽然时令是高秋而无飞雪，但我们也不禁对望一眼，心存希冀：那仍然是柳宗元千年前独钓寒江的孤舟吗？

三

独钓寒江，有远谪南荒离群索居的孤独，更有坚持信念不随俗浮沉的孤傲，在千山鸟飞绝而万径人踪灭的境况中，孤独之感与孤傲之情时常袭上柳宗元的心头。但是，在雪满江干寒凝大地的冬日，也有两三知心好友来敲叩柳宗元的柴扉，嘘寒问暖，把酒论文，更有此生不渝的死友，从远方送来关怀和鼓励，如同熊熊的炉火。

“永贞革新”开始之时，许多官僚政客因为成败未卜，故而采取观望态度，而革新夭折之后，政敌们固然磨刀霍霍，要将王叔文等人置之死地而后快，一般官员为求自保，也纷纷表态支持唐宪宗李纯的新政权。最可见出人心翻覆似波澜的，则是同一阵营中人的倒戈易帜。例如郑余庆接到进京的调令之后，迟迟不肯到任，他要等到局势明朗之后坐收渔翁之利，韩皋见到调令虽立即来到长安，但一觑形势不对便马上反戈一击。上述这种人情世态古已有之，但可谓于今为烈，在过去一波未平一波又起的政治运动中，各种人物都纷纷登台亮相，或被迫或自觉地扮演了脸谱各不相同的角色。时至今日，虽然有的人像变色龙一样随时而变，但举头三尺有神明，历史却如无所遁形的明镜，将他们一一记录在案。

给流放中的柳宗元以精神鼓励和安慰的，应该包括他早已故去的父亲和同来而未同归的母亲。柳镇性格耿直而仕途不顺，逝世前五年也就是五十岁时，才做到殿中侍御史，但不久因为得罪权臣宰相窦参而被贬为夔州司马。年已十六七岁的柳宗元，远送其父至百里之外的蓝田县城，父子依依惜别之时，倔强的柳镇的临别赠言，竟然是“吾目无涕”。若干年后，这四个字当然成了回响在永州的暮鼓晨钟。曾经为柳宗元启蒙而毕生相依为命的母亲卢氏，在两个女儿病殁备受打击之后，她以六十七岁高龄的北人，又毅然随贬官的独子南来。在永州，她对爱子说：“明者不悼往事，吾未尝有戚戚也。”柳宗元听到母亲一番暖如三春晖的教言，他当时的感受如何我们已不得而知，但却不难想见。而在精神上陪伴柳宗元独钓寒江的，除了他的至亲至爱，值得大书一笔的，还有他志同道合而至死不渝的朋友。

天地无私，人间有情，崇高而生死以之的友情，更是人间最可贵的一种情分。美国诗人爱默生有一句妙语：“友谊是人生的调味品，也是人生的止痛药。”中国人素重友情，将春秋佳日登山临水的称为“逸友”，将奇文共欣赏的称为“雅友”，将直言规谏的称为“诤友”，将品德端正的称为“畏友”，将处事正义的称为“义友”，而那些可以共生死的刎颈之交呢？那就是不可多得的为人所艳称的“死友”了。柳宗元贬到楚之南这荒州远郡，故交零落，消息闭塞，既无即拨即通的电话，也没有即发即至的电传，只有一条和岁月一样悠悠的古驿道，姗姗来迟的新闻早已成了泛黄的旧闻。既没有作家协会，更没有现今名目繁多的种种学术团体，他的诗文只能发表在纸上，供自己长夜反复吟哦。所幸的是，不久之后陆续来了一些贬官流人，共同的命运与志趣，使他们形成了一个特殊的“沙龙”，其中有南承嗣、元克己、吴武陵、李幼清和终生不仕的白衣卿相娄图南。他们一起饮酒赋诗，臧否人物，纵论家事国事天下事。今日的读书人应该感谢他们，他们给柳宗元带来冬日的温暖，夏日的清凉，他们陪柳宗元登山临水，催生了一代文宗一记而再记的文章。

其中，学生辈的信州（今江西上饶）人吴武陵和柳宗元交谊最深。吴武陵少年得志，年纪轻轻就考取了进士，但第二年因得罪了当朝宰相李吉甫，就被流放到永州。吴武陵之来，于柳宗元如炎夏的清风，空谷的足音，他们朝夕相处而成为忘年之交。柳宗元在长安动笔因贬官而未竟全功的重要论文《贞符》，在吴武陵的催促鼓动之下成为全璧。总共六十七篇以笔记形式出之的《非国语》，也是由于吴武陵的帮助推敲而最后完成。以至柳宗元在《答吴武陵论〈非国语〉书》中，要感慨系之地说：“拘囚以来，无所发明，蒙覆幽独，会足下至，然后有助我之道。”《全唐诗》只录存了吴武陵两首诗，其中《贡院楼北新栽小松》有句是“叶少初凌雪，鳞生欲化龙”，可见其志向高远，而《题路左佛堂》则是：

雀儿来逐飏风高，
下视鹰鹯意气豪。
自谓能生千里翼，
黄昏依旧委蓬蒿。

这是一首极少为今之论者道及的诗，其实，它的象征性意象中有深远的寓意，显示了这位青年才子爱憎分明的情怀，难怪柳宗元和他一见如故，并视为忘年知己。

与柳宗元可以称为“死友”的是刘禹锡。出生于吴郡（今江苏苏州）的刘禹锡，二十多岁和柳宗元同登进士，有同年之谊。长安相聚的时期，他们和吕温、韩泰等同为国家的精英俊彦，同气相求，切磋学问，研讨国事，用刘禹锡后来给柳宗元的赠答诗来说，就是“弱冠同怀长者忧”。刘禹锡日后在《洛中逢韩七中丞吴兴口号》一诗中，还旧情难忘地回忆说：“当年意气结群英，几度朝回一字行。”“永贞革新”失败，刘禹锡贬为朗州司马，治所在武陵（今湖南常德市），他和柳宗元通过古驿道交换诗文，互致书信。刘禹锡性格开朗豪放，和沉郁内向的柳宗元不同，故有“诗豪”之称。我几次往游常德，总是希望能寻觅到他遗落在那里的哪怕是半张手迹，而在秋晴之日，他豪迈俊爽的《秋词》更在我的心宇飞扬：

自古逢秋悲寂寥，
我言秋日胜春朝。
晴空一鹤排云上，
便引诗情到碧霄！

这首诗，他应该寄给过相濡以沫的柳宗元吧？一位“独钓寒江”，一位“晴空一鹤”，意象虽异，精神相同。刘禹锡如果从朗州去愚溪拜访过柳宗元，他们定会互相对诵过上述诗篇。刘禹锡在柳宗元逝世后三年所作的《伤愚溪》中说：“柳门竹巷依依在，野草青苔日日多。纵有邻人解吹笛，山阳旧侣更谁过？”情景如绘，似曾亲历。

元和十年（815），在放逐十年之后，柳宗元、刘禹锡、韩泰、韩晔、陈谏等五人，同时接到回京的诏令。他们二月间回到长安，态度强硬而才子心性的刘禹锡写了一首《戏赠看花诸君子》：“紫陌红尘拂面来，无人不道看花回。玄都观里桃千树，尽是刘郎去后栽！”讽刺的是那些反对永贞新政而飞黄腾达的衮衮诸公，由于这首诗作了导火线，三月十四日五人又全部贬为远州刺史。柳宗元任刺史的柳州（今广西柳州），离京城比永州更远。刘禹锡任连州刺史，即今日广东北部山区的连县。刘禹锡与柳宗元结伴南行，至湖南衡阳依依惜别时，一而再再而三地彼此赠答诗篇，然后才临歧分手。柳宗元四年后以四十七岁英年病逝于柳州，临终前写信给刘禹锡，请他编定自己的诗文集，并且写了托孤遗书，托他抚养儿女。刘禹锡扶母亲的灵柩从连州北归，恰恰在途经四年前分手之处的衡阳时，接到柳宗元的遗书和讣告，他不禁失声痛哭，“如得狂病”。他发誓说柳宗元的儿子“同于己子”。不久，他编定了三十卷的《唐故柳州刺史柳君集》，亲撰序言，以后又将柳宗元的遗孤抚育成人。柳宗元在新贬柳州途中曾写有《再上湘江》一诗：“好在湘江水，今朝又上来。不知从此去，更遣几年回？”他没能再回京城，但十三年后，刘禹锡却回来了，铮铮傲骨秉性不改的他，竟然又写了一首《再游玄都观》，快意与讥讽兼而有之：“百亩庭中半是苔，桃花净尽菜花开。种桃道士归何处？前度刘郎今又来！”仍然高歌一曲，豪气依旧干云，虽然表达的是当年友朋的共同心声，可惜幽明永隔，柳宗元还能听到吗？

潇水下游已经有诸多污染了，但朝阳岩附近的碧水仍然像千年前一样清且涟漪，盈盈在《渔翁》诗中的清波，今天仍然可以洗亮我的眼睛。一千多年时间的漫漫风沙吹刮过去，物换人非，多少帝王将相恶棍小人早已杳无踪迹，多少庙堂文学多少无关民生痛痒的游戏文章早已化为土灰，但二十个字的《江雪》却一个字也没有磨损。我后于柳子已一千多年，在我之后千年的游人如果再来永州，也仍然会看到柳宗元还正襟危坐在他的绝句中，独钓那中唐的满天风雪。

骏马的悲歌

一提到中唐诗人李贺，众人总不免要想到他寻诗觅句时，那头曾和他形影相随的蹇驴。应该感谢李商隐，他写的《李贺小传》，为后世留下了诗人当年呕心苦吟的身影。没有去李贺不远的李商隐立此存照，我们对千年前的那一场景就无从想象了。远在台湾的当代诗人洛夫，有一天突发奇想，要邀请李贺前去台北把酒论文，《与李贺共饮》这首诗一开篇，他就写道："石破／天惊／秋雨吓得骤然凝在半空／这时，我乍见窗外／有客骑驴自长安来／背了一布袋的／骇人的意象。"时代都到了二十世纪之末了，李贺要从长安渡海峡而去台湾，却仍然骑着他那头瘦毛驴，虽说是"一湾浅浅的海峡"，然而浪涌波翻，他能过得去吗？

李贺当年外出"体验生活"时常常骑驴。驴，似乎成了李贺活动的道具，诗人的商标。其实，他情有独钟反复咏叹的却是"马"，在他现存的约二百四十首诗中，写到马的竟达六十首，如同李白写月的作品那样，四分天下有其一，占全部作品的四分之一。除此之外，李贺还有大型组诗《马诗二十三首》，他为"马"反之复之地集中咏唱了二十三回，不是单管独吹，而是众乐齐奏，这，在西方诗歌中未曾得见，在中国诗歌中似乎也是独领风骚。“萧萧马鸣，悠悠旆旌”，战马的嘶鸣之声早就响彻在诗经的《小雅·车攻》篇中了。唐代写马的诗人更多，杜甫就是其中突出的一位，这位多灾多难兼且多愁多病的诗人，竟然十分爱马，《咏房兵曹胡马》就是他的名篇，但他咏马之作较之后来的李贺，单篇相较也许稍胜一筹，整体成就却还不免稍逊一筹。这样说，虽然未免唐突前贤，但乐于提携后辈的杜甫有知，我想当会大度为怀而抚髯一笑？

“马”，确实是使人一见而豪情陡生的动物。它一身而三任，既堪役使，复见用于交通，更可策之于征战。希腊神话中的太阳神阿波罗，每天穿越天空时，坐的就是烈马驾的战车。在斯堪的纳维亚传说里，冲过神火救人的英雄，骑的也是勇猛无前的雄马。在中国，经过几千年的繁衍，内蒙古的“三河马”，甘、青的“河曲马”与新疆的“伊犁马”，号称并驾齐驱的三大名马。周穆王的“八龙之骏”，楚霸王项羽的“乌骓”，汉武帝刘彻的“天马”，乃至于唐太宗在东征西讨中先后骑乘过的“六骏”，它们的蹄声该曾敲响过李贺年轻易感的心弦，它们那强悍骁勇而魁伟俊逸的形象，在灯光薄暗草药香浓的寒宵，该常常像一阵烈风扫过李贺的心头，使得病体支离形容消瘦的他，不禁热血沸腾而眼睛发亮？不然，这位多病多忧不第不达的诗人，整天抱着药罐，怎么能喑呜叱咤出二十三首咏马的诗章？

这一大型组诗的第四首，我总觉得应该排为开宗明义的“其一”，但现在是退而居其四，不知这是出自诗人自己当年的手订，还是他人的编排，那已经不得而知了：

此马非凡马，房星是本星。
向前敲瘦骨，犹自带铜声！

它是李贺的自喻和自白，如同河流的源头，其下的滔滔流水都可以找得到它们的籍贯。李贺认为自己绝非凡俗之辈。论家世，他是天潢贵胄，王子王孙，唐宗室郑王亮的后裔，而郑王亮是唐高祖李渊的叔父；论才情，他七岁能辞章，文采与壮志一齐飞扬的十五岁，便以乐府诗歌知名于时，韩愈和皇甫湜闻名联袂造访，他曾立赋有名的《高轩过》。李贺"为人纤瘦"，他由马的瘦骨嶙峋想到冷峻的青铜，也许还联想到汉代名将马援征交趾铸铜马的史实，"向前敲瘦骨，犹自带铜声"，如此视觉通于触觉与听觉的通感妙句，其所表现的豪情傲骨，令我们千载之下仍宛然可想。李贺为什么如此热衷于咏马并以马自喻？"房星是本星"从另一角度给我们提供了答案。"房星"是二十八星宿之一，马是房星之精，而李贺生于庚午年，正是马年，马年是他的"本命年"。犹记有一年做客美国，在旧金山金门公园一次文学聚会上，生肖属牛的我，初识也是属牛的旅美诗人纪弦。纪弦笑说本命牛年我们都要写咏"牛"的诗文。今人尚且如此，李贺怎能不为"马"而一唱三叹？

李贺生当安史之乱后的中唐时代，盛唐如日中天万邦来朝的威仪与光荣，已经只能从史籍和记忆中去追寻了，李唐王朝其时所唱的，已是江河日下的悲歌。不过，李贺乃唐代宗室之后，他一厢情愿地自认他瘦弱的双肩，也应该承担振兴大唐的重任，何况濡染了儒家传统教育的读书人，更以为天下兴亡，匹夫有责，不能不管人间的沧桑和家国的盛衰。于是，李贺的马诗，强烈地表现了他建功立业实现人生价值的渴望：

大漠沙如雪，燕山月似钩。
何当金络脑，快走踏清秋。

——其五

催榜渡乌江，神骓泣西风。
君王今解剑，何处逐英雄？

——其十

批竹初攒耳，桃花未上身。
他时须搅阵，牵去借将军。

——其十二

不从桓公猎，何能伏虎威。
一朝沟陇出，看取拂云飞。

——其十五

李贺说自己“少年心事当拏云”，他时时以骏马与神骓自许，他不仅想立德立言于庙堂之中，也欲效命立功于沙场之上。附带一笔的是，除民间蓄养者外，唐代的官马之数就高达七百万匹，这对李贺咏马是启示也是刺激。李贺是病夫一个，也为马中之龙，乃书生一介，也系非常之人，他羸弱的胸中容纳的是天下和苍生，在煎熬汤药的炉火之旁，他怀的是驰骋沙场置身青云的梦想。

然而，时代与命运注定了李贺做的是白日梦。梦而谓之“白日”，对于李贺也许具有特殊的象征意义。李贺爱用表现色彩的字词，这一特色早就为陆游所察觉，而除“黄红绿紫黑”外，他最喜欢用的竟然是“白”字，达九十四处，几乎占他全部作品的三分之一以上，如“雄鸡一声天下白”“吟诗一夜东方白”“一夜绿房迎白晓”“磓碎千年日长白”“秋野明，秋风白”等，在他的诗中闪耀着茫茫的白光。这，是否因为“白”象征高洁和光明，出身高贵而志向高远的李贺以此自许呢？庄子早就说过：“人生天地之间，如白驹过隙，忽然而已。”壮志干云而年轻多病的李贺，生命意识分外强烈，对时间特别敏感，他之多用“白”字，是否又表现了他对时间的留恋和对生命的珍惜？他笔下的马，也常常是白马或白蹄之马，如“青袍度白马”“马蹄白翩翩”“将军驰白马”“榼榼银龟摇白马”，而翻开《马诗二十三首》，在我们眼前掠过的，竟然也是一道闪电般的白光：

龙脊贴连钱，银蹄白踏烟。

无人织锦韂，谁为铸金鞭？

——其一

奇才贵质却生不逢辰，正好建业立功却时不我待。“无人”“谁为”的有疑而问，透露了李贺内心深处如同寒冬一样的肃杀与悲凉，他已预感到他的天生我才，他的壮怀热血，恐怕都会白白地付之东流了，如同古往今来的许多有志之士一样。

别无选择的时代，诡不可测的命运，加上大约是与生俱来而每况愈下的身体状况，联手制造了李贺的悲剧。李贺生当中唐，内有藩镇割据，宦官弄权，外有吐蕃东侵，南诏北扰，正值内忧外患之日，国家多事之秋。李贺其时的德宗、顺宗和宪宗，已远不及唐代较为英明的开国之主了，人所盛赞的“贞观”“开元”之治，连返照的回光都早已消失。忧时伤世的李贺本来还可望通过仕途实现自己的抱负，但因父名“晋肃”，嫉妒排挤他的人交相攻击，认为“晋”“进”同音犯讳，不能参加进士考试，即使仗义而爱才的韩愈为他写了篇《讳辨》，也无法改变他的命运。他只得发出“我当二十不称意，一生愁谢如枯兰”的长叹息。大约因为他总算是个王子与王孙，朝廷随后给他一个从九品的太常寺奉礼郎的芝麻官，大约相当于现在的副科级，负责摆设祭品，导引祭拜。这明摆着是明珠暗投，用人不当。

虽是王孙但家道早已败落，生逢乱世又屡经挫折，健康不佳然而仍苦吟不已，十八岁以前就愁白吟白了少年头，而只有短短的二十七岁，李贺生命的火焰就熄灭了。在他的诞生之所的河南昌谷老家，在他白发苍苍的母亲呼天抢地的恸哭声里。“飕叔去匆匆，如今不豢龙。夜来霜压栈，骏骨折西风”（其九），这是鸣咽在《马诗二十三首》中怀才不遇的悲吟，不也可视为李贺生前为自己写的讣词与墓志铭吗？这，真是令古今生不逢辰命途多舛的才智之士，同声一叹或同声一哭！

李贺英年早逝是不幸的，但他仕途不通却并非不幸。在李贺之前，中唐诗人徐凝《和夜题玉泉诗》早就说过：“岁岁云山玉泉寺，年年车马洛阳城。风清月冷水边宿，诗好官高能几人？”从古到今，官运亨通而文章不朽的究竟曾有几人？如果李白供奉翰林后从此青云直上，如果杜甫献三大礼赋后一朝飞升，他们后来的作品怎么能笔落惊风雨，诗成泣鬼神？对于一个民族，值得顶礼的不是帝王的陵寝，将相的门第，官员的高位，富豪的财宝，而是千秋盛业的文化和光照百代的文学星斗。对于一位真正的诗人，世俗的荣华富贵如同过眼烟云，只有诗章传诵于后世，才是永恒的安慰与丰碑。一千年后，和李贺同时的帝王将相达官贵人富商巨贾都到哪里去了？一抔黄土，蔓草荒烟，长满莓苔的名字只能到尘封的史册中去翻寻，往日的炙手可热气焰熏天，顶多只剩下墓前零落的石人石马的冰凉冷寂。而李贺，他扩大了唐诗的边疆，成为自己国土的无冕之王，他的洗尽俗调炫奇翻异的诗歌，至今仍然活在众生的心中和代代相传的记忆里。李贺当时在《唐山歌》中寄望于后人："莫忘作歌人姓李。"除了《唐诗三百首》的编者蘅塘退士孙洙一时糊涂或心怀偏见，竟然漏选李贺的作品，还有谁能忘记他的诗名呢？

千年之后，至少我就没有忘记李贺。他的马诗为什么不多不少只写了二十三首？我以为这一组诗作于二十三岁，正是他屈就奉礼郎前后三个年头中的第二年，地点在长安崇义里。崇义里即崇义坊，在小雁塔之右前方，为长安一百十四坊之一。李贺曾写有《崇义里滞雨》一诗，自称"落寞谁家子，来感长安秋"。住所对门为"朔客李氏"，互有往还，李贺曾在其家听长着络腮胡子的申姓仆人，吹奏胡地的乐器觱篥，作有《申胡子觱篥歌》一诗。不久前，我曾远访今日的西安昔日的长安，按迹寻踪，在昔日的崇义坊今日的南关大街附近徘徊，时值炎炎夏日，未逢绵绵秋雨，但任我如何四处搜寻，已找不到李贺的任何踪迹，宽阔的大街早已取代了过去的坊巷，西方新传进的卡拉 OK 早已代替了唐时胡地的觱篥，嘚嘚的古典蹄声也早已让位于滚滚的现代车轮。不过，长安城头的千古明月却可以做证，李贺的诗章并没有和作者一去不返，它们仍然留在、活在、燃烧在今天，字字句句，宣说着世事沧桑人生短暂而艺术永恒！

诗中的彩虹

大地上有千万条江河溪涧，江河溪涧上有万千座虹桥彩梁，虹桥彩梁招来无数诗人低吟高唱。在那众多诗人合奏的桥梁交响曲里，唐诗人的演出，是最为精彩的一章。

桥梁，是架设水面接通两岸而利通行的建筑物。现在，且不要说一般的河流溪水之上了，即使天险如黄河天堑如长江，也早已一桥，或数桥飞架南北，原来的滔滔洪流，茫茫九派，现在已变成了汽笛长鸣车轮飞转的通途。然而，溪流是大海的童年，如今横跨在江海之上的钢铁长桥的童年呢？

人类最早的桥梁，就是“履石渡水”，利用天然冲刷或特意放置的石头，作为溪河中的踏脚石，当今一位智者的名言“摸着石头过河”，原来其源有自。属于具有现代意义的跨空的桥梁，最早的应是新石器时代即已出现的独木桥。不知是哪一位先人，有一天忽然看到一株树木被风刮倒横卧溪上，于是产生了架设独木桥的灵感。溪流，汇成江河而奔向海洋，在数不尽的似水流年里，独木桥又演进为梁桥、拱桥与索桥，它们至今仍是现代桥梁工程的基本样式。

在我国的文学作品中，“亲迎于渭，造舟为梁”，最早的联结船舟为浮桥的桥梁，架设在诗经的《大雅·大明》一篇之中。公元前十二世纪周文王为了迎娶新人，在渭水上建起浮桥，不久前我车过渭水，虽然好多座公路桥早已越浪凌波，但我在车中顶礼这关中大地上古老的河流，魂飞千载，耳边仿佛还有周文王迎亲的喜庆鼓乐之声从风中传来。“东风柳线长，送郎上河梁”（范云：《送别诗》），翻开汉魏六朝的诗文，我们已不时可以碰到跨水渡人的桥梁了，而在唐人的诗歌中，因为桥梁的建造已颇为进步和普及，就更成了唐诗中一道特异的美丽风景。

板桥就是其中之一。板桥，就是用木板架设的桥，这在城郊乡野极为普通易见，所以直至清代，颇具平民意识的诗书画三绝的郑燮，仍然以“板桥”为号。唐诗中的板桥，名声最著的是温庭筠《商山早行》中的那一座：

晨起动征铎，客行悲故乡。
鸡声茅店月，人迹板桥霜。
槲叶落山路，枳花明驿墙。
因思杜陵梦，凫雁满回塘。

商山，在今陕西南部商县之南，原名楚山，旁有楚水，现名刘家峪水，这里远古时也是楚国的发祥地之一。这首诗的声名远扬，主要得益于颔联，十个字写了六件事物，创造了一幅凄清的有声有色的乡野秋日早行图。犹记幼时正逢抗日战争，一家人在湘西的山野流亡，清晨出发的足迹，就曾叠印在落满白霜的板桥之上，只是童稚无知，全然不晓千年前温庭筠早就写出了相似的情景。及至年岁已长，他的诗才唤醒了我童年的记忆，虽然那记忆已沉埋在重重叠叠愈行愈远的岁月里。

同是板桥，白居易、刘禹锡和稍后的李商隐，所写风光就旖旎得多。“梁苑城西二十里，一渠春水柳千条。若为此路重经过，十五年前旧板桥。曾共玉颜桥上别，不知消息到今朝”，这是白居易的《板桥路》诗。刘禹锡晚年与白居易交善，时称“刘白”，他的《杨柳枝》可能是“檃栝”白诗，然而有出蓝之美：

春江一曲柳千条，二十年前旧板桥。
曾与美人桥上别，恨无消息到今朝！

“旧板桥”是全诗的中心意象，也是诗人过去的绮事与当时绮思的焦点，物是人非，鱼沉雁杳。生活中的那座板桥，虽然因时间风沙的吹刮早已磨损坍塌，今天已无法追寻，但另一座文字的板桥至今却仍然渡水凌波，浪漫在刘禹锡的诗里。接踵而来的李商隐，也写了一首罗曼蒂克的绮丽情诗，名为《板桥晓别》：“回望高城落晓河，长亭窗户压微波。水仙欲上鲤鱼去，一夜芙蓉红泪多。”写他人还是写自己呢？众说纷纭。真正的答案，只有跨越时空去唐朝请教李商隐了。

唐代北方有许多著名的桥，尽管原来的桥身早已不在，但它们的名字却被挽留在不朽的诗章里。“车辚辚，马萧萧，行人弓箭各在腰。耶娘妻子走相送，尘埃不见咸阳桥”（《兵车行》）。杜甫记叙的故事，发生在咸阳城西北横跨渭水的桥上，杜甫笔下的那座桥梁，当然早已让位于现代钢筋水泥的高速公路大桥，但今日的大桥，何曾有它那样声名远播？唐代的东都是洛阳，城西南洛水之上有洛桥，又名天津桥，许多诗人曾经题咏，白居易就写有一首《天津桥》。“津桥东北斗亭西，到此令人诗思迷。眉月晚生神女浦，脸波春傍窈娘堤。柳丝袅袅风缲出，草缕茸茸雨剪齐。报道前驱少呼喝，恐惊黄鸟不成啼。”水如美目，月似蛾眉，风缲柳丝，雨剪芳草，而黄鹂在树上花间唱它们代代相传的歌。白居易以他诗的广角镜头，为我们摄取了天津桥头所见的早春美景，而孟郊的《洛桥晚望》，则另是一番气象：

天津桥下冰初结，洛阳陌上人行绝。
榆柳萧疏楼阁闲，月明直上嵩山雪。

白居易善于享受生活，他固然有许多同情人民甚至为民请命的篇章，但也不乏对良辰美景赏心乐事的吟咏，《天津桥》就是如此。而被苏东坡称为“郊寒岛瘦”的孟郊写同一座桥，却充满了“寒”意，在前三句富于层次感的描绘之后，结句的远景破空而来，明月冰雪的景物，寄寓的是官卑命蹇的诗人高远而落寞的雪月襟怀。孟郊稍后的陈羽写过一首有名的《从军行》：“海畔风吹冻泥裂，枯桐叶落枝梢折。横笛闻声不见人，红旗直上天山雪。”不仅结构和孟诗相似，用韵和孟诗相同，甚至同是以“雪”收束全篇。“红旗直上天山雪”，较之孟郊的结句，色彩和动静的对比更为突出鲜明，我真怀疑陈羽在天津桥头温习过孟郊的绝句，然后作了青出于蓝的模仿。当代的某些作家明明不同程度地继承模仿了前人，但却要自吹与他擂为前无古人的戛戛独造，以为如此可以抬高身份，殊不知效果适得其反。我说陈羽模仿了孟郊，不知陈羽敢不敢坦然承认？不过陈羽也许会说：岂止是我，还有后来在湖南永州写《江雪》的柳宗元呢！

江南多水乡泽国，大大小小有名无名的桥梁，如同天上光度各异的星斗。如果你去扬州，在水上桥旁，你还会听到千年前杜牧《寄扬州韩绰判官》的歌声：

青山隐隐水迢迢，秋尽江南草未凋。
二十四桥明月夜，玉人何处教吹箫？

韩绰，是杜牧“十年一觉扬州梦”时的同事兼好友。韩绰死后，杜牧还写了一首诗“哭”他，以表生死不渝的友情，这首寄于韩绰生前的诗，写得如此风流俊爽一往情深，就绝非偶然。“二十四桥”，有人说是一桥而曾集二十四位美人于其上吹箫，一说唐时扬州风月繁华，可记者有二十四桥。杜诗中的

“桥”与“美人”，兼寓友情与爱情以及回首往事的怀旧之情，“美人”可以指韩绰，也可以喻桥上吹箫的美人，不论如何，“桥”与“美人”的多义与多解，更使得这首诗丽句清辞，风神绵邈。

江南的扬州多娇复多桥，江南的水城苏州呢？十三世纪意大利旅行家马可·波罗在他的《东方见闻录》中，曾说“此城有桥六千”，那更是多桥亦复多娇了。这座后来被美称为东方威尼斯的名城，唐时的桥梁多以竹木建造，其侧饰以朱红梁栏。诗人们咏苏州之桥，有“东西南北桥相望”“画桥三百映江城”“古宫闲地少，水港小桥多”之句。白居易五十五岁在苏州刺史任上时，曾遍游苏州之水港园林，他在《正月三日闲行》一诗中说：“黄鹂巷口莺欲语，乌鹊桥头冰欲销。绿浪东西南北水，红栏三百九十桥。鸳鸯荡漾双双翅，杨柳交加万万条。借问春风来早晚，只从前日到今朝。”在宋代描绘苏州的《平江图》中，可以细数出三百五十九座桥梁，白居易概言“三百九十桥”，也可见唐代苏州桥梁之星罗棋布。

白诗写苏州正月风光相当动人，但可惜他未写桥名，而且景物铺叙过多，情味不足，还不及在他之前张继所作的《枫桥夜泊》：

月落乌啼霜满天，江枫渔火对愁眠。
姑苏城外寒山寺，夜半钟声到客船。

枫桥原名“封桥”，张继首称“枫桥”，在今日苏州市阊门外枫桥镇。寒山寺则因唐初诗僧寒山、拾得住持于此而得名，在枫桥之西约里许。这首诗，创造了枫桥夜泊旅人不寐的声色并兼的典型情境，绝句而成绝唱。唐代的枫桥早已不在，现在的花岗岩半圆形单孔拱桥，为清代同治年间所建，原桥的魂魄，已经永恒在张继不朽的诗里。“月落乌啼，总是千年的风霜，涛声依旧，不见当初的夜晚”，今日的流行歌曲《涛声依旧》，其意境和有些词句就是脱胎自张继此诗。而我们只要轻吟低咏，千年前枫桥侧畔的夜半钟声，曾经敲响过张继心头的羁愁与寂寞，也仍然会叩响我们怀旧忆往的心弦。

今日神州大地的江河，日新月异架设起许多现代化的桥梁，其先进与壮观远非古代的桥梁可比，我对它们的建设者心怀尊敬。但是，我仍然十分喜爱乡间山野的小桥流水，它们赠我以忙碌于红尘中的现代人难以享受到的闲情野趣，而唐诗中那些与桥有关的名篇佳构，其古典风情和文化意蕴，至今也仍然令我心神向往，如果你在异域殊方，怀恋之情当更加强烈和深切。犹记有一年秋日，我做客美国旧金山，专程去探望号称世界上最美的吊桥——金门大桥，这是一座单径吊桥，二柱桥墩之间的距离为四千二百英尺，全长为八千四百五十英尺，桥墩高度相当于六十五层楼。不久前此桥庆祝“五十大寿”，从清晨五时到正午十二时，车辆一律停驶，专让行人通行，结果先后有四十万人肩摩踵接步行而过，把拱桥压成了平桥而安然无恙。我坐汽车在大桥之上御风，乘游艇于大桥之下破浪，我惊叹这座异国名桥的宏伟壮丽，也钦佩只有五尺之躯的总工程师约瑟夫·史特劳斯的远志高情。然而，当车轮在桥上驰风，当轻舟在桥下犁浪，中心藏之，何日忘之，我的心仍然飞回万里之外的故乡，如同归巢的鸟，栖落在唐诗中那些美丽的桥梁之上啊彩虹之上！

唯有垂杨管别离

一

“黯然销魂者，唯别而已矣”。对于人生普遍共有而又各自刻骨铭心的离愁别恨，远在南北朝时代的江淹，早就如此慨乎言之了，这一名句如一记清钟或警钟，不绝的余音一直传扬到今天。而和离别有关的树木呢？树木家族的成员虽然成千上万，但春华秋实，各司其职。在中国，分工主管别意与离愁的，大约只有柳树，又称“垂杨”，所以唐代诗人刘禹锡也早已慨乎言之：“长安陌上无穷树，唯有垂杨管别离！”

杨柳轻飏，但却担负起表达别离的重任，据说源自汉代。六朝无名氏所作《三辅黄图》一书曾说：“灞桥在长安东，跨水筑桥，汉人送客至，折柳送别。”然而，早在遥远的诗经中，杨柳就在《小雅·采薇》篇中枝条摇曳了：“昔我往矣，杨柳依依；今我来思，雨雪霏霏。”出征战士久役还乡，时在雨雪纷飞的冬日，他回想离家远戍之时，正是春光明媚杨柳依依的春天。以前的诗论家对这两句诗颇为欣赏，认为在艺术上有相反相成之妙：以乐景写哀，以哀景写乐，以倍增其哀乐。但我以为从民俗文化与文化象征的角度来看，这首诗将柳枝与别离绾系一起，却是汉代以后折柳送别的滥觞，《诗经》向我们透露的正是这方面最早的消息。

现代人对柳早已没有如此多情，柳，不过是古典诗词中的一帧风景，或是现实生活中一种供观赏的植物而已。然而，在古代，友人、恋人及至亲人之间的话别，除了二情同依依的叮咛，举手长劳劳的怅望，许多时候就靠柳枝来传情达意，特别是在春和景明之时。六朝的无名氏说这种风俗起于汉代，他既然“氏”而“无名”，恐怕派出所里没有他的户籍，我们不知到哪里才可找他证实。不过，在南北朝的诗篇里，却已可见一些蛛丝马迹，或“柳丝”马迹。南朝齐梁之交的范云在《送别诗》中写道：“东风柳线长，送郎上河梁。未尽樽前酒，妾泪已千行。不愁书难寄，但恐鬓将霜。望怀白首约，江上早归航。”同时代的刘绘《送别诗》也说：“春满方角箨，弱柳向低风。相思将安寄？怅望南飞鸿。”这，大约是正式写柳与送别最早的诗篇吧？及至隋朝末年，在无名氏的一首《送别诗》里，我们看到的竟然已是折尽的柳条：“杨柳青青着地垂，杨花漫漫搅天飞。柳条折尽花飞尽，借问行人归不归？”这首隋代的古体诗，不仅已有了唐人绝句的音律和韵味，开启了王维《送别》的“山中相送罢，日暮掩柴扉。春草年年绿，王孙归不归”的先声，而且那摇烟曳水的杨柳似乎也在宣告，随后的唐代诗坛，是它们充分发挥的天地，尽情表演的舞台。

二

我们的先人真是富于想象力，让离愁别绪与青青杨柳结下了不解之缘。在汉语中“柳”和“留”读音相同，古人于是联想到赠柳即表示对离人的挽留，如此巧用谐音以表情意，可谓妙想。西藏拉萨寺前有一株唐柳，至今已有一千三百多年，相传是藏王松赞干布和文成公主手植，植柳而不植其他，大约也是取其谐音之“留”吧？柳丝细长而茂盛，柔而坚韧，也可暗寓送者情丝之长、情意之隆和情怀之永，如此音形并美地向对方表白眷眷之情，何乐而不为？所以白居易在《杨柳枝》一诗中，就说“依依袅袅复青青，勾引春风无限情”。除此之外，柳树随遇而安，生长迅速，民间有“无心插柳柳成荫”的谚语，唐诗人薛能《新柳》诗也有“柔性定胜刚性立，一枝还引万枝生”的赞词，众生正可借以寄寓对行人的祈愿和祝福。桃红李白之属，既然都不能寄此重任，送行话别之时，柳就自然是象征物的最佳选择。于是，桥头，渡口，河岸，水滨，尤其是长亭复短亭之旁，就成了依依杨柳的世界，而在汉魏六朝之后，唐诗人接踵而来，在那一行行一伞伞的柳荫之下，咏唱了许多传至今世的动人的别离之诗。一位作家，如果其作品量多质高，当然难能可贵，质高而量少，同样可以名世与鸣世。王之涣存诗只有寥寥六首，但他仅仅凭《凉州词》与《登鹳雀楼》，就可以昂首阔步走进文学史了，何况他还有一首《送别》，虽不大为人所知，但也写得深情可喜：“杨柳东风树，青青夹御河。近来攀折苦，应为别离多。”这是直接写折柳送别，是所谓“明写”。另外一种则较为含蓄，王维的两首诗就是出自同一机杼：

渭城朝雨浥轻尘，客舍青青柳色新。
劝君更尽一杯酒，西出阳关无故人！

——《渭城曲》

杨柳渡头行客稀，罟师荡桨向临圻。
惟有相思似春色，江南江北送君归。

——《送沈子福之江东》

诗中的杨柳不仅点染环境，烘托气氛，而且是赠别的象征物，只是以暗示出之，这是所谓“暗写”。“忽见陌头杨柳色，悔教夫婿觅封侯”，一千多年前王昌龄《闺怨》诗中那位不知愁的楼头少妇，一眼瞥见陌头柳色就愁绪万千，悔恨不及，这也是对别离的意在言外的不写之写。好花看到半开时，半开的花，不是常常比盛开的花更引人遐想吗？

唐代的刑部郎中元沛，有一位能诗的夫人杨氏。巾帼不让须眉，她也作了一首《赠人》，但她不愿重复那些男性诗人的思路，而是别出心裁与新裁：

扬子江边送玉郎，柳丝牵挽柳条长。
柳丝挽得吾郎住，再向江头种两行。

“柳丝”是“情思”的象征，这位芳名不传的女诗人正是由此落想，愈无理而愈妙，因为好诗有时是不讲日常之理的，如果你说柳树无知无识，再种一千行也是白搭，那就未免令作诗的伊人伤心，也使读者觉得太煞风景了。倒是李白的《劳劳亭歌》说得婉转：

天下伤心处，劳劳送客亭。
春风知别苦，不遣柳条青！

李白不直接写众生离别之苦，也不写折柳或加种杨柳，而是寄情春风，春风尚“知”别苦而“不遣”柳条回青转绿，伤心的送者行者又情何以堪？如此深婉之构思，奇警的语言，真使人感叹“诗仙”这顶青青桂冠，不是谁都可以戴得的。

在文学艺术的天地里，最可贵的是思维的求异性与艺术的独创性。在初唐至盛唐至中唐众诗人同唱折杨柳歌之后，晚唐的罗隐却别调独弹，他写了一首《柳》诗与前人和大家抬杠：

灞岸晴来送别频，相偎相倚不胜春。

自家飞絮犹无定，争解垂丝绊路人？

他说柳树本身尚管不住自己飞絮无定，怎么还能以柳丝去挽留行人？这是对传统的折柳送别或留别的否定。但是，诗的王国里也是少数服从多数，后代诗人并不理会罗隐的反调，一直到晚清，秋瑾《送别》诗一开篇还说“杨柳枝头飞絮稠，那堪分袂此高楼”。而现代呢？鲁迅曾作《送增田涉君归国》一诗，结句也仍然是“却折垂杨送归客，心随东棹忆华年”。当代的台湾诗人兼散文家余光中呢？他的诗文中更是多次提到折柳，如写于 1976 年的《从西岸到东岸》一文就说：“旧金山，西岸最美丽也是最愁人的长亭。和夏菁‘高谈’了七千里后，便在那里分手了。也没有折柳相赠，柏油铺地的国际机场，原就无柳可折。”柳枝虽小，但却凝聚着民族的心理情结和审美体验，不然，一枝当烟舞风的轻盈杨柳，怎么会从遥远的汉代一直折到如今？

三

古人看重别离，大约出于以下几个原因：一是人生短促，聚少别多，常常是刚刚相见却又言别；二是关山修阻，交通与通信不便，相见时难别亦难；三是古人敦于亲情，笃于友谊，尚没有现在这样人心不古。曹植当年在《送应氏》一诗中早就长叹息："天地无终极，人命若朝霜。山川阻且远，别促会日长。"而杜甫的《送路六侍御入朝》一诗，似乎更是我以上说法的注脚："童稚情亲四十年，中间消息两茫然。更为后会知何地？忽漫相逢是别筵。不分桃花红似锦，生憎柳絮白于绵。剑南春色还无赖，触忤愁人到酒边。"这位姓路而排行第六的侍御，是杜甫儿时的朋友，他们一分手再相逢就是四十载后的向老之年。杜甫虽被后人尊为诗圣，但当时却未能配备一部电话，四十年来和对方竟然音信不通，无意中故友重逢，却偏偏是在离别的筵席之上，而且后会难期。时当蜀地的春日，桃之夭夭，杨柳依依，但在重情伤别的愁人杜甫眼里，乐景徒增伤悲，见灼灼其华而厌恨，对杨柳呢，他也竟然不是"赠"柳而是"憎"柳了。

古今之间，生活方式与思想观念已经有了很大的不同。当年鲁迅诗中和余光中文里的"折柳"，已只是用典而非写实。火车站的月台是现代的长亭，长亭上面是钢筋架成，地面是水泥铺就，送别时只见依依的挥手，哪有青青的杨柳？飞机场的验票处是现代的渡口，渡口是水磨石铺地不锈钢栏杆围成，握别时只有语音各异而内容同一的叮咛，哪里还有杨柳的青青？如果你和情人话别，不去超级市场买一种价值相当又颇具意义的礼物相赠，却不辞辛苦跑到公园或郊外去攀折一根柳枝，她不怀疑你至少有一根神经出了问题才怪，你们的发展前途当然也就绝不容乐观。如果你送友人远行也是如此，知道这一典故的，会觉得人间何世，你这人真是不知有汉无论魏晋的"书呆子"，不知道的呢，也许会认为你为人大方，出手阔绰，送人的竟是一根惠而不费的柳枝。

人生苦短会少离多虽然古今大体相似，但今日资讯与交通的发达便捷，确实早已使人类居住的星球成了“地球村”，四海七洲千山万水都近在咫尺，在这一方面，今人远比古人幸运。唐诗人岑参当年从长安去西域，“走马西来欲到天，辞家见月两回圆。今夜不知何处宿？平沙万里绝人烟”（《碛中作》）。驰马走了两个月还没有到达目的地，而且还不知投宿的招待所或宾馆在哪里，自己着急家人也悬念。而现在呢？天上的波音747朝发夕至，地上原来的手提大哥大今日的智能手机即拨即通，天下的有情人一飞可至，一线可牵，这就没有必要再去麻烦柳树柳枝，也不必望穿明媚的秋水或昏花的老眼了。

然而，交通与资讯的发达便捷虽远非古代可比，但现今的社会也越来越世俗化商业化，古人之情也远非今人之情，且当今之世，生活节奏也日趋快速紧张，我所祈愿的是，友情不要功利，爱情不要蒙尘，亲情不要浇薄，希望有朝一日，人间的别恨离愁真情挚谊，不要只能在折柳送别的唐诗中去追寻。

君子与佳人

在齐放的百花之中，中国人情所最钟的，除了高居于“梅兰竹菊”之首的梅花，大约就算盛于夏而终于秋的莲花了。它在《诗经》中叫“荷华”，《楚辞》中名“芙蓉”，《说文》中曰“芙蕖”，《群芳谱》中则谓“水芙蓉”。此外，还有“水华”“菡萏”“芙蓉花”“六月春”等许多美丽的别名。在中国人长期赏花惜花的审美过程中，它同时还获得了两个尊称雅号：“花中君子”“翠盖佳人”。荣获一顶桂冠已属不易了，它怎么竟然还能双美集于一身?

与水缘结不解的荷花，神韵风标，可谓超群绝俗。其外形秀逸而美艳，枝干挺拔，玉立亭亭，叶大而圆，翠绿如盖。夏日花开六色，但以娇白嫣红者居多。其盛大花展不在陆地，也不在厅堂，而举行在江南江北，泽国水乡。苏东坡曾说“从来佳茗似佳人”，认同他的看法的似乎不是很多，倒是荷花临风而舞，香远益清，众生早就美称其为“翠盖佳人”了。而被奉为荷花之神的，就是曾在镜湖上采莲的美女西施，一直到清代，郑板桥先生还在《芙蓉》一诗中咏唱：“最怜红粉几条痕，水外桥边小竹门。照影自怜还自惜，西施原住苎萝村。”这位翠竹与兰花的崇拜者，就是将荷花与西施“合二为一”的。

因为荷莲骨润神清，出淤泥而不染，濯清涟而不妖，所以又有“花中君子”的美誉。这，首先得归功于本人就是志行高洁的君子的屈原，早在《离骚》中，他就歌吟“制芰荷以为衣，集芙蓉以为裳”。屈原要以荷叶为衣，荷花为裳，他才真正是服装设计的祖师和大师。其次，就该数三国时魏国的才子曹植和北宋的周敦颐。“览百卉之英茂，无斯花之独灵；结修根于重北，泛清流而濯茎”，曹植的《芙蓉赋》，对荷花高洁的品性也是倍加赞扬。待到周敦颐携文而来，虽然惜墨如金，只写了一百十九字的《爱莲说》，但莲荷的品德风韵却更为世人所传扬。明代的叶受则在前人的“翠盖佳人”之外，最后完成了为荷莲再命名的任务。他作了一篇可称为古代魔幻现实主义作品的《君子传》，传主叫“君子”，又名“莲”，复名“菡萏”，字“芙蓉”，——如此这般，荷莲就将人间男性与女性、刚性与柔性之美的两极全部拥有，这，真可谓十全十美，不，两全双美了。

荷，是中国的原产和特产，虽然身世如谜，但却可以追溯到混沌初开的太古。直至近代，西方许多国家尚不知荷为何物，而在他们的诗人起劲地歌颂玫瑰、蔷薇之前两千多年，荷花早就在我们的《诗经》中嫣然开放：“山有扶苏，隰有荷华”（《郑风·山有扶苏》），“彼泽之陂，有蒲与荷”（《陈风·泽陂》）。时至隋唐，它们更是携手而来，纷纷亭亭净植在诗人们的诗章中，一展君子的襟怀，佳人的风采。

唐诗人高蟾本是一介寒士，倜傥不群，讲究气节，据说别人无故给他千金，他宁愿困穷而死也不接受。在学而优则仕的时代，尤其是非常重视士人的进士出身的唐朝，他历十年而未第。曾作《下第后上永崇高侍郎》一诗："天上碧桃和露种，日边红杏倚云栽。芙蓉生在秋江上，不向东风怨未开。"有对依靠权势人物和裙带关系而腾达飞升者的讽刺，有生不逢辰怀才不遇的感慨，更有以孤独高洁的秋江芙蓉自喻的矜持。虽然诗人也许有意向高侍郎发牢骚并盼其援引，但仍然不卑不亢，格高调远，远非时下某些人可比。这些人意在仕途或文途，请人提携时态度谦卑，言辞恭谨，一旦目的已遂，往往过河拆桥，甚至以怨报德，其卑下肮脏，与"芙蓉生在秋江上"相去何其遥远！与高蟾时代相近的另一位唐末诗人陆龟蒙，也是一介寒儒，其品格和诗文更在高蟾之上，和皮日休并称"皮陆"。其小品文被鲁迅赞誉为"放了光辉"，诗作也多关心民间疾苦。他的《白莲》同样是咏荷亦以自咏：

> 素蘤多蒙别艳欺，此花端合在瑶池。
> 无情有恨何人觉，月晓风清欲堕时。

白莲洁身自好而独立不群，所以才遭别的艳花的欺侮，守身如玉而不随俗浮沉，因而只宜居住在超尘绝俗的仙境，尤其在月晓风清的曙光中，更是素巾缟袂，一派清远的标格与风神。白莲本来就象征高洁，写花兼以喻己，诗人的磊落胸襟与高远情趣，和白莲已经融为一体。唐诗中咏白莲之作不少，如白居易就特别喜爱白莲，并有《题白莲》《东林寺白莲》等作，他虽然姓“白”，但他的诸多咏白莲之作，却不及陆龟蒙的这一首绝句。文学创作并不是如韩信将兵，多多益善，出版了数百上千万字，到头来也许是一堆废纸；文学创作最终也并不会以名位定价，时间铁面无私，它会摒弃世俗与功利，最后让作家作品各就各位，有的淘汰出局，有的则在文学殿堂得到应得的香火。

荷花虽是翠盖佳人，但却不是高阁深闺中雍容浮华的贵妇，而是大自然中青春活泼的和劳动相连的少女。地无分东西南北，水无分野水湖池，随处都可见到它们的踪迹。因为地域和家族不同，它们的芳名有的叫作“西子争妍”，有的名为“霞光映波”，有的称“白羽衣”，有的曰“花欲笑”，光是听这些名字，你就会心旌摇摇了，连大诗人李白，当年都禁不住说“荷花娇欲语，愁杀荡舟人”呢！

夏日莲子初熟，江南水乡开始采莲，这是一项古老而重要的农事活动。如今，在映日荷花别样红的夏天，无论你走到哪一处荷池荷塘荷湖荷乡之畔，假若你有心倾听，总会有“江南可采莲，莲叶何田田”的歌声，从遥远而又遥远的汉代传来。《采莲曲》呢？梁朝就有这个美丽的诗题了，及至唐代，采莲之俗更盛行于江南。名号“青莲居士”的李白，其《采莲曲》就曾经写道：

若耶溪旁采莲女，笑摘荷花共人语。
日照新妆水底明，风飘香袂风中举。
岸上谁家游冶郎，三三五五映垂杨。
紫骝嘶入落花去，见此踟蹰空断肠。

若耶溪在今浙江绍兴市南，相传西施浣纱于此，故名浣纱溪。李白写的是青春健美的采莲女，但却以“游冶郎”来反照，看得出他对前者赞赏而对后者讥弹。言之不足，故重言之，在组诗《越女词》中，李白又一次描绘了采莲少女和夏日荷花：“耶溪采莲女，见客棹歌回。笑入荷花去，佯羞不出来。”与李白同时又兼其好友的王昌龄，不知是否读过前者的上述诗篇，他的同题之作较之李白，自是更胜一筹：

荷叶罗裙一色裁，芙蓉向脸两边开。
乱入池中看不见，闻歌始觉有人来。

将近四十年前的一九六〇年伊始，在不见荷花而只见雪花的青海苦寒之地，也许自己正值华年，对这种青春的诗易于感应，同时又怀念故乡洞庭的接天莲叶无穷碧吧，我曾撰文议论过这首诗的“巧思与创新”，发表于《四川文学》。如今，我年华已老，但千年前王昌龄的诗句却没有老，他诗中人花交融的芙蓉和采莲少女，也依旧青春。王昌龄这首诗，我以为是古代所有《采莲曲》的冠军，当然也超过李白之作，李白惺惺相惜而胸怀坦荡，对我的看法该会赞同吧？但他目空一切，如果认定“文章是自己的好”，也许会不以为然？

人间天生丽质的佳人，应该有美满的爱情，大自然中的“翠盖佳人”呢？在中国诗人的笔下，它也常常和爱情联系在一起。蔷薇与玫瑰，是西方人的爱情之花，中国的爱情花，最早是灼灼其华在《诗经》中的桃花，然而，当采莲曲唱遍江北江南，荷花就取而代之了。“莲”双关“怜”，“藕”双关“偶”，“芙蓉”双关“夫容”，“藕节”象征爱情之“贞节”，总之，莲荷天然是爱情的寄托。犹记几年前的一个盛夏，诗人余光中陪我游台湾高雄市南部的澄清湖，满湖荷叶田田，荷花灼灼——那是何年何月渡海而来的大陆莲荷的后代呢？我想起他年轻时歌唱爱情，其诗集就美其名曰《莲的联想》。“在没有雀斑的满月下／一池的莲花睡着／究竟是哪一朵，哪一朵会答应我／如果唤你的小名”，今人尚且如此，何况古人？或者说，尊重传统而力求创新的今人的诗，自有其古典的渊源。在汉魏乐府和文人之作中，已经有不少将莲荷与爱情合咏的作品，“种莲长江边，藕生黄檗浦。必得莲子时，流离经辛苦”，“莲子”就是“怜子”的双关隐语，而在唐代，莲荷的种植遍及北国江南，诗人们红线相牵，它们和爱情更是结下了不解的良缘。

唐代帝王多爱牡丹，而晚年的唐玄宗独喜莲花，因为他赞美杨玉环丰润白嫩的脸庞为“莲脸”，又说莲花虽美，却不能和貌似莲花又善解人意的贵妃相比，故他又称贵妃为“解语花”。这样，就难怪白居易在《长恨歌》中，要说什么“归来池苑皆依旧，太液芙蓉未央柳。芙蓉如面柳如眉，对此如何不泪垂”，而直至清代的蒲松龄，还要在《红锦边莲》一诗中，形容红莲“无双越女白如玉，忽作赪颜照碧湍。绝似玉环朝带酒，低垂红袖倚栏干”了。李、杨之间究竟有没有真正的爱情，这曾是一个争论不休而至今没有定论的问题，我们姑且置之不议，而民间呢？同是白居易，他在《采莲曲》中写道：“菱叶萦波荷飐风，荷花深处小船通。逢郎欲语低头笑，碧玉搔头落水中。”同时代的诗人皇甫嵩，其《采莲子》和白居易之作异曲同工：“船动湖光滟滟秋，贪看年少信船流。无端隔水抛莲子，遥被人知半日羞。”碧玉簪掉落水中的细节，如灵珠一颗，使全篇熠熠生辉，而歌德在自传中说过，每只鸟儿都有它的诱饵，“抛莲子”的爱情试探，也令人过目难忘。碧玉簪沉落水中，是拾不起来的了，但不知那位少年接住那颗隔水抛来的信号没有？至今仍令人悬想。在古代，男女之间传情达意颇为不易，难以公开，在这一方面，自由的现代人算是身在福中了。

以上二诗，可说是与荷莲有关的爱情小喜剧，轻音乐，那么，晚唐李商隐的演出，则可谓喜剧与悲剧兼而有之。他当年爱慕太原节度使王茂元之女，后娶之为妻，新婚之后不久写有一首《赠荷花》给妻子：

世间花叶不相伦，花入金盆叶作尘。
惟有绿荷红菡萏，卷舒开合任天真。
此花此叶常相映，翠减红衰愁煞人！

荷花荷叶形影不离，交相辉映，李商隐以此来象征比喻生死相依的爱情，真是才子的锦心绣口。然而，他的爱情似乎多具悲剧色彩，其“秋阴不散霜飞晚，留得枯荷听雨声”的名句，曾经令曹雪芹笔下的林黛玉感慨系之，而他的《暮秋独游曲江》，更是满纸悲凉：

荷叶生时春恨生，荷叶枯时秋恨成。
深知身在情长在，怅望江头江水声！

“问世间情是何物，直教人生死相许”（《摸鱼儿·雁丘词》），金元之交的诗人元好问的警语，大约就曾得到过“深知身在情长在”的启发吧？李商隐此诗作于妻子亡后五年，他面对曲江荷花所生的春愁秋恨，是悼念早逝的妻子呢，还是他《无题》中所寓的恋人？这已经无法得知了。不久前，我曾千里迢迢去西安并独游曲江，曲江早已干涸为凸凹不平的田地，四处是房舍土丘。不见荷花，更不见李商隐，找谁问谁，才能解开我心中的疑团呢？但转念一想，所指为谁又何必坐实，反正诗人是由荷花荷叶之盛衰，象征爱情之喜乐悲愁，不坐实，反而可使读者的想象在自由阔远的天地里振羽而飞。

唐代，莲荷在江南北国盛开，咏莲荷的诗，也从初唐一直盛开到晚唐。时至南宋，出了一位特别钟爱荷花的诗人杨万里，他咏荷作品之多，为历代诗人之冠，而其咏荷作品之好，也完全可与唐人的上选之作一较短长，有的甚至还后来居上，但本书的标题已经限定是“唐诗天地”，抱歉而遗憾，就来不及请他出场现身说“花”了。不过，作者我也不知多少次在夏秋佳日池塘水泽畔悦读荷花，犹记有一年盛夏和友人一起在西湖观赏荷花的大展，目眩神摇，中心如醉，得《西湖赏红白荷花》一首：“满湖翠袖舞娉婷，娇白嫣红笑语盈。无那南风薰似酒，红荷酣醉归荷醒。”记写于此，也算是“班门弄斧”或“狗尾续貂”吧！

巾帼诗英

唐代的诗坛，飞扬的是一股沛然莫之能御的雄风。在以男性为中心的封建时代，唐代的诗人们更是因缘趁势，在诗坛叱咤千古的风云。初唐的王勃少年气盛如日之方升，光焰逼人；盛唐的李白豪气干云，如鹏之展翅，拍天而飞；中唐的白居易发起并领导了“新乐府”运动，其揭露时弊讽谕时政的作品，充分表现了一位男性诗人的阳刚之气；晚唐的杜牧呢？虽然时代已经夕阳西下，暮色苍茫，但他的诗作却仍然高华俊爽，一派胜概英风，全然不顾身后已经步步逼来的暮色啊夜色。

然而，唐代毕竟是一个社会开放思想自由而诗风鼎盛的时代，不少女性耳濡目染，也曾去砚台之旁抒写她们的心曲。许多作者和作品都散失了，但《全唐诗》仍然记录了一百多位女诗人的名字，收录了六百多首作品。虽然那些女诗人因种种束缚而不能尽展其长，但她们也曾在唐代诗坛扬起阵阵“雌”风。此后，宋代的李清照和清代的秋瑾虽然证明巾帼不让须眉，但毕竟是一枝独秀，在群雄蜂起之外，唐代诗坛群雌竞鸣的景象再也未能出现。

一

《如意娘》这首诗，是在哪一个不眠之夜酝酿，是在哪一盏不眠的青灯下写成的呢?

一千多年前，唐朝开国功臣应国公武士彟之女年方十四，就被选入宫中成为唐太宗李世民的“才人”，赐号“武媚”。唐太宗死后，她和一些妃嫔一起被放出宫外，于感业寺削发为尼。她本当青灯黄卷了此一生，但因为太宗之子李治进宫侍疾时，与身为父王侍妾的她不知怎么有了一段暧昧关系，李治成为唐高宗之后，偶来感业寺进香，武媚伺机见到了往日的情人，自有一番煽情的表演，藕虽断丝仍连的高宗也有动于衷。其时，正好王皇后与萧淑妃争宠，王皇后暗中让武氏蓄发进宫，希图她和自己结成统一战线。漂亮的女人在大致同龄女人的心中，差不多都只能引起嫉恨之情，而女人如果还有权势欲，则往往比男人有权势欲更为可怕。在以男性为中心的社会中，有权势欲的女人是一种异数，但正因为如此，她或她们在夺取权力的过程中，会显得更为坚韧不拔、工于心计和不择手段，而且一旦大功告成之后，诛除异己也会更加残忍。两唐书和《资治通鉴》都曾记载说，王皇后一念之差，不仅使自己与萧淑妃两败俱伤，各杖二百，削去手足塞于酒瓮惨死，而且让武则天登上权力的顶峰，改写了唐代一段时期的历史。

年方二十八岁的武“昭仪”终于登上了皇后的宝座，但母仪天下远远未能满足她的野心．她步步为营，终于大权独揽。她先后立了三个亲生儿子做太子，但一个被杀（李弘），一个废为平民后自杀（李贤），一个被废（李显），继被废的中宗李显之位而称为睿宗的李旦，也是名存实亡。公元690年，武则天终于改国号为周，自称金轮皇帝。她活了八十一岁，前后执掌政权达五十年之久，正式成为皇后和以太后身份临朝称制也有整整二十年。因此，据说她写于称帝后第二年腊月的《腊日宣诏奉上苑》，其威风八面就绝非偶然了：

明朝游上苑，火急报春知。
花须连夜发，莫待晓风吹！

“腊日”，是阴历十二月初八，俗称腊八。北地天寒，此时远不是开花之日。在人间贵为帝王的武则天，竟然目空一切地命令春神，企图做后人多次做过的“向地球开战”的蠢事。民间的传说是，百花中唯有特立独行的牡丹抗命，武则天一气之下，将牡丹从长安迁往洛阳，于是才有今日的洛阳牡丹之盛。有人颇为欣赏此诗的想象与气概，我虽也觉得想象堪称奇特，气概也确实不凡，但却不是李白式的想象与气概，而是封建帝王的暴戾之想与富贵之气。武则天所谋杀和诛杀的骨肉、近亲、李唐宗室与文武大臣，可以开列一个长长的“黑名单”。仅就李唐宗室而言，动辄“灭门”，几乎诛戮殆尽。如果联想到那些生杀予夺之下的孤鬼冤魂，武则天此诗的号令天下，而且号令的还是大自然，自是不难理解，不过，假若你生活在那个时代，或类似那个时代的时代，你难道不会不寒而栗吗？

武则天的诗，据史家记叙，大多是由元万顷、崔融等人代笔。上述之诗是否出自她的素手或暮年，已经无法确证，但下引的《如意娘》则历来被认为出自她的笔下：

看朱成碧思纷纷，憔悴支离为忆君。
不信比来长下泪，开箱验取石榴裙。

“如意娘”，是武则天自制曲调名，“看朱成碧”，是说把红色看成绿色，语出南朝梁王僧孺《夜愁示诸宾》：“谁知心眼乱，看朱忽成碧。”此处极写愁情怨绪之纷乱，以致心神恍惚而颜色不辨。古今中外写相思泪的诗不少，武则天此作将外形的泪痕与内心的愁绪交融着笔，如果不论诗的具体背景，倒是婉曲有致地表现了具有普遍意义的闺思闺怨，和引人共鸣的没有完全异化的人性人情。据说此作是在感业寺剃度后写的，她是写于哪一个不眠之夜呢？是在哪一盏不眠的青灯下写成的呢？比起前一首的威风凛凛杀气腾腾，真是彼一时也，此一时也。据说，她和唐高宗在感业寺再度相逢时，曾泪流满面地将此诗交给了唐高宗，而她的其时是弱者的泪水，终于一度倾覆淹没了赫赫的大唐王朝。

武则天的功过如何，让史家去继续争论吧，我感兴趣的是骆宾王曾撰写《讨武曌檄》，对她口诛笔伐，痛快淋漓。然而，武则天却对骆宾王的未曾见用表示惋惜："此宰相之过也，人有如此才，而使流落不偶乎？"这也许表现了这个小女人大皇帝的爱才之心，许多论者都曾津津乐道。不过，这都是一种"预设"或"后设"，骆宾王后来或说败死，或说隐遁，总之下落不明。我觉得这样最好，一旦真的成为阶下之囚，以武则天的残忍好杀、六亲不认——连姐姐韩国夫人和侄女魏国夫人都被毒杀，连亲生儿子李弘都被赐死，嫡亲孙女永泰公主都被鞭死，无亲无故而且有极度"恶攻"言论的知识分子骆宾王，还想有更好的下场吗？

二

帝王的宫苑，是一座华丽而森严的监狱，它窒息了多少妙龄少女？囚禁了多少如花青春？唐玄宗时代的梅妃，就是其中的一位。

据史籍记载，天宝十三年（754）全国人口为五千二百八十八万零四百八十八人，是唐朝的最高人口数字，其中女性约占全国人口的一半。唐代宫苑中的妃嫔侍女呢？杜甫在《观公孙大娘弟子舞剑器舞行并序》中说"先帝侍女八千人"，白居易在

《长恨歌》中说“后宫佳丽三千人”，他们指的只是一个大约之数，而且“八”与“三”在音韵上也比较和谐，实际上，唐代宫廷女性的数字要远远超过杜甫和白居易的想象。唐太宗时，李百药上疏《请放宫人封事》，就曾说“无用宫人，动有数万”，而唐玄宗时，“开元、天宝宫中，宫嫔大率至四万”(《新唐书·宦者传上》)，也就是说，宫廷妇女约占全国人口六百分之一。宋人洪迈在《容斋五笔》中就此谈到他的看法，认为那是自汉代以来妃妾人数最多的时代。可见历史上传为美谈的开元、天宝之治，后宫有多少女人的血与泪，而唐玄宗这个前期的明主后期的昏君，在占有女色方面，也充分地表现了所谓“大唐雄风”。

梅妃，又称“江妃”，是唐代后宫一声沉重的叹息，一捧悲哀的眼泪，一句忍无可忍的抗议。她原名江采苹，今日福建莆田市荔城区黄石镇江东村人，秀才出身的儒医江仲逊的掌上明珠，擅长诗赋、乐器与舞蹈。唐代许多帝王，都曾先后在民间采选良家女子。姿容美丽文才又自比晋代才女谢道韫的江采苹，被选秀的高力士送入宫中，甚得唐玄宗的宠幸。因喜爱梅花，唐玄宗将她的居所题名“梅苑”，并戏称其为“梅妃”。绝大多数帝王都是贪得无厌的好色之徒，只不过是在君权神授的冠冕堂皇的外衣掩盖下，而行其淫乱而已，如果是在今日，少不得要被送上刑事法庭，至少也是道德法庭。唐玄宗何能例外？愈是国运昌隆大权在握而又风流自赏，就愈有野心与色心。不久，过去的儿媳后来的杨贵妃入侍后，生性软弱而先来居下的江采苹，远不是后来居上的杨贵妃的对手，终于被迁往上阳东宫那一座冷宫。当年得宠之时，高力士对她奴颜婢膝，曲意逢迎，而今时移势易，奴才也早已换了一副心肠与嘴脸，这也是一种古今皆然的人性或奴性吧。

从小就落入深宫的江采苹可能是不谙人情，也许是出于无奈，更多的该是无望兼无助的挣扎，她竟然以千金委托高力士，求人拟司马相如作《长门赋》，企图以此打动已移情别宠心如铁石的唐玄宗。高力士一半出于对新主子的投靠，一半出于对新主子的畏惧，竟谎称找不到这样的“作家”。如果她生逢今日，这样的写手比比皆是，在重赏之下，一些“作家”“评论家”不是乐于做贵人与富者的吹鼓手吗？托人不得，梅妃只好自作《楼东赋》以寄托哀怨之情。她还有《萧兰》《梨园》《风笛》《玻杯》《剪刀》与《绮窗》等七赋，如今均已只字不存，无可寻觅。“苦寂寞于蕙宫，且凝思于兰殿。信摽落之梅花，隔长门而不见。况乃花心扬恨，柳眼弄愁。暖风习习，春鸟啾啾。楼上黄昏兮，听风吹而回首；碧云日暮兮，对素月而凝眸”，有人称可与汉代班婕妤《长信宫赋》比美的《楼东赋》，其怨曲哀音仍然从唐代清冷幽暗的东楼传来。不过，班婕妤虽然也是写弃妇的命运，但还是“非礼勿言”，而江采苹抒写自己的回忆、失望、痛苦甚至怨恨，却具有人性的多面与深度，非班婕妤之作可比。

梅妃留存至今的除了一赋，还有一诗。有一年，少数民族的使者进献珍珠，唐玄宗于花萼楼不知是心血来潮，忽然忆念冷落已久的梅妃，还是将政治手腕用于内苑私情，便命封一斛密赐。谁料梅妃竟然敢冒天下之大不韪，拒受且作《谢赐珍珠》一诗：

桂叶双眉久不描，残妆和泪污红绡。
长门尽日无梳洗，何必珍珠慰寂寥！

套用一句现代语言，梅妃可以说是“重精神而轻物质”。精神上刻骨铭心的痛苦，岂能是物质所能解脱和疗救的？尽管那有形的物质贵如珠玉。梅妃绝不是强者，但她柔弱之中有刚烈，温柔如水的人，有时也不免火花飞溅，她终于做了一回拒绝帝王之赐并抒写幽怨之诗的“女强人”。而唐玄宗毕竟还不算暴君，他并没有龙颜大怒，而只是“怅然不乐，令乐府作新声度之，号《一斛珠》”，这位多才多艺雅好音乐的帝王，竟然还有为梅妃诗谱曲的逸情雅兴。

李隆基贵为帝王，少不了三宫六院，见异思迁。见于史书的他的皇后妃嫔就有二十余人之多。王皇后是参与过他发动政变的患难夫妻，但因武惠妃得宠，患难之妻也就被废为庶人，虽然王皇后被废之前曾向他哭诉旧情，他也曾一时动了恻隐之心，帝王毕竟也是人，有时也还有某些人性，并没有完全彻底地异化。据说梅妃死于“安史之乱”的兵乱之中，垂垂老矣的玄宗追怀往事，不免伤感，有宦者进梅妃的画像安慰他，他曾作《题梅妃画真》一诗："忆昔娇妃在紫宸，铅华不御得天真。霜绡虽是当时态，争奈娇波不顾人。"诗的结句情韵动人，是南唐李后主词"娇波横欲流"的先声。李隆基此时名义上虽是"太上皇"，但主要却是一个来日无多万事皆空且失去权力如同软禁的老人。鸟之将死，其鸣也哀，人之将死，其言也善，他感时伤逝的诗是否也是这样呢？

三

如果不署作者的姓名，有谁知道这首颇具眼光与气概的《筹边楼》诗，是出自沦落风尘者的纤纤素手呢？已经到了生命的晚年，夕阳本已不堪回首，何况夜幕即将降临，但她却挥洒出这一篇如朝日初升的作品：

平临云鸟八窗秋，壮压西川四十州。
诸将莫贪羌族马，最高层处见边头！

太和四年，即公元830年，后来位居宰相的李德裕任剑南西川节度使，他是一位官人，但也是一位雅好吟咏的诗人。莅川次年，他于成都府之西建楼，绘蜀地山川险要于楼之左右壁，常与僚属于其上筹划守边事宜，故名"筹边楼"。自韦皋以下至李德裕，薛涛历事十一位镇蜀的大员，均有诗献酬。她生于唐代宗大历三年（768），卒于文宗太和六年（832），因此，此诗当是她逝世以前不久的作品。

薛涛，字洪度，原来是长安人，幼小时随父亲薛郧仕官入蜀，父早逝，孤苦伶仃的薛涛只好流寓蜀中。因为她美慧能诗，精于音律和书法，于是蜀地的风便把她的芳名吹遍了四川。贞元元年（785）韦皋镇蜀，召薛涛侑酒赋诗，遂入“乐籍”——也就是随营的军伎，那时她年方十五六岁。虽然薛涛是一名高雅的诗伎，但与以色艺事人的妓女在地位和本质上并无区别。贞元五年（789），她得罪了韦皋而被流放松州，即今日四川之松潘县，与甘肃接壤。杜甫《西山》诗说“烟尘侵火井，雨雪闭松州”，《警急》诗更有“玉垒虽传檄，松州会解围”之句，可见此地是四川北部的边城，与吐蕃作战的前线。薛涛在那里度日如年，但也了解了边地的种种情形，丰富了阅历。她的《罚赴边有怀上韦令公二首》说：“闻说边城苦，而今到始知。羞将门下曲，唱与陇头儿。”“黠虏犹违命，烽烟直北愁。却教严谴妾，不敢向松州。”其中有对达官贵人歌舞升平与边地战士征戍艰苦的对比和讽喻，更有如风中之叶的弱女子的自诉与自怜，因此，她晚年能写出《筹边楼》一诗，就是其来有自而绝非偶然。

写秋色秋光而且以“秋”字煞尾的诗句多矣，在薛涛之前，宋之问有“石上泉声带雨秋”，李白有“窗竹夜鸣秋”，杨巨源有“次第看花直到秋”，但薛涛的“平临云鸟八窗秋”却是如椽之笔，而“壮压西川四十州”更补足了筹边楼的高峙与胜概。前两句写高楼的壮观，后两句抒自己的感怀，劝诫主帅与边将重在保境安民，而不要贪功启衅。她这一阔大胸怀与战略眼光，绝不是俗语所云的“妇人之见”。时隔数百年，清代的纪昀在《纪河间诗话》中，还不忘向她致送赞美之辞：“然如《筹边楼》云云，其托意深远，非寻常裙屐所及。”

薛涛的手中，有一支亦秀亦豪的诗笔，但主要却是秀而哀，除因为她是女性诗人外，时代的投影和个人的生活命运，决定了她只能偶然有豪情胜概，如同潺潺的溪水在烈风的吹刮下，也会掀起一两个浪头，平日却只能是溪水潺湲，溪声呜咽。薛涛从松州回成都之后，虽然脱了乐籍，卜居于浣花溪，和名诗人元稹、白居易、张籍、刘禹锡、王建等均有唱和，而且与风流文人元稹更有过一段长时间的于她是刻骨铭心的恋情。王建《寄蜀中薛涛校书》说：“万里桥边女校书，枇杷巷里闭门居。扫眉才子知多少？管领春风总不如。”而元稹也有《寄赠薛涛》：“锦江滑腻峨眉秀，幻出文君与薛涛。言语巧偷鹦鹉舌，文章分得凤凰毛。纷纷辞客多停笔，个个公卿欲梦刀。别后相思隔云水，菖蒲花发五云高。”然而，诗人文士们也多是慕名兼慕艺，爱才兼爱色而已，有谁能向她捧出生死不渝的真情？韦皋死后，武元衡于唐宪宗元和二年（807）继任四川节度使，蜀道之难难于上青天，他写有一首《题嘉陵驿》：“悠悠风旆绕山川，山驿空濛雨似烟。路半嘉陵头已白，蜀门西更上青天。”三十八岁的薛涛曾和诗一首，题为《读嘉陵驿诗献武相国》：“蜀门西更上青天，强为公歌蜀国弦。卓氏长卿称士女，锦江玉垒献山川。”武元衡赏识她的才华，曾奏举她为“校书郎”，但却格于旧例而未授，虽然对她时称“女校书”，但“校书”在后世却成了妓女的代名词。红颜薄命的薛涛，她能不有无限低回的身世之感吗？

“冷色初澄一带烟，幽声遥泻十丝弦。长来枕上牵情思，不使愁人半夜眠”（《秋泉》）啊，“水国蒹葭夜有霜，月寒山色共苍苍。谁言千里自今夕，离梦杳如关塞长”（《送友人》）啊，薛涛只能在她卜居的浣花溪畔弹奏她幽怨的七弦琴，而《赠远二首》，更是凄然欲绝之作：

芙蓉新落蜀山秋，锦字开缄到是愁。
闺阁不知戎马事，月高还上望夫楼。

扰弱新蒲叶又齐，春深花落塞前溪。
知君未转秦关骑，月照千门掩袖啼。

元稹于元和四年（809）三月被任命为东川监察御使，驻梓州（今四川三台县）。史有记载而尚待确考的是，其妻去世不久，他与薛涛见而相爱，相处三月有余，薛涛视之如“夫”。不久，元稹被召回长安，两人未能再见，短短的喜剧，长长的悲剧。薛涛啊，她知不知道元稹当年对崔莺莺的始乱终弃呢？她知不知道元稹丧妻后曾呼天抢地作《遣悲怀》三首，悲痛欲绝地说什么“取次花丛懒回顾，半缘修道半缘君”呢？

在成都浣花溪，薛涛曾创制写信题诗之用的深红色松花小笺，人称“薛涛笺”。一千多年的时光随流水逝去了，薛涛，如果我从楚地前来蜀地，如果我敲叩你在浣花溪故居的门环，你也能赠我一页诗笺吗？

四

莺莺，唐代的一位薄命佳人，中国文学人物形象画廊中一个别具风姿的多情而尊严的形象。时隔千年，我仿佛还看到她温柔而刚毅的眉眼，听到她一声悠长而又悠长的叹息。

也许我们不会知道历史上曾经有过这样一位丽人，也许我们今日可能无缘读到她的诗句，假如诗人元稹没有写又名《莺莺传》的传记文学《会真记》。在这篇传记文学中，他托名张生，记叙自己在山西蒲城之普救寺，与崔氏孀妇之女他的中表妹妹莺莺的一段艳遇。他对莺莺一见钟情，以《春词》二首挑逗，托莺莺的婢女红娘以通情，并且哀怜求告说：“若因媒氏而娶，纳采问名，则三数月间，索我于枯鱼之肆矣。”意谓相思成疾，将不久于人世。这本是薄幸郎君的矫情与手段，不知是出于久闭深闺的少女的情窦初开，还是出于对元稹的同情欣赏，或是还包含兵乱之中对元稹设法保护了他们母女的感激，莺莺回以《明月三五夜》一诗，又题《答张生》：

待月西厢下，迎风户半开。
拂墙花影动，疑是玉人来。

这首诗，内里燃烧着青春的火焰，但写来却一派明月清风。现代人的幽会，多在酒吧茶室，或是咖啡厅与舞厅，但莺莺诗所创造的，却是古代月明花影幽期密约的典型情境。这种情境，使宋代的欧阳修与朱淑贞欣羡，他们分别写出“月上柳梢头，人约黄昏后”(《生查子·元夕》)，“但愿暂成人缱绻，不妨常任月朦胧”(《元夜》)。古典诗词中的爱情，有多少能离开花与月呢?

元稹与莺莺相恋数月，翌年即赴长安赶考，多才多艺的莺莺鼓《霓裳羽衣曲》以送行。元稹文战不利，莺莺去信安慰，并赠以表白坚贞的玉环以及乱丝、竹茶碾之属，并一语双关：“泪痕在竹，愁绪萦丝。因物达情，永以为好。”然而，这却已是莺莺可怜可悲的单相思了，元稹为了自己的利禄功名，他当然不会属意于虽为亲戚但已去世的小小“永宁尉”崔鹏的女儿，而是像藤蔓一样不久就攀上了位高权重的太子少保韦夏卿的幼女韦丛，对莺莺始乱终弃。尤为恶劣的是，不知是为了撇清自己还是炫耀，这个薄幸文人居然还在文章中诬蔑莺莺是“尤物”和“妖孽”，他还以商纣王与周幽王为例，说什么“大凡天之所命尤物也，不妖其身，必妖于人。使崔氏子遇合富贵，乘宠娇，不为云为雨，则为蛟为螭，吾不知其变化矣”。而他为什么抛弃莺莺，使她成为“被侮辱与被损害的”弱女子？他的辩白辞竟是“予以德不足以胜妖孽，是因忍情”。因为种种原因，莺莺当时不能起诉他犯了诽谤罪，但元稹的友人杨巨源早就有《赠崔娘》一诗，委婉批评了元稹，而对莺莺寄予深切的同情：“清润潘郎玉不如，中庭蕙草雪销初。风流才子多春思，肠断萧娘一纸书。”天下的坏男人想占有对方而不得时，常常以各种卑鄙恶劣的手段施行报复，但既已占有而又出此下策，予以文字攻讦毁其名誉的，却可以说是卑劣之尤了。

古今许多文人，都患有人格分裂与文人无行的病症，今日某些文人的症候，在古代文人那里也可以找到渊源。元稹出仕之后，早期直言执法，敢于得罪权贵与宦官，也曾和白居易一起，推动诗坛的新乐府运动，他的一些作品如《连昌宫词》，也颇具社会意义，世以“元白”相称。然而，后来他却改弦易辙，转而依附弄权的宦官，自己也因而青云直上甚至当了宰相，其作品也趋于轻靡浮艳，所谓官位日隆而时誉日薄而诗格日卑。对待崔莺莺呢？在情场，他运用的大约也是官场的手段，夫人韦丛二十七岁死后他悲天恸地，曾作著名的《悼亡》三章，但不久他在四川却又和薛涛同居，这也属人情之常，可以理解，但他又一去不返，在江南又恋上了歌女刘采春，而薛涛开始还一厢情愿地等待他来迎娶。他抛弃莺莺而娶韦丛，莺莺也择人而嫁，但他竟然还以表兄的名义去求见，他怀有什么目的和企图，已经不得而知，然而以其人的品行推测，至少不会是去道歉，当然更不是谢罪。不过，为他所始料不及的是，莺莺这回再也不会天真地迎风户半开了，而是飨他以闭门羹，拒不见面，并掷去诗作二首，《全唐诗》题为《寄诗》与《告绝诗》：

自从消瘦减容光，万转千回懒下床。
不为旁人羞不起，为郎憔悴却羞郎。

弃置今何道，当时且自亲。
还将旧来意，怜取眼前人。

其中有悔不当初的自怜，但更多的却是绵里藏针的他砭他怨。这位古代的弱女子，以前由于年轻和轻信，没有守住自己的城池，在历经戏弄饱经忧苦之后，她在自己人格的最后一道防线上终于寸步不让，维护了一个女人在轻薄之徒面前的最后的尊严。

悲剧，常常比喜剧更具有打动人心的力量。由于对莺莺的同情，赵德麟的《商调蝶恋花》，董解元的《弦索西厢》，王实甫的《西厢记》，关汉卿的《续西厢记》和李日华的《南西厢记》等，多是以大团圆结束。还是还历史以本来面目吧，大至国家大事，小及儿女私情。茫茫人世，芸芸众生，如果现代的人间仍有正道，现代的爱情仍有准则，那么，莺莺的故事虽然不是一记警世的洪钟，但也仍是一记警人的清钟。

五

中唐时，韩翃和柳氏的悲喜剧，大约是当时一度轰动京城的重要新闻了，并且成了大家喜闻乐见的佳话，如一块巨石投于湖池之中，漾起一圈又一圈的波纹。不然，唐人孟棨已在《本事诗》中作了绘声绘色的记叙，为什么许尧佐还要作《柳氏传》而笔舞墨歌呢？

韩翃和柳氏的故事，可以写成一部精彩动人的现代小说。这故事本来以喜剧开场，韩翃年轻时即颇有才名，但家徒四壁，邻居李将军待之甚厚，而李的侍妾柳氏慧眼识人，思想开放的李将军旁观者清，即以柳氏相赠，韩柳感情甚笃。韩翃进士及第后，淄青节度使侯希逸聘为从事。不料安史乱起，天下扰攘，喜剧于是转为悲剧。两人三年未见，柳氏虽避乱而削发为尼，却仍被建有战功的蕃将沙叱利夺走。一方是军权在握有功于唐的赳赳武夫，一方是位沉下僚手无寸铁的彬彬文士，如古往今来许许多多力量悬殊的对峙与斗争，不待正面交锋已经胜负先判。看来这故事将要以悲剧收束了，然而，正所谓山穷水尽之际，忽然柳暗花明，年轻的勇士许俊该出手时就出手，竟然在太岁头上动土，智勇兼备地夺回柳氏，而有侠士之风的侯希逸也上奏朝廷，历数沙叱利霸占人妻等罪。软弱无能但头脑还算清楚的唐代宗，采取以物抵人之法，批示赐绢两千匹给沙叱利，而柳氏则归还韩翃。于是除沙叱利之外皆大欢喜，原是寻寻觅觅凄凄惨惨戚戚的悲剧，忽而又转换成其喜洋洋者矣的喜剧。

记录过这场悲喜剧的，除了上述孟棨的《本事诗》和文异事同的许尧佐的《柳氏传》，更有主人公自己的作品。当初两人分离睽隔之际，韩栩曾以丝网袋子装上良金寄给柳氏，并题诗《寄柳氏》：

章台柳，章台柳，颜色青青今在否？
纵使长条似旧垂，也应攀折他人手。

章台是战国时秦宫之台名，在陕西长安故城之西南隅。其时柳氏暂居长安，故“章台柳”一语双关，意指姓氏为“柳”的柳氏，叠句而呼之，可见韩翃思心之殷，诗心之妙。在叠语呼告之后，诗人从今昔之异势而抒发了心中的隐忧。时逢战乱，音问难通，他是不幸而言中了。从柳氏的《答韩翃》看来，她当时虽尚未被他人攀折，但在时代的罡风苦雨之中，也是前途莫卜，忧心忡忡：

杨柳枝，芳菲节，可恨年年赠离别。
一叶随风忽报秋，纵使君来岂堪折！

孟棨说“柳以色显，独居恐不自免，乃欲落发为尼，居佛寺”，可见柳氏貌美。如果不美，不会为趁火打劫的沙吒利所劫而“宠之专房”，连现代的我们也不会如此惋惜佳人命薄明珠暗投了。柳氏也有才，虽然她只存诗一首，虽然我们只知其姓而不晓其名，但她以“柳”自喻，既符合折柳赠别的古风，也与韩诗此呼彼应，同样是言此意彼的妙想与妙笔，出自才女的锦心绣口，与韩翃之诗可谓珠联璧合。

我不由联想到当今的某些歌星影星，在歌台舞榭尚可搔首弄姿，矫揉作态，但面对普通的文史知识问题，却或瞠目结舌，或张冠李戴，或不知所云，其内在素质之低下与满身珠光宝气之张扬，形成了尖锐的对比与反差，而不少媒体却依然乐此不疲地为其涂脂傅粉。这些歌星影星与柳氏相较该当如何？更重要的是，柳氏有时至今日仍然十分珍贵的品质，美貌与文才二美兼具当然很好，但较之根本的品质毕竟只能退居次席。韩翃困穷不达，非官非款，柳氏识人于风尘之中，落魄之际，证明她不仅有一双剪水秋波，而且有一双识珠慧眼。姬妾的名分虽略高于奴婢，但地位却与可以转赠的奴婢无异，柳氏被赠给韩翃就是如此，柳氏之中意于韩翃，除了其他原因，正是她欲主动变人妾为人妻，也是她渴望人格尊严与独立的证明。虽然长期分别，复遭乱离，但柳氏却念念不忘前情，又恐前途莫测，故而暂时遁入空门以全身远祸，不料为高官武将所夺，虽然既富且贵，但富贵于我如浮云，她仍然我心匪席，不可卷也。她对爱情的坚贞，如钻石，如白玉，表现的正是中国妇女的传统美德。当今之世，越来越商业化与功利化，淳朴的古风也越来越荡然无存。虽说古已有之，毕竟于今为烈，不少女人年纪轻轻却趋炎附势，嫌贫爱富，将自己作为男人的门第或男人囊中金钱的附属品，等而下之的，则是如俗谚口碑所说的“男人有钱就变坏，女人变坏就有钱”了。高尚而坚贞的爱情，对于她们或他们，无异于对盲人赞美高天的虹彩星辰，对聋者赞美地上的琼音妙曲。

愿天下有情人终成眷属，韩翃与柳氏终于花好月圆。但这对有情人破镜重圆以后情况如何呢？据孟棨《本事诗》记载，“大历十才子”之一的韩翃诗名日隆，但因侯希逸的府衙被撤销，他只得回京闲居，长达十年，虽然后来又做过几位方面大员幕府中的僚属，但仍然郁郁不得志。他写过有名的题为《寒食即事》一诗：“春城无处不飞花，寒食东风御柳斜。日暮汉宫传蜡烛，轻烟散入五侯家。”建中元年（780），唐德宗赏识此诗，御笔任命他为驾部郎中，知制诰，这是从五品以上的官职，乃专掌内命，典司诰告的要职，他这才时来运转，之后复迁中书舍人，正五品上。历史对韩翃有了交代，但作为女人的柳氏却没有了下文。韩翃飞黄腾达之后，该没有像古往今来许多男人一样，由有情郎变为薄幸郎吧？

六

二十世纪九十年代以来，商品经济的大潮汹涌澎湃，冲击着几十年来筑就的计划经济固若金汤的堤防，洪涛所及，在更新了众生原来许多旧有观念的同时，也冲决了一些传统美德的堤岸。在婚姻领域内，不少经商在外的男人久出不归，抛妻弃子，导演了许许多多家庭的悲剧，污染了社会的风气，虽然这些悲剧的剧场与剧情各有不同，但大体上仍是古代悲剧的现代版本。

唐代是封建社会的鼎盛时期，商业性都市在南朝以来的基础上，又有了新的发展。西北的长安，西南的成都，东南的金陵与扬州，南方的广州，都是具有相当规模的商业都市，茶商、盐商、木材商、珠宝商、丝绸商等商贾，长袖善舞多财善贾于其间。唐诗的题材丰富多彩，唐诗人的一支无所不至的诗笔，当然也飞舞到商人生活与商人形象的天地。如李白有《长干行》，刘禹锡有《贾客词》，张籍有《估客乐》，刘得仁有《贾妇怨》。在《琵琶行》里，白居易为我们刻画了“老大嫁作商人妇”的怨妇形象。“商人重利轻别离，前月浮梁买茶去”，白居易送客之“浔阳”即今之江西九江，浮梁乃今日之景德镇市，地不在远，白居易虽然没有交代，但我想商人妇的团圆梦不久就可以实现吧？但在《江南曲》中，李益写的那位怨妇作的却是决绝之想："嫁得瞿塘贾，朝朝误妾期。早知潮有信，嫁与弄潮儿。"后来她改嫁给"弄潮儿"没有，我们至今也不得而知。而元稹的《估客乐》呢？更是写出了古代版本的权钱交易，官商勾结："先问十常侍，次求百公卿；侯家与主第，点缀无不精。归来始安坐，富与王者勍。"今日为群众所痛恨所抨击的许多现象，原来在唐代就可以追溯到它的表现与渊源，如同一条不再清澈的河流，下游固然已是一片污泥浊水，而上游也早已污染。

如果当今的商人妇仍然不时有悲剧上演，那么，在男女更加不平等而交通颇不发达资讯十分落后的古代，许多商人妇所扮演的，就只能是怨妇或弃妇的角色了。她们的悲剧，除了专业的诗人为之歌咏而外，还有民间的作者或歌手的吟唱。刘采春就是其中的一位。她是淮甸即今日江苏淮安人，艺人周季崇之妻，能诗而善歌。唐人范摅在《云溪友议》中说她歌声彻云，诗作虽然不及薛涛，但容貌风采却更在薛涛之上。元稹当年任越州刺史兼浙东观察使时，据说本拟去蜀地迎娶薛涛，但他一见到刘采春，就立即乐不思蜀了。他过去写过赠薛涛之诗，彼一时也，此一时也，他现在写的却是《赠刘采春》："新妆巧样画双蛾，谩里常州透额罗。正面偷匀光滑笏，缓行轻踏破纹波。言辞雅措风流足，举止低回秀媚多。更有恼人肠断处，选词能唱望夫歌。"所谓《望夫歌》，就是刘采春所唱的《啰唝曲》，据说有一百二十首，今传六首：

不喜秦淮水，生憎江上船。
载儿夫婿去，经岁又经年。

借问东园柳，枯来得几年？
自无枝叶分，莫怨太阳偏。

莫作商人妇，金钗当卜钱。
朝朝江口望，错认几人船。

那年离别日，只道住桐庐。
桐庐人不见，今得广州书。

昨日胜今日，今年老去年。
黄河清有日，白发黑无缘。

昨日北风寒，牵船浦里安。
潮来打缆断，摇橹始知难。

“啰唝”，即“来啰”，寓盼远人归来之意。六首诗都凄婉动人，堪称上选之作，但如果还要细评，则单数的三诗又在双数的三诗之上。“水”与“船”本属无辜，现在却要为“夫婿”担当离家久别的罪过，真是移情于物的无理而妙的奇想。而金钗卜归，错认船帆，也会使人联想到于鹄《江南曲》的“众中不敢分明语，暗掷金钱卜远人”，和温庭筠《望江南》的“过尽千帆皆不是，斜晖脉脉水悠悠，肠断白苹洲”。前者重在“移情”，后者重在“错觉”，都源于生活而联想巧妙，语言浅俗而情思幽远。第五首前二句句中对比，以“胜”与“老”绾合昨日与今日，今年与去年，后二句则句与句对比，不可清之黄河其清尚自有日，而青春则一去不会再来。人生没有回头的岁月啊，这和“年年岁岁花相似，岁岁年年人不同”之句，同样警策动人。

有人说，《啰唝曲》是刘采春所唱而非她所写，不过，《全唐诗》既录在她的名下，你想证明非她之作也查无实据。这组诗，具有民间的质地与民歌的风韵，出自人工，也为天籁，至少因为有了刘采春的歌唱才得以流传至今。“采采流水，蓬蓬远春”，我心怀的是千年的感念。

七

有人说，薛涛、李冶、鱼玄机和刘采春是唐代最优秀的四位女诗人，我以为薛涛的名声比李冶为高，这可能是作品数量、与名人交游酬唱以及成都浣花溪遗迹等原因形成的，然而，李冶作品的水准绝不在薛涛之下。如果排名第一必须投票，我也许会举“票”不定，但我最终还是会倾向李冶，因为她现存作品虽少，整体水平却较高，而且其中又有一些上品，即使和唐代许多男性诗人去比试高低，得出的结论也只能是：巾帼不让须眉。如果她和男性诗人有同等的外部创作条件，那将会有更多的须眉拜倒在她的“石榴裙”下。

字季兰的李冶，中唐时代乌程（今浙江吴兴）人，出生东南的女才子。道教在唐代被尊为国教，包括皇亲国戚在内的女子出家的所在多有，更多的则是为生活所迫的下层女子，李冶不知何故也成了女冠。女冠比佛尼有较多的思想和行动的自由，多才美貌的李冶，自然也有许多诗人文士乐于和她交往，如茶仙陆羽、诗僧皎然以及刘长卿、刘禹锡等人。皎然甚至有《答李季兰诗》：“天女来相试，将花欲染衣。禅心禁不起，还捧旧花归。”有一次，一群文士在乌程开元寺聚会，大约如同今日的文艺沙龙，李冶竟然援引陶渊明“山气日夕佳”之句，以谐音来奚落有疝气病的刘长卿，刘长卿来而不往非礼也，也引用陶渊明的诗“众鸟欣有托”作答，五柳先生做梦也不会想到，五百年后他的诗句会派上这种用场，但如此谑而不虐，庄谐并作，也可见唐代社会的开放，文士文女们的戏谑也颇具文化内涵，不像现在的民谚所说“说真话领导不愿听，说假话群众不愿听，说痞话大家都愿听”。元人辛文房在《唐才子传》中记载此事后评论说：“举座大笑，论者两美之。”他持的是赞赏的态度，这位几百年前的古人，观念倒是相当现代。

唐代的女冠，有作品流传至今的仅止三人：李冶、鱼玄机、元淳。她们的作品数量依次是十八首、五十首、二首，九分天下有其一，占唐代现存女诗人作品的九分之一。《唐诗纪事》说，刘长卿曾称李冶为“女中诗豪”，这大约是因为刘禹锡在当时已有“诗豪”之称，刘长卿就只好用性别来界定她吧，“诗豪”，是指性格和作风，可见李冶之雄放不羁，是对封建礼教说“不”的开放型女性，当然，也是指她的作品除了女性诗人的特质之外，更时有豪壮之气。她的同时代人高仲武选编《中兴间气集》，在她的诗选之前的小序中说：“士有百行，女唯四德。季兰则不然也，形气既雄，诗意亦荡，自鲍照以下，罕有其伦。”可谓诗人与诗选家所见略同。

唐代写音乐的名篇，常见提及的是李欣《听董大弹胡笳声兼寄语弄房给事》、白居易《琵琶行》、韩愈《听颖师弹琴》以及李贺《李凭箜篌引》。李冶是女人，在男性大一统的社会里，她的《从萧淑子听弹琴赋得三峡流泉歌》默默无闻尚可理解，今天则不应该再让它受到冷落。其实，除李欣之外，上述诗人的生年与作品均后于李冶，他们应该从李冶此作中获得过创作的灵感与艺术的启示：“妾家本住巫山云，巫山流泉常自闻。玉琴弹出转寥敻，直是当时梦里听。三峡迢迢几千里，一时流入幽闺里。巨石崩崖指下生，飞泉走浪弦中起。初疑愤怒含雷风，又似呜咽流不通。回湍曲濑势将尽，时复滴沥平沙中。忆昔阮公为此曲，能令仲容听不足。一弹既罢复一弹，愿作流泉镇相续。”李冶此诗，比起白居易等人对音乐的描写，并无多让。她还有并无实指却更空灵的《相思怨》：

人道海水深，不抵相思半。
海水尚有涯，相思渺无畔。
携琴上高楼，楼虚月华满。
弹着相思曲，弦肠一时断！

时人与诗人常以海来比喻忧愁，如孟郊《招文士饮》就有“醒时不可过，愁海浩无涯”之句，而李冶则说海水远不及相思之深和相思之没有涯际。比她晚数十年的白居易有《浪淘沙》一诗：“借问江潮与海水，何似君心与妾心？相恨不如潮有信，相思始觉海非深。”此词的结句，我总怀疑是化用了李冶的诗意，或许他会否认，说他并没有读过李冶的上述诗篇。但绝不可否认的是，李冶这种诗想的文字呈现，远在白居易之前，犹如运动场上创造的是同一纪录，但却仍然有先后之分。如同李冶诗的结句“弹着相思曲，弦肠时一断”，也可能是从庾信《怨歌行》“为君能歌此曲，不觉心随弦断”转化而来。文学的发展长江后浪推前浪，但后浪毕竟是前浪的发展，当今文坛诗苑一些英雄豪杰高呼“反传统”，否定必要的继承和对传统的创造性现代转化，他们抽刀断水，但水仍然永远承前启后，向前奔流，为刀所伤的只是他们自己而已。

李冶娇弱的手中握有一支健笔。如同《相思怨》一样，她的另一首写离别的诗《明月夜留别》，情思虽然宛转，但却写得意象开阔而想象飞扬：

离人无语月无声，明月有光人有情。
别后相思人似月，云间水上到层城。

古来以月写相思的诗太多，但李冶此诗却极具真正的艺术所特有的创造性。全诗人月合写，第一句两“无”，第二句反之两“有”，第三句人月合一，第四句天上人间。三次写“人”，三回写“月”，意象幽美而阔远，意旨则确定而又模糊，明朗与朦胧缔结了诗的良缘，二者之美兼而有之。

我认为李冶不仅在薛涛而且在唐代所有女诗人之上，是因为她还有一首空前绝后独创的诗。文学创作并非如韩信将兵，多多益善，量多而质高当然很好，但可怕的是宣扬自己出了多少本书，发表了多少万字，如果到头来只是一堆废纸，那就真是所谓枉抛心力作诗人或当作家了。独具原创性的作品，哪怕只有一首，也会是一颗亮丽的传世之珠，如李冶的《八至》：

至近至远东西，至深至浅清溪。
至高至明日月，至亲至疏夫妻。

首句说东西之方位，次句说溪流之浅深，第三句说日月之高明，其间之“近远”“深浅”“亲疏”矛盾相对，内涵颇多深趣，语言极富张力。结句仍然如此，但却是从物理而人情再至人情中最亲密的夫妻之情，夫妻本是“至亲”，但却又可“至疏”，既可同床一梦，也可异梦同床，真可触发读者许多历史的与现实的联想。西方文论所说的“矛盾语”“矛盾法”“抵触法”，在中国的古典诗歌中早已有之。《八至》即为一例。在唐诗的珍宝馆中，这是一首独一无二精美如珍珠的好诗，古典而现代，如果爱因斯坦有知，该可提早创立他的“相对论”吧！

李冶啊，女中的豪士，诗中的健者！

八

“问君能有几多愁？恰似一江春水向东流”，这是南唐后主李煜《虞美人》中的名句，流过了千年岁月流过了多少人的嘴唇。多年来，我就想去询问李煜，你写的这两句词，完全是从你的心底涌出的呢，还是受到过在你之前近百年的晚唐女诗人鱼玄机的启发？

在唐代的女诗人中，就作品之丰与质量之高，鱼玄机是重要的一位。字幼微一字慈兰的她，长安人，是良家女子而容颜美丽。喜读书与工吟咏，更使她人如其名而具有蕙质兰心。十五岁时，她成了补阙李亿之妾，由于不见容于李亿的夫人，她被迫到长安咸宜观当了道士。她一度出游江汉，并和诗人文士温庭筠、李郢等人唱和往还，其佳篇警句传播士林。鱼玄机，是生活在社会底层被侮辱与被损害的弱女子，其境遇令人怜惜，其诗才使人欣羡，但她后来怀疑婢女绿翘与她的情人有染而将其笞杀，因而被京兆尹温璋处死，这虽然也许出于她的心理变态，但被损害者也可以损害别人吗？杀人偿命，我们虽为她享年不永而惋惜，然而却无法同情。

李亿之于鱼玄机，虽然内有河东狮吼，但本质上是有权有势的男人对弱女子的始乱终弃。如果要追溯鱼玄机悲剧的根由，李亿不能辞其咎。李亿没有诗留存，不知他月夜清宵良心发现之时，也曾写过怀念鱼玄机的诗没有？但多半是如同从古到今的负心者一样，早把往日的情人抛到九霄云外去了。倒是鱼玄机还念念不忘旧情，甚至还抱有覆水重收的幻想。李亿字子安，鱼玄机写了《闺怨》《寄子安》《春情寄子安》《隔汉江寄子安》等篇章，但却如同今日的被弃者寄出的信，拍出的电报，打出的电话，心肠已如铁石的对方，一概没有回音。鱼玄机不由得愁肠宛转，如她的《江陵愁望寄子安》：

> 枫叶千枝复万枝，江桥掩映暮帆迟。
> 忆君心似西江水，日夜东流无歇时！

《楚辞·招魂》有“湛湛江水兮上有枫，目极千里兮伤春心”之句，江陵古为楚地，鱼玄机即景生情，随手拈来，化用《招魂》的怀人而兼伤春的词意，颇有历史、文化和心理的内涵，而“暮帆迟”也一语双关，春日迟迟，青春难再，消息迟迟，破镜难圆。长江由西向东而流，故长江上游也称“西江”，初唐韦承庆《别弟》早就有“淡淡长江水，悠悠远客情”之句，而鱼玄机却青出于蓝，而李煜呢，则更是后来居上而胜于蓝了。

在绝望之后，有的人就心事成灰，或独身至死，或自戕而逝，这些都未免过于极端和消极，也有负自己只此一次不可再得的人生。人生只有一次，过期则如同作废的票据，在行之有效时应该善自珍惜。在绝望的灰烬中，鱼玄机燃起的是抗争和追求的火焰。这火焰，灼灼在《赠邻女》一诗之中：

羞日遮罗袖，愁春懒起妆。
易求无价宝，难得有心郎。
枕上潜垂泪，花间暗断肠。
自能窥宋玉，何必恨王昌？

此诗一题为《寄李亿员外》。鱼玄机此时的感情已是由“愁”而“怨”，由“忆”而“恨”，由幻想的破灭到希望的追寻了。战国时楚人宋玉有《登徒子好色赋》：“天下之佳人，莫若楚国；楚国之丽者，莫若臣里；臣里之美者，莫若臣东家之子。……然此女登墙窥臣三年，至今未许也”，女诗人化用故典，表现了封建时代女子难能可贵的追求自由幸福的人性觉醒和人格勇气。而“王昌”其人今日已不可确考，大约是唐代知名的薄幸男子的典型，因为在崔颢、王维、李商隐、韩偓、唐彦谦等人的诗中，曾屡次提到他的大名或恶名。如李商隐《六应》诗说：“谁与王昌报消息，尽知三十六鸳鸯。”在《楚宫》诗中又说：“王昌且在墙南住，未必金堂免得嫌。”如同一处风景名胜中最出色的景观，一阕交响曲中的华彩乐段，一家珠宝店里最名贵的珍奇，这首诗的颔联“易求无价宝，难得有心郎”，传诵率极高，成了后人代代相传的警句，甚至是许多人不一定知道出处的俗谚。

鱼玄机手中所握的，是一支秀中有豪的诗笔。她是一位遭逢不幸而且沦落风尘的女诗人，其作品的主调当然是幽婉而哀伤，但她有时也有不甘屈服与沦落的阳刚之气。如“吴越相谋计策多，浣纱神女已相和。一双笑靥才回面，十万精兵尽倒戈。范蠡功成身隐遁，伍胥谏死国消磨。只今诸暨长江畔，空有青山号苎罗”(《浣纱庙》)，如“何事能销旅馆愁，红笺开处见银钩。蓬山雨洒千峰小，嶰谷风吹万叶秋”(《和友人次韵》)，如“大江横抱武昌斜，鹦鹉洲前户万家”(《江行》)，如“诗咏东西千嶂乱，马随南北一泉流”(《左名场自泽州至京，使人传语》)。尤其是《游崇真观南楼睹新及第题名处》一诗：

云峰满目放春晴，历历银钩指下生。
自恨罗衣掩诗句，举头空羡榜中名！

当年秦始皇南巡，项羽和刘邦见到帝王的赫赫威仪，一个说“彼可取而代也”，一个说“大丈夫当如是乎”，喷薄的都是草莽英雄的雄概豪情。崇真理在长安朱雀街东新昌坊，鱼玄机，在那里看到新科进士的题名，心潮起伏，她恨不能在诗歌与功名方面压倒须眉，至少要和他们一较短长。在男权至上的封建时代，她的这一声自怨自艾，虽是发自弱女子吹气如兰的胸臆，却宛如夜天的一记惊雷。

才高志远的鱼玄机，只活了匆匆的二十五岁，如一支名贵而早夭的短笛，如果天假以年，不知笛孔里还会吹出多少才情并茂的诗句！

九

狄更斯是十九世纪英国批判现实主义大作家，他在小说《双城记》的开始，对他所处的时代作了精彩的有名的概括：“这是最好的时代，这是最坏的年代；这是智慧的年代，这是愚蠢的年代……”借用狄更斯的名言，我也可以如此描述李白和杜牧他们所处的时代：这是封建社会的黄金时代，这是封建社会的黑暗时代；这是人文鼎盛的时代，这是武功赫奕的时代；这是诗酒风流的时代，这是干戈杀伐的时代；这是许多男人自觉或被迫从戎的时代，这是许多女人成为怨妇与寡妇的时代……

“府兵制”实行于唐代初年，二十一岁至六十岁的男子，按规定时间自备给养和装备，到京城或边境去守卫或作战。这一制度后来为自愿从军的“募兵制”所代替。“贞观”与“开元”时期，为了巩固边防，也为了开边拓土，唐太宗讨伐高丽，武则天进攻突厥、生羌，唐玄宗攻伐南诏，盛唐的雄风吹老了多少旷夫怨妇。安史乱中，全国人口大减，民生涂炭，安史乱后更是内忧外患，国境线上与突厥、吐蕃、回纥不断刀兵相见，而境内的军阀也不时举起割地称王的反叛旗帜，在劲吹的西风之中。战争，当然有正义与非正义之别，有防御性与侵略性之分，但它们给黎民百姓造成的痛苦本身，却没有本质的区别，尤其是不仅要担负相思之苦，而且还要承担家务甚至徭役的妇女，她们的苦痛比男子更为深重。于是，在这样一块苦难的土地上，就开放了许多可以名之为“征妇诗”的苦难之花。

唐代的征妇诗，大都出自男性诗人之手。“闺中少妇不知愁，春日凝妆上翠楼。忽见陌头杨柳色，悔教夫婿觅封侯”，王昌龄的《闺怨》家弦户诵，不知灼痛过多少思妇的芳心和嘴唇；“誓扫匈奴不顾身，五千貂锦丧胡尘。可怜无定河边骨，犹是春闺梦里人”，陈陶的《陇西行》写得更为悲壮和沉重，在他的诗里，王昌龄诗中少妇尚存的相思和希望，早已化为一缕绝望的云烟，一堆不可复燃的灰烬。然而，唐代毕竟是一个诗风鼎盛的时代，一部《全唐诗》，也为我们收录了一些女性所作的征妇诗，有的水平不让须眉，她们有男子不可能有的切身体验，男性诗人写来毕竟未免隔岸观火，而她们自己的身心就处在水深火热之中。如陈玉兰的《寄外》：

> 夫戍边关妾在吴，西风吹妾妾忧夫。
> 一行书信千行泪，寒到君边衣到无？

陈玉兰生卒年均不详，《全唐诗》说她是“吴人王驾妻”，在她的名下收此诗一首。有人以为此诗是王驾所作，那么此王驾并非“吴人王驾”，而应是河中（今山西永济）的诗人王驾，但时隔千年，有谁拿得出铁证呢？我们宁可信其是出自女人之手吧，因西风而想到边地奇寒，因奇寒而想到远寄寒衣，由寒衣而想到要寄达在气候变寒之前，反复回环，情深一往，特具女性的细腻、体贴和深切，不知当代的女读者和女作家读后的感受如何？又如葛鸦儿的《怀良人》：

> 蓬鬓荆钗世所稀，布裙犹是嫁时衣。
> 胡麻好种无人种，正是归时底不归？

作者大约生活在中唐时代，《全唐诗》存诗三首，其他均已湮没无闻，这是封建时代女性作者的普遍命运。如果说王昌龄《闺怨》诗中写的是一位贵妇，春日“凝妆”而且上的是“翠楼”，她的“不知愁”除了年轻不谙世事与别离之苦，大概因为生活早已达到或超过了“小康”水平。而葛鸦儿写的或自况的，却是一个布衣荆钗的劳动妇女。“胡麻”，据说要夫妇同种方可获得丰收，以农家之语入诗，切合诗的抒情主人公身份与形象，也可看到战争与离别给广大民间妇女带来的悲剧命运。

然而，无论是陈玉兰还是葛鸦儿，希望之火还没有在她们的心头完全熄灭。从上述两首诗的结句，可见她们的丈夫还在或可能还在，正所谓“希望在人间”。而大约为中唐时人的裴羽仙所作的《哭夫》二首呢？我们听到的，就只是她绝望的呼天抢地了：

风卷平沙日欲曛，狼烟遥认犬羊群。
李陵一战无归日，望断胡天哭塞云。

良人平昔逐蕃浑，力战轻行出塞门。
从此不归成万古，空留贱妾怨黄昏！

此诗最早收于韦縠所编的《才调集》，题作《边将二首》，下有注云：“其夫征匈奴，轻行入，为利鹿生擒帐下。自尔一往，音信断绝。”韦縠是晚唐人，和裴羽仙时代相近，所记当颇为可靠。“力战轻行”，可见他是一位年轻勇敢的战士，但被俘之后就音信断绝，存亡莫卜，他拍马挺戈绝尘而去的背影之后，留下的就是他妻子肝肠寸断的两首诗篇。

有一句名言说：战争让女人走开。是的，除了花木兰那种古代的巾帼英雄，除了现代战场上的那些白衣护士，女人一般是不会“修我戈矛，与子同仇”的，但是，一旦有了战争，古往今来的女人谁能置身于战争之外呢？

十

唐代是一个诗的时代。诗是教养的标志，身份的象征，仕进的阶梯，乃至于人与人之间交往的介绍信与通行证。唐代的禁苑深宫，虽然是囚禁美丽与青春的处所，然而也仍有诗花开放。

在重视诗与文化的大背景大环境之下，唐代也很重视宫人与妃嫔的文化修养。在采选之前固然是甄别的条件之一，入宫后仍然注意诗文化的熏陶。宫中设有内文学馆，有诗书经籍可供阅读，又有女学士专司教席。游赏宴会，六宫嫔娥也往往要赋诗以进。宋人钱易《南部新书》曾经记载，唐文宗在寺院看到裴兵部的《怜白牡丹》诗，十分爱赏，并让妃嫔们讽诵，“及暮归大内，诗满六宫矣”，包括宫廷在内的整个唐代社会诗风之盛，由此可见。据不久前报载，经抽样调查，新诗已是当今最不受欢迎的文学样式，回想当年的盛况与光荣，放眼今日的冷落与萧索，诗神有知，能不黯然神伤？

在唐代，诗歌如日中天，它的光芒也照射到深宫禁苑，因此先后有宫廷女诗人出现，也是事出有因。如果邀请宫廷女诗人开一个“宫廷诗人研讨会”，以地位之尊，可能要由武则天出面来筹备与主持，接到邀请函的会有上官婉儿、徐惠、宋若昭三姐妹、鲍君徽、梅妃、杨贵妃等人。如果主持人已有现代观念，当然应该包括地位卑微但有诗流传至今的宫人。不过，在众多的与会者之中，对“花蕊夫人”的邀请柬是不应该忘记发出的，虽然时代已晚，而且路途遥远。

五代号为“花蕊夫人”的共有三人。前蜀主王建淑妃徐氏，南唐后主李煜之妃，再就是后蜀主孟昶的妃子。孟昶这位妃子一说姓徐，一说姓费，是百家姓中的哪一姓有什么重要的呢，“花蕊夫人”这一名姓就够美丽的了。前蜀主王建之徐姓妃子，宫中称为小徐妃，亦号花蕊夫人。花蕊，它是美貌夫人的特称，因花尚不足以当其美色，故孟昶也称他的这位妃子为“花蕊夫人”。这位美慧多才的女子，对唐代诗歌的突出贡献，就是《全唐诗》中所收的一百五十八篇宫词。宫词，是以宫廷生活为题材的诗歌。唐代的宫词，除了一部分出于宫人之手，大部分都是宫外男诗人的虚拟，例如王建有著名的《宫词百首》，但他不可能有内宫生活的体验，而是从他一个同宗的远房亲戚宦官王守澄处道听途说，用今天的说法就是未能“深入生活”，占有的只是第二手材料，故仍不免有隔靴搔痒之嫌，虽然召开研讨会时，他应该作为“特邀来宾”受到邀请。而“花蕊夫人”则生活在“基层”与“底层”，她的系列宫词，出自她的实地体验与蕙质兰心，记录了宫廷生活的形形色色，方方面面，不愧是宫廷生活的博物志，百尺长卷，从中可以看到帝王的骄奢淫逸，践踏女性的妃嫔制度的罪恶，读来不仅让你认识那逝去的时代的一角禁地，也可得到艺术的喜悦：

龙池九曲远相通，杨柳丝牵两岸风。
长似江南好风景，画船来去碧波中。

宫人早起笑相呼，不识阶前扫地夫。
乞与金钱争借问，外头还似此间无？

然而好景不长，宋乾德二年（965），王全斌、刘元义、曹彬等大将奉宋太祖赵匡胤之命率兵伐蜀。三万人从宋都汴京今日之开封劳师远征，三个月之后即兵临成都城下。孟昶虽说有十几万军兵，但举起的不是战旗却是降幡。孟昶和“花蕊夫人”被押往汴京，途经葭萌驿，满怀亡国之恨亡家之痛的“花蕊夫人”不能自已，题《采桑子》于驿壁：

初离蜀道心将碎，离恨绵绵，春日如年，马上时时闻杜鹃。

词刚写完半阕，不知诗词文化为何物的宋兵却催促前行，使我们再也无法得到全璧。如同半月永远无法圆为完满的一轮，千载之下仍然令人遗憾，好像宋代诗人潘大临刚刚吟成好句“满城风雨近重阳”，便被催租人打断了诗兴，只留得那“空前绝后”的一句。后来有经过此驿的好事之徒，竟然面无惭色地续成下阕：“三千宫女如花面，妾最婵娟，此去朝天，只恐君王宠爱偏。”这真是佛头着粪，狗尾续貂，十足的帮闲文人卑鄙无赖的嘴脸。真正的艺术品能够修补或续作吗？《红楼梦》好心者的续作有多少，谁能与曹雪芹比肩？真正的艺术品虽然残缺，却有残缺之美，就好像断臂的维纳斯，后人如何能完美地接上她的手臂？“花蕊夫人”词的自告奋勇的续作者，更只能留下千秋笑柄。

“花蕊夫人”的诗作，以长篇组诗《宫词》开始，却以《口占答宋太祖》（或题《述亡国诗》）的短曲告终：

君王城上竖降旗，妾在深宫那得知。
十四万人齐解甲，更无一个是男儿！

“花蕊夫人”至汴京，宋太祖召而问之，她口占了上述这首诗。鲁迅在《女人未必说谎》一文中，曾予以引用。在男尊女卑的社会，在以女人为祸水尤物的时代，“十四万人齐解甲，更无一个是男儿”，“花蕊夫人”的这一声叹息和诘问，是漫漫长夜中一道耀眼的闪电，是令天下须眉低心俯首的一声雷鸣。

“花蕊夫人”后来据说被宋太祖赐死。花自飘零蕊自流，蜀地的绝世花蕊，被北国的罡风吹落摧残了，只有她的诗篇在宋代神宗熙宁年间发现之后，一直流传到今天。

华夏之水　炎黄之血

序　曲

水，是生命之源；水，也是精神之泉。

早在两千多年前，中国的老子曾说最妙的就是水，它简直就是“道”。孔子则反复咏叹“水哉，水哉”，并赠我们以“逝者如斯夫，不舍昼夜”的警言。而管子在《水地篇》中更一言以蔽之：“水者何也？万物之本原，诸生之宗室也。”清清之源啊，汩汩之泉，养育了地球上的万千生灵，也引领了人类从蛮荒走向文明。

水有多长，诗就有多远；水有多媚，诗就有多美。犹记有一年何草不黄的酷夏，我从城嚣避炎暑于湘西南的八大公山，山下有一条芭茅溪，汩汩滔滔，清碧见底，洗亮了我的眼睛，我诗兴忽来，立赋《芭茅溪》一诗以赞：“芭茅溪远不知名，藏在深山一美人。洗盼波光抛媚眼，清歌舞醉绿罗裙。”我是今人，古人呢？“关关雎鸠，在河之洲。窈窕淑女，君子好逑”，远古时代，“河”是黄河的专称，“江”是长江的专名，《周南·关雎》中那古老而青春的爱情故事，就诞生在黄河之湄并在洲上河边流传；“蒹葭苍苍，白露为霜。所谓伊人，在水一方”，远古时对情人或美好境界的追求，都离不开水，二十世纪三十年代流行的贺绿汀作词谱曲的《秋水伊人》，当今流行的台湾歌曲《在水一方》，仍然和那遥远的民歌一水相牵。采采流水，蓬蓬远春，水流过楚辞，穿过汉魏六朝乐府民歌和文人的诗章，至唐代而汹涌澎湃，成了中国诗歌的重要内容和主题。北国江南的江河湖泊，山涧溪流，西湖水，庐山瀑，浙江潮，纷纷奔流聚会飞珠溅玉在众多诗人的诗篇里，汇成了水与诗的洋洋大观。

一千多年时光随风而逝。那些咏水的优秀唐诗，字字句句溢彩流光犹如昨日，但所咏之水已经有了许多变化，有的已然江山不可复识了，有的则令人望而生畏生痛，思之则心热心寒——

长江长

遥远的地方有一条江

它的名字就叫长江

——侯德健《龙的传人》

一提到中国的水，首先奔来眼底与心头的，就是万里长江，啊，长江啊长江，浩浩荡荡的长江！

古人为水流之一取名为“江”时，其意有三。一解为“公”，即此为“公共”的流域，众水来归；一释为“贡”，沿江所产，可以供给众生日常之需；一义为“大”，这是它的主要意义，也就是说，够得上“大川”这个级别的，才能美其名曰“江”。长江，无疑是大川中的大川了，它上起青海雪山冰川的正源沱沱河源头，下至江苏上海入海的吴淞口，全长六千三百多公里，干流流经十个省市，支流则分布八个省市，流域面积广达一百零八万平方公里，约占我国领土面积的五分之二。长江，在中国繁盛的江河家族中排行第一，也为亚洲之最，是中国人的“母亲河”。长江的长度与水量虽次于美洲亚马孙河与非洲尼罗河，但综合资源、地理、气候等条件，则堪称“世界河流之王”。如同选美，有的美人秋波特别明媚，有的美人身材分外迷人，有的美人气质十分出众，但可能多为单一之美，而有的美人则天姿国色，无一不佳，长江，曾经就是这样遗世而独立的绝代佳人。

中国的诗人，是谁最早写到长江呢？《诗经》是北方的乐章，“汉之广矣，不可泳思；江之永矣，不可方思”，《周南·汉广》是中国诗歌史上最早咏唱南方河流的作品，但所咏的汉江虽然与长江呼吸可闻，但毕竟是长江的支流。长江，最初在屈原的诗行中浩荡，浪花拍湿过汉魏六朝和唐宋元明清的无数诗章，古往今来，我们民族的诗歌始终与长江同在。多次咏叹过长江的台湾诗人余光中，在《戏李白》的“附记”中写道：“我认为诗赞黄河，太白独步千古；词美长江，东坡凌驾前人。因此未遑安置屈原和杜甫，就径尊李白为河伯，僭举苏轼作江神。”他说得有理。不过，如果不论“词”而只说“诗”，苏轼的“江神”之位恐怕还有问题，说不定还会让身为“河伯”的李白来兼任。

于酒于月于黄河，李白都写得多而且好，于长江何尝不是如此？今日已诸多污染泥沙俱下病症丛生的长江，在古代是一条没有泥沙更没有工业污染的河流，两岸是森林的家乡，猿猴的乐园。森林的覆盖率达 85% 以上，林木与水土结成的，是如胶似漆相依为命的美满姻缘；两岸啼不住的猿声，声声提供的是乐得其所的证词。长江在四川宜宾与岷江汇合之后，就称为长江，但江流毕竟还不十分宽阔，初出三峡的年轻李白，首先就被江汉平原上那一江浩荡震撼了。李白现存至今的诗作中，最早的写长江之句，应该是《渡荆门送别》中的“渡远荆门外，来从楚国游。山随平野尽，江入大荒流”，这是以壮丽之笔写壮丽之景。长江在他笔下景象万千，而他着意描写的却是长江水波清澈，绿意盎然。在上引的诗句之后，他接着咏叹的就是“月下飞天镜，云生结海楼。仍怜故乡水，万里送行舟”。倒映在江中的月亮，如同从天飞落的明镜，试想，如果江水混浊，像时下流行的深度的朦胧诗，怎可照映月轮光明如玉的倩影？而他“杖剑去国，辞亲远游”，轻舟东下，最初赋予长江的色彩就是“碧”：

天门中断楚江开，碧水东流至此回。

两岸青山相对出，孤帆一片日边来。

——《望天门山》

“两岸青山”啊，“碧水东流”啊，过去的长江及其生态环境如何，李白早就以诗为子孙后代立此存照了。他一生傲岸不谐，不善于虚文客套，初到金陵，怀念他所敬佩的南朝齐代诗人谢朓，写有《金陵城西楼月下吟》一诗，结句是“解道澄江净如练，令人长忆谢玄晖”。“解道”就是“懂得”，李白说他实地来游，才明白谢朓《晚登三山还望京邑》中“余霞散成绮，澄江净如练”的诗句之妙。谢朓说长江澄明洁净如一匹白绢，两百多年后李白所见的也仍然如此，不然，他就不可能领会并赞赏谢朓的诗句，在同一诗中，也不会写出“白云映水摇空城”，因为长江如果像现在这样差不多成了第二条黄河，白云与城楼怎么可以倒映水中，随波摇荡？

李白此次初游江南而西返江夏之后，曾送年长的友人孟浩然去广陵，他又一次赞美了长江的山水之碧：

> 故人西辞黄鹤楼，烟花三月下扬州。
> 孤帆远影碧空尽，唯见长江天际流。
>
> ——《黄鹤楼送孟浩然之广陵》

此处之“碧”，当然不仅是天上的碧空，也是指两岸的碧山（敦煌写本此句作“孤帆远映碧山尽”），更是指远去天边的浩荡的碧水。李白暮年流放夜郎，遇赦回到湖北江陵，于春天泛舟荆门，遥望四川境内的长江，写有《荆门浮舟望蜀江》一诗，他说水色与水势是“江色绿且明，茫茫与天平”，而水中陆地和两岸环境则是“芳洲却已转，碧树森森迎”。四百年后，南宋的陆游曾将“江色绿且明”与杜甫的“晓看红湿处，花重锦官城”相提并论，认为杜甫用“湿”字，李白用“明”字，“可谓夺化工之巧，世有未拈出者”。陆游在《入蜀记》中还说：“与儿辈登堤观蜀江，乃知李太白《荆门望蜀江》诗‘江色绿且明’，真善状物也。”既“绿”且“明”，当然是李白善于描摹，但也可见当时长江水色与水质之好，四百年后的陆游不都提供了证明吗？

长江有几千条大大小小的支流，后人将入海的长江、黄河、淮河、济水并称为中国的四大名川。汉江只是长江的臣属。从武汉市入口去朝拜长江的汉江，是长江最大的支流，它也是清澈碧绿的，也有李白的诗为证。“昨夜东风入武昌，陌头杨柳黄金色。碧水浩浩云茫茫，美人不来空断肠”(《早春寄王汉阳》)，“楚水清若空，遥将碧海通。人分千里外，兴在一杯中”(《江夏别宋之悌》)，“遥看汉水鸭头绿，恰似葡萄初酦醅。此江若变作春酒，垒麹便作糟丘台”(《襄阳歌》)。汉江水色，清冽可鉴，情人眼里出西施，酒仙眼里呢，清澈碧绿的汉水，竟然像新酿的绿色葡萄酒，如果一江汉水变作一江春酒，酒糟都可以堆成山丘，这真是三句不离本行。三百多年后，苏东坡与友人登临江楼，远眺江汉，他的视力真好，也仍然说“江汉西来，高楼下，蒲萄深碧”（《满江红》）。多才的苏轼这回不知是表现失常呢，还是觉得难以翻新，于是就顺手借用了李白现成的比喻。待到陆游写《入蜀江》，还是说“自鹦鹉洲以南为汉水，……水色澄澈可鉴。太白云：楚水清若空，盖言此也”。千年后，我颇费猜详也无从证实的是，既然汉江如酒，酒渴如狂放浪形骸的李白，当时不知在江边俯身品饮了没有？

万里长江已非昔。江流污染，水土流失，流沙淤积，二十世纪特别是二十世纪后半叶的中国人，有负于母亲河。那么，万里黄河呢？

黄河黄

我站在高山之巅，
望黄河滚滚，奔向东南……

——光未然《黄河颂》

黄河是我们从先人那里继承的令人亦喜亦悲的遗产。可喜者，是它曾经哺育过中华民族及其文明，光未然作词、冼星海作曲的《黄河大合唱》，就是张扬民族大义极具阳刚之美的黄河颂。可悲的呢？则可以引用旅美华人诗人非马的《黄河》为证：“把／一个苦难／两个苦难／百十个苦难／亿万个苦难／一古脑儿倾入／这古老的河／使它混浊／使它泛滥／使它在午夜与黎明间／枕面辽阔的版图上／改道又改道／改道又改道。”他写黄河的历史与苦难，笔力简劲而使人动魄惊心。我听《黄河大合唱》，如听在万山之上向朝阳而劲吹的号角；我读《黄河》，则如闻滔天洪水来时敲痛原野的警钟。

“黄河”，原来单称为“河”，因河水黄浊，到东汉时才名“黄河”。它是中国的第二大河流，青海巴颜喀拉山北麓噶达素齐老峰的雪水，是其最初的源头。从黄河源头，到渤海之滨的入海口，从雪山发源的晶莹透明的清泉，到沿途泥沙混杂的黄水，黄河如不速之客径行拜访了九个省区，横冲直撞一万余里。世上的河流大都于人类有益，而黄河至少给中国带来了五千年的灾难。古代将黄河改道称为“河徙”，从周朝到 1938 年，黄河大徙已经八次。五千年中，八次大决口，一千五百次小决口。第一次决口在公元前 602 年，滔滔洪水漫漶浸透了春秋的史册。埃及尼罗河泛滥之后留下肥美的农田，黄泛之后则赤地千里，寸草不生。民间谚语说“黄河百害，唯富一套”，汉代司马迁在《史记·河渠书》中，落笔时心情格外沉重：“河灾衍溢，害中国也大甚。”长江患少而黄河患多，直至清代的魏源，也仍然不免心悸魄动却一字传神地说，黄河的水性“悍于江”。

然而，中华民族文明的主要发源地，既不是气候宜人的长江流域，也不是土地肥沃的珠江流域，却是黄河两岸。长江是中国人的母亲河，黄河则是中华民族的摇篮，如同古印度的恒河，古埃及的尼罗河，古巴比伦的幼发拉底河。中华民族的始祖名“黄”帝，黄帝建都于黄河流域的河南新郑。合称“三代”的尧舜禹，也建都于山西境内下临黄河之处。没有黄河，就没有中华民族，就没有中国的第一部农书、医书、兵书、史书，也就没有我们民族的第一部诗歌总集《诗经》，让后人摇头晃脑如醉如痴地捧读。“河”在远古是黄河的专称，“关关雎鸠，在河之洲”(《周南·关雎》)，这“河”指的就是黄河，然而，“谁谓河广？一苇航之”(《卫风·河广》)，这确确实实就是侨居卫国的宋人，隔黄河而谱写的中国诗歌中最早的怀乡之曲。

文明发源于斯，众生生息于斯，中国人对黄河虽不免心怀忧虑与恐惧，但更多的却是自豪与骄傲，这，可以说是我们民族挥之不去的“黄河情结”。这样，你就不难理解黄河为什么除了盛产著名的鲤鱼，还盛产以它为歌咏对象的诗篇了。在唐人的诗篇中，写黄河的不计其数，李峤《河水》说“源出昆仑中，长波接汉空”，骆宾王《晚渡黄河》说“千里寻归路，一苇乱平原”，杜甫忧国忧民，有一首诗题为《临邑舍弟书至苦雨黄河泛滥堤防之患簿领所忧因寄此诗用宽其意》，题目就如绵绵秋雨之长，其忧思就更长于题目：“二仪积风雨，百谷漏波涛。闻道洪河坼，遥连沧海高。职司忧悄悄，郡国诉嗷嗷。”晚唐的罗隐与杜甫一脉相承，在刘禹锡的“九曲黄河万里沙，浪淘风簸自天涯”之后，他在《黄河》一诗中也长叹息：“莫把阿胶向此倾，此中天意固难明。解通银汉应须曲，才出昆仑便不清。”而对黄河作全景式描绘而极有气势的，应该是王之涣与柳中庸了，前者的“白日依山尽，黄河入海流”（《登鹳雀楼》），视野开阔，睥睨八荒，后来的许浑在《秋日赴阙题潼关驿楼》中，有句是“树色随关迴，黄河入海流”，一字不动地搬用王之涣的名句，我想，肯定未征得他的同意并授予使用委托书；后者的“三春白雪归青冢，万里黄河绕黑山”（《征人怨》），也可说气势雄豪悲壮，目有全河。然而，唐代的黄河大合唱的领唱歌手，毕竟还是昂首天外气吞斗牛的李白，其他的诗人不论如何出色，都只能为他伴唱：

君不见黄河之水天上来，
奔流到海不复回。
君不见高堂明镜悲白发，
朝如青丝暮成雪。

——《将进酒》

欲渡黄河冰塞川，
将登太行雪满山。

——《行路难》

黄河落天走东海，
万里写入胸怀间。

——《赠裴十四》

我浮黄河去京阙，
挂席欲进波连山。

——《梁园吟》

西岳峥嵘何壮哉，
黄河如丝天际来。
黄河万里触山动，
盘涡毂转秦地雷。

——《西岳云台歌送丹丘子》

黄河捧土尚可塞，
北风雨雪恨难裁。

——《北风行》

黄河西来决昆仑，
咆哮万里触龙门。
波滔天，尧咨嗟！

——《公无渡河》

黄河从西来，窈窕入远山。
黄河走东溟，白日落西海。

逝川与流光，飘忽不相待。

——《古风》

李白为浩浩荡荡的黄河写照传神，也表现了他所独有的喜怒哀乐与胜概豪情，在古代诗人中，无出其右，所以当代诗人余光中都要称他为“河伯”。且不论我以上援引的诸多例句，仅以“君不见黄河之水天上来”四句而言，那吞吐八荒凌厉无前的英雄之气与人生苦短生命无常的悲剧意识之奇妙结合，就足以让千载之后的读者回肠荡气。古人已矣，今天的新诗作者，有谁能从他的手中接过诗的接力棒，或者，取代他而拿到咏黄河冠军的称号呢?

今日的新诗作者中也许有人雄心勃勃，要和李白较一日之短长。犹记二十世纪八十年代之初，也许是前所未有的“思想解放”的时风所及，一位青年诗人在一次诗会上大言炎炎：“李白有什么了不起？我们完全可以超过！我看他的《望庐山瀑布》诗，每句的前两个字都可以删掉！”如果李白此时恰好路过会场，不经意间听到，也许会不及掩口而笑出声来。近二十年过去，那位青年诗人早已在诗坛泯没无闻，而李白所歌咏过的黄河，其现状却也越来越不容乐观，那“奔流到海不复回”的壮观，已为中下游的几乎年年告警的“断流”所取代。黄河，大约是准备“水灾”与“旱灾”同时并举了。

春秋战国时代，黄河中下游森林覆盖率约为53%，秦汉以来乱垦滥伐，黄土高原的植被严重破坏，水灾频繁，太史公在《史记》中的惊呼，并未能使历代的统治者以史为鉴。1949 年以前，森林覆盖率只剩 3%，近数十年来更是江河日下。除了令人闻风丧胆的传统的“发黄水”之外，黄河新的“举措”就是断流。史籍记载，黄河的主要灾害是洪水决溢改道，极少断流，而自 1885 年黄河下流改为现行河道的近百年间，断流也从未出现。断流自 1983 年始，二十四年来部分河段曾十八度干枯。进入二十世纪九十年代，河况每况愈下，年年春季断流，时间不断提前，并持续延长，断流的长度也不断增加。如 1996 年 2 月 14 日即宣告断流，比 1995 年提前 19 天，1995 年为 110 天，1996 年则为 150 天。1995 年断流里程为 100 公里，1996 年则超过数倍。而 1997 年呢？黄河先后断流 226 天，断流里程近 1000 公里，330 天无水入海。足球竞技场上如果得到两张黄牌，这运动员就要被罚出场外，黄河已连续出示如此之大如此之长的黄牌，我们每一个炎黄子孙，还能高枕无忧无动于衷吗？

每次读李白等唐人写黄河的诗章诗句，联想到今日黄河的现状，一介书生的我虽然无能为力，却不免忧心如捣。如果有朝一日，李白的诗句要改为“黄河之水断续来，滔滔海浪倒灌回”，那时我们即使急得头发真正“朝如青丝暮成雪”，也无济于事和无济于水了！

梦泽梦

梦泽悲风动白茅，
楚王葬尽满城娇。
未知歌舞能多少，
虚减宫厨为细腰。

——李商隐《梦泽》

中国人对水向来以“江河湖泊”连称。那些明丽壮阔在唐诗中的湖泊呢？我是啸吟歌哭在云梦泽之南岸的楚人，且让我先说说湖之北与湖之南吧。

包括洞庭湖在内的湖之南北，是远古时代的云梦大泽。湖北在近世称为“千湖之省”，在古代更是泽国水乡，有所谓“七泽”之盛。汉代司马相如在《子虚赋》中说：“臣闻楚有七泽，尝见其一，未睹其余也。臣之所见，盖特其小小者耳，名曰云梦。”“云梦”尚称小泽，司马相如的口气不可谓不大，也可见远古时楚地真是水潦的王国，鱼龙的故乡。杜甫当年从四川夔州坐船经鄂入湘，途经江陵、石首、公安等地，就曾经饱览了湖光山色：“江湖深更白，松竹远微青”“湖水林风相与清，残樽下马复同倾”“春日繁鱼鸟，江天足芰荷”“行云星隐见，叠浪月光茫”“时危兵革黄尘里，日短江湖白发前”。他放舟南行，鄂地的湖波也一路殷勤相送。至于“七泽”，他的《醉歌行赠公安颜十少府，请顾八题壁》也曾提及："是日霜风冻七泽，乌蛮落照衔赤壁。"青年和晚年的李白，曾先后啸傲于云梦之间，他在《自汉阳病酒归寄王明府》中曾经歌唱："愿扫鹦鹉洲，与君醉百场。啸起白云飞七泽，歌吟绿水动三湘。"在流放夜郎途中，遇到故友尚书郎张谓，他们同泛沔州城南之湖上，此湖在今武汉市汉阳境内，其时寂然无名。"方夜水月如练，清光可掇"，因张谓之请，"白因举酒酹水，号之曰郎官湖"，同时"赋诗纪事，刻石湖侧，将与大别山共相磨灭焉"。这首诗题为《泛沔州城南郎官湖并序》：

张公多逸兴，共泛沔城隅。
当时秋月好，不减武昌都。
四坐醉清光，为欢古来无。
郎官爱此水，因号郎官湖。
风流若未减，名与此山俱。

前引李白《自汉阳病酒归寄王明府》一诗，那首诗开篇就说"去岁左迁夜郎道，琉璃砚水长枯槁。今年敕放巫山阳，蛟龙笔翰生辉光"，写郎官湖时，他正在流放途中，按现在体育竞技的语言，他的诗情与诗艺均"不在状态"。此诗不能说是他的上乘之作，我只想以此证明，当时湖之北处处皆湖，而且到处明丽的是湖光水色。

而曾经为神州五大淡水湖之尊，号称“天下水”的洞庭湖呢？《汉阳志》说：“云在江之北，梦在江之南。”“梦”，就是楚国当时的方言“湖泽”之意。洞庭湖浩浩荡荡，横无际涯，最早描绘那一捧汪洋的经籍，是大约成书于战国而秦汉时有所增补的《山海经》：“夏秋之涨，方九百里。”最早歌咏它的诗篇，是南朝陈代阴铿的《过青草湖》：“洞庭春溜满，平湖锦帆张。滔滔不可测，一苇讵能航？”而“八百里洞庭”一语的风传天下，那就要归功于唐代的和尚诗人可明，他在《赋洞庭》一诗中测量洞庭湖：“周极八百里，凝眸望则劳。水涵天影阔，山拔地形高。”凝眸远眺，要疲劳你的眼睛，这种福气现代人已经领略不到了。湖天空阔，湖波浩渺，在唐人的诗章中真是前人之述备矣。李白、杜甫和孟浩然的名章俊句人所熟知，我不必赘引，且随手从诗的浪花丛中捧来另外几朵：

问人何渺渺，愁暮更苍苍。
叠浪浮元气，中流没太阳。

——刘长卿《岳阳馆中望洞庭》

人生除泛海，便到洞庭波。
驾浪沉西日，吞空接曙河。

——元稹《洞庭湖》

岳阳城下水漫漫，独上危楼凭曲栏。
春岸绿时连梦泽，夕波红处近长安。
——白居易《题岳阳楼》

洞庭秋月生湖心，层波万顷为镕金。
是时白露三秋中，湖平月上天地空。
——刘禹锡《洞庭秋月行》

云梦泽，李商隐诗简称“梦泽”，并曾以“梦泽”为诗题。治理江河湖泊，恢复当年大泽的壮观，是今日云梦泽的幻梦。梦泽梦啊，梦泽梦，美梦什么时候才能成真呢?

尾声

地球可供人类利用的淡水总量，不到全球水总量的1%，而中国人均拥有的年水资源量，仅居世界149个有统计资料国家中的109位，半数以上的城市用水紧张或严重缺水。这金贵的水，白居易当年就曾说“水流天地内，如身有血脉”(《自蜀江至洞庭湖口有感而作》)，如果当代人像败家子一样浪费，像“吃祖宗饭，造子孙孽”的愚人一样污染，总有一天，鲁迅先生《〈进化和退化〉小引》一文中的预言将成为残酷的现实：“树木伐尽，水泽湮枯，将来的一滴水，将和血液等价。”

“水可载舟，亦可覆舟”。地球存在极限，这是人类在二十世纪最重要的发现。如果对大自然不深怀爱慕敬畏之心，必将领受它的报复与惩罚。地球是人类唯一的家园，人类如果不保护生态平衡和我们赖以生存的环境，不合理利用并努力保护水资源，“泰坦尼克号”可能成为冰海的沉船，地球这艘“诺亚方舟”，也可能会提前全船覆没。众人本是同林鸟，大难来时各自飞。人啊人，届时你飞向何处啊？有何处可飞？

人类将何去何从呢？对星空的探究就是人类的未雨绸缪。我们有所了解的月球应是最好的去所了，在渺渺茫茫的宇宙空间，月球是地球近在咫尺的芳邻。科技先进的美国据说制订了移民月球的计划，争取2050年移居十万人去月球城，不知届时谁能分到弄到抢到那一张无价之宝的登机票？据说在月球的南极地区，月球探测器发现了淡水分子的光谱线，而该地区的温度在–200℃左右，即使有水，其硬度也坚如磐石，开采难度超过在地球上开采金属矿藏。不把握今天就没有安宁的明天，其喜洋洋者矣的后天将更是镜花水月。华夏之水啊，炎黄之血，愿山长绿愿水长清，还是让生活在地球上的我们，珍惜世间的江河湖泊，对大自然的滴水之恩，都怀有涌泉相报的感恩之心吧！

常怀千岁忧

拉丁美洲 1967 年发生了一场“文学地震”，震源是哥伦比亚大作家马尔克斯的长篇小说《百年孤独》。该书出版后便震惊当世，至今仍然余震不绝，在不同国度的一些作家的作品里，仍然可以测量出余震的影响。马尔克斯以“百年孤独”为其作品标题，自有他的深意，我却由一条江河而及于广阔的海洋，因此而联想到人生天地间和文学创作中表现的种种孤独，特别是大作家大诗人那种“生年不满百，常怀千岁忧”的千秋孤独。

此刻，把现代的鸡虫得失蜗角之争灯红酒绿纸醉金迷关在窗外，我独守书房，铺开稿笺和千年前诗国的贤哲高谈阔论，念天地之悠悠，观世间之扰扰，叹人生之匆匆，心中弥漫的正是一种莫名的孤独与深愁。

一

孤僻、孤傲与孤行，均不同于我所说的“孤独”。

孤僻，是性格上的疾病，心理上的缺陷，抱残守缺故步自封者封闭性自我的外在呈现，这种人，如同蚕蛹将自己紧裹在一层厚茧之中。孤傲，则是个人中心主义的别名，其夜郎自大藐视众生的人生态度，令人想到荒原上一匹独来独往的狼。孤行，乃是唯我独尊的独断与专横，此类孤家寡人，可能是一个家庭、一个单位甚至一个国家的暴君。

孤独感，是人类与生俱来的一种普遍共有的情感。一般人都害怕离群索居，英国作家笛福的《鲁滨孙漂流记》，写鲁滨孙因遇难而独处海岛，寂寞如蛇天天咬啮着他的心。我国诗人冯至1926年写的《蛇》，开篇也是说“我的寂寞是一条长蛇，冷冷的没有言语”。在越来越商业化功利化而生活节奏加速的现代社会，人与人之间的关系变得更加隔膜与疏离，许多人的心都如同城门紧闭或警戒森严的城池，那种孤独之感就好像城头上的旗帜，吹拂的是幽寂的风。即使你身处热闹繁华之中，也常常不免会有孤独之感，如一支偷袭的尖兵悄然掩至。我就有过这样的体验。我本十分钟爱大自然中的清池而远离红尘中的舞池，但有一回身不由己被拉到舞池边去作壁上观，四周霓虹幻彩，鬓影衣香，流行音乐在舞厅内更加流行，也许是想到唐诗宋词那些形而上的高远的精神家园吧，我的心始终如不波的古井，只有一种莫名的孤独在其间汹涌。有一回应邀在台湾做客匝月，日日奔波于闹市，天天酬酢于宴席，直到有一天时届黄昏，友朋散尽，暮霭满窗，我一人独处不见青青柳色的他乡客舍，平日热闹的电话机也沉默在房间一隅，我突然感到一种寂寞深深深几许的孤独袭上心头，如窗外的暮色愈来愈浓而久久挥之不去。

这，大约是一种浅层次的孤独，或者名为生活的孤独吧。这种表层而个人性的生活的孤独，难以真正进入包括诗歌在内的文学殿堂，即使偶然强行闯入，也无法登堂入室。谁有耐心去倾听茕茕孑立形影相吊者的自言自语呢呢喃喃呢？在当前的诗歌和散文创作中，不少人或将身边芥豆之微的琐事敷衍成章，或将个人杯水悲欢的情绪夸饰成文，谁有雅兴去欣赏那些不关世人痛痒的絮絮叨叨呢？宋代宰相词人晏殊，他的《蝶恋花》的“昨夜西风凋碧树，独上高楼，望尽天涯路。欲寄彩笺兼尺素，山长水阔知何处”，触发过九百年后王国维有关研究学问的有名联想，而他的“酒阑人散，草草闲阶，独倚梧桐，记得去年今日，依前黄叶西风”，写的是达官贵人酒阑人散之后纯粹个人性的惆怅，千年来却鲜有知音。南唐后主李煜的作品不更是如此？前期的雪月风花温柔旖旎毕竟境平而意浅，而“一旦归为臣虏”之后，始有与众生相通的大孤独大悲怀，其后期作品和前期之作才判若霄壤。

由此可见，一般的生活的孤独并不能得到缪斯之青眼，只有将生活的孤独上升为与他人相通之生命的孤独，并且借助于高明的艺术创造为一种普遍性的情境，如同饱谙世事历尽沧桑的高明乐师握拨一弹，才能在读者的心弦上挑起不绝的回音。

二

生活的孤独，是个人性或是离群或是失意的生活境况所带来的情绪，而我所说的“孤独”，本质上是一种精神的忧患，是一种人生哲学态度。我国荀子有云：“居不隐者思不远，身不佚者志不广。”而法国文学大师巴尔扎克也说过：“在各种孤独中间，人最怕精神上的孤独。”如果你一事一时一地的孤独感能升华为对生命的深层体验，而又具象化为一种不黏不滞的普遍性的艺术情境，它就可能越过空间的大漠与时间的长河，叩开异代不同时的读者的心扉。如出自王维之手的两首作品：

独坐幽篁里，弹琴复长啸。
深林人不知，明月来相照。

——《竹里馆》

独在异乡为异客，每逢佳节倍思亲。
遥知兄弟登高处，遍插茱萸少一人。

——《九月九日忆山东兄弟》

心依佛门的王维的《竹里馆》意与境适，它创造的琴啸自适了无纤尘的孤绝境界，表现的是人对生命本原的深切体验，以及对红尘俗世的抗拒和远遁。芸芸众生忙忙碌碌于尘世，或为名，或为利，或为位，或为国家大事，或为柴米油盐，百忙千虑之中，有的人也会不时向往山林中超尘绝俗一人独对的世界。读这种诗，当如在赤日炎炎之时捧饮清冽的山泉，可以聊慰心头的饥渴，一洗灵魂的俗尘。《竹里馆》一诗，如果表现的是离群索居的生命那自在自适状态的孤独，那么，《九月九日忆山东兄弟》则是写洋溢着人间烟火味的另一种孤独了。王维籍贯唐之蒲州今之山西永济，其地在华山之东，游宦在“异乡”而为“异客”的他，在佳节中自然更觉形单影只，于是直抒胸臆而成这一千古传诵的名篇。诗中的这种孤独，植根于我们民族传统的人情伦理之中，是生命中一种具有普遍意义的美好情感的体验，一经王维妙手抒写，自然传唱人口而齿颊留香。

假若我们有缘远去往日曾经易名为零陵的永州，虽然时隔千载，但在昔日清清今日仍清清的潇水之上，你依然可以捧起柳宗元的那首名诗《江雪》：

千山鸟飞绝，万径人踪灭。
孤舟蓑笠翁，独钓寒江雪。

永贞革新失败之后，作为八司马之一的柳宗元远谪南荒。尽管谤声四起，八面交攻，但是他仍然一本初衷，不改素志。这首诗，正是一种高层次的生命孤独的独特表现。清诗人黄仲则说

“千家笑语漏迟迟，忧患潜从物外知。独立市桥人不识，一星如月看多时”，远承的正是柳宗元诗的一脉心香。亲爱的读者，从千年前潇水孤舟那根“独钓”的钓竿之上，你读到的，是一种什么样的精神与人格的孤独呢？

有的诗人的孤独，是由生活境遇今非昔比的巨大落差所引起，如同一路欢歌舞蹈的流水，突然从悬崖跌入万丈深潭，但他却能超越具体生活的物质外象，而深切体验个体生命受到无情命运嘲弄之后所生发的生命悲凉。这种作品的悲剧意味，也颇能动人情肠，如李后主的《相见欢》，以“高峰体验”的创作心态，写他命运与情感的“低谷”：

> 无言独上西楼，月如钩。寂寞梧桐深院锁清秋。　剪不断，理还乱，是离愁。别是一般滋味在心头！

这位本色是艺术家而不幸贵为帝王的作者，他抒写的从高峰跌落谷底从繁华跌入萧索的孤独，感情的表现是化抽象为具体，感情的指涉则是化具体为抽象，不泥于帝王生活的事象，不落具体而微的言诠。人生愁恨何能免？从生命体验的角度而言，千百年来人同此心的读者往往不免感同身受，而以“借他人之酒杯，浇自己之垒块”的形式，共同参与对这一名作的艺术再创造。李煜的另一首词《虞美人》，与《相见欢》是同一主题同一情境之作，除了“雕栏玉砌应犹在，只是朱颜改”一句稍微写实之外，其他都是一派空灵和泛化，故而那“一江春水向东流”的孤独与牢愁，同样能流向不同时代的读者心头，而二十世纪四十年代一部表现抗战中平凡百姓悲欢离合的著名影片，没有能征得李后主的同意，便径行借用他的“一江春水向东流”的名句作了片名。

三

另一种境界高远寄慨遥深的孤独，源于主体对自身的超越及其有限性的矛盾，其意义又在一般的生命孤独之上。如何对它进行命名呢？我且称之为永恒的孤独或宇宙的孤独吧。

人的生命特征，我以为是偶然性、一次性、短暂性与脆弱性的四维集合，而宇宙则上天下地时空浩渺而无始无终，二者之小与大，偶然与必然，短暂与永恒，天长地久与易折易逝，形成了强烈的对比和不可消解的矛盾。人生短暂，宇宙无穷，心灵敏感而又关怀众生和宇宙的诗人，以稍纵即逝的生命面对茫茫的空间与邈邈的时间，匹马单枪和万古千秋对决，自然免不了宇宙性的永恒的孤独体验油然而生。这种人生不满百而常怀千岁忧的孤独，是智者独处时的深层思索，是对人生和宇宙终极意义的探问、追求与呼唤。这种时空无穷生命短促的对根本孤独的感情体验，自然具有大悲剧的意味，哲学称之为“根本孤独感”，佛学则谓之曰“根本烦恼”。这种永恒的孤独本来已经足以动人了，但它如果和积极的人生观照与人文关怀结合起来，则更如同暮鼓晨钟。因此，十八世纪英国诗人詹·汤姆逊为此写过《孤独颂》，开宗明义就咏叹“万岁，温柔赏心的孤独，贤哲和善者的良友”，而十九世纪英国哲人赫胥黎在《正当的开篇》中也说：“越伟大、越有独创精神的人越喜欢孤独。”在中国的初唐，陈子昂就正是这样一位伟大的孤独者。

公元697年，也就是武则天万岁通天二年，陈子昂登上遗址位于今天北京市的“幽州台”，相传那是燕昭王求贤拜将而得到乐毅、邹衍、剧辛等风流人物的“黄金台”。陈子昂怀才不遇而位沉下僚，同时又对齐梁以来的绮靡诗风极为不满，如今登高台而四望，古今悠悠，天地茫茫，抚今追昔，推己及人，一种苍茫而永恒的孤独感充溢在他的心中。人生苦短而天地无穷，面对茫茫无垠的空间与悠悠无尽的时间，他不禁悲从中来，不可断绝。仰天长啸，一首千古绝唱就此诞生：

> 前不见古人，后不见来者。
> 念天地之悠悠，独怆然而涕下！
>
> ——《登幽州台歌》

晚生千余年的德国哲人费尔巴哈，他是否读过陈子昂这首诗，我已经无从问询了，但他的确说过：“时间是诗的源泉，怀古的幽情，如同利刃刺心，使诗人文思为之而泉涌。”（见《费尔巴哈哲学选集》）陈子昂不正是这样吗？他此诗一出，其深沉而深远的寓意虽然“时人莫之知也”，而我们今天从这首四句五七言骚体诗中，听到的也应该远远不是一个怀才不遇者个人得失升沉的低吟，而是一位伟大的孤独者面对无穷与永恒的几句追问，几声浩叹！“唯天地之无穷兮，哀人生之长勤。往者余弗及兮，来者吾不闻”，《远游》中屈子的深沉叹息，不是余音袅袅于陈子昂的诗中而传扬至于今日吗？这种人生一次性与短暂性的永恒悲剧，这种形而上的宇宙性孤独感，远绍的正是屈大夫《天问》与《远游》的香火。

人生有许多大谜，古今中外不少诗人与哲人都试图破译，至今却都没有解开那几乎是不可解的谜团。人，虽然是所谓“万物的灵长”，但在世间万物中，人的起源和存在本身就是一个最大的谜。人是什么？人从哪里来，到哪里去？人的生命意义与价值究竟何在？与永恒的谜团朝夕相对，僧人隐遁，庸人无聊，俗人玩世，鄙人钻营，小人暗算，恶人走险，伟人叱咤，众人惶惑，而只有天才和智者孤独。他们敏感的心灵，总是在作思接千载而视通万里的灵魂远游。在唐代诗人中，李白就是其中杰出的一位。早在《春夜宴诸从弟桃李园序》那篇名文里，这位远游的诗神早就慨乎言之了：“夫天地者，万物之逆旅也，光阴者，百代之过客也。”现代大物理学家爱因斯坦既重视社会正义与社会责任，复又感叹人生是“孤独的旅客”，他皓首穷经，穷的是“相对论”之经，而李白则常常神游天外，常常通过日月和流水这些亘古不变的意象，穷诘时间与空间的永恒：

君不见黄河之水天上来，
奔流到海不复回。
君不见高堂明镜悲白发，
朝如青丝暮成雪。

——《将进酒》

白兔捣药秋复春，嫦娥孤栖与谁邻？
今人不见古时月，今月曾经照古人。
古人今人若流水，共看明月皆如此。

——《把酒问月》

黄河走东溟，白日落西海。
逝川与流光，飘忽不相待。

——《古风》其十一

生者为过客，死者为归人。
天地一逆旅，同悲万古尘。
月兔空捣药，扶桑已成薪。

——《拟古十二首》其九

大凡天才对生命都极为敏感，李白本来就有一种超乎个体生命的人生大谜的永恒孤独了，何况世路多歧，命途多舛，有才难展而壮志不伸，他的神思往往从现实的坎坷困顿中振翅而起，飞向时空的苍茫，翔向无垠的永恒。这种孤独之感，不能像过去一样贬为消极颓唐，而是他个人的现实忧患向宇宙意识和永恒之谜的升华，是我们民族灵魂深处最为深切却又无法解脱的悲剧感受。

李白和杜甫，是耀彩飞光于唐代诗歌天空的两颗最灿烂的明星。杜甫历来被称为现实主义诗人，他的目光和笔触，似乎总是执着现实的大地与人生，然而，如同飘然物外的李白也常常回到冷暖的人间一样，杜甫也有深邃博大的思接天人的哲学智慧，特别是当登临纵目之时，他对于生命和宇宙也有极为深刻的观照和透视。“锦江春色来天地，玉垒浮云变古今”(《登楼》)，上句向空间拓展，下句于时间中驰骋，构成一个天高地迥极具宇宙意识的世界。“吴楚东南坼，乾坤日夜浮。亲朋无一字，老病有孤舟”(《登岳阳楼》)，“一字”与“孤舟”之渺小，正反衬出“吴楚”与“乾坤”的天地之辽阔时间之永恒。而他在大历二年（767）秋天于四川夔州所写的《登高》，更是表现了在多灾多难的时代里，一位超越现实的诗人的百年孤独：

风急天高猿啸哀，渚清沙白鸟飞回。
无边落木萧萧下，不尽长江滚滚来。

万里悲秋常作客，百年多病独登台。

艰难苦恨繁霜鬓，潦倒新停浊酒杯！

前人说此诗是杜甫七律的第一篇，更有人说此诗是古今七律之冠，也早有人指出颈联十四字包含十四层意思，可见杜诗之语言精练而内涵丰富。而我以为诗人在这里并不是单纯写眼前景色和一己悲欢，“无边”句写空间，人生也如萧萧落木，“不尽”句表时间，时间却似滚滚长江，他表现的是人在无穷无尽的时空中永恒的孤独之感，这是一种极具哲学意味的根本孤独。“千秋万岁名，寂寞身后事”，杜甫的创作不见重于当时，他内心自然不免孤独，但那毕竟还只是具体的小我的孤独。而这种大我的哲学意义上的宇宙孤独，才如其音远扬的清钟，撞响的是永恒，叩响的是异代不同时的读者心的弦索。

四

孤独和杰出的文学创造结下的是难解之缘。

你如果检阅一下人类的精神史，就会发现孤独总是和杰出的思想家、哲学家甚至科学家结伴而行。曹雪芹《红楼梦》的“回前诗”的结句有云：“字字看来皆是血，十年辛苦不寻常。”法国启蒙思想家卢梭的一本随笔集，就题为《一个孤独者散步时的遐想》，现代人本主义哲学的先驱叔本华、克尔恺郭尔、尼采，到今天的代表海德格尔、萨特和加缪，他们都强调个体的生命意志和孤独之感。文学家则似乎更是如此，西方的现代派文学固然创造了一个孤独者的世界，中国文学史从屈原到杜甫到曹雪芹到鲁迅，孤独的主题不是贯穿在他们作品的字里行间，孤独之感和他们本人不是如影随形吗？

如同两条河流的交注汇成一个湖泊，杰出或伟大作家的孤独之感，主要由两个方面形成，一方面如前所述，杰出的作家对生命之匆促宇宙之无穷有着异于常人的敏锐感受，那种宇宙性的孤独体验比一般人远为深切，另一方面，杰出的作家往往是一些主体精神分外鲜明强烈而对人类怀有博大之爱的人，他们有十分突出的超前意识和独创性，抗拒从众的心理和媚俗的行为，因此，也就往往被只能理解现时存在的社会与大众所排斥，他们就难免内心孤独。曾经撰写过《罗曼·罗兰传》的茨威格，如此描述托尔斯泰的孤独："这个英雄主义的斗争，正同贝多芬和米开朗基罗的一样，是在绝望的孤独中进行的，或者说是在没有大气的空间中进行的。妻子、女儿、朋友、敌人都没有理解他，都认为他是唐·吉诃德。"托尔斯泰如此，而伟大的只活了五十七岁的音乐家贝多芬呢？创作了《英雄交响曲》《悲怆奏鸣曲》等名作的他，当时是常常"隐遁在自己的内心生活里，和其余的人类隔绝"。而荷兰印象派的大画家凡·高呢？这位今天身价越来越高的曾经给欧洲绘画史带来一场革命的天才，生前却承受着家人和社会的巨大压力，只是一个仅仅卖出过一幅画的众人眼中的“疯子”。

平庸的媚俗的作家，满足于尘世的虚华和市民的喝彩，自鸣得意的他们当然缺少孤独体验。当前不少作家的“自我感觉良好”，正是处于这种可悲的状态，时间很快就会将他们遗忘。只有上连宇宙下系苍生的精神的孤独，才有利于创造情在人间而超越时空的不朽作品。美国大作家海明威，他在诺贝尔文学奖授奖仪式的书面发言中说：“写作，在最成功的时候，是一种孤寂的生涯。一个在稠人广众中成长起来的作家，自然可以免除孤苦寂寞之虑，但他的作品往往流于平庸。而一个在寂然中独立工作的作家，假如他确实不同凡响，就必须天天面对永恒的东西。”中国诗歌的开山祖屈原不就是如此吗？只要走进他诗的天地，那种强烈的时空意识和孤独之感便逼人而来：“朝发轫于苍梧兮，夕余至乎县圃。欲少留此灵琐兮，日忽忽其将暮。吾令羲和弭节兮，望崦嵫而勿迫。路曼曼其修远兮，吾将上下而求索。”（《离骚》）“民生各有所乐兮，余独好修以为常”，“忳郁邑余侘傺兮，吾独穷困乎此时也。”（《离骚》）“曰：遂古之初，谁传道之？上下未形，何由考之？冥昭瞢暗，谁能极之？冯翼惟象，何以识之？”（《天问》）而在唐代的诗人之中，宇宙性的孤独感表现在个体的时空意识之中，最强烈的莫过于早夭的天才李贺：

飞光飞光，劝尔一杯酒。

吾不识青天高，黄地厚，

惟见日寒月暖，来煎人寿。

……

吾将斩龙足，嚼龙肉，

使之朝不得回，夜不得伏。

自然老者不死，少者不哭。

——《苦昼短》

正是那种强烈的生命苦短之感和实现自我价值的孤独之情，才造就了李贺这位盛唐之后极富独创精神的青年“歌手”。他一展歌喉之后，现代书生的屋梁之间，仍有他千年不绝的余音。

李白和杜甫，是唐代两位特立独行的诗人，李白具有强烈的自我创造、自我实现的欲望，其主体精神的张扬自然不见容于他所处的时代，所以杜甫要在《忆李白》中长叹息“世人皆欲杀，吾意独怜才”。而“大道如青天，我独不得出”，“古来圣贤皆寂寞，惟有饮者留其名”，从他的自我歌咏中，我们可以品味他的孤独与悲凉，看到他如何将孤独体验化为创作的动力。如果李白与当时的社会同流合污，从众而媚俗，中国诗史金黄的一章将会黯然失色。胸怀狭隘目光短浅的人，不会有内蕴博大的孤独体验，杜甫身居下僚而坎坷不遇，虽说是位卑未敢忘忧国，但从世俗的眼光看来，毕竟人微而言轻，所以他在世前后的诸多唐诗选本，竟然短视地遗漏了他的大作。杜甫对李白不免发出“千秋万岁名，寂寞身后事”（《梦李白二首其二》）的叹息，不也包括他自己吗？而在流落湖湘的垂暮之年，在《南征》中他就曾低吟“百年歌自苦，未见有知音”。然而，这位当时受到社会与众人排斥拒绝的诗人，时间，这位公正无私的最权威的裁判，却证明了他的伟大与永恒。

真正杰出的作家和艺术家，他们不像许多人一样仅仅只是把艺术当成谋生或谋取功名利禄的手段，他们绝不沾沾自喜于尘世的蜗角浮名，满足于常人均可企及的成就。他们无不深怀一种创作的孤独之感：一方面不随众，不媚俗，在创作上独立不迁，甚至为张扬自己的艺术个性实现自己的艺术理想而孤军奋战，另一方面又期望以自己有限的生命去征服艺术，进而征服永恒。当代此岸的诗人郭小川在抒情长诗《望星空》中，就曾经咏唱“在伟大的宇宙的空间中／人生不过是流星般的闪光／在无限的时间的河流里／人生仅仅是微小又微小的波浪／啊，星空／我不免感到惆怅”。“星星呀／亮又亮／在浩大无比的太空里／点起万古不灭的盏盏星光／银河呀／长又长／在没有涯际的宇宙中／架起没有尽头的桥梁／啊，星空／只有你／才称得上万寿无疆！”此诗写于1959年，他超前的时空之感和宇宙意识，自然不为他所处的时代所理解，反而招来许多莫须有的批判的箭矢，满身伤痕的他只能品味更深沉的孤独与悲凉。而彼岸的诗人余光中呢？他以前的一部诗集就题名为《与永恒拔河》，他的许多作品，都表现了征服时空征服艺术的角斗士的孤独。他在近作《对灯》中，仍然如此歌唱：“可幸还留下一盏灯／伴我细味空空的长夜

/无论这一头白发的下面/还压着多少激怒与哀愁/这不肯放手的右手，当一切/都已经握不住了，尤其是岁月/还想趁筋骨未钝热血未冷/向命运索取来此的意义。”空间虽然隔海，我仍然可以遥望，在一盏缪斯点燃的孤灯之下，那守夜人的满头青丝虽已变成飘萧的白发，然而那白发却仍在抗拒千年的风霜。

中国古代的诗人说：生年不满百，常怀千岁忧。外国的现代诗人说：人生短促，艺术永恒。社会性孤独和宇宙性孤独属于强者，属于追求形而上的诗人，属于具有当下关怀与终极关怀的作家。唯真正的大诗人才有大孤独。在不满百年的个人与千秋万岁的时空注定以悲剧收场的角力与决斗中，只有杰出的或伟大的诗人，才能以刹那战胜永恒！

秋之歌

少年时生命如同春日，只觉春阳初照，春花始荣，秋季还在遥远的天边，连它先是金黄后是苍凉的身影都不见，何况中间还隔着一大段夏天，风风火火热热闹闹大有可为的夏天。然而，仿佛是在转瞬之间，顶多有如小寐片刻，春日已无影无踪，夏日也绝尘而去。两鬓的微霜告诉我，少年不再，青年不再，中年也已到了最后关头。生命的初霜之后，接踵而来的，便是芸芸众生感时伤逝叹老嗟卑的深秋。

悲秋，大约是不分族别也不分国界吧，或者说，是普遍共有的人性人情。在西方诗文中，十九世纪法国象征派诗人马拉美的散文《秋》，将孤独寂寞的悲秋之情，抒写得哀婉之至；美国现代诗人弗罗斯特在《我的客人，十一月》中，也说秋天是“秋雨绵绵的晦日”。至于天空寒冷萧瑟，树叶枯黄凋谢，“忧郁的日子终于来到，这一年中最凄凉的季节”（布赖恩特：《花之死》）之类的悲秋咏叹调，更是不时在西方的诗文中鸣奏。在我们中国呢？悲秋之祖大约就是屈原了。昏君当政，奸佞弄权，楚国已经到了危急存亡之秋，而屈原却屡遭打击，流放江湘，他的生命和心理也有如肃杀的秋日。除了早期之作的《橘颂》，他的作品中很少欢愉高昂的音调。“帝子降兮北渚，目眇眇兮愁予。袅袅兮秋风，洞庭波兮木叶下”，这是《九歌·湘夫人》的起句，读者刚一展卷，一股悲风便从两千多年前迎面吹来。明人胡应麟在《诗薮》中，说它是“千古言秋之祖。六代、唐人诗赋，靡不自此出者”，这话说得不错，不过，如果要更准确些，“言秋”可以改为“悲秋”，不知胡应麟同不同意。屈原的弟子宋玉，在《九辩》一开篇就长叹息：“悲哉，秋之为气也！萧瑟兮草木摇落而变衰。”我没有足够的证据，但从年龄长幼和师徒关系而言，恐怕是学生在效法老师。有不少论者的文章说悲就从宋玉始，并引《九辩》之文为证，那是找错了庙上错了香火。至于以后曹丕《燕歌行》的“秋风萧瑟天气凉，草木摇落露为霜”，六朝谢庄《月赋》的“洞庭始波，木叶微脱”等，都是屈原悲秋的萧条异代不同时的变奏。

一年之中，有春发夏繁秋肃冬凋的不同，一个人的心理和生命，甚至具体的生平遭际，也往往有春夏秋冬之别。秋天特别是深秋，本来就万木凋零，于众生只能引发相应的感受，尤其是你的遭逢或生命面对的又正是秋日的肃杀。因此，唐代诗人也如他们的前辈诗人一样悲秋，那就绝非偶然，也无可厚非了。

不过，初唐与盛唐之时，大唐帝国如朝日之初升，如丽日之中天，那是封建社会的黄金时代，也是当时世界上最为强大的王朝。大唐正当春夏，尽管仍然有许多弊病与危机，但整个国家与社会生机蓬勃，生气活泼，包括诗人在内的知识分子大都觉得天生我材必有用，因而踌躇满志，意气飞扬。“云霞出海曙，梅柳渡江春。淑气催黄鸟，晴光转绿苹”（杜审言《和晋陵陆丞早春游望》），他们喜欢歌唱春天，如同一群在原野上欢呼奔跑的孩子；“白日依山尽，黄河入海流。欲穷千里目，更上一层楼”（王之涣《登鹳雀楼》），他们热衷咏唱壮志，像一群在沙场上驰骋的血气方刚的青年。即使是写前人不知悲过多少回的秋天，盛唐时代诗人的笔下，也很少那种萧索悲凉之气，而多的是清华高远的意境。张九龄在《感遇》中，既赞美春天的“兰叶春葳蕤”，也礼赞秋天的“桂华秋皎洁”，而无论春与秋，都是“欣欣此生意，自尔为佳节”。而成天与青山为伴与白云为友的孟浩然呢？他秋日登上兰山怀念朋友张五，“北山白云里，隐者自怡悦。相望试登高，心随雁飞灭”（《秋登兰山寄张五》），没有悲秋之音，只有怡秋之调。和孟浩然并称的王维呢？“空山新雨后，天气晚来秋。明月松间照，清泉石上流。竹喧归浣女，莲动下渔舟。随意春芳歇，王孙自可留”（《山居秋暝》），任随春华消歇，他的秋日清高悠远，自可登山临水，留恋与流连。表面乐观放达而内心实有万古之愁的李白呢？他虽然乱我心者今日之日多烦忧，虽然举杯消愁愁更愁，然而，直至垂暮之年，他都似乎不太知道秋天与悲愁的不解之缘。“霜落荆门江树空，布帆无恙挂西风。此行不为鲈鱼脍，自爱名山入剡中”，早期的《秋下荆门》一帆高挂，秋风高远；“江城如画里，山晚望晴空。两水夹明镜，双桥落彩虹”，在中年的《秋登宣城谢朓北楼》

中，秋日的风光仍是一派爽朗明丽。李白流放夜郎至中途放还，再游岳阳时正是秋日，他虽然满怀痛苦，一肚牢骚，甚至要捶碎黄鹤楼而刬却君山，但也许是江山易改而本性难移吧，他的乐观放达的个性与生俱来，他笔下秋天的洞庭与君山，仍然是“帝子潇湘去不还，空余秋草洞庭间。淡扫明湖开玉镜，丹青画出是君山”。他这位酒徒，不，酒仙，秋夜游湖时却依然不忘饮酒赏月，逸兴遄飞：“南湖秋水夜无烟，耐可乘流直上天。且就洞庭赊月色，将船买酒白云边。”（《游洞庭五首其二》）看来，即使是极度的坎坷困顿，甚至是几遭杀身之祸，但如果要李白一天到晚愁眉苦脸，唉声叹气，在秋天和他人一样低吟浅唱悲秋之曲，那似乎也难于上青天。

然而，以“安史之乱”为分水岭，大唐帝国终于告别了它的全盛时期，如日中天的太阳逐渐西斜，最后成了晚唐李商隐诗中的只是近黄昏的落照。在夏日的惊雷与电闪之后，却道天凉好个秋，大唐帝国也由春而夏由夏而秋了。也许是由于国势日衰，江河日下，昔日的青春焕彩变成了疮痍满目，朝气蓬勃变成了老大悲伤，诗人们也仿佛一下子从豪气干云的青年，变成了摒除丝竹的中年和感时伤逝的老年。使人意冷心寒的秋声，早在欧阳修的《秋声赋》之前，就已经纷纷起于唐代诗人的纸上，而那萧然暗淡的秋色，只要我们展卷而吟，也仍然会从千年前袭上我们的眉头与心头。

杜甫就是一个代表。他一生忧国忧民又坎坷不遇，乐少而苦多，诗中难得一见云开日出的笑脸。“却看妻子愁何在？漫卷诗书喜欲狂”，那首被前人评为老杜“生平第一首快诗”的《闻官军收河南河北》，其“快”不仅在节奏，更在心情，是悲怆奏鸣曲中一个难得的明亮的音符。杜甫写到秋天，也常常不免由己及人，万感交集：“曲江萧条秋气高，菱荷枯折随风涛，游子空嗟垂二毛，白石素沙亦相荡，哀鸿独叫求其曹。”（《曲江三章章五句》），“阑风伏雨秋纷纷，四海八荒同一云。去马来牛不复辨，浊泾清渭何当分”（《秋雨叹》三首），长安十年困守时期，他就有许多悲秋之歌了，及至支离东北，漂泊西南，辗转江汉与湖湘，更不禁悲从中来，秋声满纸：“八月秋高风怒号，卷我屋上三重茅。”（《茅屋为秋风所破歌》）如果生当今日，像杜甫这种成就和级别的诗人，其居室纵然赶不上大款的别墅和高官的宅第，但也绝不至于局促于破败的茅屋了。“风急天高猿啸哀，渚清沙白鸟飞回。无边落木萧萧下，不尽长江滚滚来。万里悲秋常作客，百年多病独登台。艰难苦恨繁霜鬓，潦倒新停浊酒杯”，杜甫的这首《登高》，明代胡应麟推许为古今七言律诗的冠军，其情悲壮而不悲哀，但同为悲秋则一。至于在四川夔州作的一组七言律诗《秋兴》八首，一开篇即是“玉露凋伤枫树林，巫山巫峡气萧森”，如同一阕交响曲的主旋律，诗人在组诗中反之复之的，既是悲故国也是悲秋日，或者说在悲故国中悲秋日，悲秋日中悲故国。我的朋友黄维梁教授舌耕与笔耕于香港中文大学，他运用加拿大学者佛莱的“基型论”，分析杜甫的《客至》与

《登高》，撰有《春的豫悦和秋的阴沉》一文，他说杜甫的《登高》“其悲苦，其潦倒，其英雄末路日落西山的情形，正吻合了佛莱所说的悲剧的基型”。香港四时不甚分明，一年四季都是金灿灿的初秋，由香港的金秋而夔州的哀秋，黄维梁思接千载，他真可以说是杜甫的知音。

英国诗人济慈说：“一年有四季，人的心灵也有四季。”中唐已是夕阳西下了，而晚唐呢？悲凉的晚钟敲来的是苍茫而苍老的暮色。盛唐时代的英风胜概早已荡然无存，诗人们的心态也早已进入了秋日和冬天。悲秋，是中晚唐诗坛流行的风景。如果要投票公决，白居易大约是悲秋的代表人物。他年轻时在《秋思》中早就说过“萧条秋气味，未老已深谙”，三十二岁时，作《秋思》说“何况镜中年，又过三十二”，三十六岁时又作《曲江早秋》，说什么“秋波红蓼水，夕照青芜岸。独信马蹄行，曲江池四畔。……我年三十六，冉冉昏复旦。人寿七十稀，七十将过半”。以后连续几年中，年年照写《曲江感秋》不误，到五十一岁时还旧事重提，一副度日如年未老先衰之态，这就难怪他的《琵琶行》一开篇，破空而来的，就是“浔阳江头夜送客，枫叶荻花秋瑟瑟”的瑟瑟秋声。台湾学者吴经熊在写于二十世纪三十年代的专著《唐诗四季》中，把白居易列为“秋季诗人”，一点儿也不算冤枉。与白居易唱和甚多关系极“铁”的元稹，也曾写诗“劝君莫作悲秋赋，白发如星也任垂。毕竟百年同是梦，长年何异少何为”（《酬乐天秋兴见赠》），可见连元稹也认为他悲秋之作太多，但他相劝的理由也颇低调而灰调，本身也不免悲剧意味。不过，悲秋的当然也不止白居易，大历十才子之一的卢纶，就有一首《同李益伤秋》："岁老人头白，秋来树叶黄。搔首问黄叶，与尔共悲伤。"自己独自悲秋还意犹未尽，还要彼此彼此，大家一起来同悲，这真是有福同享，有秋同悲了。然而，除上述这些诗人之外，中唐时悲秋病患者最严重的，莫过于李贺这位多愁多病有志不伸的短命诗人。他在《南山田中行》中说"秋野明，秋月白。塘水漻漻虫啧啧"，在《开愁歌》中唱"秋风吹地百草干，华容碧影生晚寒，我当二十不称意，一生愁谢如枯兰"，年纪轻轻，满怀壮志不酬的苦闷，不是"开愁"而是"聚愁"。如同在当前商业大潮中有的文人认为文学贬值，李贺有时也对自己的写作价值产生了怀疑："寻章摘句老雕虫，晓月当帘挂玉弓。不见年年辽海上，文章何处哭秋风！"(《南园》)而《秋来》一诗的"桐风惊心壮士苦，衰灯络纬啼寒素。……秋坟鬼唱鲍家诗，恨血千年土中碧"，就更是字字血声声泪的血泪交迸的悲秋之曲了。在李贺之后，晚唐的诗人接踵而来悲秋，如李商隐的"扇风淅沥簟流离，万里南云滞所思。守到清秋还寂寞，叶丹苔碧闭门时"(《到秋》)，如陆龟蒙的"荒亭古树只独倚，败蝉残蛩苦相仍。虽然诗胆大如斗，争奈愁肠牵似绳"(《早秋吴体寄袭美》)，虽然可谓深情绵邈，但也可以说是气若游丝。

然而，众声齐奏中也仍然有裂帛而鸣的异响，千篇一律里也仍然有别具光辉的异彩，使我们从几乎无法自拔的哀思怨绪的沼泽，振羽飞向响晴亮丽的天空，这就是中唐刘禹锡的《秋词》和晚唐杜牧的《山行》。

在中唐诗人中，刘禹锡与白居易齐名，时称“刘白”。唐代不少诗人都有美丽的别名雅号，李白是“诗仙”，杜甫是“诗圣”，王维是“诗佛”，白居易是“诗魔”，李贺是“诗鬼”，刘禹锡生时就荣获了“诗豪”之名，而且是白居易命名的：“彭城刘梦得，诗豪者也。”他的《秋词》二首确实是劲风拂纸，豪气凌云：

自古逢秋悲寂寥，我言秋日胜春朝。
晴空一鹤排云上，便引诗情到碧霄！

山明水净夜来霜，数树红深出浅黄。
试上高楼清入骨，岂如春色嗾人狂？

“永贞革新”失败之后，刘禹锡被贬为朗州（今湖南省常德市）司马。朗州“地居西南夷，土风僻陋”，是唐代安置被贬官员的下州，而“司马”又是没有实权的下吏，但在这南蛮之地，刘禹锡却整整谪居了十年。其时，革新派的领袖王叔文被赐死，参与革新的好友柳宗元等人被贬遐荒，大环境恶劣，小气候也不行，独居无友，壮志不伸，其精神之压抑与痛苦可想而知。然而，刘禹锡写秋色，咏秋光，却一洗自古相传的常态与旧调，唱出了“我言秋日胜春朝”的壮歌与“岂如春色嗾人狂”的新声，表现了高远奋发的精神境界。抗日战争时期，幼小的我随家人流亡湘西，一叶轻舟溯清碧的沅江而上经过常德，虽然城外那一弯江水至今仍然碧绿在我的记忆里，但当时年幼无知，怎么会知道自己竟然和千年前的刘禹锡擦肩而过？及至人到中年，我多次从长沙前去常德凭吊，今日的常德已是一座热闹繁华的现代都市，刘禹锡的遗踪已渺不可寻，只有他豪迈清越的诗句啊，依然写在山上水上白云之上鹤翅之上和我永不老去的心上。

可以和刘禹锡的《秋词》媲美的，那就是晚唐杜牧的诗了。杜牧生活和创作的时代，正是李唐王朝行将闭幕的前夕，社会动荡不安，危机四伏，出身世家望族的杜牧虽怀抱大略雄才，但却同样是壮志难酬。然而，他的诗风却清峻豪放，峭拔劲健，一扫晚唐诗中的苍然暮色，敲响的竟是凛然的晨钟。他写北方的秋天如《长安秋望》：

楼倚霜树外，镜天无一毫。
南山与秋色，气势两相高！

毫无衰飒之气，只有豪壮之神。气爽秋高，固然是客观之物象所致，也是由于诗人胸怀爽朗，襟抱高远。如果这首写北方秋色的诗可谓“壮丽”，那么，他写南方秋景的《山行》，就堪称“明丽”：

远上寒山石径斜，白云生处有人家。

停车坐爱枫林晚，霜叶红于二月花。

同时代的诗人写枫叶，杜甫是“玉露凋伤枫树林，巫山巫峡气萧森”（《秋兴》八首），白居易是“临风杪秋树，对酒长年人。醉貌如霜叶，虽红不是春”（《醉中对红叶》），从来没有人像杜牧一样，认为枫叶比二月的春花鲜艳灿烂。长沙湘江西岸之岳麓山下，青枫峡里，有一处名胜“爱晚亭”，传说是清代诗人袁枚根据《山行》一诗取名。每当枫叶流丹的深秋时节，我和一二好友渡湘江而西去观赏秋枫的大展。满山的枫树在绿过了春青过了夏之后，在秋风与秋霜的助威之下，忽然发出一声“呐喊”，纷纷举起了火把，把岳麓山烧成了一座火焰山，但始终不见心急火燎的消防车赶来救火，而我们于山下与山中，也若无其事地高吟低咏杜牧的《山行》。

如今，我生命的驿车早已驰过了蓬勃的春热烈的夏，到达了早秋这个驿站。青春在于精神，生命在于创造，刘禹锡和杜牧千年前的高歌犹在耳畔，不要去低吟“悲哉，秋之为气也”吧，不要去浅唱“一叶落而知天下秋”吧，当代诗人郭小川慨当以慷的《秋歌》中的诗句，如同催征的鼓点，敲沸了我未冷的热血激励了我不老的肝胆：

秋天啊，请把簌簌的风声喝断，
我的歌儿呀，唱了还不到一半！

溯洄

“蒹葭苍苍，白露为霜。所谓伊人，在水一方。溯洄从之，道阻且长。溯游从之，宛在水中央”（《蒹葭》），这样美好的风物，如此美丽的情歌，本来应该出自山柔水媚的江南，然而它却诞生在民风彪悍的西秦，像一颗珍珠，如一方钻石，好似一枝永远开不败的花朵，收藏在珍藏在两千多年前的《诗经·秦风》里。溯洄从之，多么令人遐想的境界啊，诗的主人公向往的是他心中的伊人，而今，我溯洄而上至唐代的国土，在比西秦更西的甘肃敦煌的石窟里，捧读劫后的唐人手抄的诗卷，如同倾听那原版的未经一再翻录的歌声。

真正的原版应该是诗人的手写稿，或是经诗人自己过目的审定本，但是，月久年深，这些都已经是“佳人难再得”了。幸亏敦煌石窟的藏经洞里，还秘藏了唐人手抄的唐诗残卷，虽然时隔千年，虽然内有奸徒，外有蟊贼，被碧眼黄髯盗往国外，但灾劫之余，我们还幸而可以溯洄而上，置身唐代，尽管听到的不是诗人的现场歌唱，但入耳动心的却是最早最原始的歌声。

一

往日读孟浩然的《临洞庭湖赠张丞相》一诗，“八月湖水平，涵虚混太清。气蒸云梦泽，波撼岳阳城”，上天下地，气魄雄张，我这个曾在岳阳城寄迹多年的湘人，总不禁豪情陡涨，意兴遄飞。在写洞庭湖的诸多诗作中，只有后来者杜甫的“昔闻洞庭水，今上岳阳楼。吴楚东南坼，乾坤日夜浮”，才能与它一较波浪的大小，水平的高低。如同田径场上的跳高国手，一跃横空，在越过那难以企及的高度之后，后来者“想百尺竿头更进一步”，不是没有可能，然而希望甚微。在古典诗歌中，没有人能破孟浩然和杜甫所创造的描状洞庭湖的纪录。在他们之前，宋之问的“初日当中涌，莫辨东西隅”不用说了，在他们之后，如刘禹锡的“湖光秋月两相和，潭面无风镜未磨”，元稹的“人生除泛海，便到洞庭波。驾浪沉西日，吞空接曙河”，曹松的“东西南北各连空，波上唯留小朵峰”，可朋的“水涵天影阔，山拔地形高”，等等，都只能相形失色。难怪到了宋代，方回在《瀛奎律髓》中也说：“予登岳阳楼，此诗大书左序毬门壁间，右书杜诗，后人自不敢复题也。刘长卿有句云：‘叠浪浮元气，中流没太阳。’世不甚传，他可知也。”可见这两首诗是洞庭湖与岳阳楼注册的永久商标与诗标，乃镇楼与镇湖之宝。

不过，我仍然不免心存疑惑的是：杜甫诗的后半首忧国忧民，与前半首浑然一体，而孟浩然的后半首则意在希望得到当道者的援引，与杜诗相较，其精神境界之高下立见，而且孟诗的后半首虽然仍不离“水”与“舟”，但其私情之“小”与湖水之“大”总不大协调，前后不一。好像一件本来品位高雅且完美的艺术品，凭空焊接了一个累赘的附加物，焊接的工艺又不到家，人工的痕迹刺目。

这个疑团终于冰释，释疑者就是敦煌石室的唐人抄本。这一抄本的残卷中，有十二首孟浩然的诗。上述此诗题为《洞庭湖作》，是一首五言绝句：

八月湖水平，含虚混太清。
气蒸云梦泽，波动岳阳城。

在流传至今的各种版本的《孟浩然集》中，题目或作《临洞庭》，或作《岳阳楼》，而北宋人所编古代诗文总集《文苑英华》则作《临洞庭湖上张丞相》，题目虽异，但同为字数相同的五言律诗，则别无二致。只有敦煌抄本为五言绝句，也就是流行版本的前半首，独立门户。其中的原因与奥妙何在呢？孟浩然当然不会前来作答了，只有靠我们自己去研究和想象。

唐诗在抄写流传的过程中，除了难以避免的错讹，有时也经作者本人或他人改动。此诗中的“含”字，今天各孟集本均作“涵”，而“动”则作“撼”，前者字义相通，诗义近似，而

"撼"则比"动"更具动感与张力，乃后来居上的改笔，这是孟浩然后来自改还是他人代劳，就只有天知地知了。但是，敦煌抄本为什么只有四句？为什么题目是"洞庭湖作"，和正文一样没有只字涉及张丞相？而且首句的格律是"仄仄平仄平"，如果置之五律之首，则在五律中极为罕见，是一个所谓"异数"？原来，湖北襄阳的孟浩然三十岁以前来游湖南岳阳，八月高秋，洞庭浩荡，他就写下了这首气象雄浑的绝句，"仄仄平仄平"正是五绝起句的一种格式。"张丞相"指张说，他当丞相时在开元九年（721），孟浩然三十三岁。在封建时代，出仕是知识分子实现自己的抱负唯一的羊肠小道，有济世之想的孟浩然也不例外，于是他就顺水推舟，在原诗之后加上了希求张说援引举荐的四句，成了我们今日普遍共见的五言律诗。有人说"张丞相"指张九龄，而张九龄为相在开元二十一年（733），孟浩然已四十五岁，早已由达则兼济天下的夏进入了穷则独善其身的秋，比他年轻十二岁的李白，也早已歌吟赞颂过"吾爱孟夫子，风流天下闻。红颜弃轩冕，白首卧松云"了。

无独有偶的是，敦煌抄本还有一首孟浩然的五绝《春中》，首句的平仄格式与上述之诗相同，可以旁证其为"焊接"而成。全诗是："二月湖水清，家家春鸟鸣。林花扫更落，径草踏还生。"但在今日所传的《孟浩然集》，却变戏法似的变成了一首律诗，而且"名花有主"，因为题目也改为《春中喜王九相寻》了，后四句是："酒伴来相命，开樽共解酲。当杯已入手，歌妓莫停声。”缘由何在？我想，大约也是先有前面四句，单独成篇，后来为了赠诗给王九先生，就顺手牵诗，又在后面续了四句。这后四句虽然草草成文，不及前四句，但前后意境还算和谐，而且重在歌颂友情，不像前一首诗的后半篇，知识分子的依附攀缘心理纤毫毕现，实在有些“煞风景”。不过，我们也不可脱离历史深责苛求，像孟浩然这样本性淡泊而有操守的人，即使进入了官场，大约也不会成为古已有之的贪官污吏。而且，孟夫子虽然希望有权势的人引荐，但措辞也仍然颇为得体，不失书生与诗人本色，比起现今某些为一己之私利而奴颜婢膝阿谀奉承之徒，仍自有霄壤之别。

二

盛唐诗人崔颢的作品不多，但《黄鹤楼》一诗却为他赢得了巨大的荣誉。宋代的严羽就俨然是最高级别的评奖委员会的主任，而且可以一言定鼎。他在《沧浪诗话》中说：“唐人七律诗，当以崔颢《黄鹤楼》为第一。”李白生平真正看得起的人大约不多，但这位豪气干云傲气也干云的大诗人便是其一，据元人辛文房的《唐才子传》记载，他到黄鹤楼见到崔颢之作，本来目无余子的他也不禁搁笔而叹：“眼前有景道不得，崔颢题诗在上头。”诗，岂是如韩信将兵多多益善的吗？真正杰出的艺术品，有一件也就足以鸣世和名世的了。众多而平庸的作品，也许会为作者赢得一时的虚名，但如同过眼浮云，时间的长风只消轻轻一吹，便会立即无影无踪。

我们今日读到的《黄鹤楼》诗，通行的字句如下：

昔人已乘黄鹤去，此地空余黄鹤楼。
黄鹤一去不复返，白云千载空悠悠。
晴川历历汉阳树，芳草萋萋鹦鹉洲。
日暮乡关何处是？烟波江上使人愁！

大家耳熟能详或朗朗成诵的，就是如上的版本。一般人绝不会怀疑，未经崔颢同意，就有自以为是者代为修改他的作品。待到敦煌诗卷重见天光时，我们才“掀起你的盖头来”，一睹崔颢诗作的原貌：

昔人已乘白云去，兹地空余黄鹤楼。
黄鹤一去不复返，白云千载空悠悠。
晴川历历汉阳树，春草青青鹦鹉洲。
日暮乡关何处在？烟花江上使人愁！

擅改此诗有据可查的，是清代才子金圣叹。他将第一句的“白云”改为“黄鹤”，将第六句的“春草”改为“芳草”。现存唐人选唐诗的《河岳英灵集》《国秀集》《又玄集》《才调集》四种，宋人所编的《文苑英华》《唐诗纪事》等书，此诗首句都作“昔人已乘白云去”，一直到明人吴琯所编的《唐诗纪》和清人编的《全唐诗》，“昔人”仍然乘白云而飞，只在“白云”下小注曰：“一云作‘黄鹤’。”可能是王安石的《唐百家诗选》中，此句写为“黄鹤”之故，不知是他人所改还是王安石自改？为什么“白云”后来一作“黄鹤”呢？这就可从中看出时代与社会对文化及人的心理的影响了。元代统治严酷，社会黑暗，诗人和其他的知识分子身处社会的最底层，苦闷的精神需要飞扬的神话来解脱，于是，便生发出费文祎从黄鹤楼驾鹤成仙，和仙人子安乘鹤经过此楼的“美丽的谎言”，在辗转相传中，“昔人已乘白云去”也就约定俗成地成了“昔人已乘黄鹤去”的异文。待到清初选批唐才子诗的金圣叹一出，他便不由分说：“有本乃作‘昔人已乘白云去’，大谬！不知此诗正以浩浩大笔，连写三‘黄鹤’字为奇耳！且使昔人若乘白云，则此楼何故乃名‘黄鹤’？此亦理之最浅显者。至于四之忽陪‘白云’，正妙于有意无意，有谓无谓。若起首未写‘黄鹤’，先已写一‘白云’，则是‘黄鹤’‘白云’两相对峙。‘黄鹤’固是楼名，‘白云’出于何典耶？且‘白云’既是昔人乘去，而至今尚见悠悠，世则岂有‘千载白云’耶？不足当一噱已。”在金圣叹之后五十多年，沈德潜编《唐诗别裁》时便照此办理，连“一作白云”的小注也强行删去。又过五十年后，孙洙编《唐诗三百首》当然也是依样画葫芦，其编又家喻户晓，至今畅行二百多年，于是读者也就身在此书中而不识崔诗的真面目了。

我并不想和金圣叹辩论，因为他已经无法发言。我只是想说崔颢原作如此，他并没有声明别人或编辑者可以擅改，还是应该尊重作者本人的意愿为好。何况二句白云，二句黄鹤，一去一留，一留一去，回环往复，对照成文，也自有胜境和妙趣，何必好为人师去佛头着粪呢？又如“春草青青鹦鹉洲”，《国秀集》及《文苑英华》都与敦煌本相同，作“春草青青”，只有《河岳英灵集》和《唐诗纪事》“青青”作“萋萋”。这且不去管它，宋代以前“芳草”均作“春草”，只有明人的《唐诗纪》在“春”字下面注曰：“一作‘芳’”，而金圣叹就改“春”为“芳”，沈德潜和孙洙也亦步亦趋。殊不知崔颢诗写的是“烟花江上使人愁”，时令正是阳春三月，景物凄迷，乡愁也凄迷，而且“春草萋萋”均为齿音之字，在音韵上更切合那特定的情境。与金圣叹无关的是，古代的各种唐诗选本，不知何故“烟花”均作“烟波”，而敦煌本则是“烟花”。这“烟花”不仅点明了时令，而且按迹寻踪去破案，李白当年很可能真在黄鹤楼读了崔颢之诗而搁笔，因为他在黄鹤楼头写《黄鹤楼送孟浩然之广陵》，也说的是“烟花三月”，同是写春天，与“烟花江上”遥相呼应，这难道是偶然的巧合吗？

原则上说，诗文需要修改，不论是自改还是他改。自改可以文责自负，他改则是“文责他负”了。这个“他”，一定要有眼光，有水准，要能体会作者的苦心与匠心，尤其是对于已经成名而态度严谨的作家的作品，因为名声虽可“浪得”，但不少人仍是实至名归。如果有条件与作者商量，如切如磋，如琢如磨，那当然更为理想。可怕的是有些人水平不高又自视甚高，又喜欢莫名其妙地运斤成风，碰到这样的“刀斧手”，就只有恨自己遇人不淑命途多舛了。不过，改写诗文毕竟不是什么关系到生死存亡的大事，最可怕的，还是手执生杀予夺之权者改写你的命运，甚至改写已成公论的历史。当代的不必多说了，年长一些的知识分子或其他阶层的人，大都有过一番“苦难的历程”。即以擅改崔颢之诗的金圣叹而论，他评点《水浒传》时还腰斩过七十回以后的章节，然而，他在顺治八年（1651）以哭庙案并坐附会叛逆罪被杀，时当盛年，也是在批点唐诗擅改崔诗之后不久，金圣叹别名中有个“喟”字，那就真是太令人喟叹了！

三

盛唐国力鼎盛，或开边拓土，或抵御外敌，读书人的功名不是寄望于科场之上，就是寄托在沙场之上。唐代的边塞诗，如同不朽的琴弦，在北地的金戈铁马和西域的铁马金戈中铿然鸣响。而敦煌一千多年的漫漫风沙吹过去，却有知名者和无名者从不见收录的边塞诗，如同颗颗珍珠保存到今天，这种天地间的奇迹和造化的恩典，也真是令人欢喜感激！

哥舒翰是盛唐时的名将。这位少数民族出身的将领，最后虽然因战败被俘投降了安禄山的叛军，随后被安禄山的儿子安庆绪所杀，晚节不保而且下场很惨，但当年在西部边塞却建立了赫赫战功。石堡城又名铁仞城，简称石城，在今日青海省湟源县西南，是唐军与吐蕃作战的前线，也是西部的边防要塞。石堡城被吐蕃攻占之后，唐军多次攻打，损兵折将都未能收复。哥舒翰以数万兵士的牺牲为代价，终于在天宝八年（749）攻取。这是轰动朝野与中原腹地的头号新闻，在李白与杜甫的诗中均有反响。李白在《答王十二寒夜独酌有怀》中说："君不能学哥舒，横行青海夜带刀，西屠石堡取紫袍。"王十二大约是一位上马不能杀贼的文弱书生，但李白用词出之以"屠"和"取紫袍"，看来对此举并不十分欣赏。而杜甫在《投赠哥舒翰开府二十韵》中，则说"先锋百战在，略地两隅空。青海无传箭，天山早挂弓"，对他却颇为赞美。如此美言，除了出于爱国之心，困顿之中的杜甫，是否也希望这位声名赫奕的武人，能援引自己这个走投无路的文人呢？收复石堡城这一重大战事，在唐诗中没有直接反映，幸而敦煌诗卷中保存了署名哥舒翰的六言诗《破阵乐》，算是一份历史文献：

西戎最沐恩深，犬羊违背生心。

神将驱兵出塞，横行海畔生擒。

石堡岩高万丈，雕窠霞外千寻。

一喝尽属唐国，将知应合天心。

今日看来，称兄弟民族为“犬羊”而自诩“恩深”，乃是历史的陈迹，当然不合时宜，但全诗倒也能写出石堡城的险峻、将军的勇武和大唐帝国的胜概雄风。一九九九年八月我曾亲访石堡城，在《青海青》一文中曾记叙其事。《全唐诗》未收此诗，哥舒翰也未见其他作品，只有两句断句收于《全唐诗补编》，可能他长于策马弯弓，却不善于操觚染翰。我甚至怀疑此诗并非出自他的手笔，而是由秘书之类的他人代劳，但并无实据，因此只能算是捕风捉影，想当然耳，哥舒翰将军不必介意。

不过，天宝十二年（753）五月，哥舒翰攻取了洪济、大漠等城，即河西九曲，地在今日青海贵德县西黄河南岸一带。已于哥舒翰幕府掌书记的诗人高适，应该在行伍中亲历其事。明代的《高常侍集》和《全唐诗》均收有他的《九曲词三首》，但实际上应为四首，因为另一颗遗珠深藏在敦煌写本的卷帙之中，抄录在另一首《九曲词》“铁骑横行铁岭头，西看逻娑取封侯。青海只今将饮马，黄河不用更防秋”之后，千年来未见天光：

一队风来一队沙，有人行处没人家。
阴山入夏仍残雪，溪树经春不见花。

风沙阵阵，而以“队”来形容，可谓别出心裁。“有人行”

与“没人家”，是有无和动静的对照，明写风沙和边地荒凉，暗写在风沙中行军的队伍，表现了征战的艰难。春日无花，入夏仍雪，紧扣五月收复九曲的时间节令，这也正是青海边陲的特殊景色。近四十年前，我在无花只有寒的青春时代，就曾经实地领略过，今日每次读来，仍然感同身受，恍如经过时间隧道而回到了唐代的边疆。

以上诗作，或出自名将，或出于名诗人，但许多作者特别是名不见经传的作者，却永远被埋没了，幸亏敦煌写本还为我们秘藏了一些诗的财宝。如未标诗题的萧沼的七绝：“去年一半在燕支，容鬓沙场日夜衰。萧关不隔乡园梦，瀚海长愁征战期。”燕支，即燕支山，又名焉支山，山丹山，在今甘肃省山丹县东南。山产红苜可为胭脂，故匈奴歌曰：“失我胭脂山，使我妇女无颜色。”而杜审言的《赠苏绾书记》有道是：“知君书记本翩翩，为许从戎赴朔边。红粉楼中应计日，燕支山下莫经年。”汉代所置的“萧关”，在宁夏固原东南，是自关中通往塞北的要冲，唐诗中提及萧关的名篇，随手拈来，就有岑参的“凉秋八月萧关道，北风吹断天山草”（《胡笳歌送颜真卿使赴河陇》）和王昌龄的“蝉鸣空桑林，八月萧关道”（《塞上曲》）。这位姓名几乎都遗失了的萧沼，只知他是天宝年间人，与岑参同居北庭幕府，因为他回长安时，岑参有《天山雪送萧沼归京》相赠。萧沼此诗是夫子自道，还是代他人立言，恐怕二者兼而有之吧。在敦煌的千年风沙里，幸存的还有崔希逸的《燕支行营》二首：

天平四塞尽黄沙，寒冷三春少物华。
忽见天山飞下雪，疑是庭前有落花。

阳乌黯黯映山平，阴兔微微光渐生。
戍楼往往云间没，烽火时时碛里明。

崔希逸于开元二十四年（736）秋出为河西节度使，他采取睦邻政策，与吐蕃杀狗为盟，树栅为界，各去守备，后来玄宗逼他偷袭，斩获甚众。崔希逸虽身为方面大员，但仍是重然诺信义的君子，不谙政治权谋的残酷丑恶，他总为自己被迫背信弃义而惭愧自责，不久就一病不起。上述两首诗，一写边塞的白天，一写边塞的夜晚，前一首的凭空想象，后一首的句句对仗，都各有特色，虽然并非绝唱，但如果没有边地生活的体验，也不可能写得如此情景逼真。

敦煌写本的边塞诗中，还有一首特异之作。不如作者姓甚名谁，文字粗豪而富有民歌情味，题目是《野外遥占浑将军》：

山头一队欲凌云，白马红缨出众群。
诸人气色不如此，只应者个是将军！

《史记》与《新唐书》均记载，浑氏出自汉代时匈奴浑邪王，浑邪王杀休屠王并率众降汉，随拓跋氏徙河南，因以为氏。时至唐代，浑氏家族在西北边境多世代为大将，如浑大寿、浑释之皆为皋兰都督，浑释之还从哥舒翰拔石堡城，释之子浑瑊也勇冠三军，浑瑊子浑镐、浑锣并为大将军，所谓将门世家。高适有《送浑将军出塞》一诗，其中赞美说："将军族贵兵且强，汉家已是浑邪王。子孙相承在朝野，至今部曲燕支下。控弦尽用阴山儿，登阵常骑大宛马。"他送的就是浑释之。上述这首《野外遥占浑将军》，其人物情景颇像现代战争片或武侠片中主人公的特写镜头，他赞美的究竟是哪一位浑将军呢？岁远年深，颇难稽考，反正是浑家的将军，是浑氏家族的光荣，别的姓氏的将军是无法沾光的了。

四

中国古典诗歌中的爱情之曲，诞生在北方，美丽在《诗经》的十五国风里，首先在《周南·关雎》篇中鸣奏。时至南北朝，民间的歌手们也不甘寂寞，他们以一支支江南的竹笛，吹奏出幽婉动人的情歌，《子夜歌》《读曲歌》等，就是他们保留在文学史上的经典节目。唐代呢，大约是诗人一统诗坛吧，咏唱爱情的民歌流传至今的不多，多是有名有姓的诗人的作品，其中尤以李商隐的篇章缠绵悱恻，其无题之作，只有清代的才子黄景仁才敢于向他挑战。然而，想不到在大西北的黄沙紫塞，在敦煌的只有冷月疏星照临的石窟，却封存了时历千年而坚贞一如往昔的爱情。

敦煌残卷中有一组诗，共五十九首，按其内容和编次，当是出自一人之手。可惜作者已经佚名，他是遭吐蕃拘禁的敦煌使臣，还是兵败被俘而从敦煌押往青海羁留多年的战士？其确切身份已如不解的谜团，但其曾作囚徒则无疑问，时间大约在唐代宗永泰二年（766）凉州陷于吐蕃，至唐德宗建中二年（781）敦煌沦陷之间。当时吐蕃鼎盛，河陇陷落，西域、青海与中原交通音信断绝。这位无名氏行行重行行，以他的诗篇记叙了绝域殊方的景物与风情，以及他作为囚徒与流人的真实感受。而最动人情肠的，则是他那些抒写爱情的篇章，如《晚秋》二首：

日月千回数，君名万遍呼。
睡时应入梦，知我断肠无？

白日欢情少，黄昏愁转多。
不知君意里，还解忆人么？

前一首诗以表漫漫时日的“千回”与“万遍”，后一首诗以状一天之内的“白日”与“黄昏”，写天天如是而不知何日方休的愁情苦绪。而千万遍呼妻子或情人的名字的细节，则使我想起当代旅美华人名诗人纪弦的名作《你的名字》：“用了世界上最轻最轻的声音／轻轻地唤你的名字每日每夜／写你的名字／画你的名字／而梦见的是你发光的名字／如日，如星，你的名字／如灯，如钻石，你的名字／如缤纷的火花，如闪电，你的名字／如原始森林的燃烧，你的名字。”好像一条河流的上游与下游，虽然上游与下游永远不能相见，但上游是下游的渊源，古今中国诗人诗心的相通，真是令我惊异。我于1996年秋日做客美国旧金山，在北美华人作家协会于金门公园举行的庆贺中秋并欢迎我的聚会上与纪弦初逢，我即席当面背诵了他的这首名作，但可惜当时没有想及敦煌诗卷里的这首《晚秋》，不然，也多了一则古今相证而异地交流的诗话。

这位陷蕃的诗人，还有《闺情》二首，以相似于王维的“遥知兄弟登高处，遍插茱萸少一人”的手法，从对面写来，想象在家乡的妻子或情人对自己的思念：

千回万转梦难成，万遍千回梦里惊。
总为相思愁不寐，纵然愁寐到天明。

百度看星月，千回望五更。
自知无夜分，乞愿早天明。

这两首诗的内在情思与艺术传达可谓回环婉曲，唱叹有情，置于唐代众多闺思闺怨的优秀作品之林里，也仍然是一枝秀出之作。曾经有过刻骨铭心辗转反侧的爱情体验的人，大约都会感同身受吧？即使你未曾有这种体验，但你如设身处地，也可以想象这位无名诗人在与世隔绝的穷荒绝域，是怎样辗转反侧寤寐求之而痛断肝肠！

在敦煌写本中，于刘希夷的《白头老翁》一诗之后，又抄录了未署作者姓名的九首情诗，用的是唐诗中除了崔颢的《长干曲》之外，就极为罕见的男女问答体，前七首题为《思佳人率然成咏》。有道是“男儿有泪不轻弹”，但这位男主人公却泪流满纸：“临封尺素黯消魂，泪流盈纸可悲吞”，“着人遥忆情多少，泪滴封书纸上流”，“知人忆着兼肠断，不觉题书双泪流”，“精神恍惚总缘奴，憔悴啼多眼欲枯”。七首诗中，至少有四首浸泡在怀人的泪水里，令后世的读者都要洒一掬同情之泪。后二首，却是以女主人公身份作的《奉答》：

纵使千金与万金，不如人意与人心。
欲知贱妾相思处，碧海清江解没深。

红妆夜夜不曾干，衣带朝朝渐觉宽。
形容只今消瘦尽，君来莫作去时看！

用贵重的黄金反衬情意更为贵重，用深广的清江碧海反衬相思的无可测量，令我想起高适《赠任华》的“世人不解结交者，唯重黄金不重人。黄金虽多有尽时，结交一成无竭期”，想起李白《赠汪伦》的“桃花潭水深千尺，不及汪伦送我情”。友人尚且如此，何况是相知相亲的爱人？而“衣带朝朝渐觉宽，形容只今消瘦尽”，是不是启发过宋代词人柳永“衣带渐宽终不悔，为伊消得人憔悴”的诗思？因为我在一千年后才读到这些诗篇，而在唐诗广被口口相传而且有许多抄本可读的宋代，有谁能证明柳永没有读过这些篇章呢？

“蒹葭凄凄，白露未晞。所谓伊人，在水之湄。溯洄从之，道阻且跻。溯游从之，宛在水中坻。”每读这首颇具朦胧之美的《诗经》中的情诗，对于那位若隐若现如在如失的伊人，我总是不禁心驰神往。而诗中的那位主人公呢，应该是男性吧？他那种锲而不舍逆流而上顺流而下的追寻精神，也令我向往欣慕。如今，唐代诗人手写的或他人传抄的诗稿诗集，都已经是佳人不可再得了，幸亏敦煌的唐诗抄本还保留了唐诗的一些水影波光，让我得以在一千二百年以后的当代，在二十世纪的末叶，遥瞻它的浪花，远听它的波声，于芦苇萧萧的早秋，驾一叶想象的飞舟，沿波讨源啊溯洄而上！

出土的民歌

千里湘江，流经长沙后便匆匆北上，去赴洞庭湖在远古时即已订下的约会。长沙之北六十里的望城县铜官镇，临江而立，是湘江下游一个有名的口岸，至今也仍是湖南省重要的陶瓷产地，名扬四方。

我家在长沙，年轻时却在洞庭湖畔的一个县城教书，不知多少次往返于长沙与那一座县城之间，而铜官镇则是必经之地。“铜官到哒，有在铜官起坡（下船上岸）的乘客，请准备起坡啦！”老船员那洪亮而苍劲的呼喊不知听到过多少回了，至今仍和已逝的岁月和拍岸的江涛一起，回荡在我的心间。然而，当时我却不知道途经一方宝地，也听不到铜官地下唐代民歌不甘湮没的呼声。世间有许多宝贵的东西，众生常常视而不见，见而不识，当年我就曾和一座宝库无数次地擦肩而过，既视若无睹如盲人，也充耳不闻如聩者。

从铜官镇往南至石渚湖，长约十里的湘江东岸的河滨与山丘，原来是唐代的长沙窑窑址区。一千多年时间的风雨，早已吹熄浇灭了那曾经熊熊的炉火，一千多年岁月的沙尘，也早已把地上的窑群深深埋到了地下，天机变成了地秘。一直到二十世纪八十年代之初，考古学家们前来叩问，发掘出许许多多破损的或完整的瓷器，数以百计的瓷器上书写的竟然是唐代的诗句，除了文人之作，大部分都是民歌，有五六十首（句）之多。千年之后，重见天日，这些诗歌并没有和时间一起老去，而是像千年前一样年轻而新鲜，如同刚从树枝上摘下来的果实，如同春日天边初生的早霞。

一

长沙窑异军突起于中晚唐，其瓷器是中国瓷器史上的异品。它不仅首创了釉下彩和釉中彩，移植了诸如划花、镂雕、模印、染缬等传统器物的装饰艺术，而且开创了以诗歌装饰瓷器的先河。长沙窑的瓷器，源于湘江东岸的泥土，来自炉火照天地的民间，又插上诗歌的翅膀，飞进湘江两岸的寻常百姓之家，飞进长江上下的千家万户。

唐代的瓷器，北方有以邢窑为代表的白瓷，南方有以越窑为代表的青瓷。除了这两大系统，著名的还有寿州的黄瓷，洪州的褐瓷。邢瓷天下白，越瓷秋水澄。中唐诗人徐寅《贡余秘色茶盏》咏叹“巧剜明月染春水，轻旋薄冰盛绿云”，晚唐诗人皮日休《茶瓯》歌吟“圆似月魄堕，轻似月魂起”，可以想见越瓷、邢瓷的名贵一时。而长沙窑呢？它似乎不想与它们在贵重上争一日之短长，而是在价廉物美适用方面讨好顾客。如果说邢瓷、越瓷是美人名士，长沙窑瓷则是布衣荆钗，越瓷、邢瓷多属深宅大院，长沙窑瓷则心向蓬户柴门。不知是出自长沙窑哪一位或哪一些工匠的慧心，居然破天荒地想到要在瓷器上刊载发表诗作，让瓷器也兼“诗刊”的作用。唐代，诗的读者之多与层面之广，恐怕要远胜今日，而长沙窑瓷器上的那些诗歌，除了少数出自诗人之手，大多是民间创作，有的还说不定是长沙窑工匠们的即兴之篇，从不见于著录，也不见于《全唐诗》，是名副其实的民间咏唱。

长沙窑瓷器当时并不贵重，有一具瓷壶上墨书“富从升合起，贫从不计来。五文”。从其题句和明码实价，不仅可以想见当时的工匠商人文明经商的诚实无欺，也可以想见长沙窑产品的大众化和市民化。而浙江嵊县出土的一件越窑青瓷盘口壶呢？其上写的是“元和拾肆年四月一日造此罂，价值壹千文”。邢瓷类银，越瓷类玉，今日它们的身价更是因为成了千年古董而拔地飞升。但是，如果我能私人拥有其中的一件而且让我抉择，我更愿要一件题有诗句的长沙窑瓷器，当时哪怕仅值五文，今日早已贵如拱璧，何况其上还有价值无法计算的诗句，那凝聚着民间智慧的诗句。

唐代人是有幸的，一千多年前，长沙窑瓷器是他们居家度日的用品，而一千多年后，我却只能站在长沙市博物馆的玻璃展柜前流连，在博物馆的仓库里观赏了。首先碰亮我的眼睛的，是那些写在碟中、书于壶上的格言警句。我把它们看作诗的一种——“一句诗”。一句也是可以称诗的，当代名诗人北岛题名《生活》的诗，仅仅只有一个字“网”，何况一句呢？格言警句，在短小的形式中压缩凝聚的却是深刻的生命体验和人生哲理，精练如诗，耐人寻味启人心智亦如诗。有的西方人对此称为“珠玑语”或“智慧语”，而荷兰人则将其拟人化，名之为“经验之女”。在两个釉下彩题字于壶之前，我们就如同被高手点穴，久久伫立不动，目不转睛。其上的题句分别是：

悬钓之鱼，悔不忍饥。

罗网之鸟，悔不高飞。

前面我已经引用过“富从升合起，贫从不计来”的题句，它传扬的是民间有关发家与贫困的箴言，今天的俗语如“积家犹如针挑土，败家好似水推沙”，不是它的近亲也是远亲。然而，它们虽也堪称警策，但毕竟没有上述两句诗新颖和令人触目惊心。鱼，本应优哉游哉于江湖河泊之中，现在却悬挂于钓钩，它们悔不当初，如果当初忍得一时之饥，也不至于今日。鸟，本应翩然高飞于高天之上，现在却陷身于罗网，它也悔不当初，如果当时振羽远翔，也不至于今日啊！诗写的是鱼与鸟，实际上却是某种人生遭遇与人生境况的象征，寄托了众生与生俱来的对于独立与自由的渴望，可以引起读者诸多警悟与联想。汉魏乐府中有《枯鱼过河泣》篇："枯鱼过河泣，何时悔复及！作书与鲂鱮，相教慎出入。"长沙窑瓷壶上的诗句，不正是与它虽隔代却比邻吗？

还有两句也如同姐妹行的诗，一句题于壶上，另一句却题于碟中。它们分别是：

行满天下善忍恶

行满天下无口过

初逢乍见，我就觉得入眼动心。世上本来已经颇多恶人与恶行了，何况是大唐的盛况已经不再，社会逐渐走向动乱的中唐与晚唐。在一地居住就已经容易与恶人恶行狭路相逢了，何况出门在外，足迹遍天下呢。如果你是武功超绝的侠士，还可以用一柄"青霜"或"紫电"保护自己，惩罚恶徒；如果你只是一介手无缚鸡之力的书生，或是无权无势的平民百姓，那就只好"心字头上一把刀"，"忍"为上策了。"忍"，既是一种自我保护意识和传统美德，也是一种委曲求全、全身免祸、缺乏主体精神的国民心理。古代如此，今天何莫不然。何况以出门而论，今天不是普遍以为缺乏安全感吗？路见不平，虽然无刀可拔，但却仍然挺身而出，这样的勇士当然值得尊敬和效法，但更多的人却宁愿视而不见，听而不闻，事到临头，一味忍让，虽然他们并不知道唐代的长沙窑，早就在高温中炼出了“行满天下善忍恶”的诗句。

而“行满天下无口过”呢？那釉下褐彩壶上十分潇洒的七个字，是从儒家经典之一的《孝经》中“言满天下无口过”演化而来，向我们宣说的是千年前怎样的人生体验？我们站在展柜的玻璃之外面面相觑，为见所未见的这句奇特的诗动心，又不知它藏的究竟是怎样的谜底。它是说唐代是一个比较开放与开明、言论相当自由的时代，连李白当年也是笑傲王侯，天子呼来不上船吗？或者恰恰相反，它是说祸从口出，在外要谨言慎行，闲谈莫论人是人非吗？或者，它是说为人处世立言要堂堂正正，三思而后言而后行，不要有什么过错吗？也许这些答案都不对，它是说为人应该正直端方，无人可以指摘吗？然而，天下人言藉藉，岂能都是好的口碑。我们在玻璃之外千年之外指指点点，谁也无法得出令对方十分信服的解释。我想，好诗不止单义，还可多义，不止单解，还可多解。有谁，能请那位题诗壶上的作者从唐朝前来，作出原始的合乎原意的解释呢？

今天的某些俗语，如同追寻河流的源头，其渊源至少可以追溯到长沙窑的题诗。如今日形容美酒，有“好酒不怕巷子深”的民谚，有的地处深巷的餐馆酒家，甚至就是以“巷子深”命名。然而，当我在长沙窑历经沧桑的一把壶上，突然见到“好酒无深巷”的题句，性不近酒当然更非酒徒的我，竟然如闻千年前的酒香而不禁醺然欲醉。当今之世，钱潮动地，欲浪拍天，

"有钱能使鬼推磨"的使用率和有效率，套用股票市场的一句行话，叫作"再创新高"。然而，在千年前长沙窑的一个壶上，就已经有这样类似的题句了：

有钱冰亦热
无钱火亦寒

"有"与"无"，"冰"与"火"，"热"与"寒"，都是矛盾而截然相反的两极，然而，却都可以因为"钱"而错位转化，根本不可能的也可以变为可能，这在诗艺上巧合于西方现代诗学的"矛盾语"或云"抵触法"。而它的内蕴与指向呢？虽然我们面对的是千年前的古典，然而一方玻璃之隔，这联诗句述说的却更像是现代的人间。

长沙窑的嘉言隽语啊，民间的智慧，诗中的珠玑！

二

如同天地间无所不在的风，诗在唐代飞进了寻常百姓的千家万户，飞向了遥远的边陲异域，飞遍了江南北国四野八荒。

唐代诗歌在当时广为传播的盛况，往事千年，我们今日只能引领遥望而临风怀想。其时的通信、交通和印刷，比起今天的现代化有霄壤之别，诗的主要传播方式还是原始状态的口口相传；此外，就是手工艺式的铭刻、题写和传抄了。然而，在诗文化成为一个时代的主流文化的情况下，写诗、读诗、吟诗、唱诗乃至抄诗和评诗，当然就蔚然成风，那不仅是身份的象征，学识的证明，才华的标志，而且也是一种荣耀。

白居易在《与元九书》中说，有一位军使名高霞寓，欲聘乐伎，有一位乐伎说“我诵得白学士《长恨歌》，岂同他伎哉”，由是而“增价”。白居易的好友元稹，在《白香山集序》中记叙了白居易诗流行的盛况：“二十年间，禁省、观寺、邮候墙壁之上无不书，王公、妾妇、牛童、马走之口无不道。至于缮写模勒，炫卖于市井，或持之以交酒茗者，处处皆是。”白居易时当中唐，唐诗已更加广被人间，当然也流传于湘江两岸，长沙窑出土瓷器上发现有八首唐代诗人的作品，其中就有白居易的《问刘十九》，这正是唐诗深入民间的证明，那千年前的遗迹，也使我们想见诗人在台上吟唱，而台下有千千万万倾听的耳朵和渴望的眼睛。不过，唐诗那黄金般的帷幕早已落下，诗人民间的盛景早已不再。除了特殊的历史时期，如二十世纪七十年代中期如洪波涌起的群众诗歌。诗歌的热潮今日早已消退，原来被众生顶礼的诗神，已经让位于众生膜拜的财神，而独守自己的殿堂里冷冷清清的香火。

我们只能在历史的记忆里，去重温昔日的荣光。长沙窑那些题诗者，都是民间的艺人与匠人，不可能有很高的文化水准，从那些字迹看来，也远远不是书法家的手笔，而大多是粗通文墨者的即兴挥毫。现在所发掘的瓷器，只是当时产品的千万分之一，就已经发现题有八首唐人诗作，许多瓷器则在历史的刀兵水火中早已“宁为玉碎”了，可以想见，那些工匠们的心中该熟记了多少当代诗人的作品。有一回，我观看电视中的全国业余歌手竞赛的现场直播，这些歌手从全国各省市层层选拔而云集北京，除了唱歌，还有普通文史知识的问答题，包括古典诗歌的题目。本来歌与诗亲如姐妹，但有的仪态万方顾盼生姿的女生和西装革履气派不凡的男士，却往往至亲不认，常常指鹿为马，观众在忍俊不禁的同时，又不禁为文化的失落与荒芜而悲哀。

丹阳，即今日之江苏省镇江市，唐代置丹阳郡及丹阳军于此，时人因称其城为“丹阳”。它曾坐落在唐代许多诗人的作品里，如韩翃有《丹阳送韦参军》之诗，李白《永王东巡歌》中有“丹阳北固是吴关，画出楼台云水间”之句。唐大历至贞元年间的诗人朱彬，有《丹阳作》五绝一首，原诗是：“暂入新丰市，犹闻旧酒香。抱琴酤一醉，尽日卧垂杨。”《全唐诗》中朱彬的名下，仅存此诗一首，但长沙窑出土的三件酒壶上，却都题有此诗，从字迹看分别出自三位匠人之手，而且字句也略有不同：

自入新丰市，唯闻旧酒香。

抱琴酤一醉，尽日卧垂杨。

近入新丰市，唯闻旧酒香。
抱琴酤一醉，终日卧□□。

自入新峰市，唯闻旧酒香。
抱琴酤一醉，尽日卧垂杨。

“新丰市”，即今之江苏丹阳县北新丰镇。此处以产酒著名，对权贵们常投以白眼的李白，对此地却投以青眼，其原因可想而知。他在《叙旧赠江阳宰陆调》中，有“多酤新丰酒，满载剡溪船”之句，在《出妓金陵子呈卢六》中，又将“新丰酒”与“小妓歌”相提并论：“南国新丰酒，东山小妓歌。”长沙窑工匠们书写朱彬的诗，大同小异，不知是根据什么版本。其中“新峰”显为“新丰”之误，而“□□”则是因为瓷器残缺，“垂杨”二字正好付之阙如，并非某些向“黄色”靠近的当代小说之装神弄鬼，欲露故删。他们为什么不约而同或有约而同，书写这首写“新丰酒”的诗？除了以酒诗题酒器相得益彰之外，大约因为长沙窑的销售地，主要在长江两岸特别是下游的扬州、宁波和镇江一带。从这里，我们也可以看到当时商人们的经营意识和商业眼光。

韦承庆，是武则天时代的诗人，据说他才思敏捷，辞藻之美，擅于一时。其作品被唐人芮挺章编选的《国秀集》所选载，而《新唐书·艺文志》说他有诗文集六十卷，可见作品数量之多，而现在只剩下寥寥七首。他的作品成了沧海遗珠，由此类推，唐人该有多少作品乃至于“精品力作”早已烟消云散，永远无法追踪。韦诗七首，如“淡淡长江水，悠悠远客情。落花相与恨，到地一无声”（《南行别弟》），如“独酌芳春酒，登楼已半醺。谁惊一行雁，冲断过江云”（《江楼》），已有盛唐风韵，他还有一首《南行咏雁诗》：

万里人南去，三秋雁北飞。
不知何岁月，得与尔同归？

第一句写空间，第二句写时间，以空间的阻隔和时间的久远表离别之愁苦，相聚的渴望，家园的思念，是一首表现众生普遍生存情境的好诗。这首诗竟然也写在长沙窑的一个酒壶上，当它乍一入眼，我和同行者都被它惊艳了：

万里人南去，三春雁不飞。
不知何岁月，得与女同归？

虽然有个别字的出入与讹误，但却无伤大雅。韦承庆距长沙窑的兴起至少百年，可见他的作品流传久远，深入民心，用现在时髦但已大为贬值的说法，是一位“著名”诗人，不然，唐诗何止万千，百年后长沙窑的工匠们何至于将其选入呢？

中唐诗人刘长卿有一首六言诗《苕溪酬梁耿别后见寄》，全诗八句："清川永路何极，落日孤舟解携。鸟向平芜远近，人随流水东西。白云千里万里，明月前溪后溪。惆怅长沙谪去，江潭芳草萋萋。"这应是代宗大历六年（771）他贬逐长沙时的作品，到了长沙窑的一个瓷盘中，也许盘底的面积有限，也许工匠们觉得中间四句写景天然明白如话，就只题写了这四句，神龙不见首也不见尾：

鸟飞平芜远近，人随流水东西。
白云千里万里，明月前溪后溪。

宛如一首六言绝句，"鸟飞"似乎比"鸟向"也更胜一筹。而白居易有一首名作《问刘十九》：

绿蚁新醅酒，红泥小火炉。
晚来天欲雪，能饮一杯无？

长沙窑工匠中不知哪一位高手，竟然"好为人师"，将白居易的名作改为：

二月春豊酒，红泥小火炉。
今朝天色好，能饮一杯无？

现在至少可以看到两个酒壶上题有此诗，笔迹出于一人之手。“红泥小火炉”是少不得的，因为要作温酒之用，“能饮一杯无”呢？白居易是招友，长沙窑的商人是要招客，因此也必须予以保留。其他两句则对不起，首句还残留了韵脚“酒”字，然而不是“绿蚁新醅”而是“二月春豊”了，第三句则面目全非，全是出于这位不知名姓的民间工匠的杜撰。也许他认为“晚雪”时空太过于落实，不如他这一句比较吉祥而放之四海而皆准，可以迎合更多饮者的心理。从字迹看来，这位工匠的文化并不高明，连“泥”字也写错了。然而，他知道白居易的诗，并且敢于太岁头上动土，并故作高明地写了古代祭祀所用的礼器之“豊”字，真不能说不是拜唐代遍吹域中的盛大诗风之赐。白居易如果斤斤计较，他会觉得这位“编辑”真是业务粗疏而又好为人师，在瓷壶上发表他的诗作时擅自修改，如同佛头着粪，如果白居易大度为怀呢，他不但不会计较，更不会以“版权”或“侵权”的名义上诉法院大打官司，而会以有如此的民间知音而抚髯一笑。

唐代是一个国际交往频繁的时代，相传昔之高丽今之朝鲜的使节来唐，船行水上，使臣触景生情，然而吟出上两句后总作不出下文，同船的贾岛不禁应声而和，使一首五言绝句成了“中外合资”的全璧。这首诗，居然也被长沙窑的工匠们题写在两只瓷壶之上，字句略有出入：

海岛浮还没，山云断便连。

掉以波底月，舡压水中天。

海鸟浮还没，山云断更连。

掉穿波上月，船压水中天。

在《全唐诗》中，上引作品题为《过海联句》，作者为“高丽使”与“贾岛”。原文如下：

沙鸟浮还没，山云断复连。

櫂穿波里月，船压水中天。

“舡”读“乡”，又读“船”，其意为“船”；“櫂”则为“棹”的异体字，但“掉以”或“掉穿”如果不是有欠规范的草书，即是笔误；但不论如何，这一传说和这首诗是当时听众与读者的“热点”，家弦户诵，不然，就不会为长沙窑的一般工匠所知。此诗此联不仅见于《全唐诗》，也见于长沙窑那些千古不磨，啊，千古不破的瓷器之上，我们真要感激那些无名匠人的苦心与慧心。

在展柜外凝视千年前的遗物和其上的诗句，隔着玻璃，我如同手持请柬去赴千年前的聚会，但却永远无法到达。那些书写唐人诗句的匠人是谁呢？他们现在去了哪里？他们还能再来挥毫泼墨吗？流连不舍，我不禁想入非非。

三

一千多年的风沙吹刮过去，一千多年的刀兵水火呼啸过去，一千多年的大劫大难践踏过去，即使位高权重如帝王将相，也俱已化为尘泥，纵然金坚石固如大唐帝国，也早已土崩瓦解，而那些出于泥土与火焰的器皿，那些其薄如纸的器皿，那些不堪一击的器皿，却在地下小寐千年后一朝醒来，虽然有的已经和时光一起粉碎，但仍有不少历经千年与千劫而重见天日，静静地躺在博物馆里，迎候一个陌生的时代和千万双陌生而惊喜的眼睛。这是造化怎样的奇迹？仅仅是器物本身就已经是价值连城了，何况其上还保留了一些唐人的诗作？更何况其上还铭记了唐代许多无名氏创作的民歌？

股民的财富是手中的股票，富豪的财富是银行的存款，商人的财富是资金与货物，而一个民族最宝贵的财富呢？则应该是文化与精神了。物质的丰富，可以因突击因积累而获致，是“生存”的条件，文化与精神则需要长期的积累与提升，是“生活”之所必需。“生存”是物理生命，“生活”则是精神生命。唐代长沙窑出产的各种瓷器，于我们今日现代人的“生存”已经毫无价值，然而，它们却如一道永不熄灭的闪电，照亮了我们头上的天空，如一束永开不败的鲜花，芬芳了我们的心灵，尤其是那些无名氏创作的民歌，它们继承了六朝乐府民歌的余韵，是唐诗中有别于文人作品的异响。山丘秘藏，大地深藏，连身边滔滔不绝、喋喋不休的湘江水，也不肯吐露半点秘密。一直到二十世纪八十年代之初，千年来秘而不宣的民歌终于破土而出，那些民间的不知名的歌手啊，从长达千年的时间隧道的那一头走来，在现代的阳光下为今天的我们作一场精彩的演唱。如果这场演唱会要出售门票，谁能确定门票的价格？

这些诗多是五言与七言绝句，取其便于书写，在瓷壶之腹，在瓷碟之中，在瓷枕之上，而且没有题目。我只能取其首句为题，如《男儿大丈夫》：

男儿大丈夫，何用本乡居。
明月家家有，黄金何处无？

过去的中国社会是小农经济社会，“安土重迁”是中国人的传统观念，而“怀乡”则成了中国文学一个永恒的主题。就是连豪放不羁云游四方的李白，也再三歌咏他故乡的明月，从年轻时离开四川所写的“峨眉山月半轮秋，影入平羌江水流”，到晚年流放回来在江夏所咏唱的“我在巴东三峡时，西看明月忆峨眉”，都表现了他对故乡和故乡的明月，中心藏之，何日忘之。但唐代也是一个开放的时代，男儿们固然有许多要离乡去科场或沙场博取功名，也有许多男子要别井去外地的商场博取黄金。中晚唐时期，手工业特别是商业在全国尤其是南方得到显著发展，繁荣的都市所在多有，工商业市民阶层也宣告产生。《男儿大丈夫》一诗，表现的正是市民阶层的要求、愿望与文化。这位作者如果生当改革开放的今日，他一定会沾沾自喜，他千年前就有了如此清醒的经济意识与强烈的开拓精神。

有许多诗与经商活动以及经商时在外奔波有关，这是长沙窑民歌的重要特色。好比古代北方少数民族对于中原的入侵，与商业有关的题材，从来没有以如此的规模闯入诗歌的领土。如《人归千里外》一诗：

人归千里外，意在一杯中。
莫虑前途远，开坑（航）逐便风。

行商在外，一杯独酌，祈望的是路途平安，一帆风顺。另一首与此大同小异："人归千里外，意在一杯中。只虑前逞（程）远，闻讯待好风。""便风"与"好风"，都是实指，也是对生意兴隆财源广进的一种商业期待。唐代的好风、便风，现在还在吹送那人归千里外的船帆吗？而另一首《买人心惆怅》，却有些奇特难解：

买人心惆怅，卖人心不安。

题诗安瓶上，将与买人看。

这是写商业活动中买卖双方的心理活动，但究竟是什么状态呢？我凝视那壶口已经严重破损的酒壶和茶壶，百思而不得其解。后来转念一想，诗是卖主一方所题，于是就豁然开朗，如同先是在一团迷雾中不辨东西，突然雾散云消，晴阳高照。联想到一些瓷壶上老老实实地题有“价值五文”的字样，原来这首诗是卖主的商业道德的自白：我的产品保证真正是物美价廉的，货真价实，童叟无欺，如果你买了用得不满意而失望，我就会于心不安，为了取信于你，我们题诗于壶上为证。这，固然是一种营销策略，也可以看出在人心尚古的古代，商人对商业道德的自律和对商业信誉的珍重。

如夜空之有星斗，白日之有太阳，两性之间的包括离别相思在内的爱情，是文学古老的也永远咏唱不尽的主题。长沙窑的民歌，也少不了弹奏这一永恒的曲调，如“我有方寸心，无人堪共说。遣风吹却云，托向天边月”，轻倩空灵，想象奇特。但是，更多的作品则带有更浓重的市民与商人的色彩。商人重利轻别离，白居易的《琵琶行》早就有言在先了，然而长沙窑也有许多抒写因离别而两地相思的作品，而其中的《一别行千里》一诗，现在书写存留的竟达二十余首（次），因瓷壶破损而湮没的想必更多：

一别行千里，来时未有期。

月中三十日，无夜不相思。

这首诗，可以是思妇怀念远行人，也可以说远行人怀念家乡的情人或妻子，没有实指常常是诗的优点，留下了更广阔的想象空间，容许不同的读者作出不同的解释。总之，它抒写的是两地相思的典型情绪，因而书者特多，流行甚广。而另几首有关情爱的诗篇，已远非纯美的远古民歌“关关雎鸠，在河之洲。窈窕淑女，君子好逑”了，而另是一番情调：

自从君去后，常守旧时心。

洛阳来路远，不用几黄金。

客来莫直入，直入主人嗔。

打门三五下，自有出来人。

君生我未生，我生君已老。

君恨我生迟，我恨君生早！

这种作品，是一种特殊情调和形式的民歌，产自商业和都市的土壤，它们表现的似乎不是寻常百姓之家的恋情或爱情，而隐隐约约之间有茶舍酒家或秦楼楚馆的印记。出色的是第三首，“君”与“我”，“生”与“老”，“迟”与“早”，两两对举，是现代诗法中所谓的“矛盾修辞”，极富张力。同去博物馆的朋友以为这是写商人外遇的诗，如同现在的不少工头老板、总经理、董事长一样，它出自“小星”或“小秘”之口，而我则宁愿相信它是一首上品的情诗，或者说情诗中的一匹“黑马”。生活中有所谓“忘年之交”，那大多指同性，而异性之间也常有“忘年之恋”，中唐诗人张籍《节妇吟·寄东平李司空师道》一诗中，就有过“还君明珠双泪垂，恨不相逢未嫁时”之语。这首民歌中的“恨”，写的却是另一种爱情悲剧，其感情之真挚强烈，艺术表现之新颖警绝，令人一读难忘！

长沙窑中还有许多民歌，是一般性的写景抒情之作。它不居庙堂之高，没有峨冠博带的富贵之气，它处江湖之远，富于蔬食布衣的民间风味，其中不乏使你照眼生光、入口生津的作品。如“道别即须分，何劳说苦新（辛）。牵牛石上过，不见有啼恨”，除“辛”误写为“新”之外，“啼恨”乃“蹄痕”之隐语，全诗巧用民间事物与双关手法，活色生香。如“小水通大河，山高鸟宿多。主人看客好，曲路亦相过”，以山水飞鸟起兴，写主客相宜相得之情，洋溢的是一脉民间的情谊与温馨。而“上有东流水，下有好山林。主人居此宅，日日斗量金”呢？如此善颂善祷，用于今日平民百姓的安居工程，或祝贺人家的新厦落成，应该都是现成而极好的祝词吧？而我特别欣赏的，还有一首《二八谁家女》，它如同春日湘江边临水而照的一树桃花：

二八谁家女，临河洗旧妆。
水流红粉尽，风送绮罗香。

这固然是长沙窑瓷器所畅销的江南水乡的情景，但我从它的产地揣想，相信作者创作此诗时，他心目中的河，即使不是长沙窑所在地之侧的湘江，也是湘江沿途波光明亮的支流。诗中所描绘的情景，是我这个湘人儿时和少年时在江岸河边无数次领略过的。一千多年后，当我伫立在现代的博物馆里，目不转睛地品鉴着壶上那千古如新的诗句，我的眼前，仿佛仍有那位农家少女的倩影，绮罗的香泽当然已不复可闻了，但如果没有听错，我耳边隐约传来的，轻一声，重一声，仍是她捣衣的声音。

唐诗有两个民间宝库，均为无私的天地所收藏。一在西北的敦煌石窟之中，一在东南的长沙铜官地下。敦煌石窟所藏是手抄的诗卷，虽然其中有不少民间歌者的作品，但绝大部分却是真正的诗人之作。长沙铜官所藏的却是土制火烧的瓷器，其上所刊布的多是民谣与民歌，这些作品虽没有杜甫诗的精深功力，也没有李白诗的绝代风华，但它们却也是千载之前一方独特的风景，令人侧耳细听的天籁，只是有许多已经夭残地缺了，令人不胜怅惘。

多年前，我无数次船过铜官，却不曾上岸探访，直到最近的一个秋高之日，才专程而专诚地去铜官镇，徘徊在十里江堤之上，对江怀想，临风凭吊。我曾作有组诗《长沙铜官窑》，其一和其二是："烧乱红星舞紫烟，铜官窑火大江边。悠悠往事逾千载，犹听涛声说昔年。""当时妙曲动山川，埋没重泉几许年？不死歌谣今出土，金声玉振付新弦。"而今，山丘啊一如昔日，湘江啊依旧奔流，世上的芸芸众生啊你们可还记得窑群熊熊的炉火，还记得那蘸墨题诗的人吗？民间的匠人啊，歌手啊，你们还能越千年而旧地重来，为我题一阕时代的新词吗？

后　记

岁云暮矣。现在不仅时令已到深冬，一年将尽，而且我的人生之旅的驿车，也早已驰过杜甫《曲江二首》中所说的“人生七十古来稀”那个站口。因为要给自己的“诗文化散文三部曲”写一篇后记，那就不是如年轻时的豪气满怀地前瞻，而是晚霞在天时的蓦然回首了。

犹记在小小少年时，由于家严李伏波先生是诗词家和书法家，在他的楚音湘调的吟诵声中，在我似懂非懂的线装古典诗词集里，我自幼耳濡目染，竟萌生了先是对诗词后是对新诗的爱好。一九五六年考入北京师范大学中文系，负笈京华，眼界大开耳界也大开，尚未及弱冠之年的我，便决心继承古代诗论家的余绪，立下做一名新时代的诗论家的宏图大愿。发愤攻读并执笔为文，当时的《诗刊》名望与台阶甚高，今日《上海文学》的前身《文艺月报》也是一方重镇，我大学时代即于其上发表诗歌论文，如今看来虽不免青涩，但却是我个人值得珍重和怀想的啼声初试。

大学毕业后的几年，在艰难困苦的环境和日子里，得到当时的名诗人与革命前辈郭小川“有志者事竟成，望你努力”书信的鼓励，我一本初衷，不改素志，白天枵腹从公，晚上仍在读写的天地里肃肃宵征，于《湖南文学》《四川文学》《长江文学》《解放军文学》等刊物发表了一系列诗评诗论文章，直到文化大革命的暴风雨袭来才被迫停笔。流光容易把人抛，及至一九七六年，星移斗转，我已届“不惑之年”。朝阳照我，夕照留我，深宵不寐的灯光伴我，让展卷的书页计算白昼有多长，让不倦的健笔测量夜晚有多深，日夜兼程，我痴心梦想去挽回虚掷已久的青春岁月。二十年中，我写出并出版了五十余万言的《诗美学》，以及《诗卷长留天地间——论郭小川的诗》《诗学漫笔》《写给缪斯的情书——台港与海外新诗欣赏》《楚诗词艺术欣赏》等十种诗学著作，文坛前辈冯牧先生和资深评论家阎纲、刘锡诚共同署名主编的“中国当代文学评论丛书”，我的“文学评论选”也有幸忝列其中，而中国社科院文学研究所与少数民族文学研究所编撰的《中华文学通史》（江苏文艺出版社 2011 年修订版），在“当代卷”中也曾将我与另一位诗评家谢冕辟专节论述。

二十世纪九十年代中期，由于种种原因，原因之一应该是对逻辑思维的倦怠，我改弦更张，对诗论评挥一挥衣袖，转而致力于表现对象为古典诗歌的散文创作，先在海南大学后在同济大学执教的喻大翔教授曾撰文评论，将其定义为“诗文化教文”，此语一言抉要，也深得我心。中国优秀的古典诗歌，是中华民族的骄傲，是传统文化的经典，是诗歌美学的宝库，是当代新诗和传统诗词创作足为范式的高标，是现代中国人永恒的精神家园，也是我个人从童稚之年到耄耋之年始终不渝的至爱。如同青青子衿时决心于诗论评写作，时至花甲，我又决心发挥学者与作家兼具之长，以散文而非学术研究、以形象思维而非逻辑思维的方式，尽量亲临和再现作品的现场，去展示和表现中国古典诗歌从内蕴到艺术的种种美质，以及它们的当下意义与现代价值，与此同时，也力图抒发和表达数十年来我和它们携手同行的感悟、认识和发现。

古典诗词是仪态万方的美人，为大致对得起她的天生丽质，我以前的诗词欣赏和新诗论评的文章著作就注意讲求文采，而作为另类的散文或云散文的另类，当然更要力求写成所谓的美文了。又一个二十年，除了心有所属时的其它论著，我的笔下出产了《唐诗之旅》《宋词之旅》《元曲之旅》《绝句之旅》《清诗之旅》等五本专题诗文化散文著作，先后在长江文艺出版社和中国青年出版社出版并不断再版，得到了许多读者的厚爱、众多作者的高评、不少朋友的鼎助，而由郭英德、郭预衡两位资深教授主编，刘锡庆、张国龙教授任分册主编的《中国散文通史》（安徽教育出版社2013年版），其“当代卷”也辟有专节对其论说。

因编审、出版家彭明榜先生引荐，中国工人出版社垂青，我在整合修改旧著的基础上推陈出新，奉上《唐诗天地》《宋词世界》与《元曲山河》，由中国工人出版社印行新书。新书当有新的景观，除书名颇具气象，也可以和唐诗宋词元曲相匹配之外，文化学者、散文评论家古耜先生百忙中慨然赐序，胜义纷呈，奖誉有加。我趁此机缘对三书也作了前所未有的逐字逐句的细校，改正错字，修正讹误，对文字作必要的修饰和补充，增补了几篇新写的文章，而责编宋杨女士、姚宁女士、李骁先生和严春先生也以高度的敬业精神，函电交驰，劳心劳力，切磋琢磨，力争拙著从内蕴到外观臻于完善甚至完美。秀才人情纸半张，我谨于此向出版社和古耜先生以及各位责编道一声谢谢！

元代诗人叶颙《乙酉新正》诗说："天地风霜尽，乾坤气象和。历添新岁月，春满旧山河！"人生易老，华夏长春，让我携拙著一起向广大读者贺岁，共同迎接疫瘴消尽、春暖花开的新年！

作者

2022 年岁末于长沙